中国艺术学文库 · 博导文丛

LIBRARY OF CHINA ARTS · SERIES OF DOCTORAL SUPERVISORS

总主编　仲呈祥

志文斋剧学考论

刘文峰　著

图书在版编目（CIP）数据

志文斋剧学考论 / 刘文峰著. -- 北京 : 中国文联出版社，2014.12
（中国艺术学文库・博导文丛）
ISBN 978-7-5059-8986-3
Ⅰ. ①志… Ⅱ. ①刘… Ⅲ. ①中国戏剧—文集 Ⅳ.
① I207.3-53

中国版本图书馆 CIP 数据核字 (2014) 第 182110 号

中国文学艺术基金会资助项目
中国文联文艺出版精品工程项目

志文斋剧学考论

作　　者：刘文峰
出 版 人：朱　庆
终 审 人：奚耀华　　　　复 审 人：邓友女
责任编辑：曹艺凡　　　　责任校对：周渊龙　朱为中
封面设计：马庆晓　　　　责任印制：周　欣
出版发行：中国文联出版社
地　　址：北京市朝阳区农展馆南里 10 号，100125
电　　话：010-65389682（咨询）65067803（发行）65389150（邮购）
传　　真：010-65933115（总编室），010-65033859（发行部）
网　　址：http://www.clapnet.cn
E - mail：clap@clapnet.cn　　　　caoyf@clapnet.cn
印　　刷：天津旭丰源印刷有限公司
装　　订：天津旭丰源印刷有限公司
法律顾问：北京市天驰洪范律师事务所徐波律师
本书如有破损、缺页、装订错误，请与本社联系调换
开　　本：710 × 1000　　　　1/16
字　　数：278 千字　　　　印 张：22.75
版　　次：2014 年 12 月第 1 版　　　　印 次：2023 年 4 月第 2 次印刷
书　　号：ISBN 978-7-5059-8986-3
定　　价：68.00 元

《中国艺术学文库》编辑委员会

《中国艺术学文库》总序

仲呈祥

在艺术教育的实践领域有着诸如中央音乐学院、中国音乐学院、中央美术学院、中国美术学院、北京电影学院、北京舞蹈学院等单科专业院校，有着诸如中国艺术研究院、南京艺术学院、山东艺术学院、吉林艺术学院、云南艺术学院等综合性艺术院校，有着诸如北京大学、北京师范大学、复旦大学、中国传媒大学等综合性大学。我称它们为高等艺术教育的“三支大军”。

而对于整个艺术学学科建设体系来说，除了上述“三支大军”外，尚有诸如《文艺研究》《艺术百家》等重要学术期刊，也有诸如中国文联出版社、中国电影出版社等重要专业出版社。如果说国务院学位委员会架设了中国艺术学学科建设的“中军帐”，那么这些学术期刊和专业出版社就是这些艺术教育“三支大军”的“检阅台”，这些“检阅台”往往展示了我国艺术教育实践的最新的理论成果。

在“艺术学”由从属于“文学”的一级学科升格为我国第 13 个学科门类 3 周年之际，中国文联出版社社长兼总编辑朱庆同志到任伊始立下宏愿，拟出版一套既具有时代内涵又具有历史意义的中国艺术学文库，以此集我国高等艺术教育成果之大观。这一出版构想先是得到了文化部原副部长、现中国艺术研究院院长王文章同志和新闻出版广电总局原副局长、现中国图书评论学会会长邬书林同志的大力支持，继而邀请我作为这套文库的总主编。编写这样一套由标志着我国当代较高审美思维水平的教授、博导、青年才俊等汇聚的文库，我本人及各分卷主编均深知责任重大，实有如履薄冰之感。原因有三：

一是因为此事意义深远。中华民族的文明史，其中重要一脉当为具有东方气派、民族风格的艺术史。习近平总书记深刻指出：中国特色社会主义植根于中华文化的沃土。而中华文化的重要组成部分，则是中国艺术。从孔子、老子、庄子到梁启超、王国维、蔡元培，再到朱光潜、宗白华等，都留下了丰富、独特的中华美学遗产；从公元前人类“文明轴心”时期，到秦汉、魏晋、唐宋、明清，从《文心雕龙》到《诗品》再到各领风骚的《诗论》《乐论》《画论》《书论》《印说》等，都记载着一部为人类审美思维做出独特贡献的中国艺术史。中国共产党人不是历史虚无主义者，也不是文化虚无主义者。中国共产党人始终是中国优秀传统文化和艺术的忠实继承者和弘扬者。因此，我们出版这样一套文库，就是为了在实现中华民族伟大复兴的中国梦的历史进程中弘扬优秀传统文化，并密切联系改革开放和现代化建设的伟大实践，以哲学精神为指引，以历史镜鉴为启迪，从而建设有中国特色的艺术学学科体系。艺术的方式把握世界是马克思深刻阐明的人类不可或缺的与经济的方式、政治的方式、历史的方式、哲学的方式、宗教的方式并列的把握世界的方式，因此艺术学理论建设和学科建设是人类自由而全面发展的必须。艺术学文库应运而生，实出必然。

二是因为丛书量大体周。就“量大”而言，我国艺术学门类下现拥有艺术学理论、音乐与舞蹈学、戏剧与影视学、美术学、设计学五个“一级学科”博士生导师数百名，即使出版他们每人一本自己最为得意的学术论著，也称得上是中国出版界的一大盛事，更不要说是搜罗博导、教授全部著作而成煌煌“艺藏”了。就“体周”而言，我国艺术学门类下每一个一级学科下又有多个自设的二级学科。要横到边纵到底，覆盖这些全部学科而网成经纬，就个人目力之所及、学力之所逮，实是断难完成。幸好，我的尊敬的师长、中国艺术学学科的重要奠基人于润洋先生、张道一先生、靳尚谊先生、叶朗先生和王文章、邬书林同志等愿意担任此丛书学术顾问。有了他们的指导，只要尽心尽力，此套文库的质量定将有所跃升。

三是因为唯恐挂一漏万。上述“三支大军”各有优势，互补生辉。例如，专科艺术院校对某一艺术门类本体和规律的研究较为深入，为中国特色艺术学学科建设打好了坚实的基础；综合性艺术院校的优势在于打通了艺术门类下的美术、音乐、舞蹈、戏剧、电影、设计等一级学科，且配备齐全，长于从艺术各个学科的相同处寻找普遍的规律；综合性大学的艺术教育依托于相对广阔的人文科学和自然科学背景，擅长从哲学思维的层面，提出高屋建瓴的贯通于各个艺术门类的艺术学的一些普遍规律。要充分发挥“三支大军”的学术优势而博采众长，实施“多彩、平等、包容”亟须功夫，倘有挂一漏万，岂不惶恐?

权且充序。

（仲呈祥，研究员、博士生导师。中央文史馆馆员、中国文艺评论家协会主席、国务院学位委员会艺术学科评议组召集人、教育部艺术教育委员会副主任。曾任中国文联副主席、国家广播电影电视总局副总编辑。）

目 录

地方戏研究

戏曲与民俗、民间美术及古剧场研究

戏曲与商人研究

戏曲传承保护研究

CONTENTS

Researches on Local Operas

Researches on the Interrelationship of Opera, Folklore, Folk Fine Arts and Ancient Theatres in China

Researches on Chinese Opera and Merchant

Researches on the Inheritance and Protection of Chinese Opera

自　序

我的家乡在晋西的临县，我生长的年代正是戏曲繁荣发展的年代。在这里，村村社社有戏台，既演出大戏中路梆子，又演出当地特有的剧种临县道情，还有流传广泛的二人台。县里有两个专业的晋剧团，一个专业的临县道情剧团，还有大量的民间业余剧团。每到过年过节和农闲时节，到处可听到梆子戏的激越唱腔、道情戏的委婉曲调以及二人台的悲苍歌声。演员通过自己扮演的人物和故事，表达对历史万物、人情世故的态度，抒发人界的喜怒哀乐；观众通过看戏，增长历史知识，辨别是非曲直，消解心中郁闷，得到身心娱乐。于是，演戏、看戏成为人们生活中的重要组成部分、最好的娱乐形式和文化生活。除节日和庙会演出外，婚丧嫁娶、给老人祝寿、给孩子过生日等人生礼仪以及重要的庆典也成为演戏的由头。在日常生活中，以戏曲为题材的民间绘画、雕塑、工艺品随处可见。

在这种文化氛围中，我从记事时就和父母、爷爷奶奶一起去看戏。经常是离开演还有一两个小时就迫不及待地赶到剧场，钻到后台看演员化妆；开演后爬到台口看演出，由看热闹慢慢进入戏中。回到家里，拿枪弄棍，把土炕当戏台，和弟弟妹妹们模仿看过的戏玩耍。农村看戏多为露天广场，难免日晒风吹雨淋。1965 年，县城建起了人民大礼堂，县晋剧团在新落成的大礼堂上演现代戏《红灯记》，爸爸买了票，带我们全家看戏。第一次坐在安静的室内剧场看戏，第一次看现代戏，第一次看有灯光布景的戏，给我留下了深刻的印象。1972 年广州市军民庆祝国庆游园会，我作为一名参加庆祝活动的解放军战士，在广州烈士陵园近距离观看了粤剧大师红线女演唱的现代戏《海港》片段。在部队期间，唱样板戏成为政治任务和主要的娱乐。《智取威虎山》中“我们是工农子弟兵”唱段，《沙家浜》中“朝霞映在阳澄湖上”唱段，成为集体歌咏比赛的节目，《红灯记》中“都有一颗红亮的心”唱段是战士们经常的独唱节目。后来考上北京大学中文系文学专业，最喜欢的课是元杂剧。毕业论文为《关汉卿笔下的妇女形象》，被评为优，因此毕业分配时，班主任推荐我到中国艺术研究院戏曲研究所工作。从此在张庚、郭汉城、余从等先生领导下从事戏曲研究，后来在王文章院长领导下从事传统戏剧的传承保护工作。

20 世纪 70 年代末 80 年代初，首都戏曲舞台空前繁荣，各个剧团的名家常来京演出，所里的研究人员也经常应邀到各地参加老艺人的纪念演出和青年演员会演，看了很多戏。1982 年，参加国家重点科研项目《中国戏曲志》编纂工作，先后担任编辑、编辑部副主任、主任，一干就是 17 年，有幸结识各地戏曲专家学者，到各地考察调研，足迹走遍全国所有的省、市、自治区，对各地的戏曲有了比较深入的了解。1999 年《中国戏曲志》完成后，又主持了国家重点科研项目《西部人文资源数据库·民间戏曲》的考查和编撰工作。2004 年至 2006 年，主持了国家重点科研项目《全国剧种剧团现状调查》，先后到 11 个省的基层剧团调研。最近这些年，除承担所里的国家重点科研项目《京剧艺术大典》《中国戏曲剧种音像资料库》《非物质文化遗产数据库》试点项目《中国传统戏剧·秦腔数据库》外，还作为国家非物质文化遗产专家委员会委员，参加了中国申报联合国非物质文化遗产名录和国家级非物质文化遗产保护名录，以及国家级非物质文遗产传承人的评审工作。与此同时，我从 2000 年起就在中国艺术研究院研究生院先后开设戏曲史、戏曲民俗学、传统戏曲传承保护的课，带过数届戏曲史、戏曲民俗学、戏曲剧种研究的硕士、博士研究生。

除完成集体项目外，我牢记张庚先生的教诲，把编撰《中国戏曲志》作为学习和资料积累的过程，有意识地搜集自己研究所需要的资料。由于有十几年的学术准备和资料积累，我在完成《中国戏曲志》编纂工作不久以后，出版了《山陕商人与梆子戏考论》《百年梨园春秋》《中国戏曲文化图典》《中国戏曲文化史》《戏曲史志研究》《中国传统戏曲传承保护研究》《中国戏曲史》《戏曲之传承与保护》等个人学术专著，还主持或承担了《北京戏剧通史》《20 世纪中国文艺图志·戏曲卷》《中国少数民族戏曲剧种发展史》《清代戏曲发展史》《中国近代戏曲史》《傅惜华藏古典戏曲丛刊》《中国戏曲剧种音像资料数字化工程》等集体科研项目。

中国艺术研究院原在北京前海西街 17 号恭王府办公，我在那里住了

14 年。当时我家只有一间 12 平方米的小平房和临时搭建的一间 3 平方米的小厨房。有了孩子后，为免受干扰，我常常在小厨房看书写作。因厨房门口有一棵松树，当时是同事后来当了中国戏曲学院院长的周育德见了，谑称“独松居”，我早期的著作均是在“独松居”完成的。1993 年，我从恭王府搬到惠新里，居住条件有了改善，除卧室外，有了一间 8 平方米的书房。因我的名字有一“文”字，我一生做的最有意义的事是编纂《中国戏曲志》，故我给自己小小的书房起名“志文斋”，所以就有了《志文斋剧学考论》这个书名。

《志文斋剧学考论》是我戏曲研究论文的选集，分为“戏曲特征与志书研究”“古典戏曲研究”“地方戏研究”“戏曲民俗与剧场研究”“戏曲传承保护研究”五部分，收入的论文除研究戏曲史志、戏曲民俗学、古戏台、晋商和徽商与戏曲的关系等出于个人兴趣的研究文章外，大部分是结合集体课题和非物质文化遗产保护工作需要而撰写的论文，多数在期刊上公开发表过。

由于时代和个人的各种局限，在这些文章中，一定会有诸多不妥甚至错误观点，请同行不吝赐教！

刘文峰

2013 年 11 月 1 日

戏曲特征与志书研究

戏剧戏曲学的由来及其他

——对张庚先生关注的几个理论问题的浅见

今年是中国现代戏剧理论的奠基人张庚先生100周年诞辰。30多年前，我从北京大学中文系毕业后分配到文化部文学艺术研究所戏剧研究室（今中国艺术研究院戏曲研究所、话剧研究所、曲艺研究所的前身）工作。当时，张庚先生正主持修改《中国戏曲通史》，每周有一次讲座，然后大家讨论。当时主持研究室工作的是俞琳先生，他是北大中文系的老校友。他很关心我，送我一本“文革”前油印的《中国戏曲通史》，让我一边学习，一边考虑到哪个研究组。当时戏剧研究室分戏曲史研究组、戏剧理论研究组、话剧研究组、曲艺研究组。我在大学读书时就对古典戏剧感兴趣，更为主要的是被《中国戏曲通史》丰富的内容所感染，因此我选择了到戏曲史研究组。研究组交给我的第一项任务就是把张庚先生写的《中国戏曲通史》第一章“戏曲的起源与形成”誊写出来交出版社出版，从此使我建立了与张庚先生的联系。在张庚先生的主持下，中国艺术研究院创立了研究生部。我随第一届研究生进修，多次聆听张庚先生的课。1983年在张庚先生主持下，成立了中国戏曲志编辑委员会和编辑部，张庚先生是编委会主任委员兼主编。我作为编辑部成员参加了项目的调研和体例的起草工作，1986年担任编辑部副主任，1988年担任编辑部代主任，1990年担任编辑部主任。只要有时间，张庚先生就参加戏曲志各省卷的审稿会，每卷完成编纂工作后，张庚先生都要把我们叫到他家里，汇报此卷的编纂情况，并对他关注的问题详细提问。因此，我和张庚先生联系的比较多，聆听他教诲也比较多。下面就张庚先生关注的几个戏剧理论问题谈点认识。

一、戏剧戏曲学的由来

2004年4月23日在厦门大学召开的《戏剧戏曲学学科建设研讨会》上，上海戏剧学院教授陈多先生发言，就戏剧戏曲学这个学科名称提出了质疑："据说这个名词、这个概念是国务院学位委员会制定的。在它们制定的'学科目录'中的'艺术学科'下面，设有一个名为'戏剧戏曲学'的二级学科。照说，这应当是很有点'一言九鼎'味道的学术权威性的。但大约是'阳春白雪，曲高和寡'吧，下里巴人的我想来想去也想不出它是个什么东西？坦率地说，我只觉得它是个承袭了历史上的错误，思路不清、逻辑混乱、概念含糊、难以认知的东西，是个对发展'戏剧'或'戏曲'学科有害而无利的东西。"① 陈先生的这段话有三层意思：一是不清楚戏剧戏曲学的概念；二是认为这个概念承袭了历史的错误；三是对发展戏剧或戏曲学科有害而无益。对于第一点，我也曾有过疑问。有一次在张庚先生家，我向张庚先生问到了这个问题。张庚先生讲：受"五四"新文化运动的影响，学术界有不少人把中国戏曲排除在学术之外，只承认话剧等外来戏剧。参加第一届国务院学位委员会艺术评议组的成员为了肯定和突出我国传统戏曲的学术地位，所以才有了戏剧戏曲学这一学科名称。张庚先生作为国务院学位委员会第一届学科评议委员，参加了确定学科名称的讨论。张庚先生的意见，反映了我国戏曲学者的共同愿望，是在国家的层面确立我国传统戏曲文化在学术界应有地位的重要举措。在当时的历史背景下，是必要的。陈多先生的第二、第三层意思，我本人不赞同。

中国戏曲在历史上有记载的剧种共产生过394个，目前还能在舞台上演出的大约有200多种。中国传统戏曲虽然品种繁多，每一个地区、每一个民族都有自己喜爱的戏曲剧种，但没有西方概念上的话剧、歌剧、舞剧。中国传统戏曲剧种之分，主要是语言和声腔上的区别，其共同的特点是以歌舞演故事。现今所知，"戏曲"一词最早见于宋元间人刘埙《水云

① 戏剧研究网·学人论戏·陈多专栏：《由看不懂"戏剧戏曲学"说起》http://www.xiju.net/view_con.asp?id=541。

村稿》中《词人吴用章传》，其中说“至咸淳，永嘉戏曲出”。咸淳为南宋度宗年号，在位时间为公元1275—1284年。“永嘉戏曲”指的是温州南戏，这一时期恰是南戏的形成发展期。这是现今所知有关“戏曲”一词的最早文献记载。最早的“戏剧”一词出现在唐代杜牧的诗《西江怀古》，中有“魏帝缝囊真戏剧，苻坚投棰更荒唐”诗句。“魏帝缝囊”与“苻坚投棰”是历史上的两个典故，“真戏剧”与“更荒唐”相对，这里的“戏剧”是儿戏、游戏的意思。“戏曲”一词，经王国维诠释和比较系统的归纳、运用，得到后人的认可，从民国初年到现在，无论是官方还是民间都使用它，戏曲已经成为中国传统戏剧的官称、正名。西方的话剧、歌剧、舞剧等戏剧形式传入中国后，一些崇洋媚外的学者把中国传统戏曲排除出戏剧之外，但对中国戏曲有真知灼见者把包括中国传统戏曲在内的所有戏剧形式统称为戏剧。如张庚先生在1936年9月10日出版的《读书生活》四卷九期上发表的《戏剧的国防动员》一文中说：“戏剧对于中国的一般大众并不是不亲切，不被爱好的，恰恰相反，在都市，在农村，存在着戏剧的各种形式，它们都有经常的若干观众。皮簧一直到了现在还迷惑着大多数的人，花鼓、滩簧、蹦蹦戏，以及各种地方戏广大地流行在各地的农村、小城市，甚至大都市之中。”可见，张庚先生把各地的地方戏都纳入了戏剧的范畴。

戏曲虽然是20世纪80年代之前中国社会雅俗共赏的艺术形式，但在封建时代没有给它应有的社会地位。“五四”时期，一些激进的西方文化的崇拜者甚至将其作为落后、反动的封建文化的代表大加鞭挞，影响了它在学术界的地位。中华人民共和国成立以后，戏曲演员的地位有了很大的提升，但戏曲艺术本身却一直作为被改造的对象。戏曲教育落后于时代的发展，1960年建立的中国戏曲学院在三年困难时期下马，1979年才又在原中国戏曲学校基础上升格为中国戏曲学院，戏曲文化在此之前一直被排除在大学教育之外。张庚先生在20世纪30年代初就在上海参加了左翼戏剧家联盟，投身于话剧的艺术实践和理论研究。1938年到延安以后，开始接触民间戏曲，他在艺术实践中看到了外来话剧和中国传统戏曲的异同和各自的优点缺点，提出了“话剧的民族化”和“旧剧的现代化”的口号，并希望通过新秧歌剧运动推动中国传统戏曲走向现代化。1950年参加创建了中华人民共和国第一所戏剧学院——中央戏剧学院。中央戏剧学院在建院之始就把学习中国传统戏曲、培养戏曲干部作为自己的教育宗旨。当时的歌剧系请了昆曲演员韩世昌、白云生等教昆曲的唱腔和舞蹈。著名戏曲作家杨兰春、张万一，戏曲音乐理论家何为等都出自歌剧系。1952 年举办的全国戏曲观摩演出，是我国传统戏曲一次空前的大检阅。23 个剧种、81 个经典剧目的精彩演出深深地吸引和打动了张庚先生。他“发下一个愿望，想为戏曲现代化尽一点力量”，他想“站在戏曲圈子之外去搞民族新歌剧，还不如干脆投身到戏曲的海洋中去工作更有实效些”①，于是 1953 年调到中国戏曲研究院担任主持工作的副院长，专门从事戏曲艺术改革实践和理论研究。

张庚先生从 1953 年担任中国戏曲研究院副院长到他逝世，为戏曲艺术的现代化和理论建设做出了卓越的、不可替代的贡献。20 世纪 50 年代，在他的倡导和主持下，由文化部主办、中国戏曲研究院承办了三届戏曲演员讲习班，各个剧种的演员集中学习党和政府的文艺政策、文艺理论，互相切磋技艺，促进了戏曲的发展。60 年代初创建的中国戏曲学院虽然只招收了一届学生就停办了，但这一届学生毕业后大都成了各地戏曲工作的骨干。20 世纪 70 年代末，张庚先生积极支持中国戏曲学校升格为中国戏曲学院，在师资队伍建设和编写教材等方面予以大力帮助，在中国艺术研究院建立研究生部，招收戏剧戏曲学硕士和博士，为国家培养了一大批专门的戏曲理论人才。主持编写《中国戏曲通史》《中国戏曲通论》，组织全国戏曲工作者编纂《中国戏曲志》。这一系列的工作和成果为建立中国戏曲理论体系奠定了扎实的基础。不可否认，中国的戏曲理论建设和人才培养和西方的戏剧理论和人才培养还有差距。为此，张庚先生有清醒的认识，他生前曾多次呼吁建立中华戏曲大学，建立中国戏曲博物馆。当年编纂《中国戏曲志》，考虑到木偶戏和皮影戏的特殊性，没有将它们纳入其中，准备编纂《中国皮影志》和《中国木偶志》。张庚先生的这些设想虽然因种种原因没有实现，但在张庚先生逝世后的几年间，中国艺术研究院戏曲研究所作为我国戏曲研究的“国家队”，先后完成了《中国少数民族戏曲剧种发展史》《中国近代戏曲史》《昆曲艺术大典》《京剧艺术大典》等，

① 张庚：《我和戏剧》，《中国现代作家传略》下，转引自王安葵《张庚评传》，文化艺术出版社 1997 年版，第 160 页。

形成了比较完备、比较系统的戏曲史志和理论体系。下一步，我们将组织力量完成《中国戏曲表演理论体系》的研究项目。在张庚先生领导和支持下，中国艺术研究院戏曲研究所先后召开三次大型的戏曲国际学术讨论会，并多次派所里专家到国外考察外国戏剧，邀请外国戏剧专家来中国讲学，促进了中外戏剧学术交流。因此，以张庚先生为代表的老一代戏曲理论家建议形成的戏剧戏曲学，无论对中国戏曲而言，还是对外国戏剧而言都是有益的，特别是对提升我国传统戏曲文化在国内外的学术地位起了积极的作用，功不可没。

当然，现在的情况与20世纪80年代初相比，有了很大变化。在学术界没有多少人还抱着“五四”时期全盘否定中国传统戏曲的观点不放，将中国戏曲排除出戏剧之外。戏剧一词完全可以涵盖中国传统的戏曲、傩戏等民间祭祀仪式剧、皮影戏、木偶戏和外来的话剧、歌剧、舞剧，甚至新兴的音乐剧。而且在国务院学位委员会新公布的学科名称中，已经将戏剧戏曲学与影视学合并为一个学科，叫戏剧影视学。我之所以旧事重提，是因为许多人不知道戏剧戏曲学这一学科名称的来历，对它的历史贡献和意义产生了不必要的误解。

二、傩和戏曲的关系

20世纪80年代初，在编纂《中国戏曲志》过程中，湖南、安徽、贵州、广西、四川等省的戏曲工作者对傩堂戏作了调查，召开了数次学术讨论会并配合学术研讨举行傩戏演出。与此同时，在编纂《中国民族民间舞蹈集成》时，各地也发现了不少傩舞，亦举办了学术研讨和演出。傩戏和傩舞都是民间祭祀活动中的表演仪式，既有联系又有区别。傩舞的仪式性更强，傩戏已经有了戏剧情节。有关傩戏和傩舞的活动引起了国内外戏剧学、民俗学、社会学、人类学等相关学者们的关注，海内外学者纷纷到中国内地考察傩戏、目连戏、赛戏、队戏、锣鼓杂戏等民间祭祀仪式剧。于是中国傩戏学研究会成立，进一步推动了傩戏的研究，在20世纪80年代中叶到90年代初形成了傩戏热。对傩戏等民间祭祀仪式剧的研究，无疑推动了中国戏曲史研究的深入发展，但也出现了一些偏差。如有的学者认为，中国戏曲源于傩，傩戏是中国古典戏曲的活化石。张庚先生非常关注戏曲研究中出现的新动向、新问题，多次召集中国戏曲志编辑部的同志汇报情况，并找20世纪50年代参与民间戏曲调查、当时依然参加编纂戏曲志的老专家文忆宣、孙家兆等先生商讨。张庚先生通过调查和研究，认为中国古代的傩巫等祭祀活动对中国戏曲的形成发展有一定影响，但中国戏曲形成的主要因素是民间歌舞和民间说唱艺术。傩的活动在民间虽然一直存在，但由祭祀仪式发展为傩戏是清代才出现的。一些傩坛的坛主为了吸引信众，便在傩仪中加演民间小戏，或以傩的形式扮演故事，形成了傩戏。我作为中国戏曲志编辑部主任，除组织每一个省卷的初审、复审外，还要协助主编、副主编终审。在送交出版社出版之前，张庚先生都要让我们汇报此卷的编纂情况、遇到的问题以及如何解决的等。在遇到涉及傩戏的省卷时，他要我们详细汇报有关傩戏的记述。在张庚先生的严格要求下，《中国戏曲志》在涉及傩戏的地方都做到了实事求是的记述，既不否定傩文化对戏曲形成过程中的影响，又不夸大傩戏的作用。如《中国戏曲志·湖南卷》作为《中国戏曲志》的首卷，在记述“傩堂戏”时说：

> 在清康、干年间地方志书中即有“神戏”“排戏”的记载。湘西称傩堂戏、傩神戏、土地戏、师公子戏，湘北、湘南又称师道戏、作愿戏、姜女儿戏。古代湖南，巫风甚盛。屈原《九歌》，便是表现沅、湘间巫滩歌舞娱神的诗篇。晋时《荆楚岁时记》有“村人并击细腰鼓、戴胡头及作金刚力士以逐疫”的巫舞记载。唐、宋时期巫傩歌舞仍盛行不衰。明代巫傩歌舞活动，多见于湖南各地方志，已由娱神转向娱人。明末清初，巫滩歌舞与杂技、武术相结合，顾炎武、刘献廷等人均有文记载。清代巫傩歌舞已形成戏曲形式：“辰俗巫作神戏，搬演孟姜女故事，以酬金多寡为全部半部之分，全者演至十余日，荒诞不经，里中习以为常。”（康熙四十四年《沅陵县志》）以《孟姜女》为代表的湖南滩堂戏，此时已初具规模。嘉庆之后，滩堂戏剧目又增加了《桃源洞神》《梁山土地》。清末民初，沅沣二水还傩愿唱《孟姜女》之风日盛，各地坛门林立。衡阳、零陵、宝庆一带，常搬演傩戏《盘洞》，湘西傩堂三女戏（《孟姜女》《庞氏女》《龙王女》）也渐流行，其中《孟姜女》还有用苗语演唱的，湘西南侗族傩戏还出

现了三国戏《古城会》等。傩堂戏在形成、发展的过程中，从形式到内容均受巫教的影响。戏班多以“坛门”组合，艺人一般均有“法名”，并成派系，世代相袭。傩堂戏剧目中，多掺杂了与巫教有关的人物和事件，傩堂中俱悬挂巫教所把神像。当傩堂戏逐渐从傩坛走向世俗时，与各地民间小戏关系密切。湘南师公还傩常分“内堂”（巫师）和“外堂”（艺人），湘西则称“内教”和“林教”。活动时二者合一。如湘南以作法事开始而以唱《盘洞》戏作为结束。故衡阳有民谣云：“南乡的脸子（面具），北乡的洞（傩戏《盘洞》），西乡的马灯（花鼓戏）拿不动。”屈毛、阳昌凯等既是巫傩艺人，又为衡州花鼓戏名角。沅水流域以桃源张树生的戏班久负盛名，张树生七岁入巫坛，以后亦巫亦优，最终汉剧、花鼓、傩堂三者皆精。

张庚先生关注傩文化和傩戏的研究，他认为，傩文化和傩戏的研究对戏曲源流的探索有帮助，但对一些学者过分夸大傩的作用的提法有不同意见。他认为将中国戏曲的源追溯为古代的傩仪是不符合历史事实的，是违背他一贯提倡的历史唯物主义的，因此他很少参加有关傩戏的活动，不随波助澜。

三、张庚先生的戏曲史观

张庚先生在1934年就加入了中国共产党，他信奉马克思主义，坚定不移地用唯物主义的立场、观点、方法研究中国戏曲的历史。他自己是这样做的，也是这样要求他领导的团队的，我们可以从他亲笔撰写的《中国戏曲通史》第一章“戏曲的起源与形成”乃至全书的框架结构写法体会到。志书是我国特有的一种记述历史的体裁，用志书的体裁记述各地各民族戏曲的历史是中国戏曲史学研究的创举，是20世纪80—90年代我国戏曲界进行的一项重大工程。我从1982年起就在张庚先生领导下参加《中国戏曲志》的编纂工作，一直到1999年才完成这一浩大的工程，对张庚先生的戏曲史观深有体会。张庚先生的戏曲史观反映在编纂《中国戏曲志》工作中，主要体现在以下几个方面：

（一）创造性地运用中国传统的方志理论，以方志的体裁反映各地各民族戏曲的历史和现状

中国地方志的编纂从宋代就形成规模，明清两代达到高峰。地方志不仅有丰富的实践，而且形成比较完善的理论，对于传承中华民族的传统文化起到重要作用。用方志的形式记录各地、各民族戏曲的历史和现状，是张庚等老一代戏曲家共同的愿望。中国艺术研究院戏曲研究所提出编纂《中国戏曲志》的计划后，张庚先生积极支持，在他的主持下将这一项目纳入国家哲学、社会科学重大科研项目。编辑部成立前，派调查组到各地调研，听取各地戏曲专家意见；指示编辑部成员认真学习方志学理论，阅读编纂的好的方志，熟悉方志体例。《中国戏曲志》体例就是在充分调查研究的基础上制定出来的，既遵循了传统方志的基本框架和编纂原则，又根据戏曲学科的要求，有所突破和创新。如《中国戏曲志》的四大部类和附录：图表、志略、传记是方志体例常设的，综述和附录则是旧的方志中没有的。综述是一个省市自治区戏曲的纵向记述，从本地戏曲的孕育、形成、发展，下限到 1982 年底，以文献、文物和实地考察为依据，真实记述，体现了历史唯物主义的史学观；图表包括大事年表、剧种表、剧种分布图、戏曲文物分布图、出国演出线路图等；志略包括了戏曲学科各个分支门类，如剧种、剧目、音乐、表演、舞美以及相关的内容，如科班与学校、班社与剧团、演出场所、演出习俗、文物古迹、报刊专著、谚语口诀等。附件收录有关戏曲的重要原始文献。

《中国戏曲志》的体例体现了张庚先生提出的全面、系统、纪实的史学思想，作为一种具有中国特色的史学著作体裁，具有极大的包容性、兼容性、灵活性和科学性。《中国戏曲志》的体例不仅被《中国曲艺志》所借鉴，而且成为《西部人文资源数据库·民间戏剧》和《中国非物质文化遗产数据库·传统戏剧》的基本框架。

（二）内容的全面、准确，文献资料不断章取义

张庚先生在 1987 年 4 月北京召开的中国戏曲志编辑委员会第一次全体会议讲话中指出："作为志书，要真正能够反映一个时代、一个地方的全貌，一方面应该把它的善的东西表现出来，一方面也应该把它的恶的东西表现出来。在一个时代里，有好的东西，也有不好的东西。”① 入志的人物、事件不能简单地以好坏、优劣做标准，而应选择各方面有代表性的。张庚同志的这一论点，是从历史唯物主义和辩证唯物主义的认识论出发的，体现了“一分为二”“两点论”观察世界、评价人物事件的科学态度。在封建社会，虽然正直的方志学家一再强调“秉笔直书”“不隐恶、不溢美”，但在实际修志中真正完全做到的却实在很少。有的修志者常常被当地的豪强士族所左右，对有些人和事进行了不恰当的美化，而对下层劳动人民创造物质财富和精神文明不仅极少记述，而且还经常加以歪曲和丑化。在中国共产党领导下，被封建统治阶级颠倒了的历史得到了纠正，劳动人民的历史地位和他们创造物质和精神文明的巨大作用得到公认，但一刀切、绝对化、形而上学等等不正确的思想方法仍在影响着我们实事求是地认识历史和评价历史。如果不破除这些错误的思想方法，仍会影响《中国戏曲志》作为“信史”的功能。针对这一情况，张庚同志在强调实事求是记述戏曲发展中的成功经验和新中国成立以后戏曲工作所取得的巨大成绩的同时，还指出：为了使今人和后人全面认识我们所走过的历史，作为戏曲志，“不好的东西也应该把它表现出来。比如，戏曲界那些民愤极大、罪恶昭彰的戏霸，该不该给他立个传呢？我看立了传是有教育意义的。……我们的史志里应该留下坏的一面，把它真实地记录下来，对于教育人民是有好处的。”② 张庚同志所提倡的实事求是的治学态度，在中国戏曲志的编纂工作中得到了具体体现，无论是记录戏曲的历史，还是记录戏曲的现状，各卷都注意记录了正反两方面的经验教训。

（三）实事求是，不能主观臆断，不能靠逻辑推理

张庚先生认为志书作为“信史”，它的生命在于真实，因此，“志书中所记述的人物事件都必须是历史上曾发生过的，而绝不能是可能发生而没有确切证据证明它们是发生过的。”“另外，所记述的人物事件的特点、发展规律都应该是通过记述反映出来，而不是以撰稿者的口吻特意指出来。”不能主观臆断，不能靠逻辑推理，“不能用议论代替材料”。张庚同志强

① 张庚：《张庚文录》第四卷，湖南文艺出版社2003年版，第484页。

② 张庚：《张庚文录》第四卷，湖南文艺出版社2003年版，第484—485页。

调："尽管我们得到了大量材料，并且对这些材料是有看法的。但是因为这是志书，我们的看法可以在别处写文章，在志书中不负责反映个人或部分人的看法，以免将来用志书的人先入为主。"[①] 他要求用朴素无华的记述体语言，不加任何夸张和修饰，简明扼要地记述历史事件的来龙去脉。

（四）秉笔直书，生不立传

按照我国修志的一贯原则，活着的人不能在志书中立传。但有的同志认为，如果我们遵循了"生不立传"的原则，许多在现当代戏曲史上做出贡献的人就不能上书，不写他们的活动，就难以反映现当代戏曲运动的面貌和所取得的成就。有的同志还以《戏曲曲艺词典》《中国大百科全书·戏曲曲艺》卷为例，坚持要给活着的人立传。张庚同志指示中国戏曲志编辑部详细收集了有关这方面的各种意见，认真研究了为活人立传的利弊，在中国戏曲志编纂工作会议上的报告中及时做出决断。他认为，志书中的人物传和辞书、大百科中的人物传是有区别的。辞书、大百科属于工具书，只要在某一学科做出成绩的人，不管他活着还是已故，都可以立个条目加以介绍。"因此，字典、辞书、大百科这些条目宽，特别是涉及到人的条目比较宽，而志书就比较严。志书是一种记功或记罪的东西，予以褒贬。所以志书的人物传一类条目，我的理解就是'树碑立传'的'传'。这个一经在志书上立了传，实际上就是树了一块碑了，它企图做到盖棺论定。因此，立传这个问题在志书中很重要，不能把辞书上或百科上因为有生者，或者为生者立了传，就来和志书比。"[②] 张庚同志从生不立传的历史经验出发，从辞书、大百科与志书的区别出发，指出"生不立传"是志书必须坚决遵循的原则。

"生不立传"的原则确定后，如何反映那些在世的戏曲作家、理论家、表演艺术家、活动家的艺术成就和历史功绩？张庚同志提出了"以事带人"的办法。他认为，"在世的人物正因为在世，也就不容易做一个全面的评价，或者说是还不容易给他做一个完整的评价。"所以不能在志书中为他立传。但"不给活人在方志上立传，不等于说这个人的名字就不能出

---

① 张庚：《张庚文录》第五卷，湖南文艺出版社2003年版，第137—138页。

② 张庚：《张庚文录》第四卷，湖南文艺出版社2003年版，第484页。

现在方志上。”“一个有成绩的人，在世的人，虽然不立传，但在志书中反映他们，这个反映分散在各种不同的条目中。”“他做了什么事，就在志书的一定地方给他做一笔记录。如果他做了几件事，就在不同的地方给他都记录下来。比如，有的同志得过某种奖，在某种奖的条头里会反映出来，得奖的名单里就会有他。别人没有得这个奖，就没有他们的名字。……又比如有的剧作者写了一个剧本很成功，当提到这个剧目的时候，当然这个条目里就有他的名字。……又比如演员演成功了一出戏，就会在这出戏的条目有他的名字。还有某一个科班出身的高材生，这个人必然在这个科班的条头下有他的名字。”张庚同志认为活着的人这样上书，“这样的列名办法，非常实事求是，任何人也不能有异议”，“既不能溢美，也不能压低。有一件事，算一件事，你做了这件事，就有你的名字；没有做这件事，就没名字。所以活人不是不上书，上书的机会很多。这样一来，也就不用担心我们新中国编的志书反映不出新中国的成绩来了。”①

在立传人物的标准上，张庚同志提出了两点：一是看他对戏曲影响的大小。影响有好有坏，但志书的人物传不单纯以好坏为标准。他认为“志书为人物立传，应该包括两个内容：一种是为了记他的功而立传，一种是为了记他的罪而立传。”② 有功者可作后人的楷模，有罪者可作为对后人的警戒。第二点是不以成份划线。张庚同志认为看一个人对戏曲有功还是有罪，不能只看他的出身成份，不能简单地认为，凡是剥削阶级中的人物就破坏戏曲。例如在新中国成立前，天津有一个大资本家高勃海，曾办了一个名为稽古社的戏曲科班，培养出不少著名演员，不能因他是资本家，就不记述。

如何记述人物的是非功过？过去的方志学家提出要秉笔直书，不溢美、不隐恶。张庚同志认为，这个提法看起来公允，但在封建社会不仅没有做到，而且成了粉饰编志人的口实。今天我们在新的历史条件下编写志书，秉笔直书，不溢美、不隐恶的口号亦难完全做到。比如不隐恶，从旧社会过来的戏曲艺人，他们身上或多或少都沾染了一点旧社会的灰尘，今天在戏曲志中为他们立传，要不要写他们私生活中的缺点？张庚同志说，

① 张庚：《张庚文录》第四卷，湖南文艺出版社2003年版，第485—486页。
② 张庚：《张庚文录》第四卷，湖南文艺出版社2003年版，第484页。

一个演员在旧社会无权无势，他的社会地位很低，在那个时代被生活所迫，唱了一些内容上不健康的戏，或在生活上犯了一些错误，不应当过多地责备他们，在戏曲志中也没有必要多写这些问题，更不要加以渲染。由此可见，秉笔直书这个提法不能成为我们为人物写传时依据的原则。

在分析批判了秉笔直书这个被旧方志学家奉为至宝的法则后，张庚同志提出了“实事求是，合情合理，顺人心之公道，合中央之政策”的评价人物、为人物立传的原则。他解释说：“实事求是，就是要研究一个人所处的具体环境、具体情况，不能凡事都用一个概念去套。比如讲汉奸，这是一个概念，在抗战时期，属于大是大非问题，从那时一直到现在，用它来评价一个人的一生，也还很重要。要评价一个人就要看他生活在什么样的政治环境。他是怎么做的，害了人没有？这就需要具休，不能空谈概念。……什么叫做‘合情合理，顺人心之公道’呢？指的是群众。我们常说公道自在人心，特别是‘文革’中。‘四人帮’颠倒了历史，人民群众心里都很明白，自有是非标准，的确是‘公道自在人心’。有的人不好，群众绝不说他好；有的人虽然有缺点，甚至有些错误，但是群众说他还有可原谅的地方。因此，所谓‘顺人心之公道’，就是指的多数群众的思想感情和愿望。”张庚同志接着说：“什么是‘合中央之政策’呢？现在不提文艺从属于政治，但是文艺不能脱离政治，修志尤其不能脱离政治，特别是涉及人物的评价，遇到疑难不好解决的问题，最好请示一下有关部门。所谓有关部门不一定是顶头上司，比如有关民族问题，最好请示民委，或者找专门在这一方面有研究的、参与的人请教。这样有好处，既做到实事求是，又做到准确与科学。这里并不是连真话也不说了，更不是说可以歪曲事实。但是讲真话是一条，话怎么讲又是一条，不能用自然主义的办法替人写传。比如对‘文革’中一个演员是如何牺牲的，我认为不宜作许多形象的描写。我们在戏曲志上给一个人立传，目的在于为一个人在戏曲上的贡献记上一笔，也是通过一系列人物传记，从中看出继承与革新的关系。至于想用写一个人是怎么死的，来批判‘四人帮’，那恐怕不是在任何场合都适用的最好办法。”①

张庚同志提出的这三条原则是对我国方志学理论的突破和发展。他既

---

① 张庚：《张庚文录》第四卷，湖南文艺出版社2003年版，第489—490页。

指出了“秉笔直书”的局限性和实际运用中的形而上学或教条主义，又将实事求是的唯物主义认识方法和“合情合理，顺人心之公道”这一我国劳动人民评价是非的朴素思想，及中央现行政策有机地结合起来；既体现了志书客观真实记录历史、反映现实的要求，又体现了《中国戏曲志》所应该具有的社会主义时代精神。

张庚先生对戏曲的贡献是多方面的，是他人不可代替的。作为在他身边长期工作过的后生晚辈，张庚先生对我的教诲和影响是很深刻的。编纂《中国戏曲志》耗时18年，每当困难的时候，张庚先生总是给予我们热情的鼓励和具体的帮助。1995年前后，戏曲志编纂工作到了最紧张、最繁重的时期。但由于当时研究院工资低，生活困难，编辑部的人员有的出国，有的调离，我也一度产生了另谋出路的想法。张庚先生知道后说，一个人一辈子要能做成一件大事很不容易。编纂戏曲志是我国戏曲界多年来想做而没有做成的大工程，希望你们克服困难，坚持下去，不要半途而废。等戏曲志完成了，你们就对各地各民族的戏曲都了解了，研究戏曲史就有发言权，就成了这方面的专家。我牢记张庚先生的话，全身心投入戏曲志编纂工作。后来之所以在戏曲史研究方面做出了一点成绩，是与张庚先生的教诲分不开的。

另一件使我难忘的是张庚先生对参加十部文艺集成志书编纂工作者评定职称的关心和支持。参加十部文艺集成志书编纂工作的大都是各地从事文艺创作和研究的老专家，他们服从组织安排，放弃了自己的创作和研究，从事集成志书的编纂工作，但在评定职称时拿不出个人成果，而集成志书又没有纳入科研的评价体系，评不上应有的职称。1997年，我该评研究员了，但因为只有一本专著，在文化部评审会上落选。1998年，又因同样的原因落选。和我同样遭遇的在中国艺术研究院四个总编辑部中就有五六人。十部文艺集成志书是国家重大科研项目，参加编纂工作十几年不算科研成果，不仅我想不通，大家都很气愤。张庚先生知道后也很生气，一方面指示中国艺术研究院科研办公室和全国艺术科学规划领导小组办公室向文化部打报告，另一方面亲自找部领导反映。1999年，孙家正部长在张庚写给他的报告上批示，责成人事司研究解决。不久文化部职称改革领导小组下发文件，将文艺集成志书纳入科研成果评价体系，解决了一大批参加文艺集成志书编纂工作者的职称问题。张庚先生关心下属、实事求是的工作作风与他精湛的学术、高尚的人品一样，受到各地戏曲工作者的赞誉。

张庚先生虽然逝世多年，但他给我们留下的精神财富却随着时代的变化越来越珍贵。我们一定不辜负张庚先生的希望，为祖国戏曲艺术的繁荣、戏曲文化的发展，努力工作。

（为2011年“纪念张庚百年诞辰戏曲国际学术研讨会”撰写的论文，原载中国艺术研究院戏曲研究所编张庚先生百年诞辰国际学术研讨会论集《戏曲学的新发展》，文化艺术出版社2012年版，第128—135页）

以歌舞演故事

——论王国维对戏曲基本特征的认识及意义

中国的戏曲艺术是在中华民族数千年文学艺术的综合发展基础上形成的，它既不同于欧美的话剧，也不同于欧美的歌剧和舞剧。中国戏曲的艺术形式虽然在金元时期就成熟了，但对于它的基本特征的认识和理论上的阐述却很晚。明人王世贞在《曲藻·序》中说："曲者，词之变。"他是从文学的角度论述戏曲与词的继承关系的，没有涉及到戏曲的特征。在王世贞之后，程羽文在《盛明杂剧·序》中说过："曲者，歌之变，乐声也；戏者，舞之变，乐容也。"他比王世贞的说法全面了一些，涉及到了戏曲艺术中诗歌、音乐、舞蹈的关系和它们各自的功能，但依然没有触及到戏曲的基本特征。当西方戏剧文化进入中国后，人们才在中国戏曲和西方戏剧的比较中逐步认识到我国戏曲和西方戏剧的差异，开始从理论上探讨中国戏曲的特征。我国近代学者王国维是第一个比较准确地阐述了戏曲基本特征的戏曲史论家。他在《戏曲考原》中指出："戏曲者，谓以歌舞演故事也。"在《宋元戏曲考》中，他又提出了"真戏曲"的概念。所谓真戏曲，就是"必合言语、动作、歌唱，以演一故事"。他认为只有这样的戏剧之意义始全，才能称得上是真戏剧。王国维的论述，揭示了中国戏曲的基本特征，抓住了中国戏曲和西方戏剧的根本区别。

一、王国维关于歌舞演故事的理论是在全面深入地考察了中国戏曲的历史以后得出来的

王国维在《宋元戏曲考》中，通过翔实的史料考证了中国戏曲的起源与形成。他认为，中国戏曲是在古代祭祀歌舞的基础上孕育出来的。早在四五万年前的新石器时代，中国就有了原始的祭祀歌舞。屈原作《九歌》

11篇，其中有10篇是追悼楚国的神灵和祖先以及阵亡将士的祭歌。诗中作者以拟人化的手法叙说了作品中的主人公东皇太一、云中君、湘君、湘夫人、大司命、少司命、东君、河伯、山鬼及阵亡将士的故事，描述了楚国盛大的祭祀歌舞场面。王国维认为，诗中“浴兰沐芳，华衣若英，衣服之丽也；缓节安歌，竽瑟浩倡，歌舞之盛也；乘风载云之词，生别新知之语，荒淫之意也。是则灵之为职，或偃蹇以象神，或婆娑以乐神，盖后世戏剧之萌芽，已有存焉者矣。”我们今日读这些诗篇，虽然难以得出战国时期就有了戏曲的结论，但其中确实有歌舞演故事的成份。只不过诗中没有角色，不是以脚色扮演故事中的人物形象，而是通过巫师的独唱来叙说故事，描述故事中人物的思想感情和行为事迹的。所以，这些作品虽然有演故事的成份，但它们还没有突破叙事诗的艺术范畴，故王国维给它们下的“盖后世戏剧之萌芽”的结论是很正确的。

汉代出现了以插科打诨、滑稽调笑为特点，以娱人为目的的俳优之戏以及集各种杂技、武术为一体的百戏、角抵戏。在优戏和角抵戏中，已经有简单的故事和人物了，如《东海黄公》；在百戏中，各种技艺同场演出，为戏曲的形成创造了一定的条件。但这时候，我国的文学创作仍然缺乏有完整故事情节和鲜明人物形象的长篇叙事作品，各种艺术虽然汇聚一起，但仍没有一种艺术形态能将它们融合在一起，为同一个艺术目标服务。“由是观之，则古之俳优，但以歌舞及戏谑为事。自汉以后，则间演故事；而合歌舞以演一事者，实始于北齐。”王国维在列举了北齐时期的歌舞剧《兰陵王》和《踏摇娘》后说：“此二者皆有歌有舞，以演一事；而前此虽有歌舞，未用之以演故事；虽演故事，未尝合以歌舞，不可谓俳优戏之创例也。”然而，王国维还不认为它们是“真戏剧”，他的理由是：“顾其事至简，与其谓之戏，不若谓之舞为当也。”尽管如此，王国维还是充分肯定了北齐歌舞戏的历史地位，他认为：“后世戏剧之源，实自此始。”

唐代是我国歌舞百戏大发展、大繁荣时期。这一时期，除继承前朝的歌舞戏之外，又产生了由两个角色表演的参军戏，如《樊哙排君难》《弄孔子》等。但这些歌舞戏在艺术形式上没有大的突破，故王国维称：“唐五代戏剧，或以歌舞为主，而失其自由；或演一事，而不能被以歌舞。其视南宋金元之戏剧，尚未可同日而语也。”

宋代结束了五代十国战乱和分裂局面，不仅使各地的经济得到了恢复发展，而且使各地的民间文学艺术得到了前所未有的繁荣。在北宋的都城汴梁及扬州、临安等大都市，商业发达，为市民阶层娱乐服务的各种民间艺术荟萃，特别是由讲经发展起来的说唱艺术的兴起，为“真戏曲”的形成创造了最终的条件。宋代的戏剧有滑稽戏、傀儡戏、影戏及具有戏剧成份的大曲、舞队、讶鼓等形式。王国维称：“宋之滑稽戏，虽托故事以讽时事，然不以演事实为主，而以所含之意义为主。”他认为傀儡戏、影戏虽以演故事为能事，然而非以人演也，故它们均非真戏剧；宋代的滑稽戏，与唐之滑稽戏无异，不能被以歌舞，其去真戏剧尚远；大曲、舞队、讶鼓有歌舞演故事的成份，但仍比较简单，既无戏剧冲突，又无人物性格刻画，故王国维称它们为戏剧的支流。宋代的说唱艺术有诸宫调、赚词两种艺术形式。所谓诸宫调，按王国维的说法，就是将各种曲子按宫调归类，“每宫调中，多或十余曲，少或一二曲，即易它宫调，合若干宫调以咏一事”；“赚词者，取一宫调制曲若干，合之以成一全体”，以此来咏一事。诸宫调和赚词的出现，为综合性的戏曲创立剧本结构体制和音乐结构体制提供了基础。王国维在《宋元戏曲考》中对宋代各种与戏曲有关的艺术形式，特别是诸宫调和赚词进行了详细的研究，认为“南北曲之形式及材料，在南宋已全具矣。”他由此得出“宋金二代而始有纯粹演故事之剧”“真正之戏剧，起于宋代”的结论。

王国维对戏曲史的研究是建立在史料考证基础上的。尽管在北宋就出现了能连演七天七夜的《目连救母》杂剧，但“其本则无一存。故当日已有代言体之戏曲否？已不可知。”所以，他从谨慎的态度出发，又说：“而论真正之戏曲，不能不从元杂剧始也。”由此可见，王国维给戏曲基本特征所下的结论是建立在他对中国戏曲漫长的形成历史的科学研究基础之上的。这种严谨的治学态度，非常值得我们今人学习。

二、王国维给中国戏曲基本特征所下的科学定义，不仅对我们正确认识中国戏曲的发展历史有重要的意义，而且对我们今天研究戏曲声腔剧种的异同，建立中国戏曲的理论体系有重要的指导意义

中国戏曲在宋金时期形成后，经历了北曲杂剧、南戏传奇、板腔体地

方戏这样几次在音乐结构和剧本体制上的变化，先后产生过三百六十多个戏曲剧种，目前有专业剧团或业余剧团还在舞台上演出的剧种仍然有三百来种。这些剧种有些是元明时期曲牌体戏曲的遗响，如昆曲、南词戏、清戏、柳子戏、梨园戏、莆仙戏等；有些是明末清初形成的板腔体戏曲，如秦腔、蒲剧、晋剧、豫剧、河北梆子、山东梆子等各地的梆子戏和京剧、汉剧、宜黄戏、徽剧等皮簧戏；有些则是既有曲牌体又有板腔体的多声腔剧种，如川剧、湘剧、赣剧、上党梆子等；也有一些是从民间歌舞发展起来的地方小戏，如南方各地的采茶戏、花鼓戏、花灯戏，北方各地的秧歌戏；还有一些是从民间说唱艺术发展起来的地方小戏，如江浙一带由滩簧、弹词发展起来的苏剧、甬剧、姚剧、越剧、沪剧、淮剧等，山、陕、豫、宁、甘、青一带由说唱艺术发展起来的道情戏、眉户戏、曲子戏，冀东辽南一带由说唱莲花落发展起来的评剧等。

除为数众多的汉族戏曲剧种外，我国还有藏戏、蒙古戏、壮剧、维吾尔剧、白剧、傣剧、侗剧、彝剧、布依戏、苗剧等少数民族戏曲。在少数民族中，也有一个民族因居住的区域不同，语言和风俗习惯的不同，而形成若干个剧种。如藏族，在西藏自治区就有白面具戏、蓝面具戏、昌都戏、德格戏、门巴戏，在四川、甘肃、青海的藏区有安多藏戏、康巴藏戏、南木特戏、黄南藏戏等。再如白族戏曲有吹吹腔、大本曲之分，壮剧亦有师公戏、土戏、沙剧之分。这些戏曲剧种尽管唱腔不同，表演风格不同，所走的艺术道路不同，艺术成份的含量亦有很大的差异，但它们有一个共同的特征，就是王国维先生概括的“以歌舞演故事”。戏曲艺术的这种多样性，反映了我国地域辽阔、民族众多、语言丰富，民间艺术多姿多彩，戏剧文化发展的不平衡性；戏曲艺术“以歌舞演故事”的这种共同特征，反映了我国各地各民族戏剧文化在共同的历史背景下，经过长期的相互影响、相互交融而形成的内在联系。中国戏曲的共同特征和不同风格是在我国特有的历史、地理、文化背景的作用下形成的。

丰富多彩的戏曲文化为我们今天的戏曲理论研究提供了众多的课题，但戏曲艺术形态的多样性也为我们认识它的特征、把握它的本质、探讨它的发展规律带来一定的困难。如我们常常把唱念做打的综合表演、强烈的节奏感、虚拟性的时空处理、程式化的动作技巧、象征性的人物装扮、装饰性的舞台布景作为戏曲的特征来阐述，并作为戏曲区分于话剧、歌剧、舞剧的理论依据。拿这些理论去衡量昆曲、京剧、川剧、豫剧、秦腔、晋剧、湘剧、赣剧等大剧种无疑是正确的，拿这些剧种作为我国戏曲的代表，与外来的话剧、歌剧、舞剧等作比较研究，从而建立起中国戏曲的理论框架也是正确的；但拿它去衡量由民间歌舞或民间说唱发展而成的民间小戏就不恰当，拿它衡量少数民族戏曲，就更不适应了。如在民间歌舞基础上发展起来的采茶戏、花鼓戏、花灯戏、秧歌戏和在民间说唱艺术基础上发展起来的滩簧类、道情类、曲子类剧种，它们均以演出反映民间生活的小戏为主，极少演出宫廷生活和军事斗争的大戏；在它们的行当中以小生、小旦、小丑为主，很少有武生、武旦、刀马旦、大净、毛净等行当，少数民族剧种很少分行当；在它们的表演中以唱、做和载歌载舞的形式为主，很少有成套的武打技巧；在装扮上以俊扮为主，没有成套的脸谱；在音乐上，以民歌、小调或说唱音乐组成单曲连缀的唱腔形式，没有形成曲牌联套或板腔变化体的成套唱腔；沪剧及维吾尔剧等少数民族戏曲伴奏不用锣鼓，节奏感并不像京剧等汉族戏曲那样强烈；越剧、沪剧、滑稽戏以及维吾尔剧等少数民族剧种上演的剧目多为分幕结构，时空相对固定。这些情况表明，汉族的民间小戏和少数民族剧种还处于不断发展和完善的过程，还没有形成程式化表演体系。即使像京剧这样艺术比较完善、程式化比较高的剧种，由于流播地区不同，所受的外来艺术影响不同，艺术的风格亦有较大的差异，如京剧海派受外国歌剧、话剧、电影的影响很深，在表演上常常突破行当的界限，“淡化了传统京剧强调虚拟及程式化的规范，而大大加强了其中的写实性”[1]，京剧海派追求的是生活化和自然、真实的风格。在现存的三百多个剧种中，古典和大戏剧种只占一小部分，多数剧种是民间小戏，所以仅仅用汉族一些古老的大戏剧种的特征，概况中国戏曲的共同本质和基本特征是不全面的。故笔者认为，尽管我国的戏曲理论在近年有了很大的发展，并初步形成了有别于西方戏剧的理论体系，但王国维先生在八十多年前概括的“以歌舞演故事”这一戏曲理论的基础并没有动摇，我们在建立中国戏曲理论的体系时应该充分肯定王国维先生的奠基者功绩。

---

① 《中国戏曲志·上海卷》，中国 ISBN 中心 1996 年版，第 394 页。

三、王国维先生关于“以歌舞演故事”的理论，不仅对研究我国戏曲声腔剧种的异同有认识作用，而且对剧种的发展方向有指导意义

新中国成立以来，我们在戏曲理论研究中重视探讨戏曲艺术的特征和它的发展规律，在艺术实践中强调继承戏曲的传统，同时又要求戏曲吸收外来艺术特别是民间艺术的精华。然而，由于我们对戏曲的基本特征认识不够，在理论研究和艺术实践中难免出现偏差。如我们在理论上，把昆曲和京剧等古典戏曲剧种数百年形成的虚拟性和程式性特点作为中国戏曲的基本特征来认识，不仅影响了古典戏曲的改革步伐，而且影响了民间小戏剧种和少数民族戏曲剧种对本地、本民族各种民间文学、艺术及话剧、电影等写实艺术的吸收，使戏曲反映现实生活的能力受到了一定的限制。纵观新中国成立以来我们戏曲舞台上演出的现代戏，虽数量不少，并不乏精品，但尚未形成20年代在上海、天津、北京等地上演时装戏、文明戏那样浓烈的风气，戏曲吸收外来艺术的“胃口”也不如那时大。究其原因，在很大程度上就是一些理论框框束缚了我们的手脚，生怕新的、外来的东西吸收的多了，丢掉了自己的传统，怕别人说自己演的不是戏曲。

在剧种建设上，也由于缺乏对戏曲基本特征的准确理解，一些新兴的剧种，特别是在民间小戏基础上发展起来的剧种，把京剧等程式化较高的剧种作为发展模式，放弃了自己原有的特点和艺术风格，以演行当齐全、文武兼备的大戏为发展方向，结果热闹于一时，得不到本地观众的认可，不能在群众中生根，缺乏艺术的生命力。东北地区的吉剧、龙江剧等都是新中国成立以后在当地民间小戏二人转基础上经过许多艺术家的辛勤创造发展而成的，专家、学者和外地的观众看了他们的演出叫好，但当地观众还是愿意看土里土气的二人转。其原因很多，但根本的原因是新的剧种失去了二人转在艺术上灵活多变、表演生动活泼、内容丰富多彩、接近群众生活的优点。二人转是由曲艺向戏曲过渡的艺术形式，它演出的节目，既有《花园会》《二大妈探病》《包公赔情》等属于戏曲形式的拉场戏，但也有演员跳出跳进，一会是第一人称的剧中人，一会是第三人称的评述者，叙事和代言相交织的剧目。如果我们按京剧等程式化很强的剧种去衡

量它，就很难将其划入戏曲的行列。但我们按王国维“以歌舞演故事”的概念去看，它理所当然应归属于戏曲。当然，二人转中有不少早期演出的节目，完全是第三人称叙事体的形式，应纳入曲艺的范畴。类似二人转和吉剧、龙江剧的例证在别的一些地方还有。人为地将一些民间小戏改变为大戏，这种脱离艺术发展规律、脱离人民群众的历史教训值得我们吸取。

在剧种建设上，缺乏对戏曲基本特征的正确理解，不仅对汉族地区民间小戏的发展造成不良的影响，而且对少数民族剧种的发展也有一定的副作用。我国是一个多民族的国家，我国的戏曲文化是各族人民共同创造的。汉族戏曲虽然形成早于其他少数民族，而且比少数民族的戏曲成熟些，但我们研究中国戏曲史后会发现，在汉族戏曲形成和发展中吸收了许多少数民族的文学艺术成份。如南北曲中就有不少来自少数民族的曲调，梆子、皮簧戏中的胡琴、三弦等伴奏乐器就是来源于少数民族的乐器。少数民族在与汉族的交往中，受汉族戏曲的影响，在本民族歌舞或说唱艺术的基础上，吸取汉族戏曲的经验，形成本民族的戏曲。除藏戏之外，其他少数民族剧种的历史都比较短，故大都没有形成像京剧那样唱念做打完备、行当齐全、表演程式化的艺术体系。于是，不仅一些汉族的戏曲工作者怀疑这些剧种是不是戏曲，而且本民族的戏剧工作者也存有疑问。如新疆的维吾尔剧就遇到这种情况，有一部分人认为它是戏曲，有一部分人认为它是歌剧；一部分人认为它应该按京剧等汉族戏曲的模式发展，一部分人认为它应该按西洋歌剧的路子发展。在编纂《中国戏曲志·新疆卷》时，大家用王国维先生“以歌舞演故事”的论断来加以分析，认为维吾尔剧在发展过程中虽然较多地吸收了西洋歌剧的创造方法，但它的基本曲调是本民族的古典套曲“十二木卡姆”，另在表演中，穿插有大量的新疆民间舞蹈，完全符合中国戏曲的基本特征，故一致同意将维吾尔剧划归到戏曲的大家庭中，编入戏曲志。

再如内蒙古自治区境内的蒙古戏和辽宁的阜新蒙古戏，也是在新中国成立以后形成的少数民族剧种。由于蒙古族居住区幅员辽阔，东部地区和西部地区在语言、风俗习惯、文化传统等方面都存在着较大的差异，各地的蒙古戏尚未形成统一的艺术风格。人们对这些剧种的看法存在着较大的分歧，如何确定它的发展道路亦缺乏一致的认识。在编纂《中国戏曲志·内蒙古卷》和《中国戏曲志·辽宁卷》时，中央和省、市的戏曲专家、学者一起研究，用王国维先生“以歌舞演故事”的理论分析了内蒙古自治区境内的蒙古戏和阜新蒙古戏的艺术特点，统一了认识，使这些蒙古戏作为中华民族戏曲百花园中的不同品种收入书中，从而在官修志书中确立了它们的历史地位。

中国戏曲形成发展的历史和许多戏曲剧种的兴衰规律告诫我们：戏曲是在“以歌舞演故事”这一原则的支配下，不断综合和吸收民间艺术的过程中成熟和发展的；一种戏曲形态在成熟后，如果不吸取新的、民间的艺术养分，就会僵化、凝固，就会被观众和时代抛弃，就会被新的戏曲形态替代；新的戏曲形式孕育、形成于民间，旧的戏曲形式因被上层社会所垄断，脱离人民群众而走向僵化和灭亡。在世界三大古典戏剧中，古希腊戏剧和古印度戏剧早已在舞台上消失，唯独中国戏曲能延续到现在，就是因为它能不断吐故纳新，吸收民间的、外来的新鲜艺术养料。形成和发展中的戏曲形态都有兼容并蓄的特征，如早期的京剧，在西皮、二簧的基础上，吸收了昆曲、高腔、梆子等许多剧种的艺术成份；越剧、黄梅戏、豫剧之所以能成为各地观众喜爱的大剧种，也在于它们在艺术上不保守，有一个融合各种民间和外来艺术的大“胃口”。

在明确了“以歌舞演故事”这一戏曲的基本特征后，我们对戏曲发展的战略就会有一个正确的认识。中国古典戏曲基本反映的是我国封建时代的生活，其表现形式和艺术技巧及所谓程式也是从那个时代的生活中提炼出来的，以其表现中国古代的生活和古人的思想感情得心应手，但以其反映现代生活和现代人的思想感情就显得无能为力、捉襟见肘。现代的中国人和外国人，难以用生、旦、净、丑来分脚色行当；现代人出远门不是乘火车，就是坐飞机，不能用“走边”表示；现代战争用飞机、坦克、军舰、大炮、鱼雷、导弹，难以用传统戏的武打套子反映；现代人对服装、化妆的审美要求与古人有很大的差异，以传统的脸谱和化妆不能表现现代人的审美思想；西洋乐器和电子音乐发展和丰富了人们的听觉意识，古典戏曲的音乐唱腔比之单调，很难淋漓尽致地抒发现代人丰富的思想感情和满足现代人的听觉需求。古典戏曲在艺术上的程式化，是排斥新的艺术成份的，故难以从根本上克服自己的这些弱点，难以担负起反映现代生活、塑造现代人物形象的历史使命。而民间小戏和在民间小戏基础上发展起来的新兴剧种，如越剧、沪剧、评剧、黄梅戏、花鼓戏、眉户戏、二人转、二人台等在艺术上比较灵活，有较强的吸收民间艺术和外来艺术、反映现代生活的能力，只要解放思想，增加投入，是完全可以继往开来，缩小戏曲与现代审美意识的距离的。特别是像上海和江浙一带兴起的滑稽戏，很有宋元南戏“不叶宫调”“益以里巷歌谣”“村坊小曲而为之”的遗风，在唱腔音乐上能吸收观众熟悉和喜欢的各种流行歌曲，表演上不拘一格，如果加以扶植和发展，定能开戏曲之一代新风。笔者如此说，并不是说古典戏曲已经失去了存在的价值，它可以作为一种高雅的艺术，加以扶植。人到中年以后，往往在艺术欣赏上会发生一些变化，不愿欣赏那些对听觉和视觉有强烈刺激的艺术，而想听些、看些比较文雅、清谈的艺术，而像昆曲、京剧等古典戏曲，很符合这一部分观众的需要。只要有人看，就有保存的价值。即使没有了观众，也可以像日本保存能乐、歌舞伎一样，加以保护，作为后人研究我国古典艺术的活化石。

综上所述，笔者认为，扶植和发展戏曲的战略重点应放在新兴剧种和民间小戏上，而不应该把主要的财力、人力、精力用在振兴古典戏曲上，更不应该因新兴剧种和民间小戏在艺术上不成熟而采取歧视和让其自生自灭的态度。总之，广大观众喜爱什么，我们就应该支持什么；广大观众不喜欢的东西，无论你怎样振兴它，也是不会有生命力的！

王国维先生关于“以歌舞演故事”的论断，概况了我国各地各民族戏曲的基本特征，体现了中国各族人民创造中华民族戏曲文化的历史事实，不仅对于我们研究中国戏曲的历史，建立中国戏曲的理论体系，发展我国的戏曲艺术具有重要的意义；而且对于加强我国各民族戏曲文化的联系，提高我国戏曲文化在世界戏剧文化中的地位，具有深远的意义。

（原载《戏曲研究》54 辑）

剧诗——诗歌戏剧化的产物

在世界文艺史上，许多文艺理论家把中国的戏曲和西欧的古典戏剧看作是诗歌的一种，或者说是诗歌发展的高级阶段。如明代戏剧家孟称舜在《古今词统》序中说："诗变为词，词变为曲，词者诗之余而曲之祖也。"①俄国文艺理论家别林斯基也把西方古典戏剧看作是诗歌的一种，他在《诗歌的分类和分科》② 中称："戏剧诗歌是诗歌发展的最高阶段，艺术的皇冠"，"最高的艺术体裁"。中国现代戏曲理论的奠基人张庚先生从中国戏曲文学的发展历史和特点出发，创立了"剧诗"学说。他认为："戏曲的正式形成，剧本的正式产生，是与诗歌发展到一定阶段分不开的。"③ 他从传播学的角度，把诗歌分为口头的诗歌和案头的诗歌两类，戏曲是口头的诗歌中的一种，它是由民歌发展为说唱，然后又发展为戏曲的；④ 又从形态学的角度，把诗歌分为三类，即抒情诗、叙事诗、剧诗。⑤ 张庚的剧诗说已成为戏曲理论界的共识，并得到学术界越来越多的人的认可。

剧诗与其他类型的诗歌比较，有哪些相同和不同呢？本文就此议题阐述一点看法。

咏物言志——剧诗与其他诗歌的共同点

剧诗作为诗歌的一种，它与其他诗歌有许多共同点，如文字的高度精炼，语言的格律化，赋比兴的艺术手法等等，但最基本的共同点是言志咏

---

① 吴毓华编：《中国古代戏曲序跋集》，中国戏剧出版社 1990 年版，第 203 页。

② 《别林斯基选集》第三卷，上海译文出版社 1980 年版。

③④ 张庚：《戏曲艺术论》，中国戏剧出版社 1980 年版，第 38 页。

⑤ 同上，第 40 页。

物，而剧诗的倾向性则更加鲜明，感情色彩更加强烈。如元代杂剧作家关汉卿在《窦娥冤》中通过窦娥唱出他对元代黑暗社会的控诉：

有日月朝暮悬，有鬼神掌着生死权。天地也只合把清浊分辨，可怎生糊涂了盗跖颜渊！为善的受贫穷命更短，造恶的享富贵又寿延。天地也，做得个怕硬欺软，却原来也这般顺水推船。地也，你不分好歹何为地！天也，你错勘贤愚何为天！哎！只落得两泪连连。①

作家通过〔滚绣球〕这样一段唱，对元代社会异族统治下，官场腐败，恶人横行，黑白不分，是非不明，人民生活水深火热的社会现实揭露无遗。

在“言志”上，剧诗和普通诗歌既有相同的地方，又有不同的地方。普通的诗歌是通过形象的语言直接表达作者的思想感情的，而剧诗是通过剧中的人物来表达作者的喜怒哀乐和爱憎的。这一点，明代剧作家孟称舜有精辟的论述。他在《古今名剧合选序》中指出：“吾尝为诗与词矣，率吾意之所到而言之，言之尽吾意而止矣。至于曲，则忽为之男女焉，忽为之君主、仆妾、佥夫、端士矣。……学戏者不置身于场上，则不能为戏；而撰曲者不化身为曲中之人，则不能为曲。”② 孟称舜既是一位优秀的剧作家，也是一位诗词作家。他以自己的创作实践，指出了剧诗与普通诗歌在“言志”方面一脉相承的联系及其区别。

剧诗的“言志”，除了通过剧中人物的唱念抒发外，还通过“副末开场”“伴唱”等艺术手段来表达。在宋元南戏和明清传奇中，开头都是“副末开场”。这个“副末”并不是剧中人物，而是作者自己。如《琵琶记》中的副末上场后，先唱了一曲〔水调歌头〕向观众宣传自己的戏剧观：

秋灯明翠幕，夜案览芸编。今来古往，其间故事几多般。少甚佳人才子，也有神仙幽怪，琐碎不堪观。正是不关风化体，纵好也徒

① 臧晋叔编：《元曲选》第四册，中华书局1958年版。

② 吴毓华编：《中国古代戏曲序跋集》，中国戏剧出版社1990年版，第198页。

然。论传奇，乐人易，动人难。知音君子，这般另眼儿看。休论插科打诨，也不寻宫数调，只看子孝共妻贤。正是骅骝方独步，万马敢争看。①

接着副末唱了一曲〔沁园春〕来介绍剧情和评价剧中人物：

赵女姿容，蔡邕文业，两月夫妻。奈朝廷黄榜，遍招贤士。高堂严命，强赴春闱。一举鳌头，再婚牛氏，利绾名牵竟不归。饥荒岁，双亲俱丧，此际实堪悲。赵女支持，剪下香云送舅姑。把麻裙包土，筑成坟墓。琵琶写冤，径往京畿。孝矣伯喈，贤哉牛氏，书馆相逢最惨凄。重庐墓，一夫二妇，旌表门闾。②

以作者的口吻评价剧中人物，不仅在古典戏曲中广泛运用，而且在新编和改编的剧目中也经常出现。如蒲剧《西厢记》第一场“巧相遇”中，作者假法聪和尚的韵白，对张生和莺莺的爱情故事加以评价：

西厢故事传天下，有人叫骂有人夸。这个说，莺莺人小贼胆大，竟和张珙暗勾搭。那个说，两个青年没有错，都怪那成事败事的莺莺妈，坏了心的老冬瓜！不说谁得真，不说谁得假，我只把正宗西厢拉一拉。③

“伴唱”又称“帮腔”，是高腔系统的剧种常用的艺术手段。如川剧高腔《玉簪记·琴挑》中，小尼姑陈妙常一上场，就有一曲〔懒画眉〕的帮腔：

月朗星稀照碧空，粉墙花影自重重。闲步苍苔数落红。瑶台弄，

① 毛晋编：《六十种曲》（一），中华书局1958年版。

② 毛晋编：《六十种曲》（一），中华书局1958年版。

③ 韩树荆、杨焕育编：蒲剧《西厢记》，《河东50年文学艺术优秀作品选》戏剧卷（下），北岳文艺出版社1999年版。

凄凉身世泣悲鸿！①

全曲以作者的口吻，把陈妙常在尼庵孤独、苦闷的心情展现给观众。再如川剧高腔《情探》一开始王魁和焦桂英对唱的〔月儿高〕，当王魁看到了焦桂英的鬼魂后非常惊恐，这时后台帮腔："面庞儿恰似从前恩爱。"焦桂英见王魁非常冷淡，唱道："分明是意中人，却变做眼中怪。状元呵！"这时后台帮腔："你就忘却了焦家有女孩。"这两句帮腔一方面道出了剧中主人公的难言之隐，同时也反映了作者对王魁这个负心汉的强烈谴责。

剧诗既是诗歌发展到高级阶段后的产物，又是中国戏曲成熟的重要标志之一。剧诗不仅发扬了诗歌"言志"的优良传统，而且在近千年中承担起"高台教化"的社会作用。通过舞台艺术形象，揭露社会黑暗，张扬人间美德，抨击乱臣贼子，赞美忠臣义士，这成为剧诗的主旋律。

唱故事——剧诗与抒情诗的不同点

唱故事是剧诗与抒情诗的重要区别，但是故事并不是剧诗特有的，叙事诗也是有故事的。关键的问题是叙事诗的故事是描叙出来的，而剧诗的故事是要通过唱和念白、舞蹈等艺术手段表现出来。中国是一个诗歌的王国，在春秋时期，甚至在更早的周朝时期，在举行各种礼仪和宴会时都是要朗诵诗歌的，民间的各种集会也要唱诗。从远古到唐宋时期，诗歌一直成为中国文学的主流。但是，中国的诗歌向以抒情诗为主，叙事诗不甚发达，特别是长篇的、史诗性的叙事诗出现的较晚，这影响到了剧诗的形成和发展。在中国的古典文艺理论中有"诗言志，歌永言"②，"言之不足故嗟叹之，嗟叹之不足，故永歌之，永歌之不足，不知手之舞之，足之蹈之。"③（"永"同"咏"）以歌舞演故事是中国戏曲不同于其他戏剧的基本特征。中国的诗歌很早就与音乐和舞蹈结合在一起，如楚辞中的《九歌》，唐诗中的《莺莺歌》，宋词中的"转踏"等。在敦煌遗书中有一篇晚唐乡

① 转引自路应昆《高腔与川剧音乐》，人民音乐出版社2001年版，第6页。
② 《今文尚书·尧典》，转引自张庚《戏曲艺术论》，中国戏剧出版社1980年版，第39页。
③ 《诗经·大序》，转引自张庚《戏曲艺术论》，中国戏剧出版社1980年版，第39页。

贡进士王敷撰写的《茶酒论》，以拟人化的手法，通过“茶”“酒”“水”三个角色的争辩，表明茶、酒、水对人的利弊，已经具备了剧诗的雏形，对研究唐代的参军戏有重要的参考价值：

茶乃出来言曰：诸人莫闹，听说些些。百草之首，万木之花，贵之取蕊，重之摘芽，呼之名草，号之作茶，贡五侯宅，奉帝王家。时新献入，一世荣华。自然尊贵，何用论夸！

酒乃出来：可笑词说！自古至今，茶贱酒贵。单醪投河，三军告醉；君王饮之，叫呼万岁；群臣饮之，赐卿无畏。和死定生，神明歆气。酒食向人，终无恶意。有酒有令，仁义礼智。自合称尊，何劳此类！

茶为酒曰：阿你不闻道：浮梁歙州，万国来求；蜀川蒙顶，其（登）山蓦岭；舒城太湖，买婢买奴；越郡余杭，金帛为囊。素紫天子，人间亦少。商客来示，船车塞绐。据此踪由，阿谁合少？

酒为茶曰：阿你不问（闻）道：剂（齐）酒干和，博锦博罗；蒲桃九酝，于身有润；王酒琼浆，仙人杯觞；菊花竹叶，君王交接；中山赵母，甘甜美苦。一醉三年，流传今古。礼让乡闾，调和军府。阿你头恼（脑），不须干努！

茶为酒曰：我之茗草，万木之心。或白如玉，或似黄金。名僧大德，幽隐禅林，饮之语话，能去昏沉。供养弥勒，奉献观音，千劫万劫，诸佛相钦。酒能破家散宅，广作邪淫，打却三盏之后，令人只是罪深。

酒为茶曰：三文一缸，何年得富！酒通贵人，公卿所慕。曾道赵主弹琴，秦王击缶。不可把茶请歌，不可为茶交舞。茶吃只是腰疼，多吃令人患肚，一日打却十杯，腹胀又同衙鼓。若也服之三年，养虾蟆得水病苦。

茶为酒曰：我三十成名，束带巾栉。蓦海骑江，来朝今（金）室。将到市廛，安排未毕，人来买之，钱财盈溢，言下便得富饶，不在明朝后日。阿你酒能昏乱，吃了多饶啾唧。街中罗织平人，脊上少须十七。

酒为茶曰：岂不见古今才子，吟诗尽道：渴来一盏，能生养命。

又道：酒是消愁药。又道：酒能养贤。古人糟粕，今乃流传。茶贱三文五碗，酒贱盅半七文。致酒谢坐，礼让周旋，国家音乐，本为酒泉。终朝吃你茶水，敢动些些管弦！

茶为酒曰：阿你不见道：男儿十四五，莫与酒家亲。君不见生生（狌狌）鸟，为酒丧其身。阿你即道：吃茶发病，吃酒养贤。即见道有酒狂酒病，不见到有茶疯茶颠。阿暗世王为酒煞父害母，刘零（伶）为酒一死三年。吃了张眉竖眼，怒斗揎拳。状上只言呈豪酒醉，不曾有茶醉相言。不免求（囚）首杖子，本典索钱。大枷磕项，背上抛椽。便即烧香断酒，念佛求天，终身不吃，望免迍邅（两个政（正）争人我，不知水在旁边）

水为茶酒曰：阿你两个，何用忿忿？阿谁许你，各拟论功！言辞相毁，道西说东。人生“四大”，地水火风。茶不得水，作何相貌？酒不得水，作甚形容？米麦干吃，损人肠胃；茶片干吃，只破喉咙。万物须水，五谷之家，上应乾坤，下顺吉凶。江河淮济，有我即通。亦能飘荡天地，亦能涸煞鱼龙。尧时九年灾迹，只缘我在其中。感得天下钦奉，万姓依从，由（犹）自不能说圣，两个何用争功？从今以后，切须和同。酒店发富，茶坊不穷。长为兄弟，须得始终。若人读之一本，永世不害茶颠酒风。①

在这个短剧中，有唱有白，并有简略的舞台提示。前面“酒”和“茶”争执部分为唱，唱词大部分是四言古诗形式。后面两节“茶”反驳“酒”的话和“水”调和茶酒争论的语言为唱白相间。只不过创作这个剧本的王敷，均用了“曰”这样既表示唱又表示白的书面用语。《茶酒论》虽然已经具备了剧诗的基本特征，但三个上场的角色没有行当的区分，没有注明唱什么曲调，没有注明表演身段，还不是完整意义上的戏曲。

宋太祖赵匡胤平定天下，建都汴梁以后，社会稳定，商品经济得到了迅速发展。随着商业的繁荣和城市居民的增加，商业性的娱乐场所——瓦舍在汴梁、扬州、临安、成都等大都市如雨后春笋般发展起来。在瓦舍中有各种各样的娱乐场所和文艺形式，其中以演唱佛教的宝卷和世俗故事的

① 《中国戏曲志·甘肃卷·附录》，中国 ISBN 中心 1995 年版。

讲史、小说、诸宫调最受观众欢迎。叙事文学的繁荣为剧诗提供了丰富的素材，各种技艺的荟萃，为综合性的戏曲表演艺术的形成创造了条件。戏曲形成的最初形式是杂剧。所谓杂，有将各种技艺杂合在一起的意思。杂剧最初的剧目之一《目连救母》，就是一个将各种民间表演结合在一起综合而成的节目。当时北宋都城开封的表演艺术家们以佛经中目连救母的劝善故事为契机，将民间的说唱、装扮、武术、杂技等表演艺术融合起来，在中元节表演，受到观众的欢迎。《东京梦华录》中记载："构肆乐人，自过七夕，便搬《目连救母》杂剧，直至十五日止，观者倍增。"农历七月七日为"乞巧节"，传说为中国民间的爱神牛郎织女相会的日子。七月十五为中元节，亦称鬼节。寺庙作盂兰盆会，举行各种祭祀仪式，以超度亡灵。《目连救母》就是脱胎于盂兰盆会上的祭祀仪式而逐渐丰富和完善的一个杂剧剧目。因它将民间的许多表演技艺结合在一起，穿插了许多民间故事，所以演出的时间长达七天七夜。《目连救母》是戏曲形成初期比较完整的一个剧目，它不仅具备了"歌舞演故事"的戏曲基本特征，而且还由此派生出许多与《目连救母》相关的剧目，如《哑背疯》《思凡》《双下山》《鬼打贼》《王婆骂贼》等，并形成了专演目连戏的剧种，如翼城目连戏等。

中国戏曲在北宋形成以后迅速发展，产生了一大批剧目。但是，在宋杂剧的剧目中，除《目连救母》外，其他剧目的故事情节都比较简单，还带有优戏、参军戏嘲讽劝谏、滑稽调笑的历史遗痕。如讽刺童贯贪生怕死的《三十六计》，讽刺秦桧专权卖国的《二圣环》，讽刺江湖郎中的《眼药酸》，表现一个老头和一个年轻妇女滑稽调笑故事的《老孤遗旦》等。作为戏曲文学的剧诗是在宋金时期说唱文学诸宫调大量出现之后才渐趋成熟的。元杂剧的剧本文学、音乐结构、演唱形式受诸宫调的影响很大，如王实甫的名剧《西厢记》，不仅取材于董解元的诸宫调《西厢记》，而且还保留了许多"董西厢"的精华。"王西厢"第四本第三折"长亭送别"中的〔正宫·端正好〕"碧云天，黄花地，西风紧，北雁南飞。晓来谁染霜林醉？总是离人泪！"就吸取了"董西厢"的曲词"莫道男儿心如铁，君不见满川红叶，尽是离人眼中血"的精华。王实甫高明之处在于他不是像董解元那样用静态的、第三人称来客观描述张生与莺莺的离情，而是站在莺莺的角度，通过她眼中的景来反映她的内心世界，是带有强烈感情色彩的景。并且，王实甫在“董西厢”原词的基础上还吸取了宋代著名词人范仲淹《苏幕遮》词中的句子：“碧云天，黄叶地，秋色连波，波上寒烟翠。……”丰富了“长亭送别”的凄凉色彩，加重了悲伤气氛，由平面静态的画变成了有声有色的动态画面了。

由于剧诗脱胎于诸宫调等说唱叙事诗，在梆子、皮簧等近现代地方戏剧本中仍留有说唱叙事诗的遗痕，如同州梆子《刺中山》中薛万江的一段唱：

（念）看吾披挂：
（唱）头上盔、盔上缨烈烈火红，
身上甲、甲下袍底衬绵绒，
护心镜、镜照日红光彩乱，
白玉带、带上宝紫云腾空，
十样锦、锦缎花战裙遮体，
豹皮靴、靴插蹬宽稳脚登。
挎一张宝雕弓铜胎铁面，
插一袋狼牙箭百步威风，
搭一杆帅字旗上书大字，
有万江到阵前一鼓平吞。①

在这段唱词中明显含有说唱艺术第三人称描述和评价性因素。再如梆子传统剧目《串龙珠》中李婉娘上坟途中的一段唱，以孟姜女的故事来喻李婉娘的不幸遭遇，显然是从《孟姜仙女宝卷》移植过来的。

诗歌的戏剧化——剧诗与叙事诗的不同点

剧诗与叙事诗相比较，其共同点，二者都是以故事贯穿始终；其不同点，叙事诗是以第三人称的口吻，描述一个故事，而剧诗则是以第一人称

① 转引自刘文峰《多源合流，分支发展》，《中华戏曲》第九辑，山西人民出版社1990年版。

表现一个故事。以唐明皇与杨贵妃的爱情故事为例，白居易的叙事诗《长恨歌》描写唐明皇失去爱妃杨玉环时的痛苦，是通过对蜀道景物的铺陈来渲染的：

黄尘散漫风萧杀，云栈萦纡登剑阁。
峨嵋山下少人行，旌旗无光日色薄。

在白朴的杂剧《梧桐雨》中，则是以剧中人物唐明皇对景物的感受来表现他失去杨贵妃的悲伤的：

黄埃散漫悲风飒，碧云黯淡斜阳下。一程程水绿山青，一步步剑岭巴峡。唱道感叹情多，恓惶泪洒，早得升遐。休休却是今生罢，这个不得已的官家，哭上逍遥玉骢马。

“夜雨闻铃”是《梧桐雨》中表现唐明皇思念杨贵妃的著名折子戏。白朴用了〔滚绣球〕〔叨叨令〕〔倘秀才〕〔滚绣球〕〔二煞〕〔黄钟煞〕六支曲子，用比兴的手法将唐明皇对杨贵妃的思念之情刻画得淋漓尽致。试看以下两曲：

〔滚绣球〕这雨呵又不是救旱苗，润枯草，洒开花萼。谁望道秋雨如膏，向青翠条，碧玉梢。碎声儿泌剥，曾百十倍歇和芭蕉。子管裹珠连玉散飘千颗，平白地瀽瓮番盆下一宵，惹得人心焦。

〔叨叨令〕一会价紧呵，似玉盘中万颗珍珠落。一会价响呵，似玳宴前几簇笙歌闹。一会价清呵，似翠岩头一派寒泉瀑。一会价猛呵，似绣旗下数面征鼓操。兀得不恼杀人也么哥！兀得不恼杀人也么哥！则被它诸般儿雨声相聒噪。

在白居易的《长恨歌》中，仅用了以下八句：

蜀江水碧蜀山青，圣主朝朝暮暮情。
行宫见月伤心色，夜雨闻铃肠断声。

……

芙蓉如面柳如眉，对此如何不泪垂？

春风桃李花开日，秋雨梧桐叶落时。

白居易是用七言诗写的，用词工整优美，通过写景，抒发诗人对“李杨爱情”的同情。如果将这些句子来形容类似的心境，也未尝不可。白朴的剧诗是用曲牌写成的，不仅曲词优美，节奏多变，旋律丰富，而且景中有人，景中见情，写出了特定环境中的特定人物。这样的剧诗，只能用在唐明皇身上，而不能用来表现另外的人物角色。如果将白居易的叙事诗和白朴的剧诗比作美术作品，那么前者像一幅平面的国画，而后者则是一件立体的雕塑，这是叙事诗与剧诗的重要区别。

剧诗与叙事诗的另一个区别是，叙事诗是通过叙述故事来刻画人物，而剧诗则要通过角色的表演——即唱、念、做、舞塑造人物。如京剧现代戏《智取威虎山·打虎上山》中杨子荣的一段剧诗：

穿林海，跨雪原，气冲霄汉。
抒豪情，寄壮志，面对群山。
愿红旗五洲四海齐招展，
哪怕是血海刀山也扑上前。
我恨不得急令飞雪化春水，
迎来春色换人间。
党给我智慧给我胆，
千难万险只等闲。
为剿匪先把土匪扮，
似尖刀插进威虎山。
誓把座山雕，埋葬在山间。
壮志撼山岳，雄心震深渊。
待等到与战友会师百鸡宴，
捣匪巢定叫它地覆天翻！①

① 人民出版社1970年版单行本。

杨子荣的这段剧诗用〔二簧〕演唱，配合繁难的“马舞”身段，表现了他在茫茫林海雪原纵马驰骋的飒爽英姿，以及他单枪匹马深入虎穴，誓将土匪座山雕一举歼灭的无畏气概。

再如川剧《四姑娘》中的“三叩门”。许秀云的大姐去世后，她想去照顾姐夫和两个孩子，并商量对付郑百如的办法，深夜去叩金东水的门。这时郑百如已经制造了许多许秀云和金东水的谣言，金东水怕四姑娘无辜受害，又怕因此而影响村里的工作，犹豫再三，不肯开门。两个人的内心深处都非常矛盾和痛苦，但又不能互相倾诉。编演者让他们站在一扇虚拟门的两侧，各自唱出肺腑之言：

许秀云：竹叶沙沙似诉苦，
露水汪汪湿衣服。
隔门如隔万里路，
门内亲人装睡熟。
不怕仇人拳头舞，
最怕亲人心冷漠。
金东水：不怕自己吃大苦，
怕得是连累四妹受侮辱。
冷冰的样儿被迫做，
热滚的泪水欲流出。
许秀云：三次匆匆叩门户……
金东水：含泪吹灯做答复。①

演员将唱和“三叩门”的表演身段有机地结合起来，观众看到这里的时候，无不对剧中的许秀云和金东水的遭遇产生深深的同情，无不被他们的高尚情操所感动。剧诗的这种艺术感染力是叙事诗难以达到的。

叙事诗是写给读者看的，剧诗是唱给观众听的。作为诗歌，二者都要求语言的凝练，情节的生动感人，但剧诗由于受舞台演出时间的制约，语言更需要生动精炼，结构更需要精益求精。过场戏常常是一笔带过，

① 转引自刘文峰、周传家《百年梨园春秋》，中国经济出版社2000年版，第445页。

而表现戏剧冲突和人物性格的地方，常常一段唱腔多达几十句乃至上百句。因此剧诗一定要紧密结合特定的戏剧环境和人物性格，必须生动活泼，通俗易懂，必须节奏明快，韵味悠长，朗朗上口。如韩树荆、杨焕育的蒲剧《西厢记》，作者没有正面表现张生和莺莺的幽会，而是通过红娘的一大段唱来赞美他们的结合，表达对老夫人的不满和张生和莺莺的同情：

有情人相会西厢下，
红娘喜把鹊桥搭。
自东阁赖婚姻花园事出差，
他二人尝够了酸甜苦辣。
肚子里积攒下多少知心话，
今见面要好好拉上一拉。
鸟儿莫要叫，风儿莫要刮，
水蛤蟆莫要瞎圪哇，
好不容易到一搭呀，
万不可惊动他一对苦瓜瓜。
苦瓜瓜呀苦瓜瓜，
都说些什么悄悄话？
（蹑手蹑脚走至门前偷听，窥视）
莫非同吟诗？
为何静哑哑？
莫非同作画？
为何无灯花？
莫非怄气不搭话？
待我相劝解疙瘩。
（推门不开）
房门紧闭从内插，
莫非他和她……
哎呀呀！老夫人若知怎下架？

我可要小心留神免出岔岔。①

这段剧诗表现了红娘聪明、善良、天真、活泼的性格，极富生活情趣。演员唱来朗朗上口，观众听来字字入耳，可谓剧诗中的上品。

诗歌原本来是唱给人听的，有了文字以后才有了案头供人阅读的诗。纵观古今中外的诗歌，无论是抒情诗、叙事诗，还是剧诗，只可阅读，不能吟唱者不是好诗；虽可吟唱，但经不起推敲和品味者也不是好诗；只有兼备二者所长的，才是好诗。“五四”新文化运动以后，新诗兴起，中国诗歌在通俗化方面向前迈进了一大步，但诗歌的韵味和可歌性却淡化了。地方戏创作亦比较注意通俗性，但文学性较之元杂剧和明清传奇，却逊色不少。诗人既应是文学家，又要精通音韵，才能使自己的作品披之管弦，被群众传唱。剧诗的作者更是如此，不熟悉剧种的曲牌或板腔，再好的剧作也难立足于舞台。21 世纪不仅是一个科学技术突飞猛进的时代，而应该是一个张扬个性和充满梦想的时代。新的时代为诗人的成长和诗歌创作开创了广阔的天地，我们期待诗歌繁荣的到来。

（原载《艺术界》2003 年第 1 期）

① 《河东 50 年文学艺术优秀作品选》戏剧卷（下），北岳文艺出版社 1999 年版。

论戏曲的多样性及其成因

20 世纪 90 年代以来，世界一体化的进程加快。这种一体化不仅表现在经济领域，而且反映在文化艺术领域。西方发达国家的文化艺术借助现代传媒手段席卷世界各地，第三世界国家民族的、地域的、民间的文化艺术在日益消亡。戏曲作为中国传统文化的重要组成部分，也受到强烈的冲击。据《中国戏曲志》统计，20 世纪 80 年代，全国戏曲剧种尚有 394 种。这些年来，外来文化和现代影视艺术对戏曲艺术冲击很大，有许多剧种已经消亡和正在消亡，戏曲的群体优势正在日益衰竭。因此研究戏曲的多样性，对于戏曲的生存发展显得特别重要。本文拟从民族、地域、社会三个方面阐述戏曲文化的多样性。

一、中国戏曲多样性与民族的关系

戏曲的多样性是由于中国是个多民族的国家这一历史背景决定的。中国戏曲除了汉族的戏曲剧种外，还有许多少数民族戏曲剧种，如藏族的藏剧，壮族的壮剧，侗族的侗剧，苗族的苗剧，傣族的傣剧，彝族的彝剧，蒙古族的蒙古剧，维吾尔族的维吾尔剧，朝鲜族的唱剧等等。这些民族都有自己本民族的语言文字，都有自己不同于其他民族的文化艺术传统，同时他们又与汉族和其他兄弟民族有着久远和密切的交流。受内地戏曲文化的影响，这些民族都相继创造出具有本民族特色的戏曲文化，为多民族多品种的中华戏曲文化做出了贡献。

戏曲的民族性，首先表现在各个民族的戏曲剧种都采用了本民族的语言，唱腔曲调是在本民族的民间音乐基础上根据抒发感情、塑造人物、渲染环境的戏曲化要求而整合创造出来的。如藏戏的唱腔称“朗达”，它是在藏族鼓舞音乐、道歌和“谐钦”歌舞音乐的基础上形成的，具有雪域佛国浓郁的民族风格。蒙古戏是在蒙古族的民歌、说唱曲艺和宗教音乐的基础上形成的，有些早期剧目的名称甚至和民歌完全一样，如《达那巴拉》全剧采用了科尔沁民歌〔达那巴拉〕，《诺丽格尔玛》也是采用了科尔沁叙事民歌〔诺丽格尔玛〕的曲调，后来的一些剧目采用了“民歌联曲体”的手法，根据剧情和人物需要，采用多首民歌，如《赛乌素沟畔》一剧是由〔巴音杭盖〕〔查干宝力格〕〔丹钦扎布〕〔脑门达莱〕〔那仁高勒〕〔白音都民〕六首民歌的曲调组成。蒙古戏的音乐唱腔具有高原游牧民族悠扬、豪迈的风格。维吾尔剧的唱腔是以维吾尔族的民歌、说唱音乐和古典套曲〔十二木卡姆〕发展而成的，具有嘹亮、欢快的特点。彝剧唱腔是以彝族的民歌〔梅葛调〕〔过山调〕〔玛媖若调〕〔嫁调〕〔阿噻调〕〔左脚调〕等民歌为素材创作的；白剧唱腔吸收了白族的说唱音乐“大本曲”；傣剧的唱腔中，用了大量的民歌，如用〔琴调〕表现哀怨、悲伤或思念之情，用〔婚宴调〕表现人物的庸俗、轻浮，用〔孔雀歌〕表达热烈和欢快的情绪，用〔鹦鹉调〕作为剧中的序曲和剧终时的合唱，用芒市〔城子山歌〕和〔坝子山歌〕作为表达男女主人公感情的对唱。南方少数民族戏曲的唱腔，都具有感情细腻、缠绵、热忱、奔放的风格。

戏曲的民族性，在表演上也非常鲜明。如藏剧中的骑马、放牧、剪羊毛、纺织、挤奶、炼制酥油等表演动作，是从藏族人民的生活动作中提炼出来；彝剧的欢快步、愁烦步、迎客步、送客步、登山步、催马走场等表演动作，是在本民族的生活动作和彝族舞蹈的各种跌脚步法基础上，借鉴兄弟民族戏曲表演技巧创造出来的。云南的西双版纳和德宏是大象和孔雀的故乡，傣剧的表演就吸收了许多傣族舞蹈中表现大象和孔雀形象的动作。如“见面礼手”，就是模仿大象形态提炼出来的一种身段。“演员右手垂直向下，握掌，下弯的腰部和微低下的头相配合，造成下垂‘象鼻’的感觉。左手配合膝部弯曲的双腿，身体作大幅度的起落动作，形象地刻画出庞大而笨重的象体行进的形态。”① 傣剧《海罕》中王子骑象出征时就用了这个身段。傣剧的“孔雀身段”是模仿静静屹立的孔雀形体而来的。“身法是右腿微弯，左脚尖着地，右手向上成三道弯，掌心向上，大指成

① 《中国戏曲志·云南卷》，中国 ISBN 中心 1998 年版，第 352 页。

垂直状，左手自然向后，掌心向外，与大指成垂直状。动作完成时，要眼神平视，收腹提气，多用于霎间亮相或舞蹈的旋转。”① 傣剧《朗推罕》中的七位公主就经常使用这个身段。“孔雀碎步”也是傣剧常用的身段步法，这是从傣族民间舞蹈孔雀舞中直接引用的一种表现孔雀快速行进的步法。在傣剧中，常常用这种步法表现少女欢快、愉悦的心情。傣剧正是运用了大量本民族的舞蹈语汇，使它到民族特色非常突出。

戏曲的民族性，还表现在类似和相近的剧种，或类似和相近的表演身段，由于民族不同，形成了多样性的表演特点。如同样是花灯，四川和贵州的花灯保留了汉族民间花鼓小戏载歌载舞、生动活泼的特点，演员的舞蹈动作突出了一个“扭”字，主要是靠腰腿的功夫，做出各种舞蹈动作、身段；而云南彝族等少数民族的花灯则吸收了彝族等少数民族的舞蹈动作，突出一个“崴”字。“崴”有正崴、反崴、小崴、等点步、扭步、颠步、大屯步、白云步、鸭子踩水步、双十字步等步法，靠胯部的扭动，形成婀娜多姿、热烈奔放的表演动作，民族特点非常鲜明。再如，汉族戏曲旦脚的手势，多数是用兰花指，掌心向内，表现出一种文静的、优美的风度；而云南的傣剧、白剧、彝剧等旦脚的手势，则较多地吸取了孔雀舞的动作，手心向上，表现出一种热情高雅的姿态。再比如，同样是骑马，汉族戏曲中的趟马就和蒙古剧等少数民族戏曲中的“马舞”有明显的区别。为了突出戏曲的民族特色，许多剧种都按剧情和场面气氛的需要，直接插入各种各样的民族、民间舞蹈。如汉族戏曲中的花轿舞、扇舞、鼓舞、灯舞、手绢舞、挑担舞、绸舞、长袖舞等等；藏剧中的拟兽舞、拟禽舞、面具舞和宗教舞蹈羌姆，民间舞蹈谐钦、果谐、踢踏、热芭等；傣剧中的孔雀舞、象脚鼓舞、刀舞；侗剧、苗剧中的芦笙舞、振铃舞；彝剧中的跌脚舞；唱剧中的长鼓舞等等。

尽管各民族的戏曲在音乐唱腔和表演方面有很大的差异，但有一个共同的特征，那就是戏曲学科奠基人王国维先生总结的“歌舞演故事”。这是中国戏曲区别于外来戏剧形式最基本、最重要的理论依据。

① 《中国戏曲志·云南卷》，中国ISBN中心1998年版，第352页。

二、戏曲的多样性与地域的关系

戏曲的多样性，还表现在同一民族，由于不同区域、不同语系，形成了不同特色的地方剧种。中国不仅是一个多民族的国家，而且是一个幅员辽阔、人口众多、语系复杂的国家。有句俗话，叫十里不同音，确实是这样。区别剧种的标准很多，但最明显的是语言的不同：秦腔用陕西话，粤剧用广东话，莆仙戏用闽南话，黄梅戏用安庆话，二人转用东北话，豫剧用河南话，山东梆子用山东话。如果各个剧种都统一用普通话，剧种的区别就不明显了，剧种的地方特色和民族风格就体现不出来了。

为了说明这个问题，我们看一看山西四大梆子剧种的形成以及他们与秦腔、同州梆子、豫剧、河北梆子的关系。梆子戏是由山、陕、豫一带的民间艺术发展起来的声腔剧种，清乾隆年间形成比较完整的板腔体戏曲形式。早期的梆子戏是没有剧种之间的区别的，当地人统称为乱弹。江浙和东南沿海一带的文人墨客按照他们的习惯和地理概念，给梆子戏起了一个雅号，叫秦腔。因梆子班中的演员大部分来自山西和陕西，北京的观众称梆子戏为山陕梆子。清同治、光绪以前，各地的梆子戏演员无论在北京，还是在上海，都可以互相搭班，同台演出。陕西的同州、山西的蒲州、河南的陕州，三地的戏班、艺人之间的交流更是频繁。如清乾、嘉年间，就有河南祥符（今开封）人张喜儿搭秦腔“永庆部”的记载；[①] 同光年间以演《忠孝宴》享有盛名的蒲州梆子演员白菜心郇三吉为河南卢氏县人；以演《葵花峪》《明公断》享有盛誉的蒲州梆子名旦杨雨春出自河南怀庆府；以演《牧虎关》声震晋南的蒲州梆子名净刘福奎亦为河南人。蒲州梆子名旦王存才更为典型。他学艺在河南灵宝，后在晋南搭班演出，抗日战争至新中国成立前与王秀兰、阎逢春等在西安献艺。他的《杀狗》《挂画》等剧，在山、陕、豫都留下深远影响。[②] 至于同州、蒲州两地的班社、艺人的交往更是举不胜举。山西蒲州的梆子戏演员和陕西同州的梆子戏演员，

---

① 吴长元：《燕兰小谱》。

② 《中国戏曲志·山西卷》，文化艺术出版社1990年版，第686—687页。

无论在黄河东岸还是在黄河西岸都可以互相搭班；上党梆子演员也可以和豫剧演员相互搭班演出。

清嘉庆年间，晋北出现了本地人开办的梆子科班。虽然晋北的梆子科班也崇尚“蒲白”，但终因语言的差异，有了上路和下路之分。清光绪年间，晋中商人出资开办了许多“字号班”。他们嫌梆子腔过于火爆，就支持艺人改革，吸收了晋中秧歌的唱腔和伴奏乐器，使上路梆子戏有了中路和北路之分。由于演员的本地化，语言和所受民间艺术的影响不同，中路梆子和北路梆子的差异在进一步扩大。抗日战争时期，蒲州梆子的名伶都避难到西安等地演出，受西安秦腔的影响很大。现在，蒲州梆子的唱腔与中路梆子（晋剧）和北路梆子的差别较大，而和秦腔比较接近。但蒲州梆子的演员无论是与中路梆子的演员和北路梆子演员也好，还是与秦腔演员也好，都难以互相搭班，同台演出。河南梆子（豫剧）和上党梆子在新中国成立以后，在音乐上发展很快，差异也越来越大，两个剧种的演员也已经很难同台演出了。河北梆子是山陕梆子流传到河北和京津地区以后逐步衍变而成的。由于地域的接近，河北梆子与北路梆子在唱腔上比较接近。清末民国初年，河北梆子和北路梆子的演员很容易互相搭班，同台献艺。天津的河北梆子女演员兴起后，河北梆子的唱腔调门变高，现在两个剧种的演员很难同台演出了。

为了说明这个问题，我们再来看看京剧在各地的特点。北京是一个具有三千多年历史的古城，元代以来，一直是中国政治文化的中心。徽班将皮簧戏带到北京后，得到社会各界的认可和支持。受北京地域文化的影响，逐步形成了具有北京特色的戏曲剧种。字正腔圆，动作规范，善于表现历史故事和宫廷生活，成为北京京剧的主要标志。京剧在北京形成后，于清末民国初年流传到全国各地。与北京京剧形成鲜明对照的是上海的京剧。上海是19世纪中叶发展起来的一个商业城市，除了原有的吴越文化外，南下的中原文化、北上的闽粤文化、西来的楚蜀文化、外来的东洋和西洋文化等都对上海文化的发展形成了影响。京剧流传到上海后，为适应上海观众欣赏的要求，编演了许多反映现实生活和现代意识的新剧目，如反映要求推翻清王朝反动统治的《玫瑰花》，表现富国强兵、抵御外侮的《新茶花》《潘烈士投海》，歌颂革命志士牺牲精神的《秋瑾》《鄂州血》，揭露帝国主义侵略罪恶的《波兰亡国惨》《越南亡国惨》，揭示社会黑暗和官场腐败的《宦海潮》《黑籍冤魂》《赌徒造化》，表现资产阶级民主思想的《牺牲》《拿破仑艳史》等。这些剧目不仅从不同的侧面，揭示了当时社会的弊端，提出了急需解决的社会问题，反映了人民群众要求民族解放和国家富强的呼声，而且在音乐、表演、化妆、舞台灯光、布景等方面吸取了外来的话剧、电影等的艺术长处，逐步形成了上海京剧关注现实、取材新颖、故事完整、服饰艳丽、气氛热烈、以情感人的海派风格。新中国成立以后，京剧在边疆和少数民族地区得到了很大发展，形成了有别于内地的风格。如以关肃霜为代表的云南京剧院，编演了许多反映云南少数民族生活的剧目。这些剧目在艺术形式上吸取了大量少数民族的民歌、音乐、舞蹈、服饰，具有浓厚的地域和民族特色。

一个剧种流传到外地后，之所以能形成不同的艺术流派，衍变出新的剧种来，最根本的原因是语言上的差异和地域文化不同而造成的。

过去我们只知道汉族是一个多剧种的民族，后来经过调查研究，发现除汉族外，藏族、蒙古族、壮族等居住地比较分散，人口比较多的民族也存在一个民族有几个戏曲剧种的现象。如藏族，西藏有白面具戏、蓝面具戏、德格戏、门巴戏，四川藏区有安多藏戏，青海藏区有黄南藏戏，甘肃藏区有楠木特戏；蒙古族，有内蒙古的蒙古戏，辽宁的阜新蒙古戏；壮族有广西壮族师公戏、壮剧，还有云南富宁壮剧；傣族的戏曲，德宏的傣剧和西双版纳的章（赞）哈戏就不一样。汉族和一些少数民族出现一个民族多种戏曲剧种的文化现象，也是不同地域文化造成的。

此外，不同地域的民间艺术、民情风俗以及宗教的影响，也是造成戏曲多声腔剧种的重要原因。

长江流域民歌小调比较丰富，在江浙、湖广地区由民歌小调发展而成的花鼓戏、采茶戏、滩簧戏就很发达。在江南农村，唐宋以来就有闹花灯、唱采茶歌、秧歌、山歌、船歌的习俗。明万历年间无锡高攀龙的《宪约》就有“花鼓淫戏，诲淫实甚”的记载。清康熙雍正年间，花鼓滩簧已经盛行于江浙一带农村，苏州阊门外广济桥堍所立康熙二十六年（1687）《长洲吴县二县永禁扬花在街头吹唱夺民间吹手主顾哄骗民财碑记》中，就记载有“扬花”（扬州花鼓）在街头演唱的情况，所唱剧目有《打花鼓》《种大麦》《磨豆腐》《荡湖船》等。刊于乾隆五十五年（1790）松江人钱学纶的《语新》记述：“花鼓戏不知始于何时？其初乞丐为之，今沿江搭棚演唱淫词、歌谣，丑恶之状不可枚举，初村夫村妇看之，后城市中具有知识者亦不嫌，甚者顶冠束带，俨然视之，殊可大噱。”又据《道光璜泾志稿》卷一记载，太仓“自雍正以来，忽兴压宝，窝主曰宝场。旁列茶肆，延江湖男女唱淫辞，谓之唱滩簧；甚者搭台于附近僻处，演唱男女私情之事，谓之花鼓戏。”花鼓滩簧的曲调，主要吸收江浙一带的山歌、小曲、时调等民间歌曲逐步衍变而成。当时花鼓戏的演出形式是“男敲锣，女打两头鼓，和以胡琴、笛、板，宾白亦用土语，村愚悉能通晓。”①道光年间，花鼓滩簧得到了发展，演员由二人增加为三人，由一生一旦的“对子戏”发展为小生、小旦、小丑的“三小戏”。民国年间，江浙一带的花鼓滩簧纷纷进入都市演出，吸收大戏剧种的表演艺术，接受话剧、电影的影响，迅速发展起来。因流行区域和语音等的区别，形成了越剧、沪剧、锡剧、扬剧、苏剧、湖剧、甬剧、睦剧等众多的地方剧种。

湖南、湖北一带的花鼓戏也在清中叶已经形成。清嘉庆《宁乡县志》记载有：“儿童秀丽者，扎扮男女装，唱插秧、采茶等曲，曰打花鼓。”另据清嘉庆二十三年（1818）刊印的《浏阳县志》，在记载上元节演唱花鼓时的情况时说：“又以童子装丑旦剧唱，金鼓喧阗，自初旬起，至是夜止。”早期的花鼓戏以民间小调和牌子曲演唱生活小戏，如《打鸟》《盘花》《送表妹》《看相》《扯笋》《扯萝卜菜》等。后来湘北、鄂东的山歌、号子和薅歌受高腔的影响，形成花鼓戏的主要唱腔“打锣腔”。源于四川梁山的民间曲调因使用大筒胡琴伴奏，形成花鼓戏的另一主要曲调“大筒腔”。虽然湖南各路花鼓戏和湖北的郧阳花鼓戏、随县花鼓戏等兼唱〔打锣腔〕和〔大筒腔〕两种唱腔。因流行区域的语音和所受其他戏曲剧种的影响不同，花鼓戏分为长沙花鼓、邵阳花鼓、零陵花鼓、岳阳花鼓、常德花鼓、荆州（天沔）花鼓、随县花鼓、襄阳花鼓、凤阳花鼓、皖南花鼓、商洛花鼓等。

采茶戏是由江南茶区的茶歌、畈歌结合当地的民间舞蹈发展而成的。最早的采茶戏产生于粤北一带，明嘉靖年间的《韶州府志》记载有：“上元喜簇花灯，作龙狮各种戏舞，唱采茶歌。”据陈文瑞《南安竹枝词》“长日演来三脚班，采茶歌到试茶天”的记述以及《阳山县志》关于“乾隆间

① 杨光辅：《淞南乐府》。

三脚戏大兴”的记载，清乾隆年间粤北采茶戏已经相当成熟。粤北采茶戏形成后，很快流入与其比邻的赣南一带，并由赣南流传全省。因语音和所吸收的民间曲调差异，江西的采茶戏可分为赣东采茶戏、赣南采茶戏、抚州采茶戏、萍乡采茶戏、吉安采茶戏等。另外，湖北有黄梅采茶戏，安徽有黄梅戏，陕西有紫阳采茶戏。

西北民歌小曲很丰富，由民歌、小曲和民间舞蹈发展而成的曲子戏（眉户）就流派纷呈。如陕西曲子戏（眉户）的曲调，号称七十二大调，三十六小调，这些曲调都是流行于民间的曲调。清末民国初年，曲子戏在西北蓬勃发展，仅陕西就出现了五路曲子戏：以华阴、华县为中心，称东路曲子，其声调古朴而深沉；以凤翔、宝鸡为中心，称西路曲子，曲调节奏缓慢，过门长而婉转；以眉县和户县为中心，称中路曲子，曲调悠扬，过门短促；流入汉中、安康一带的曲子，称为南路曲子，因与汉水、巴山民歌、小调、佛歌结合，曲调流畅、清扬；流入延安、榆林地区的曲子，称为北路曲子，曲调洪亮、高扬。除陕西曲子戏外，还有甘肃曲子戏、青海曲子戏、宁夏曲子戏、新疆曲子戏等。

华北和西北的民歌和民间舞蹈很兴盛，由民歌和民间舞蹈相结合产生的秧歌戏品种繁多，如祁太秧歌、汾孝秧歌、襄武秧歌、广灵秧歌、繁峙秧歌、蔚州秧歌、陕北秧歌、关中秧歌等等。各地秧歌戏的演出形式虽然相似，但所唱曲调有较大的差异。

戏曲的多样性还与宗教文化有关。历史上陕西、山西的道教很兴盛，如关中的终南山、陕北的白云山、晋西的汉高山等都曾是道教的繁盛之地。道教的说唱艺术在陕西和山西发展成了许多道情剧种，如关中道情、陕北道情、洪洞道情、临县道情、雁北道情等。西南一带民间信巫，湖北、湖南、四川、贵州一带的民间宗教戏剧就比较丰富，如傩堂戏、地戏、阳戏、端公戏等；藏族、傣族等少数民族信佛，藏戏和傣剧就比较多地保留了佛教艺术的成份。

三、戏曲的多样性与社会的关系

中国戏曲文化的多样性，除了不同民族有不同戏曲剧种，同一民族有多种戏曲剧种外，还表现在同一地区存在多个剧种，一个剧种存在不同的戏曲声腔。如戏曲大省山西、陕西、河南、河北、安徽、江西、山东、湖北、湖南、江苏、浙江、福建、广东等，戏曲剧种都在20种以上，其中山西一个省就有45种。有的省剧种不多，但在一个剧种内存在着几个不同的戏曲声腔，如四川的川剧，就有昆腔、高腔、胡琴、弹戏、灯戏5种声腔。湖南的湘剧、祁剧，江西的赣剧，浙江的婺剧，广西的桂剧，广东的粤剧等，也都是多种声腔并存。另外，有的剧种形成后，迅速流传到它周围的地区，与当地民间艺术相结合，产生出新的剧种，形成一个声腔剧种体系。形成戏曲这种百花齐放局面的社会原因很多，但主要有以下几点：

第一，同一地区不同观众群体不同的艺术欣赏取向，为同一地区不同剧种的生存和发展创造了条件。这种情况多出现在经济比较发达、交通比较便利的大中城市和多种文化背景交汇的三角地带。大的都市，如宋代的开封、临安，元代的大都以及平阳、真定，明清的北京、扬州，近代的北京、上海、汉口等。密集的人口、繁荣的商品经济、便利的交通为各种戏曲的生存和发展提供了优越的条件，不同风格的剧种可以吸引不同层次的观众。文化交汇点如山西、陕西、河南交界地带，湖北、安徽、江西交界地带，这些地区是中国戏曲文化的摇篮和发祥地。中国近代的两大戏曲声腔剧种——梆子腔产生于山陕豫交界地带，皮簧腔产生于鄂皖赣交界地带。由于这些地区水陆四通八达，新的剧种形成后很容易向四周扩散。

第二，移民为剧种向外传播提供了观众土壤。中国历史上的移民有几种情况：一是内地的军队到边疆戍边和军垦，二是战争中的难民，三是战乱后的大迁移，四是自然灾害后的大逃离，五是国家因经济建设的需要而采取的移民政策。海南省的琼剧就是明初大陆军队带去的杂剧发展而成的，贵州、云南的花灯、傩戏也是明朝戍边的将士将内地的戏曲带去后与当地的民间艺术相结合而形成的。西北地区有蒲剧、晋剧、豫剧、评剧是抗日战争中，东北、华北被日军占领后，大批包括演员在内到难民涌入西北的结果。《中国戏曲志·陕西卷》在谈到评剧在陕西的发展时说："九一八事变后，东北难民纷纷向西北大后方转移。1935年，国民党东北军又进驻西北，为评剧在陕西的流传打下了观众基础。1936年8月，新声评剧社首次来西安演出，主要演员有花月琴、孔殿娥、水铃花等。随后明星评剧社来陕，主要演员有曹金顺、孙桂君、张翠芳、筱玉兰等。不久，赵凤宝、赵凤珍的评剧班，马凤兰的评剧班，王崑英的评剧班相继而至。1938年至1940年之间，有新声、明星、德育、新民、春月等二十多个评班社在陕西境内演出，在西安演出班社达五六个之多。一时评剧班社云集，明星荟萃，并以西安为轴心，向四周扩展，演遍关中城乡，巡回陕南、陕北。”西藏、青海、新疆有秦腔、豫剧、京剧、越剧等，也是解放大西南和大西北时解放军文工团带去的，或是新中国成立初期，为支援西北建设，内地的工厂迁移到西北后，为满足这部分群众看戏的需要，将内地的有关剧团调去的。

中国历史上每一次改朝换代都要经历战乱。战争使家园毁灭，人口锐减，土地荒芜。战争过后，为重整山河，新的统治者都要实行大规模的移民。移民将故乡的文明包括戏曲文化带到新的居住地。明初，朱元璋曾将山西的居民大量迁移到河南、山东、湖北、安徽等受战乱严重的地区，于是有了洪洞大槐树的后裔这一传说。后来山陕地区的梆子戏，能流传全国，在各地扎根，繁衍出新的剧种，是与这些地方的山西移民有很大关系的。明初，朱元璋还将江西、江苏一带的居民迁移到云南、贵州一带，弋阳腔、昆腔在云贵川一带的流传，与这一带的移民有密切关系。

逃荒的灾民把演戏作为一种谋生的手段而将家乡戏传到外地的情况，在中国历史上也是很多的。如光绪初年，山西大旱，泽州的灾民将上党梆子带到河北永年和山东菏泽地区，形成了现在流行于永年的西调和山东的枣梆。陕西商洛地区的花鼓戏也是光绪年间，由湖北郧县的灾民从家乡带来后发展而成的；安徽的黄梅戏是湖北黄梅县的灾民把家乡的花鼓小戏带到安徽后发展起来的；山西雁北流行的罗罗腔和阳泉一带流行的弦腔是由河北的灾民传入的。移民是不同地区之间的戏曲文化交流的重要载体。

第三，商品贸易为戏曲的传播架起了桥梁。过去江湖上有一个说法，叫“商路即戏路”，这是很有道理的。前面我们讲到梆子戏能在各地生根开花结果，与它的观众基础——明初的山西移民有关。但梆子戏能迅速传遍全国各地，是与山陕商人的支持分不开的。山陕商人是明中叶由边贸发展起来的，从粮商发展成盐商、茶商，又由盐商和茶商发展成票商，清中叶在全国形成了一个巨大的商品贸易和金融网。山陕商人一方面为了满足自己的娱乐，另一方面把梆子戏作为联络感情、扩大贸易的手段，经常邀请家乡的戏班到他们经商的地方来演出，极大地刺激了梆子戏的向外发展。凡是山陕商人聚集的地方，必定有山陕会馆；有山陕会馆，就必定有戏楼；同样，凡是山陕商人聚集的地区，也必定流传过梆子戏。辛亥革命以后，山陕商人势力迅速败落，梆子戏也随之衰落。东南、西南已经没有纯粹的梆子剧种了，但作为一种声腔，却存在于各地的多声腔剧种中。除梆子戏外，皮簧戏在各地盛行也与商人势力有直接关系。清乾隆之前，北京并没有皮簧戏，皮簧戏仅是流行于湖北安徽一带的地方剧种。乾隆五十五年（1790），安徽大盐商江鹤亭等为给乾隆皇帝祝寿，将唱二簧为主的四大徽班先后带到北京演出，后逐步发展成京剧。在徽商和湖广商人的支持下，皮簧戏盛行于南北各地。

第四，文人墨客的喜好和统治者的提倡，是一些剧种兴衰的重要原因。在戏曲的发展历史上，有三个剧种特别受到文人墨客的喜好和统治者的提倡而成为全国性的剧种：一是北杂剧，二是昆腔，三是京剧。前期的北杂剧反映了被压迫人民和被压迫民族的呼声，但到了元末明初，就成为维护封建统治的传声筒了。朱元璋分封他的子孙，“凡亲王之国，必以词曲千七百本赐之”，杂剧戏文不可缺少。昆山腔原本是一个地方小戏，经文人墨客革新提倡，成为大剧种。蓄养家班、填词作曲成为明清文人墨客的一大雅兴。昆腔的剧本大部分出自文人墨客之手，其中有不少是大官僚，如《鸣凤记》的作者王世贞，《狮吼记》的作者汪廷讷，《灵宝刀》的作者陈与郊，《燕子笺》的作者阮大铖等等。许多文人墨客到外地做官或游历，都要带着家班。一时，家宴堂会和迎送宾客时演出昆曲，成为上流社会的风气。在统治阶级的倡导下，万历年间，昆腔已经遍布全国的大中城市。四大徽班入京以后，皮簧戏受到乾隆皇帝的喜爱，王公大臣们自然也附和叫好。在最高统治者的提倡和支持下，皮簧戏迅速发展，在清末民国初年流传全国，成为第一大剧种。

当然，一个剧种的兴盛和向外发展，主要得力于它艺术上的优势，但离不开外在的环境和条件。以上我们所谈的，主要是自然和人文环境对戏曲文化的影响。

戏曲文化的多样性，不仅是中国戏曲文化的特点，也是中国戏曲文化的优势。文化的品类和自然界的物种一样，其生存发展，不仅要有一定的质量，也要有一定的数量。中国戏曲文化之所以源远流长，延绵不断，有旺盛的生命力，就是因为其家族兴旺，品类繁多。人类创造了丰富的物质文明，也创造了多彩的精神文明。然而随着世界经济的一体化、信息化的发展，不同民族、不同地域之间的文化特色越来越淡化，甚至在消失。物质世界的发展需要生态平衡，需要将一些濒临灭绝的动物和生物加以特殊保护。精神世界的发展也需要生态平衡，也需要将一些濒临灭绝的文化品种加以特殊保护。戏曲作为中华民族的优秀传统文化要发扬光大，需要保持群体的优势。联合国教科文组织已经将昆曲列入世界首批非物质文化遗产名录，加以保护。在中国戏曲百花园中，具有艺术品位和文化价值而濒临灭绝的何止昆曲？现在许多外国的艺术家和学者重视学习和研究中国的戏曲文化，而我们自己却对本民族、本地区日益衰落甚至消失的戏曲熟视无睹。中华民族要自立于世界民族之林，不仅要创造更加丰富的物质文明，而且要保持和创造更加辉煌的精神文明。保护和发展我国各地各民族的戏曲文化，应该引起大家充分的重视。

（原载《艺术百家》2003 年 1 期）

古典戏曲研究

合阳跳戏

——宋金杂剧的遗响

我国戏曲文化经历了先秦时期的歌舞、汉唐时期的百戏、宋元时期的杂剧、明清时期的传奇、近代的地方戏几个不同的历史发展阶段。唐以前，中国戏曲还处于孕育期，无完整意义上的戏曲形式。宋元杂剧是中国戏曲逐步走向成熟的时期，其发展也分为宋金时期和元代两个不同阶段。宋金杂剧继承了唐参军戏、歌舞戏的传统，以舞蹈和滑稽调笑为主，歌唱成份较少；元杂剧在宋金杂剧基础上，吸收了说唱诸宫调的成套唱腔，成为以唱为主的戏曲形式。

我们今天可以看到大量的元杂剧的文学剧本，也可以从昆曲等古老剧种中听到元杂剧音乐曲调的遗响，但宋金杂剧的演出形态却鲜为人知。20世纪80年代以后，随着编纂《中国戏曲志》等大规模的戏曲文化遗产的挖掘整理和保护工作的开展，在山西、陕西、河北等地宋金杂剧的遗响相继被发现。继山西的赛戏、队戏被发掘重新上演后，陕西合阳的跳戏也搬上久别的舞台。2005年2月25日（农历正月十七日），经过精心的排练和充分的准备，陕西省合阳县行家庄的跳戏好家们将他们世代相传的开台仪式《春官开台》、哑跳《萧太后升帐》、上台跳《昊天塔》搬上舞台。中国艺术研究院戏曲研究所、文化部民族民间文化发展中心、陕西省艺术研究所、陕西省群众艺术馆、渭南市文化局等数十位专家学者观摩了演出，并与行家庄的跳戏好家们就跳戏的历史渊源、艺术形式、演出活动、艺人传承等问题进行了座谈。陕西省电视台、渭南市电视台采访录像。

一、关于跳戏的历史渊源

跳戏是流行于陕西省合阳县沿黄河一带的古老剧种。当地群众则称此剧为“跳调（Tido）”“调（Tido）戏”“调（Tido）杂戏”“调（Tido）调（Tido）戏”。其表演以吟诵、拳术舞蹈动作、锣鼓伴奏为特征，与河东山西临猗、新绛等地流行的“锣鼓杂戏”同源异流，与山西、陕西、河北、内蒙古流行的赛戏和晋东南流行的队戏同属宋金时期流传的吟诵类戏剧形态。

关于跳戏的历史渊源，缺乏文字记载，据行家庄人、已故的戏剧家、原陕西省剧目工作室副主任李静慈先生在《跳戏简介》中的研究和现任合阳县文化馆副馆长史耀增先生主编的《合阳文史资料》第八辑戏曲专辑的记述，以及当地群众累代因袭的说法，有以下四种：

1. 古代民族蹈歌之遗形

据《吴越春秋》《诗经·大雅·大明》等古籍记载，古代的合阳为有莘氏部落集居地。夏、商、周三代为“莘国”的领地，成汤佐相伊尹的故里。先民以狩猎捕鱼为生，生活非常辛苦，于是一面劳作，一面唱歌以自娱，形成了善于吟诵的传统。《尚书·夏书》中记载，这一带的先民在庆祝丰收和祭祀祖先和神灵时，经常举行歌舞狂欢大会，在鼓乐的伴奏下，装扮成各种鸟兽，吟诵、跳跃、舞蹈。跳戏的吟诵、乐器、表演动作的古朴等，都和古人的记载相符，因此认为跳戏很可能是居住在黄河沿岸的先民蹈歌留传的遗形。

2. 古代民间“傩仪”的演变

随着社会的发展，出现了宗教巫术，图腾崇拜。在黄河两岸，每逢新春伊始，民间都要举行一年一度的攘疫祈福、预祝丰年的祀神仪式，即孔子在《论语》中记载的“乡人鼓而傩”。这种民俗，相沿至近代，只不过祭祀仪式的内容随着时代的发展有了变化，当唐宋时期杂剧形成后，演戏成为祭祀祖先和神灵、攘疫祈福、预祝丰年的重要内容，由娱神为主的宗教仪式，逐步变为以娱人为主的艺术活动了。中华人民共和国成立前，跳戏舞台两侧沿角，各插丈余彩绣大旌一面，分别书以“出疫于效，以禳春气”八个斗方大字，旌旗绣以“青鸟”“金龙”，当是古代图腾衍变的图案。所以跳戏是由民间傩仪发展而成的说法亦有一定道理。

3. 唐、宋宫廷歌舞戏的演化

唐代出现了歌舞戏，据唐代著名史学家杜佑在《通典》中的记载，当时比较流行的剧目有《大面》《拨头》《踏摇娘》《窟儡子》等。其中《踏摇娘》中踏歌表演的形式与跳戏的舞蹈动作非常相似。这些歌舞戏，来源于民间，后被宫廷吸收，在艺术上加以提高，又回到了民间，流传到各地。如《踏摇娘》，不仅在山、陕、豫、冀、鲁广泛流传，还通过丝绸之路流传到新疆。在跳戏盛行的北吴仁、行家庄、南义庄，过去群众中都流传，还有在宋仁宗时跳戏曾赴汴京为宫廷演出的传说。

4. 金、元锣鼓杂戏的遗响

元统一中国后，竭力推行民族压迫政策，严禁民间私藏铁器，数家共用一把菜刀。但上层人物宴客酬友，时常演出锣鼓杂戏，侑酒取乐，监视稍懈。人民也借此在新春迎神祝丰时，文人农人聚台共演。清代翰林、宋家庄人安锡侯（字秉致）在一首诗中写道："舞蹈跻春台，溯源金大定。铙鼓传呵护，时合庆年丰。"后人以此为依据，认为跳戏属锣鼓杂戏的遗响。

合阳跳戏发展到明成化年间（1465—1487），某知县征集民间文艺，举废续演，但因遭禁过久，遗失本调，只能以动作示之，遂有河西哑跳之重兴。后经数代，久行少衰，又渐出现演文武戏。清代乾隆年间，合阳东王宰里村许莲塘（秉简）兄弟，曾以翰林、贡生身份跻身戏场，装生抹旦与农民同台演跳。道光、咸丰年间，班社林立，跳踏蓬勃，沿河各村戏班多达三十余处，为跳戏发展鼎盛时期。往往一村有几个社就有几个班子，主要流行于马家庄乡的南、北吴仁，东、西城里，新池乡的行家庄、宋家庄，南、北顺村，坊镇乡的坊镇、岳庄，伏六乡的坤龙，平政乡的百场，知堡乡的临皋，东王乡的南义、莘里等十几个村庄，共有三十几个班社，以莘里、南义、北吴仁、行家庄、宋家庄为最有名。清代末期，以至辛亥革命，军阀混战，村社不安，戏班自散，跳戏日趋减少，仅东乡几个村庄尚能勉强凑合演出。

抗日战争开始后，沿河一带，军队驻满，人心惶惶，不但农村经济遭到严重破坏，跳戏也随着拉位支差、战事频繁而几近湮没，唯行家庄尚可勉强演出。1949 年春，合阳东乡解放，行家庄在军民联欢大会上，演出神话剧《火焰山》慰问西进大军。1957 年春节，跳戏有幸参加了"陕西省第三届民间音乐舞蹈会演大会"，由行家庄艺人联合演出神话剧《收红孩》。1963 年春，南义庄演了两天三夜。1979 年，行家庄恢复演出《老将得胜》《战马超》《战盘河》等传统剧目。1982 年又演出了《收渔税》《燕青打擂》，并参加县上戏剧调演。为了把这一古老的戏剧艺术形式保存下来，

1984 年春节，中国艺术研究院和陕西电视台专门到合阳为跳戏录了像。

在陕西合阳县黄河对岸的山西，将跳戏这种戏剧形式称锣鼓杂戏。关于锣鼓杂戏的源流，山西已故的戏曲史家墨遗萍先生考证后认为：唐秦王李世民破刘武周于柏壁（今属新绛），作《破阵曲》命百余名披甲执戟的军士舞之，藉以庆贺，是为锣鼓杂戏之雏形；后马燧于唐贞元中（785—805）在猗氏（今属临猗）平定李怀光叛乱，作《定难曲》，军士歌之，锣鼓杂剧由此而逐步形成。清道光十二年（1832）所立猗氏马明王（燧）庙《海会碑》记载：马燧"平大寇（李怀光），福庇郇邑，故每岁重阳，黄酒、花糕、献戏，以答神庥。……社中子弟复演杂剧以悦。"这一由唐宋遗传下来的民间戏曲曾经在河东广泛流行。锣鼓杂戏的演出，以寺庙为中心，由周围各村子弟轮流担任。演员扮演的脚色为世袭制，子承父业，代代相传，口传心授，恪守规范。每年秋收入冬后，由社首、里正组织排练，至翌年上元节前后到庙台演出。演出当日，演员装扮齐备后，由锣鼓唢呐前导，骑马列队"转村"驱邪，当地群众称为"跑神马""迎杂戏"。入庙后"引戏人"头戴礼帽，身穿长袍马褂，台前巡视并致词，全体演员跪拜神圣，然后开台演出。演出时，"引戏人"登场介绍剧情，然后进入正戏。演出中，无人扮演群众脚色，龙套、差役、家院、丫鬟、书童等均由"打报者"临时担任。演出剧目以历史故事戏和神怪戏为主，剧中角色大多数是男性，极少有女性。演出组织向无职业班社，均为农村自乐班。较为著名的有康熙年间临猗县上李村班、乾隆年间运城县三路里班等，著名艺人有"活张飞"高仰星、"满堂红"姚宝琦、"全包袱"张奠吉等。

河西的跳戏，河东的锣鼓杂戏，虽然在其源流说法上有差异，但他们的剧本结构、舞台演出形式基本相同，可见两地剧种同根同源，而且在近代还有艺术上的交流。如合阳行家庄跳戏的戏箱，就是由跳戏好家、行家庄原党支部书记党建华的父亲党福光从山西新绛买回来的。在《昊天塔》一剧中孟良用的砌末宝葫芦也是特意到河东买来的。河东的锣鼓杂戏已经多年没有演出活动，所以这次河西跳戏的演出十分珍贵难得。

二、跳戏的组织形式和著名好家

无论是河西的跳戏，还是河东的锣鼓杂戏，均无专业班社组织，均以社戏形式组织演出。大的村庄或社有戏班，或两社一班，或一村一班。这种班社组织，每逢应邀到外地演出，合班同台。演员的培养，艺术的传承，均为子承父业，世代相传。跳戏还有一点不同于其他剧种的地方，演职员不论出身贵贱，班辈高低，地位悬殊，族规均不以“戏子”论称而歧视，演员均称“好家”。因而上至举、监、库、生员、翰林学士，下至农民、工匠，只要爱好，便可同台。凡出戏出好家的村庄，称“戏窝子”。凡称“戏窝子”的村庄，社有戏箱，村有舞台，每逢演出，好戏迭出，争强斗胜，各有千秋。从古至今，优伶辈出，可惜过去只作娱乐而无文字记载。就今所知，行家庄跳戏艺人，明万历年间有党桂一，天启年间有党一屏，清乾隆年间有党九苞，嘉庆年间有党徽征，道光年间有李有才，咸丰年间有党作兴，同治年间有党万寿，光绪年间有党铁狗，民国年间有党正志、李光禄、党让之。新中国成立以后有党国壁、党炎林、党云龙等，均为群众所赞誉的名艺人。

行家庄是跳戏著名的戏窝子，跳戏活动的历史悠久，清以前缺乏文字记载。在乾隆、嘉庆年间，是跳戏活动的鼎盛时期，全村分东、西、南、腰四社，演出的剧目有近百出。西社以文戏见长，东社以武戏称着。各社演出的剧目不同，技艺有别，风格各异。清宣统年间，四社并为三社，抗日战争时期又并为两社，新中国成立后合为一社。随着一些名艺人的相继去世，许多颇具特色的节目先后辍演。正如名“拨师”（导演）在1946年自编的“春官词”中说：“上年殁了锅儿旦，以后难跳《白水滩》；今岁润初把命断，有谁能跳《宁武关》……”此后，该村跳戏艺术虽有所传，逐渐因时代变更，艺人去世，剧本丢失，演技渐差，难与昔比。这一次参加演出的好家，年龄均在40岁以上，年龄最大的已经83岁。40岁以下的只有一个扮彩女的姑娘，年方22岁。

三、跳戏的演出形式和舞台艺术

跳戏表演为一年一度的春节期间。腊月农闲之际，村民便推选头领组织排练。推选出的头领称“计谋”，并配有助手数人。助手称“计谋腿子”，负责筹集演出费用和排演的杂务。演出费用除好家自出外，不足部分由村民自愿捐献。捐献的物品除现钱外，大部分是粮、油和其他生活用品和演出用的物资。担任导演的人叫“拨师”，也有叫“跳母子”的，他们必须是精通所排演的剧目，熟悉各角色的表演动作，并且是艺术全面、演技超群的老好家。

出跳之前的大年初一下午，各社便敲打锣鼓，俗称“打旦子”，制造气氛，鼓舞人心，以促“社家”出面商议出演组织、开支等事。到正月初五，不等黎明，“好家”把鼓抬在本社“好家”、群众院落内“打旦子”，名曰“镇穷鬼”，亦称“破除五邪”。所至之家，户主必以一壶酒、一个“凉碟子”（下酒菜）答谢。“好家”把谢礼收集起来，待“镇穷鬼”结束后，一起吃“谢礼”聚商出跳事。当天便进入“牛锣鼓”阶段，即各社把锣鼓集于村庄中心，对赛敲打，互相激励。次日各社便开始广场跳（即哑跳），上午下午出跳两次，每次在全村不同地方落几个场子。这种哑跳是群众性的，有时出现一百多人的演跳场面，上场是演员，下场是观众。演出多系武打节目，如《三战吕布》《武松打店》《穆柯寨》《临潼山》等。下场演员在周围呐喊助威，起配合作用。元宵节前进入高潮，正月十三四便进行上台跳。据村里的老好家介绍，跳戏在辛亥革命前尚保留有广场哑跳的形式。民国年间，军阀混战，水旱灾害不断，民不聊生，群众娱乐的兴致大减，哑跳的传统中断了。“打旦子”的形式依然保留着。这次演出，“打旦子”是在村中央的戏台前进行的。所谓“打旦子”，就是锣鼓合奏，演奏若干锣鼓曲牌，用以招徕观众，渲染节日气氛。

上台跳，先打开场锣鼓（演奏的锣鼓牌子与“打旦子”相同），然后是“春官”登场。这次上台跳，在村委会院子里的会堂中进行。会堂有一个能演戏的舞台，台下能容纳三百来人。“春官”这一角色多由“好家”“老家”“计谋”担任，这次扮演春官的是原村党支部书记党建华，他不仅是好家，而且是这次演出活动的组织者。只见他身穿绯红官衣，头戴圆翅纱帽，勾以豆腐块丑角脸谱，手舞花扇上场，类似明杂剧中的“副末”开场。所说内容即兴自编，句无定例，或是表述本地风光，或是诉说官吏压迫，甚至指名叫骂，肆意嘲谑，扮演者常常借机抒怀，以泄积愤而为之大快。例如行家庄在民国初年，跳戏艺人党万寿扮演“春官”时，上场引子说了两句：“清朝民国都一般，哪个当官不爱钱？”台下观众为之捏了一把冷汗，有人在台下小声说。“你寻的招祸呀！”本来他已说完引子刚准备落座，一听此言，转身又加了两句：“当面敢骂袁世凯，何况知事贾象山。”

贾象山乃当时的合阳县长，声名很坏，由此可见关中群众刚正不阿的性格。党建华扮演的春官所说词句，由于我们对合阳土语听不清楚，大致是：欢迎中央和省、市戏曲专家学者来行家庄看跳戏，提出批评意见，接着引出哑跳《萧太后升帐》和正戏《昊天塔》。

哑跳《萧太后升帐》，演宋辽故事戏中萧太后作为军中主帅升帐的仪式。出场的角色有五个，除萧太后外还有四个女兵。萧太后由54岁的女好家李爱茹扮演，四个女兵分别由56岁的李润菊、42岁的李汉芳、42岁的雷金菊、22岁的党小燕四名妇女扮演。首先由四个女兵舞蹈上场，变化不同的队形至舞台前场的四角，然后萧太后舞蹈上场至舞台后场的中央。

《昊天塔》，演北宋杨家将孟良等往辽邦境内的昊天塔盗取杨令公遗骨的故事。出场的人物：宋朝方面有杨延景、孟良、杨五郎，和尚清明、清慧；辽邦方面有韩昌、沙里雁、泥里豹、水中蛇、山洞蛟、寺儒续迁。杨延景由59岁的党忠信扮演，孟良由73岁的党正杰扮演，杨五郎由68岁的李兴德扮演，韩昌由62岁的党进胜扮演，寺儒续迁由76岁的党永常扮演。这几个演员都是村里的老好家，从七八岁时就从父辈那里学跳戏，有较好的基本功，一招一式都体现出一种朴实、凝重、浑厚的美。这种美是必须将自己置身于此时此地那种浓郁的传统节日的民俗气氛中，并对中国传统文化有较深的体验以后才能感受得到的。

据村里老好家介绍，过去演出跳戏，《春官开台》之后先要演出《天官赐福》《灵宫打台》《五鬼闹判》《鸡仙咬鸡》《奎星点斗》等鬼怪、神话节目，说这是迎吉祥、送瘟神、生贵子、兆丰年、祛除不祥，然后才开演折子戏或本戏。现在除了以武打节目代替了迷信节目外，其他形式继续沿用。由于过去极“左”思潮的影响，这一类节目已经基本失传了。

跳戏表演程序极严，每个角色先必须学会“上势”，这是跳戏最基本的舞蹈动作。随着唢呐伴奏，锣鼓击节，一步一踏，每踏按拍，移行路线，如出一辙。上一个势要踏够14个（古说15个）鼓点，踩满四角踏够56个鼓点后才行升帐或落座。男角上势，以“上路架”为动作根本，立势、开弓、大展翅诸样皆若此。女角上势以“小红拳”“太极拳”动作为基础，节奏稍快，步态轻盈。孙悟空上场，全用“猴拳”。群众把上势视为“见面礼”，势上不好，便会减弱艺术效果，人们呼之谓“生扒搂”“才出门”“荒唐鬼”。所以凡是跳戏好家，都有祖传三四代的自教历史，孩子从七八岁便开始在家长的教导下学习“上势”。

上势分男上势、女上势、双上势、代把子上势四大类，一个势又分“平势”“凹势”两项内容。为了表现不同角色的身份、性格，概括了18种上势名称，即：单人势、二士争功势、三义势、四路诸侯势（亦称四马投唐势）、五点梅花势、乾坤势、罗汉势、拉马势、低走势、猴王势、花枪并舞势、搜船势、扁担势、判官势、刑犯势（亦称戴枷势）、下四角势、虎叉势、登云势。在这次演出的《萧太后升帐》和《昊天塔》中，就运用了男上势、女上势、四路诸侯势、罗汉势、拉马势、花枪并舞势等舞蹈动作。76岁的党永常，扮演的寺儒续迁是个丑角形象，吟诵、念白、舞蹈都透着喜剧色彩，引起大家的赞扬。正戏演完后，应大家的要求，他又表演了一段彩婆子的身段。83岁的好家党欣普，虽然双目已经失明，仍然为大家表演了《昊天塔》中杨五郎的片段。

除上势外，表演程序中还有跑场、踩场。跑场又分跑半场、回全场和跑花场。踩场只限文角、帝王等角用。此外，武打叫“杀战”，且有“特杆子”“盘刀”“盘鞭”“开四门”等程序。杀战时锣鼓伴奏。据村里的老好家说，清时艺人讲究功底扎实，拳不出格，真枪真刀，实打实杀；不管对打、群打，不许走乱阵脚，必须打响打准，不摆空架，以见真功。若有失误，损伤对手，只许赔偿，不许诉官。使用把杖，必循严规，虽不注意式样美观，但绝不许任意乱舞。真打实杀，虽然是古代武术旧规，亦为该剧发展设置了障碍。民国至今，逐渐更改，才用起了舞台道具，但仍沿用古老的原始杀战程序。个别角色仍用真刀真枪，如杨五郎用的铁铲就是真的。

跳戏的舞台设置与大戏基本相似，不同之处是不管临时搭的舞台或是戏楼，都在上沿或檐下两台角各插刺绣彩旗一面，旗呈三角形，长约丈余，上绣青鸟、龙凤、火焰图案边，谓之“大旌”。乐队位置是文左武右，在舞台两侧支上木板高出舞台数尺，木板上一面摆一张条桌，两把椅子。桌前系上红缎围裙，桌上摆置茶壶茶碗。唢呐席居左侧，二人各执唢呐坐在椅子上。武场乐队在右侧，板上支起大鼓、小鼓，击小鼓的座位稍高，以便指挥全场。这种乐队设置，为其他剧种罕见。

离开了节日和民俗的氛围，单独来欣赏跳戏的演出，你也许会觉着单调和乏味，但是当你走进到处是贴着红对联、挂着红灯笼的乡村街道上，听着惊天动地的锣鼓声和噼里啪啦的鞭炮声，看着欢呼跳跃的孩子、喜笑颜开的青年男女、拄着拐杖的老人走到剧场的时候，再看跳戏的演出就不同了。特别是当你知道舞台上的扮演者是“常年脸朝黄土背朝天”的农民时，你就觉着他们的表演中的一举一动、一招一式都透着自然的美、雕塑般的美，这种美是在商业演出中感受不到的。中国戏曲来自民间，是在民俗的氛围中发展成熟的。离开了民间，离开了民俗活动的土壤，她的生命力就会衰弱。特别是像跳戏这样的民间戏曲，其生存更离不开传统节日和民俗活动。今天，我们要保护我们的民间戏曲，让她能继续生存下去，关键在于保护她生存的土壤。

（原载《艺术百家》2005 年第 4 期）

晋北赛戏的历史文化价值

——以 1985 年仿古演出剧目为例

20 世纪 80 年代初编纂《中国戏曲志 · 山西卷》在调查民间戏曲时，山西五台县发现了久已不演的古老剧种赛戏。因我担任《中国戏曲志 · 山西卷》责任编辑，就与山西卷编辑部的同志一起于 1985 年中秋到五台县西天和村进行了考察，先在西天和村的古戏台看了彩排，因该村戏台电的负荷不足，第二天晚上到台怀镇五爷庙古戏台观看了仿古演出及录像。此次考察的结果在《中国戏曲志 · 山西卷》有关赛戏的条目中得以记述，但录像一直没有公开。直至 2011 年，我和山西省文化厅艺术处夏平处长联系，中国艺术研究院开公函给山西省文化厅，才得以复制了一份 DVD 光盘，收入《中国戏曲剧种音像数据库》。下面就以当时演出的《调鬼》《戏柳翠》《出幽州》三个剧目，谈谈赛戏的历史文化价值。

一、晋北赛戏与乐户

赛戏是流布于我国太行山地区的古老剧种。在山西省北部的大同、朔州、忻州，河北省的北部，内蒙古的西南部都曾经流行过。为什么称赛戏？民间有三种说法：

1. 民国前赛戏演出时看戏的妇女们都要露出三寸金莲，比赛谁的脚小，谁的鞋花样绣得精巧，所以叫“赛赛”。

2. 赛戏开演前，女演员要浓妆艳抹“坐台子”，比赛俊美，所以把这一剧种叫“赛”。

3. 古代民间称祭祀活动为迎神赛会，所以把专为迎神赛会演出的剧种叫“赛赛”，或“赛戏”。

以上三种说法，后者较为可信。在古代，祭祀活动称“赛”，意在酬报神恩。汉书《郊祀志》作“塞”，六朝俗制从贝作“赛”。该剧种是酬神戏，所以叫“赛戏”。晋北过去民间的传统赛祀活动形式很多，而以祈求风调雨顺、驱鬼逐疫、追斩旱魃的祭仪最为繁盛。历史上的晋北常常是十年九旱，这一地区的人们把一年的风调雨顺、驱赶旱魔视为头等大事，所以求雨、驱旱、驱鬼、逐疫这种祭仪在民间既普遍又隆重，被视为祭祀正宗，称之为“赛”。而赛戏是在赛祀仪式基础上发展起来的戏剧形式，是整个祭祀活动的重要组成部分，所以人们把这种戏剧演出与祭祀仪式联系在一起，称为“赛戏”。

梆子戏、弦子腔、罗罗腔等也酬神演出，但它们与祭祀仪式没有必然的联系，戏是戏，仪式是仪式，两者互不搭界。赛戏则不然，它的特有剧目《调鬼》《斩旱魃》本身就是一种祭祀仪式，就是“赛”。这两个祭祀仪式剧目是其他剧种所没有的，赛戏把它作为主打的固定剧目，每到一处必须演出。

明初，赛戏在晋北盛行，这与赛戏是由地方乐户专业演出有关。据五台县志记载：“……明洪武年间，五台有乐户十五家，建文末年，又有京城官绅，被贬为乐户，还于五台……”这些乐户，以家庭为单位，组成赛戏班社，搬演赛戏，并承揽民间婚丧鼓乐事。五台县松台村的诸家班、应县的侯家班、大同的赵家班，其先祖皆系明初官绅，因获罪被发配于晋北，各自组成家庭班社唱赛戏。晋北至今流传着这样的说法：元末，八家大臣获罪，被皇帝发配到边塞，为乐户。在祭祀中，他们吟诗作诵以表心中的不平，其后代因袭，遂成赛戏。建文末年，明成祖又把不附其夺位的朝臣悉编为乐籍，发配于“九边”[①] 习贱业。于是晋北一带乐户大增，赛戏的家庭班社数量也增多，从而带来了赛戏的一度繁荣。清代初年，各种地方戏纷纷崛起，对赛戏形成极大的冲击，随着时光的流逝，人们对神灵的虔诚逐渐淡漠，而艺术欣赏水平却在不断提高，艺术性较原始粗糙的赛戏在清末陷入极大的危机，趋于衰落。清末到民国年间，赛戏班社大部分解体，赛戏演员纷纷改换门庭。据有关数据记载，光绪年间，晋剧北路梆

① 九边：是明代设立的九个边防军事重镇，即辽东、宣化、大同、延绥、太原、宁夏、甘肃、蓟州、固原。

子有个“连外班”，其班主侯攀龙，原系赛戏艺人，他的祖上是江南官宦之家，明朝时获罪，被发于“九边”唱赛。侯的祖上被发配于“九边”之一的大同一带。清末赛戏衰落了，侯攀龙弃赛业而领梆子戏班。其时，北路梆子名伶“十三红”（孙佩亭）曾在该班演出，致使侯攀龙的“连外班”一时名震归化（今呼和浩特市）至张家口一线。民国年间，在赛戏流布地区，很多地方在赛日不演赛戏，而是改唱北路梆子或其他的地方戏。这一时期的赛戏班社，据老艺人们回忆，仅存大同赵科的赵家班、应县侯三成的侯家班、宁武彭三海的彭家班、可岚蔡愣子的蔡家班、五寨吕子山的吕家班、五台松台村的诸家班。此外，还有些业余性质的子弟班，如五台县西和村的子弟班、大同市阳高县鳌石村的和合班、朔县的元顺旦班等。中华人民共和国成立后，晋北个别村镇，把赛戏作为春节文娱活动的一种形式，偶有演出。1960 年，阳高县鳌石村以赛戏传统剧目《孟良盗骨》一剧参加了在大同市举行的晋北文艺会演。1985 年，为编纂《中国戏曲志·山西卷》，五台县西天和村赛戏子弟班上演了《调鬼》《戏柳翠》《出幽州》，从此赛戏便再没有演出过。

二、《调鬼》等三个赛戏剧目介绍

《调鬼》，赛戏早期剧目。演农历七月中旬，城隍奉玉皇大帝圣旨降临凡间，先后调来真武、白面鬼、判官、牛头、马面等众鬼神，逐一吩咐，要他们保佑一方地方风调雨顺、国泰民安。过去传统演法，“先是赛班艺人扮就‘七鬼’（一真武、二白鬼、二棒鬼、二判鬼）‘八仙’‘四值神’（春、夏、秋、冬）和城隍，由吹打开路。‘引荐人’用竹扫帚扫几下，意为把一切灾难扫掉。然后请龙王到赛场神厅，接着开演《调鬼》。在街上行走时，面具都顶在头上，髯口倒捋上去，似鬼怪的披头散发。”① 因当时怕担当宣传封建迷信的帽子，前面的仪式省略了，演员化好妆就直接在戏台上演《调鬼》。城隍先上场，吟诗，下场后又上场，表示由天庭到了人间，坐定在下场门前台。众鬼神上场，真武站在舞台中间的高座上，其他

① 《中国戏曲志·山西卷》，文化艺术出版社 1990 年版，第 407 页。

鬼神分坐两边。城隍手持竹扫帚，用吟诵的形式逐一嘱咐众鬼神。众鬼神上场只有舞蹈和哑剧表演，没有吟诵。仪式性很强，表演非常单调。这个剧目显然是由祭祀仪式发展而来，与另一个仪式性剧目《斩旱魃》同类，为赛戏的早期剧目之一。

《戏柳翠》，又名《大头和尚背侍女》，是由民间故事编演为民间舞蹈继而搬上戏曲舞台的。赛戏《戏柳翠》亦为舞蹈哑剧，上场角色有月明和尚、柳翠、判官三个。月明和尚在笙管合奏的曲谱〔千声佛〕中持拂尘迈八字步缓慢舞蹈上场，做洗脸、洒水、扫地、上香拜佛、登高击鼓、摔下爬起、再登高敲锣、又摔地爬起、坐在一旁念经等舞蹈动作。柳翠亦在〔千声佛〕音乐中浓妆艳抹持纸扇、手绢，端供盘舞蹈上场，上供品、拜佛，起身后看到月明和尚，顿生爱慕之情，蹑手蹑脚走在月明背后，用扇子敲了一下他的后脑勺，急忙躲在佛龛后面。一心念经的月明吓了一跳，站起来没有发现什么，将椅子挪了一下继续念经。柳翠不肯罢休，又悄悄走在月明跟前，拔下发簪捅了一下月明的鼻孔，又急忙躲在佛龛后面。月明开始不被打动，站起来挪了下椅子接着念经。柳翠还不死心，走出来用扇子狠狠地敲了一下月明的前额。月明这才注意到面前如花似玉的柳翠，不禁凡心骚动。掌管人间婚姻簿的判官上场，查看二人的姻缘，见其红尘未断，不再阻拦。月明和尚背起柳翠急忙逃离寺院。故事情节并不复杂，表演动作也比较简单，但生活气息浓郁，情趣盎然。

《出幽州》，叙宋王赵光义，因母兄许愿，欲到五台山文殊菩萨殿前还愿，潘仁美推荐杨家父子保驾前往。辽国大将韩延寿、韩延广闻知，潜入五台山打探。宋王人马到达五台山，主持为宋王和杨家将一一相面，预测金沙滩之战的结果及每个人的命运，陪大家观景。潘仁美唆使宋王到幽州玩景，结果被辽兵包围。杨家父子奋力保驾，损兵折将，痛失众子，与六郎保宋王还朝。故事见《杨家将演义》第十六回。此次只演出了“相面”“观景”两折。出场的人物有宋王、杨继业、杨继业的八个儿子、主持、潘仁美、韩延寿、韩延广、捡场人。人物的扮相、服装与梆子戏无异，就连人物出场的台步也如梆子戏，疑为赛戏的晚期剧目，是从梆子戏中移植过来的，但仍保留了赛戏念白、吟诵的特点。其中相面的情节明显在炫耀五台山和尚算命的灵验和佛教因果报应的理念。

三、从赛戏演出形式看早期戏曲的遗存

五台县西天和子弟班演出的这三个赛戏，《调鬼》《戏柳翠》显然是早期剧目，保留了较多宋金杂剧的演出形态。

1. 赛戏演出时，不设龙套，没有把子，剧中的一些附属人物如太监、丫鬟、兵卒常由捡场人代替问答，这些都是早期戏曲形态的反映。据民间传说，赛戏不设龙套把子是因为赛戏演员多系被编贬乐户的原官宦之家，为了表示对皇帝与权贵们的不满，所以在戏中不设守候他们的角色，皇帝不在戏中出现，即使是下旨，也要他自己在幕后宣读，晋北民间歇后语云："赛戏的皇帝——没人侍候"，即此意思。这种说法反映了受迫害的部分乐户艺人对皇权的憎恶，但并非是赛戏不设龙套把子的主要和唯一原因。其主要原因应该从中国戏曲形成发展的史找答案。

中国戏曲经过漫长的孕育时期，在宋金时期才具雏形。这之前的唐参军戏，演出时只有两个脚色，一名参军，一名苍鹘，他们在相互问答之间，作些即兴滑稽表演，类似现在的相声小品，这种参军戏当然没有龙套把子。宋金杂剧的表演艺术有了很大的发展，脚色有未泥、引戏、副净、副末、装孤五种，但从一些记载看，演出规模仍然比较简单，出场脚色看不出有龙套把子的配置。南宋周密《武林旧事》中记述了当时几个有名的杂剧班社的组织情况："刘景长一甲八人：戏头李泉现，引戏吴兴佑，次净茆山重、侯谅、周泰，副末王喜，装旦孙子贵。……潘浪贤一甲五人：戏头孙子贵，引戏郭名显，次净周泰，副末成贵。"从这些记载中，我们可以看到，当时杂剧班子称"甲"，一般只有 5 至 8 人，演员除了扮演剧中角色外，还要伴奏，演出时就不可能有龙套把子。赛戏的家庭班社，人员一般也不过五六人，因此演出时往往是有主帅没兵丁，有官员没衙役。这种班社组织和演出形式，保留了宋金时期戏曲的初级形态。

2. 赛戏中的"引事"与宋金杂剧"竹竿子"相似。赛戏中的"引事"这一脚色，在开戏之前是"解说员"，一出戏由他介绍背景而开场，引出全剧故事，赛戏开演后，他时而进入戏中充当脚色，时而跳出戏外担任解说。"引事"与晋南古老剧种锣鼓杂戏中的"跑报子"，都与宋金杂剧中的

“竹竿子”一样，是中国戏曲初级形态时出现的一种脚色。赛戏《调鬼》中的城隍，既是剧中的角色，又是“引戏”，他把剧中的鬼神一个一个引出来，而且他手中拿的道具竹扫帚，与宋金杂剧中“竹竿子”拿的道具非常相似。

3. 赛戏演出前，女演员要“坐台子”（俗名“压板凳”），这与宋金杂剧演出的习俗非常相同。金末元初散曲家杜善夫在他的《庄稼不识勾栏》中写道：“……见几个妇女向台儿上坐，又不是迎神赛会，不住地擂鼓筛锣……”这里说的是勾栏演戏的情况，与赛戏女演员“坐台子”的演出习俗一样，一方面有显示戏班演出阵容的意思，另一方面也反映了封建时代戏曲艺人社会地位低下，特别是乐户出身的女艺人，不仅要以技艺赢得观众外，还要靠色相招徕顾客。在演出《戏柳翠》时，为了反映历史的真实情况，亦有两位女演员坐在舞台两侧。

4. 赛戏演出为广场艺术与舞台艺术的结合，保留了戏曲从原始的广场艺术向舞台艺术过渡的痕迹。赛戏的早期剧目《调鬼》是在舞台下的广场上进行演出，《斩旱魃》则是从台上演到台下，再从广场演到台上，这种台上台下相结合的演出形式，使演员与观众形成了互动，部分观众参与到演出中，加强了演出气氛，使场面更加热烈。

5. 根据大同市艺术研究所孙大军、杨成万调查统计①，晋北各赛班演出的剧目有59个。这些剧目没有剧本保留下来，但从各班演出“总纲”看，没有反映南宋及元明清各代的戏，反映时代最晚的戏是北宋的事。

6. 赛戏演出规则有三个固定：即固定台口，固定的赛日，演固定的剧目。固定台口，一般是指赛台，是专演赛戏的台，也叫赛坛。五台上城内曾有明代所建的赛台一座，比一般戏台高，台口两侧无山墙，三面皆可站立而观，现已毁；大同市城西、广灵县社台，原各有赛台一座，现在也无存了。这些赛台是专供赛戏演出的，一般剧种不去演出。没有专用赛台的地方，赛戏则演出于龙王庙、关帝庙等当地认为神灵威显的庙前，这些庙前的舞台“弦、罗、赛、梆”均可演出，但通常以赛戏开台。固定的赛日，即各地举赛的日期不尽相同，大致在4月到7月之间。这个时段各地先后举赛祭神，祈求风调雨顺，五谷丰登，赛戏班在各地巡回演出，赛日

① 孙大军、杨成万主编：《塞北梨园·赛戏》，中国戏剧出版社2006年版，第8—20页。

从不更改。固定的剧目，是赛戏每一台口必演《调鬼》《斩旱魃》祭祀仪式剧。这些固定剧目不能缺少，不可更换，这是赛戏与其他剧种酬神演出时的最大区别。

根据以上信息推断，赛戏的形成应在宋金时期。由此可见，这一剧种的历史价值和文化价值是非常珍贵的，是需要我们很好保存和研究的。

（本文与肖宜悦合著，原载《四川戏剧》2013 年第 4 期）

笃于其性、发于其情、本于其诚

——孟称舜戏曲创作理论初探

在明清传奇作家中，孟称舜是一位既有丰富的创作实践，又善于探索和总结，并形成比较完整创作理论的优秀戏剧家。他不仅创作了《娇红记》《二胥记》《桃花人面》《英雄成败》等杰出戏曲作品，而且在戏曲创作理论方面也为后人留下许多精辟的见解。笃于其性、发于其情、本于其诚，是孟称舜戏曲创作理论的核心。孟称舜的戏曲理论，不仅是戏曲理论研究中的一个重要课题，而且对当前的戏曲文学创作也有许多很值得借鉴的地方。下面从三个方面对孟称舜的戏曲创作理论作一探讨。

一、笃于其性

戏曲作品是一种以塑造人物为核心的文学体裁，每一上场的人物都应该具有鲜明的性格特征。戏曲作家应该尽力捕捉和表现别个人物形象没有的，而这一个人物形象必然有的性格特点，人物的行动、语言都应为刻画人物性格服务。生活在三百多年前的孟称舜，虽然没有这样明确的认识，但他对这一问题是深有感触的。他总结了自己和前人的戏曲创作实践，特别对沈璟等人“宁协律而词不工”，一味追求离奇情节，讲究格律，忽视人物性格刻画的形式主义创作思想，在《节义鸳鸯塚娇红记》题词中，提出了“笃于其性”的论点。他认为像《节义鸳鸯塚娇红记》中的申纯和娇娘那样忠实于爱情的“义夫节妇”，他们所以至死不悔，并不是理义所然，而是“笃于其性，发于其情”。因此作家在描写他们时，不应该揆诸理义之文，而应该从生活出发，努力刻画他们的性格，描写他们的思想感情。在这里，他提出的不仅是一个戏曲作品塑造人物形象的问题，而且把那些为封建礼教而牺牲青春的义夫节妇与那些反抗封建礼教、争取婚姻自由而献身的“义夫节妇”区分开来。

在戏曲文学作品中，人物的矛盾冲突，人物的思想感情，由此而体现的人物性格主要是通过人物的语言反映出来的。语言的个性化成为戏曲文学作品塑造人物的关键。孟称舜非常强调这一点，他在《燕青博鱼》杂剧评点中指出：“文章之妙在因物赋形，矧词曲尤为其人写照者。男语似女是为雌样，女语似男是为雄声。他如此类，不可悉数。至曲中尤忌者则酸腐打油腔也。”本色派与词藻派是明代戏曲创作中现实主义创作思潮与形式主义创作思潮在语言问题上的反映。孟称舜很推崇元杂剧本色派的语言艺术，说关汉卿的“窦娥冤词调快爽，神调悲吊”。臧晋叔的《元曲选》在《窦娥冤》第一折〔混江龙〕这支曲子中增加了“催人泪的锦烂缦横绣榻，断人肠的是剔团圆月色挂妆楼”等语。这两句唱词很含蓄、形象、绚丽，但从窦娥口中唱出，就把一个平民家的少年寡妇的愁苦描写成官僚贵族家秀楼闺中小姐的春思了。孟称舜认为“太觉情艳，不似窦娥口角”，因此在他编辑评点的《古今名剧合选》中“依原本删之”。他对康进之和李文蔚等元杂剧作家运用本色语言，刻画人物性格的高超技艺赞不绝口，说康进之的《李逵负荆》“曲语句句当行，手笔绝高绝老，至其摹像李山儿（李逵）半粗半细，似呆似慧，形景如见，世无此巧丹青也。”说李文蔚的《燕青博鱼》中“燕青语又粗苯又精细，似是蓼儿洼上人口气，因非名手不辩。”他自己在创作实践中也是非常注重人物唱白个性化的，他笔下的娇娘、玉娘、叶蒙儿、申纯、崔护、伍子胥、申包胥、王通判等人物形象的语言，无不符合各自的身份性格，即使是一些次要人物的语言，也可以看出其个性特点来。

个性化的语言必然是从生活中提炼出来的，戏剧作品不仅要作为文学作品供有文化修养的人阅读，而且还要付诸舞台，通过演员的唱、念、做、打等艺术手段来感染观众。因此，它比其他文学作品更需要语言的通俗化，更应该接近于口语、日常语。为此，孟称舜认为：“曲不难作情语、致语，难在作家常语。”① 孟称舜称赞关汉卿的《玉镜台》：“俗语、韵语彻头彻尾，说得快性尽情。”他批评词藻派作家梅鼎祚的剧作“散白太整，

---

① 《古今名剧合选》十三集《东堂老》杂剧评点。

未免秀才家文字语，及引传语都觉未入家常自然。”他认为在表现人物性格的“要紧处，不可着一毫脂粉，越俗、越家常、越警醒此才是好。”如果在最能反映人物性格的要紧处，大加修饰，那势必“婆婆犹新妇”，产生“少年哄趋”的令人啼笑皆非的效果。[①]

孟称舜重视宾白在刻画人物性格中的作用，他批判了明代一些戏曲评论家认为元杂剧中的唱词是文人所作，宾白是艺人所补，因而重曲轻白的观点。他说：“或云元曲填词皆出辞人手，而其白则演剧人自为之，故多鄙俚蹈袭之语。予谓元曲固不可及，如此剧与《赵氏孤儿》等白直欲与太史公记列传同工矣。”[②] 他的这一观点突破了封建士大夫的阶级偏见，反映了他文艺思想的进步性、人民性的方面，这是封建时代戏曲批评家很少有人达到的。

二、发于其情

情即情感，是人与人、人与客观事物接触中产生的一种意识。人有劳动、思维的本能，由此而能产生情感；人有情感才使得人的本能得到不断地升华。人的本能即“性”，与人的情感本来是一种相互制约、相互促进的关系，但封建伦理学家们出于维护封建秩序，把性与情完全对立起来，说成是一种水火难容的关系。如唐代的李翱在《复性书》中说：“人之所以为圣人者，性也；人之所以惑其性者，情也。喜、怒、哀、惧、爱、恶、欲，七者皆情之所为也。情既昏，性斯匿矣，非性之过也。七者循环而交来，故性不能充也。”宋代统治阶级极力用封建礼教来约束人们的思想感情，提出“去人欲，存天理”的口号。明代统治阶级更是变本加厉，以封建礼教“广励教化”。针对这一思潮，明代著名思想家李贽提出“各从所好，务骋所长”的口号，与之抗衡。明中叶思想界的这一场论争，直接反映到戏曲创作中来。丘濬、邵灿等封建士大夫迎合统治阶级需要，编写了《五伦全备忠孝记》《香囊记》等宣扬封建礼教的作品。而一些进步

① 《古今名剧合选》十九集《昆仑奴》杂剧评点。
② 《古今名剧合选》十五集《天赐老生儿》杂剧评点。

的戏曲作家则以传情作旗帜，创作出许多反封建礼教的作品。汤显祖是主张戏曲传情的先驱，他和封建道学家们的意见相反，认为“圣人治天下，情为之田，礼为之耜，而义为之种”[①]，把情、礼、义看成是有机的统一体。

孟称舜“发于其情”的主张，正是明中叶个性解放思潮的反映，传情戏曲理论的进一步发展。他认为情“细之见于儿女幄房之际，而巨之形于上下天地之间”[②]，而所谓“义夫节妇”情则犹盛。他说“性情所钟，莫深于男女”[③]，“男女相感，俱出于情，情似非正也，而予谓天下之贞女，必天下之情女者何？不以贫富移，不以妍丑奇，从一以终，至死不二，非天下之至情者而能乎！”[④] 在他看来，人间最有情的是被那些封建道学先生们视为不正的青年男女之间“不以贫富移，不以妍丑奇，从一以终，至死不二”的真诚爱情，这样的情才是值得称赞和形诸于戏曲作品中的。而那些“见才而悦，慕色而亡者，其安足道情哉！”[⑤] 在这里，他把以共同生活理想作基础，在相互了解中产生、在共同生活中发展起来的爱情，并为之而献身的“义夫节妇”与那些追求虚名、贪图色情而丧生者区分开来。他的优秀爱情剧《节义鸳鸯塚娇红记》正是满腔热情歌颂了为争取婚姻自主而献身的申纯和娇娘，而无情鞭挞了不择手段追求色情、破坏他人幸福的纨绔子弟。

陈洪绶在《节义鸳鸯塚娇红记》序中说：“古今具性情之至者，娇与申生也，能言娇与申生性情之至，而使其形态活现，精魂不死者，子塞也。”孟称舜被他同时的评论家誉为“传情家第一手”，把他的剧作誉为“情史中第一佳案”，正是因为他继汤显祖之后，高举起“传情”的旗帜，坚持了“发于其情”的创作原则。他的剧作，无论是剧情结构，还是人物塑造，或是语言运用，都紧紧围绕一个情字。《娇红记》所描写的是缠绵委婉的儿女之情，《二胥记》描写的是深沉慷慨的爱国之情，人物情感的发展贯穿于作品的始终，剧情的波澜起伏随着人物情感的变化而变化。他

① 汤显祖：《南昌学日记》。
② 《二胥记》题词。
③ 《节义鸳鸯塚娇红记》题词。
④ 《贞文记》题词。
⑤ 《节义鸳鸯塚娇红记》题词。

塑造人物，是从每个人物特有的情感出发的，而不是从概念出发。由于他紧紧抓住了各个人物情感上的差异，抓住了一个人物在不同环境下情感的变化，所以他所塑造的人物，个个栩栩如生，性格丰满鲜明。如《娇红记》中的王通判，是一个封建礼教的维护者，又是一个嫌贫爱富的势利者。但是作家在塑造王通判这个典型人物时，不是描写他如何不近人情，粗暴干涉女儿的婚姻，而是极力描写他对独生女儿的爱惜之情。但因为他的这种爱惜之情是从封建礼教和贪图富贵的人生观出发的，他只想着将女儿嫁给有钱有势的帅家，享受富贵荣华，不考虑女儿是不是能得到爱情的幸福，而娇娘则决心嫁给家境贫穷但和她情投意合的申纯，这就使得他们父女之间的感情出现了波折，最后以娇娘被其父逼婚而死结束。这对争取婚姻自主的娇娘和申纯来说是一个悲剧，对封建家长王通判来说也是一个悲剧。由于作家坚持“发于其情”的原则，就使得他的剧作立意深刻，人物生动真实，既抓住了封建婚姻制度的罪恶本质，加以无情的揭露，又给予读者（观众）生活的哲理，强烈的艺术感召力。

孟称舜不仅在戏曲创作中坚持了“发于其情”的原则，而且把是否“达情”作为戏曲批评的标准之一。他在《古今名剧合选》的评点中常常用“快性尽情”“真率尽情”“描刻入情”等语来赞叹元杂剧中的优秀作品。如他赞叹郑德辉的《倩女离魂》“絮絮叨叨语尽儿女情肠”，“余所极喜”。“酸楚哀怨，令人肠断，昔时西厢记，近日牡丹亭，皆为传情绝调，兼之者其此剧乎！”《倩女离魂》对汤显祖的《牡丹亭》影响很大，他认为《牡丹亭》在传情格调上是以《倩女离魂》为元祖的，因此将此剧作为《古今名剧合选》的开宗之作。他称赞关汉卿的《玉镜台》“快性尽情”，《金线池》“写唧哝哀怨之语，字字如大珠小珠落玉盘时也”。他认为杨显之的《潇湘雨》“真率尽情”，“描刻入情”，读此剧：觉潇潇风流从疏棂中透入，固胜一首秋声赋也……”他在编辑《古今名剧合选》时，“以辞足达情者为最，而协律者次之”，把能否达情作为衡量戏曲作品的第一标准。

戏曲作品如何达情？孟称舜不仅以他的创作实践回答了这个问题，而且总结了前人不少宝贵经验。他在《古今名剧合选》序中提出比较系统的看法。首先，他阐述了作家对生活的认识与戏曲传情的关系。他说：“情辞之妙，归之乎传情写景。顾其所为情与景者，不过烟云花鸟之变态，悲喜愤乐之异致而已。境尽于目前，而感触于偶尔，工辞者皆能道之。”在他看来，戏曲创作的目的在于“传情写景”，而所谓的情与景，不过是客观事物（烟云花鸟）在作家头脑中的“变态”，社会上的各种事件（悲喜愤乐）在作家头脑中的“异致”而已。这种“变态”，这种“异致”不是每一个人都相同，也不是每时每刻都会产生的，即所谓“境尽于目前，而感触于偶尔”也。而一个优秀戏曲作家（工辞者）的可贵之处，就在于他把“古今、好丑、贵贱、离合、死生，因事而以形，随物而赋象；时而在言，时而谐浑，孤、末、靓、旦合傀儡于一场，而徵事类于千载。”这里他提出的“因事以造形，随物而赋象”的问题，不仅是戏曲作品传情写景的艺术规律，也是一切文学作品创作的共同规律问题。这个问题一直是古今中外文艺理论家们苦心探索的一个问题。俄国19世纪的文艺理论家别林斯基比较明确地提出“形象思维”的概念，企图说明文艺创作的这一规律，而孟称舜在17世纪就以“因事以造形，随物而赋象”这样明白易懂、简练扼要的语言概括了这一规律。这说明中国的文艺理论在许多问题上远远走在了欧美国家的前头。使人遗憾的是，我们研究文艺理论，比较注重研究西方的；即使研究本国的，也把视线瞄准了名人大家，而对像孟称舜这样没有功名的布衣，对他们的精辟见解没有注意到。

第二，孟称舜提出传情作家“不化其身为曲中之人，则不能为曲”的观点。在传情这一点上，孟称舜和前辈戏剧家汤显祖是一脉相承的，但如何传情，采用什么样的创作方法传情，两个人的观点不尽相同。汤显祖所追求的是感情的真实，为了表达作家头脑中那种“生者可以死，死可以生”的情，常常采用浪漫主义手法，虚构出在生活中不可能有的故事情节。他的作品具有浓烈的抒情诗风格，读他的作品处处可以看到作家自己的影子。而孟称舜则不同，他除了追求感情的真实外，还非常注意故事情节的真实。他的作品虽然也有强烈的抒情色彩，但作家自己的感情主要是通过剧中人物的感情自然而然地反映出来的，是溶化在剧中人情感之中的。“不化其身为曲中人，则不能为曲”，这正是他进行戏曲创作的切身体会。其次，他主张剧中人物的情应在叙事中表达出来。他在评点孟汉卿的《魔合罗》杂剧时指出：“曲之难者，一传情，一写景，一叙事，然传情写景犹易为工，妙在叙事中绘出情景，则非高手未能矣。”此处所谓“妙在叙事中绘出情景”也就是要求戏曲作家在故事的发展中，通过人物自己的言行，表达出人物独特的思想和情感来。孟称舜在自己的创作实践中遵循了他的上述理论，他十分善于通过剧中人物的一言一行细致入微地刻画人物的性情和通过典型环境反映人物的思想感情。如《娇红记》中的“会娇”“赴约”，《二胥记》中的“哭庭”等都是精彩的例子。剧中人申纯与娇娘，伍子胥与申包胥等人物形象，真正达到了“哭则有声，啼则有泪，喜则有神，叹则有气”栩栩如生的艺术效果。

孟称舜是个现实与理想、主观与客观结合得比较好的作家。他坚持通过生动真实的细节表达人物的思想感情，但并不主张对生活一丝不差地模仿。他说戏曲创作如画者画马，“当其画马也，所见无非马者，人视其学为马之状，筋骸骨节宛然马也，而后所画为马者，乃真马也。”他所要求的不是皮毛是否像马，而是看筋骸骨节是否像马，真可谓“入木三分”也。

三、本于其诚

这一论点是孟称舜在《二胥记》题词中提出来的。他说：“古人言出于口，则取而正之如券也。子胥覆楚，包胥复楚，两者皆千古极快心之事……要之，两人所用者诚耳。”“志定于己言，出于口辄而还之，有如券，然非诚也而能之乎？嗟乎君臣父子，夫妇朋友之间事，何一而不本于诚者哉？余昔谱鸳鸯塚事，申生、娇娘两人慕色之诚与二胥报仇复国之诚等。”他这里所说的“诚”，有两方面的含义：一是指事物本身的真实，二是作家对待这些事物是否真诚。归结为一点，就是指文学作品的真实性问题。他不仅用“本于诚”来解释君臣父子、夫妇朋友之间的感情，而且以此来衡量戏曲作品中人物的真伪。他的这一论点，和“笃于其性”“发于其情”一样，也是针对封建统治阶级宣扬的“去人欲、存天理”的反动说教的。李贽在《童心说》中说：“童心者，直心也。”他以“童心”（赤子之心）来批判“言假言、事假事、文假文”的封建卫道士。孟称舜正是受李贽等进步思想家的影响，在戏曲创作中提出“本于其诚”的观点来抵制封建礼教对戏曲创作影响的。在创作实践中，他把“诚”“性”“情”结合在一起，苦心发掘剧中人物那种“本于诚”的情，使人物性格建立在生活真实的基础之上，因而使得他所塑造的人物形象具有现实主义的光彩。在《娇红记》中，他为后人塑造了明末争取婚姻自主、个性解放的青年男女——申纯和王娇娘的形象，并塑造了王通判这个既具有封建官僚家长特征，又具有市侩商人特点的形象。这些艺术形象只有明末资本主义生产关系有了萌芽后才能产生。《死里逃生》中的了缘，《眼儿媚》中的孟之经等代表了明末社会的黑暗势力，在他们身上可以看出明末腐朽政治的罪恶。《二胥记》描写的是战国故事，但在由包胥这个人物形象身上寄托了作者在外族入侵威胁之下，忧国忧民之情。由于孟称舜的创作都是有感而发，并坚持了"本于其诚"的原则，使得他笔下的人物形象具有"立体感"，做到了共性与个性的统一。

孟称舜"本于其诚"的观点在戏曲批评中是以"真实"或"真切"表示的，他把"真实""真切"作为衡量戏曲作品的又一尺度。关汉卿的《窦娥冤》第一折，有几段窦娥感叹自己不幸身世的唱词，孟称舜很是欣赏，赞叹道："何等真切!"《赵氏孤儿》描写的春秋战国时期晋国的故事，孟称舜以为此剧在真实性上达到了《史记》的水平。他说："此篇叙述可作一篇史记读。"第二折公孙杵臼愤怒地揭露和谴责了权奸屠岸贾欺君罔上、残害忠良的丑恶嘴脸和罪恶行径，孟称舜指出："说此辈甚真。"孟称舜对北杂剧中反映生活真实、揭露社会弊端的描写给予充分肯定。明王子一的《误入桃源》杂剧揭露了明代统治者的凶残，反映了中下层知识分子与其不合作态度。其中隐士刘晨有一段满腹怨恨的唱，孟称舜赞叹"骂来刻毒痛快，令此辈见者敢怒不敢言也。"元无名氏的《谇范叔》杂剧，通过战国时期范雎怀才不遇的故事，反映了元代知识分子备受统治者迫害的社会现实。孟称舜作为明末的一个下层文人，与剧中人范雎同病相怜，他赞赏此剧为"真语、妙语，一读一感愤"。本于其诚，必须要求人物、情节的真实性，而要做到这一点，必然要反映阶级矛盾和社会弊端，反映新旧势力的斗争，否则就无诚可本了。

"性""情""诚"是孟称舜文艺思想的一个整体。在他看来，性与情来自作家对人物故事的真诚描写，同时"诚"又是衡量"性"与"情"的一个重要尺度。除了"诚"之外，孟称舜对性与情的要求还有"蕴藉""含孕""尽情""痛快""淋漓尽致"等，但都不如对"诚"强调的多。

孟称舜的其他文艺观点也都是由性、情、诚生发出来的。比如结构的紧密问题，情节的前后照应问题，他认为都应根据笃于其性、发于其情、本于其诚的原则来安排。他在评点《潇湘雨》杂剧时指出："对景伤情追思前事，文章中照应处亦是人情所必然。"在他看来，剧情的波澜起伏要受到剧中人物情感的制约，二者的发展是一致的；写性传情是戏曲创作的最终目的，戏曲作家应调动一切艺术手段，表现那种本于其诚的性与情。

孟称舜是戏曲史上一个承前启后的重要作家和理论家，在他前面有汤显祖、沈璟等，在他后面有李玉、李渔、洪升、孔尚任等。研究他的戏曲创作理论，对于我们全面了解明清戏曲创作和戏曲理论的发展是重要的一环。

（原载《蒲剧艺术》1990 年第 1 期）

昆曲的历史定位及保护与利用

中国的昆曲和日本的能乐被联合国教科文组织批准授予世界首批“人类口头和非物质遗产代表作”，这既是中日文化艺术界的大事和幸事，也为我们保护和利用这些遗产提出了新的要求。因为从现在起，昆曲和能乐能不能很好地保存下来，继续为人类服务，已经不仅是中日两国戏剧界的事，也不仅是中日两国政府的事，而是全世界、全人类的事了。中国的昆曲和日本的能乐不仅是中日两国的戏剧文化，也是全人类共同的戏剧文化。现在我仅就昆曲的保护利用谈一点简略的意见。

一、关于昆曲的历史定位

为了更好地保护和利用昆曲这一人类共同的精神财富，我们有必要对昆曲的历史地位有一个准确的认定。根据我的理解，联合国教科文组织所以把昆曲作为首批“人类口头和非物质遗产代表作”，有这样几个方面的原因：

1. 历史悠久。昆曲形成于元末（1350 年前后），成熟于明代中叶（1550 年前后），兴盛于明末清初（1573—1775 年前后），衰微于清中叶，目前仍有专业剧团和业余曲社的演出。昆曲形成到现在已经有 650 多年的发展历史，这在世界上是少有的。

2. 遗产丰富。从昆曲形成到新中国成立以来，产生了数以百计的剧作家和数以千计的作品以及无数的班社和艺术家。现存大量的剧本、曲谱以及演出活动的文字记录，是世界上任何一个剧种难以和它相提并论的。

3. 影响深远。昆曲上承南戏和元杂剧，下传梆子戏和皮簧戏。中国近代的地方戏，有许多是吸取了昆曲的艺术养料而形成发展的。昆曲的剧目有许多被京剧等地方戏所移植改编，昆曲的锣鼓经和过场曲牌被许多剧种吸收。由于昆曲的发展，形成了中国戏曲的第二次高峰；由于昆曲的艺术积累，为清末民初地方戏的兴盛和发展奠定了深厚基础，形成了中国戏曲的第三次高峰。

4. 人文关怀得天独厚。昆曲之所以能有这样巨大的成就、深远的影响、联绵不断的发展历史，其中一个重要的原因就是与文人知识分子的参与创作和政府的扶持以及上层社会的喜好密不可分。昆曲虽然也原本是一种民间的地方小戏，但经过魏良辅等文人的加工改造，由俗变雅，由简陋变得精细，逐步受到文人墨客和上层社会的喜爱，不断有文人为其创作演出剧本，也不断有精通戏曲艺术的文人指导昆曲的排演，甚至有的文人墨客还粉墨登场，参与舞台实践，这极大地提高了昆曲的艺术品味，促进了昆曲的发展和繁荣。即使到了清末和民国年间，京剧繁盛、昆曲衰落以后，仍有不少大学的师生和社会上的文人墨客孜孜不倦地参与昆曲的创作和演出。至于政府的扶持和上层社会的支持，仅以清乾隆至嘉庆年间连续几次提倡雅部昆曲，禁演花部地方戏，就可以看出政府和上层社会是多么重视昆曲的。由于文人参与创作和受上层社会的影响，从总体上看，昆曲所反映的内容，以中上层社会才子佳人爱情婚姻、悲欢离合为主，所抒发的是以文人和上层社会为主体的喜怒哀乐，所要满足的是以文人和上层社会观众的审美意识，在艺术风格上所呈现的是一种清雅的、委婉的、柔美的情趣。这是昆曲为什么长期受到文人墨客和上层社会的喜好而逐步脱离中下层观众走向衰落的主要原因。同时，我们也应该看到，昆曲的根在民间，无论是昆曲的优秀作家，还是昆曲的优秀表演艺术家，他们都有一个共同点，就是不断吸取民间艺术的养料，反映广大人民群众的呼声，表达先进阶级的意愿。

根据上述的理由，我们是不是可以给昆曲这样一个历史定位：那就是，昆曲既是一个历史悠久、遗产丰富、影响深远的古老剧种，又是一个在具备一定的文化素养的观众群中流行的高雅艺术。

二、关于昆曲遗产的保护

昆曲作为一种产生在六百多年前的文化遗产，有极高的历史认识价值，同时又因为它仍然是生存在戏曲舞台上的鲜活艺术，所以还有很高的欣赏价值。正因为如此，在新中国成立以后，党和政府对它采取了一系列的发掘、整理、研究、保护政策，并取得了重要的成果，如建立专业的表演艺术团体，编辑出版《古本戏曲丛刊》等。但是这些工作离联合国教科文组织保护“人类口头和非物质遗产代表作”的要求还有很大的差距，还有很多方面需要我们进行脚踏实地的、深入细致的工作。我认为：

1. 要把保护昆曲的工作纳入我国文化发展的战略规划中，进行大张旗鼓的宣传，特别是向青少年宣传有关昆曲的历史知识和艺术常识，在中学和大学中开设包括昆曲在内的戏曲课程。

2. 建立国家戏曲博物馆，把昆曲作为搜集、整理、研究、展览的重要内容，使之成为对青少年进行传统文化艺术教育的基地。

3. 已经出版的《古本戏曲丛刊》仅是现存古代戏曲作品中的一部分，现在这一工作因经费的困难，已处于停顿状态。国家应拨出专门的经费，继续进行《古本戏曲丛刊》的编辑出版工作。

4. 昆曲的表演艺术是昆曲遗产中最宝贵的东西，表演艺术存活在演员的身上，人在艺术在，人亡艺术亡。把老演员的表演艺术传给下一代，并用现代的科学技术手段记录保存下来，应该成为专业昆曲剧团和有关戏曲学校的重要工作。在传统艺术将要失传的时候，继承工作比上演几出新戏更为迫切、更为重要。国家和当地政府要对专业的昆曲剧团采取特殊的保护政策，除了保证从业人员的生活外，还要有足够的经费保证艺术的生产和传承。为保护以昆曲为代表的传统艺术，除了国家必要的投资外，政府要制定相应的政策，鼓励企业和个人赞助昆曲艺术，建立专门的基金。

三、关于昆曲艺术的利用

昆曲是形成于650多年前封建社会的戏剧文化，新中国成立以后，在“推陈出新”方针指引下，整理改编传统剧目，编演新戏，做了许多努力，但就昆曲的整体而言，无论是在内容上，还是在艺术形式上都难以适应当前大众化的审美要求。因此，我认为：

1. 昆曲应该把自己的观众定位在具有中等文化水平以上的人群中，特别是要在大专院校中发展自己的观众。在现阶段，昆曲的演出，不应该以票房收入为目的，而要以培养观众和弘扬祖国优秀文化艺术为出发点。在培养起自己的观众群之后，才能考虑相应的观众回报和票房收入。

2. 昆曲的上演剧目要以传统剧目为主，以历史题材的剧目为主，以抒情写意为主，以歌舞为重。昆曲轻歌曼舞、舒缓柔美的音乐节奏很难表现快节奏的现代生活，要求昆曲演现代戏是得不偿失的。由于历史的局限，传奇这种戏曲的体裁早在清乾隆年间就不能适应观众的审美要求了，乾隆以后很少整本演出，即使是像《西厢记》《牡丹亭》《长生殿》那样的古典名剧，也只是上演其中比较精彩的几出。因此要原封不动地上演传统的昆曲是很难做到的。但是，如果仅上演无头无尾的折子戏，对于不熟悉剧情的观众也是没有吸引力的。多年的艺术实践证明，删除多余的过场戏，将不太重要的场次作“暗场”处理，用“独白”的艺术手段将剧情连接起来，保留精彩的折子戏，不失为演出古典名剧的一种好方法。昆曲演出古典名剧是它的长处，昆曲有数以千计的传统剧目，但目前在舞台上演出的很少。发挥昆曲的长处，整理演出优秀的昆曲传统剧目大有可为。

3. 昆曲在舞台演出的同时，要利用现代化的传媒手段，通过电视、光盘、计算机网络把昆曲优秀的剧目介绍给观众。影视艺术与舞台艺术是两种既有联系又有很大不同的视觉艺术。昆曲表演团体和影视公司的密切合作，才可能做到既保留昆曲艺术的魅力，又发挥影视艺术的长处。黄梅戏、越剧等剧种在戏曲电视剧方面积累了成功的经验，昆曲是可以借鉴的。

保护和利用昆曲这一被联合国教科文组织命名的“人类口头和非物质遗产代表作”是一项系统的工程，需要国家、演出团体、研究单位、教育部门等共同努力和全国人民的关心和支持，才能做好。作为一个戏曲研究工作者，我既感到我们的祖国有昆曲这样历史悠久、遗产丰富的戏曲文化而自豪，又感到任重道远。让我们携起手来，为弘扬祖国的优秀传统戏曲文化而努力！

（原载《艺术百家》2002 年第 4 期）

地方戏研究

多源合流，分支发展
——梆子戏源流发展考

梆子戏是我国北方的主要戏曲，它以山西的蒲州、陕西的同州、河南的陕州这一三角地带为中心，向四面八方发展，繁衍出许多地方色彩浓郁的属于梆子戏系统的戏曲剧种。关于它的形成与流变，很早就引起学术界的重视。清乾隆年间的严长明、焦循，清末民初的徐珂，乃至近现代的范紫东、齐如山、王绍猷、墨遗萍、徐慕云、周贻白、马彦祥等学者、专家都做过探索。新中国成立以后，山、陕、豫、冀、鲁等梆子戏流行地区的戏曲工作者对梆子戏做过大量的调查研究。1982 年在太原、1984 年在西安召开的两次全国性梆子声腔剧种学术讨论会促进了梆子戏研究工作的深入。近年来全国范围编纂戏曲志，更为进一步摸清梆子戏的来龙去脉创造了有利时机。笔者近年从事中国戏曲志的编纂工作，有幸与各地的剧种史专家们往来，对梆子戏做了一些初步的研究考察，现就梆子戏的源流问题谈一点研究心得。需要说明的是：本文用“梆子戏”这个概念来命题，而未用“梆子腔”或“梆子声腔”来命题，是因为笔者认为，“梆子腔”或“梆子声腔”主要从音乐唱腔这个角度出发的。研究剧种史诚然离不开音乐唱腔，但音乐唱腔概括不了剧种的全部内容。为此，暂且以“梆子戏”来概括之。

一、梆子戏源流和形成

关于梆子戏的源流和形成，由于戏曲史家们所处的社会环境、地位，所掌握的史料、所研究的角度等不同，所以意见颇不一致。归纳起来，有以下几种：

1. 认为梆子戏（秦腔）是先秦时期“燕赵悲歌”之遗响。最早提出这一论点的是清人杨静亭，他在《都门纪略·词场门序》中称：“歌之作也，自唐虞已有然矣……及秦二世胡亥演为词场，谱以管弦，歌舞之风由兹益盛，后世遂号为秦腔（俗名梆子腔）。”① 徐慕云在《中国戏剧史》②中说：“秦腔，俗呼梆子，盖因其以木梆为乐器而得名者也。其来源极古，有谓系肇始于战国。维时，秦始皇甫灭六国，囊括天下，乃寄情于声色。燕有贤士高渐离者，善歌。初因鼓瑟而干始皇，冀乘间行刺，以报燕仇。始皇不察，颇宠遇之。每宴必使高歌，闻者泣下，秦人由是多习其声。后渐离谋刺不成，始皇怜其忠，不忍杀之，瞽其目，尚使歌。渐离又以铅实筑中，欲击始皇。始皇知其志终不可夺，乃杀之。秦人慕其行而效其歌，浸成国俗。故秦声实即燕赵慷慨悲歌之遗响也。待入于秦后，其声乃益激越。后世之秦腔，实即胚胎于此焉。”王绍猷在《秦腔记闻》③ 中亦有此看法，他认为：“秦腔发源颇古，自秦襄公收复丰镐，创建秦国以来，变温柔懦弱之气，成刚劲激昂之风，车辚驷铁，遗响犹存。吴季札听歌秦风，曰：‘此之为夏声，能夏则大，大之至也，其周之旧乎？’李斯谓：‘击瓮扣缶，弹筝博髀，而歌呜呜，快人耳目者真秦之声也。’”陕西师范大学的焦文彬在《秦声初探》中发挥了这一论点，他认为：“秦声作为一个地方戏曲剧种孕育、萌发于先秦，形成于秦汉这一在文化已经高度发展的时代。”④

2. 认为梆子戏源于唐代的梨园乐曲。最早提出这一看法的是清人严长明，他在《秦云撷英小谱》中说：“秦腔自唐、宋、元、明以来，音皆为此，后复间以弦索。……昔唐明皇与太真按乐清元小殿，所用乐器凡七，宁王玉笛，李龟年觱篥而外，上羯鼓，妃子琵琶，马仙期方响，张野狐箜篌，贺怀智拍板，手操实居其五，可知秦中用以节音者，唐时已若是。”⑤ 范紫东先生在《法曲之源流》一文中比较详细地论述了秦腔与唐代梨园乐曲（法曲）的继承关系，他说：“（李）龟年赋性慷慨，故其腔调亦激昂，

① 清·杨静亭：《都门纪略·词场门序》。
② 徐慕云：《中国戏剧史》，上海古籍出版社2001年版，第80—81页。
③ 陕西省艺术研究所编：《秦腔研究论著选》，陕西人民出版社1983年版，第4页。
④ 陕西省艺术研究所：《艺术研究荟萃》（一），1982年编印，第116页。
⑤ 陕西省艺术研究所编：《秦腔研究论著选》，陕西人民出版社1983年版，第172—173页。

如悬崖瀑布，殊少回旋。其最见长之节目，为《秦王破阵曲》，……此曲普遍称为秦王曲，太宗立功业，尽在为秦王时故也。龟年工唱秦王曲，因此龟年一派之腔调，统称为秦王曲。此腔调盛行，人又简称秦腔云。”他还说：“秦腔称梆子腔，以拍板为秦腔特用之乐器也。然又有乱弹之名，此项名称，由梨园中之搊弹家而起……秦腔在唐时丝弦，用搊弹法，普通人见其五指乱动，不用木拨，称为乱弹。”① 已故的秦腔史专家田益荣在其所著的《秦腔史探源》② 中亦持此说。

3. 认为梆子戏是由民间俗曲、说唱吸收其他戏曲剧种的营养发展而成的。最先提出这一论点的是蒲剧史家墨遗萍先生，他在《蒲剧小史》中说：“明成祖时，将山陕之民不附其篡位者从集蒲州等地，编为‘山西乐户’，称贱民，习贱业，世世子孙不得与良民齐齿。他们于沿街歌唱敲梆乞食之际，摘旧曲（元曲遗散）、拾俚调、采悟声（道曲中之七言、十言）、参野啸（河曲野啸之棹歌），重敲梆以节拍，乱弹弦以和声，渐次献身于舞台，遂以梆子腔顶替了元曲活动的地位而自成一家。”③ 张庚、郭汉城主编的《中国戏曲通史》进一步阐述了这一观点，其中指出：“山陕梆子腔来源于山陕地区的民歌和说唱，先演变为民间小戏，后又在民间小戏的基础上，接受了古老剧种的艺术成就，逐步发展成为大型戏曲的。”④ 寒声在《论梆子戏的产生》一文中亦持此说，他比较详细地分析了梆子戏由民间说唱发展衍变的过程。⑤ 接近于这一观点的还有陕西省艺术研究所的杨志烈，他在《秦腔源流浅识》中认为，秦腔的来源，“就近言之，是以明代陕、甘一带的民歌、小曲——‘西调’（又名西曲）为基础曲调，并不断接受其他曲调，互相影响而逐渐形成的。”⑥ 其实古人所谓“西调”或“西曲”并非单指陕西和甘肃一带的民歌小调，而还包括山西及河南西北

---

① 陕西省艺术研究所编：《秦腔研究论著选》，陕西人民出版社 1983 年版，第 100—102 页。

② 中国艺术研究院戏曲研究所山西省文化厅戏剧工作研究室编：《梆子声腔剧种学术讨论会文集》，山西人民出版社 1984 年版，第 174 页。

③ 山西省晋南戏剧协会编：《蒲剧十年》，1959 年版，第 9 页。

④ 张庚、郭汉城主编：《中国戏曲通史》（下），中国戏剧出版社 1981 年版，第 20—21 页。

⑤ 中国艺术研究院戏曲研究所山西省文化厅戏剧工作研究室编：《梆子声腔剧种学术讨论会文集》，山西人民出版社 1984 年版，第 149 页。

⑥ 中国艺术研究院戏曲研究所山西省文化厅戏剧工作研究室编：《梆子声腔剧种学术讨论会文集》，山西人民出版社 1984 年版，第 216 页。

部地区所流行的民歌小调。如翟灏的《通俗编》中谓:"今以山陕所唱小曲为西曲。"[①] 其中所谓山陕,就是指山西和陕西两省。

4. 认为梆子戏是由铙鼓杂剧孕育而成的。较早提出这一论点的是刘鉴三的《蒲剧源流简介》[②] 一文,其中称:"宋金间的'铙鼓杂剧'即系晋南的民间产物。它的剧目以'关大王破蚩尤怪'开其端,迄今晋南安邑、夏县、临猗等县民间于春节时还很流行。……我们说蒲州梆子这一古典的民族艺术,即在宋、金间的'铙鼓杂剧'中怀其胚胎,而通过我国戏剧发展的道路演变下来。"在太原召开的梆子声腔剧种学术讨论会上,家滨、明索、希圣所发表的《关于锣鼓杂戏》[③] 一文,亦持此观点。

5. 认为梆子戏是由元杂剧发展而成的。最先提出此论点的是清代学者焦循,他在《花部农谭·序》中说:"花部原本于元剧,其事多忠孝节义,足以动人。"[④] 焦氏所谓花部,指包括梆子戏在内的许多地方剧种。墨遗萍先生在他晚年所著的《蒲剧史魂》[⑤] 中吸收了这一观点,他认为:把起自宋真宗时的安邑(解池)铙鼓杂戏(《关公战蚩尤》)和起自金、元间的平阳"弦索杂戏"(大行院散乐《西厢记》为首),以至起自元、明间的蒲州"梆子杂剧"(《文王哭狱》为首),联结起来,正是蒲剧源流衍变的一条主要历程。赵乙、张峰、潘尧黄、王庚吉的《元杂剧衰落与梆子乱弹兴起》亦持此说。他们从乐器的发展、声腔的衍变等方面论证了这一问题,指出:"北曲里常有'犯调',南曲里有'集曲',都是要冲破曲牌固有程式的一种内在变革要求。……处在这个内因思变而苦无出路之际,山陕地带的'土戏'便在民间说唱音乐的基础上,以'乱弹'之名,跃然而起。它继承了北曲可用部分,如乐器上吸收了三股弦,大胆加进了二股弦、胡呼,武场除拍板外,增加了单皮鼓,并以梆子击节,但仍强调'辅音不压字'的北曲优良传统。"[⑥] 持此说的还有张守中的《试论蒲剧的形

---

① 清·翟灏:《通俗编》(上)。

② 《蒲剧音乐》,山西人民出版社1955年版。

③ 中国艺术研究院戏曲研究所山西省文化厅戏剧工作研究室编:《梆子声腔剧种学术讨论会文集》,山西人民出版社1984年版,第303页。

④ 《中国古典戏曲论著集成》(八),中国戏剧出版社1959年版,第225页。

⑤ 山西省文化局戏剧工作研究室1981年编印。

⑥ 中国艺术研究院戏曲研究所山西省文化厅戏剧工作研究室编:《梆子声腔剧种学术讨论会文集》,山西人民出版社1984年版,第254页。

成》、王泽庆的《从河东文物探蒲剧源流》等。

6. 认为梆子戏是由弋阳腔衍变而成的。最初提出这一看法的是清人刘廷玑，他在《在园杂志》中记载了清初的戏曲剧种情况，指出："近今且变'弋阳腔'为'四平腔''京腔''卫腔'，甚且等而下之，为'梆子腔''乱弹腔'……"戏曲史家周贻白先生亦持此说，他认为："秦腔（陕西梆子）、晋剧（太原梆子）其本源虽应为'梆子'系统，但梆子实从弋阳腔参合而来，其唱腔有所谓'放边音'（即一段唱词的尾句，较原词高八度而用假嗓唱出），……当与弋阳腔的'帮腔'有关。"① 余从、张俊英、畅明生在60年代初发表的《蒲州梆子源流初探》，亦认为梆子戏是继承弋阳腔的后裔——青阳腔的"滚调"接受了昆腔、乐腔的影响，逐渐形成的。

7. 认为梆子腔是由西秦腔发展来的，而西秦腔则出自吹腔（陇东调）。持这一观点的是流沙，他在《西秦腔与秦腔考》一文中说："秦腔，原来就是西秦腔在陕西的发展，后因增加了击梆为板，故俗名'梆子腔'。而在西秦腔之前，吹腔作为一个发展阶段的声腔，对西秦腔的产生起了重要的作用。"②

以上各家所言均有一定道理，但均有不够全面的地方。

我国的戏曲艺术是由剧本文学、音乐、舞蹈、美术等艺术因素综合而成，通过演员的唱、念、做、打体现出来的，因此它的渊源不是单元的，而是多元的。当我们考察一个剧种的源流时，切不可只从它的诸因素中的某一方面去考察，而要从音乐唱腔、剧本结构、角色行当、表演形式、语言特点等诸方面去研究；不仅要弄清楚此剧种与它之前当地流行剧种的继承关系，此剧种与当时当地民间歌舞、说唱等艺术形式的关系，此剧种与其他剧种的关系，而且要搞清楚此剧种产生的时代背景及它与当时当地的政治、经济关系。下面就让我们具体分析一下梆子戏是如何形成的。

梆子（秦腔）作为一种戏曲声腔，最早的文字记载是玉霜簃明万历年间的抄本《钵中莲》传奇第十四出《补缸》中贴扮王大娘，净扮顾老儿所唱〔西秦腔二犯〕：

---

① 周贻白：《中国戏剧史长编》，上海书店2004年版，第601页。

② 中国艺术研究院戏曲研究所山西省文化厅戏剧工作研究室编：《梆子声腔剧种学术讨论会文集》，山西人民出版社1984年版，第27页。

雪上加霜见一斑，
重圆碎镜料难难；
顺风追赶无耽搁，
不斩楼兰誓不还。

（急下）（净上）
生意今朝虽误过，
贪风贪月有依攀；
方才许我□鸾凤，
未识何如筑将坛。
欲火如焚难静候，
回家五□要相烦；
终须莫止望梅渴，
一日如同过九滩。

（贴上）吠！快快赔我缸来！（净）干娘！
说定不赔承美意，
一言既出重丘山；
因何死灰重燃后，
后悔徒然说沸翻？

（贴）胡说！谁说不要你赔？快快赔我缸来，万事休论。

（净）我是穷人无力量，
任凭责罚不相干。

（贴）当真？（净）当真。（贴）果然？（净）果然。

（贴）罢！
奴家手段神通大，
睹个掌儿试试看。变！（下）

（场上作放烟火介，小旦扮殷氏僵尸上）你赔也不赔？

（净）啊呀不好了！鬼来了！
恶状狰狞真厉鬼，
将何驱逐保平安！

（小旦）若然一气拴连定，
难免今朝□用蛮。

（净）怕火烧眉图眼下，（走吓！）
快些逃出鬼门关。（下）
（小旦）怕你逃到哪里去！
势同骑虎重追往，
迅步如飞顷刻间。①

整个唱段为28句，每句七言，一韵到底，上下句结构，已基本具备了梆子戏板式变化体的音乐结构形式。清康熙年间，出现了被称为秦声、乱弹的梆子腔调，刘献廷的《广阳杂记》中说："秦优新声，又名乱弹者，其声甚散而哀。"② 清代著名戏剧家孔尚任于康熙四十七年（1708）在平阳（今临汾）看了当地的戏曲演出，写下了"乱弹曾博翠华看""秦声秦态最迷离"的诗句③。康熙四十二年（1703）孔尚任介绍他的好友顾彩到容美宣抚司游历，顾著有《容美纪游》一书④，其中三月初六记有主人宴客，"戏在席间……女优皆十七八好女郎，声色皆佳，初学吴腔，终带楚调。男优皆秦腔，反可听，所谓梆子腔是也。"康熙年间，魏荔彤有一首《江南竹枝词》描述了梆子腔在扬州的演出盛况：

由来河朔饮粗豪，
邗上彩歌节节高。
舞罢乱敲梆子响，
秦声惊落广陵潮。⑤

康熙四十八年（1709），魏荔彤还在《京路杂兴三十律》中描述了北京梆子戏的演出：

① 孟繁树、周传家编：《明清戏曲珍本辑选》（上），中国戏剧出版社1985年版，第66—67页。

② 刘献廷：《广阳杂记》卷五，上海商务印书馆1937年版，第140页。

③ 孔尚任：《平阳竹枝词五十首·乱弹词》，见郭士星编著：《孔尚任咏晋诗评注》，山西人民出版社2002年版，第214—217页。

④ 《小方壶斋舆地丛钞》第六帙第三册，上海著易堂印行本。

⑤ 魏荔彤：《怀舫集·怀舫诗别集》卷六，清康熙刻本。

夜来花底沐香膏，
过市招摇裘马豪。
学得秦腔新依笛，（原注：近日京中各班皆能唱梆子腔）
妆如越女竞投桃。①

雍正年间，在四川绵竹县做官的陆箕永所写《竹枝词》记述了当地演出梆子戏的情况：

山村社戏赛神幢，
铁拨檀槽柘作梆。
一派秦声浑不断，
有时低去说吹腔。②

从上述史料记载看，康熙年间梆子腔不仅已经形成，而且向北流传到北京，向南流传到鄂湘交界处的少数民族地区，向东流传至扬州、苏州一带，向西流传至四川。但是这个时期的梆子腔，还没有从诸腔杂调中完全独立出来，唱腔还不够丰富，不能表现复杂的内容和整本的大戏，更没有占领大戏舞台而取代北曲、昆腔的地位。这一点不仅有乾隆年间编印的戏曲剧本集《缀白裘》为证，而且我们还可以从梆子戏的发源地山、陕、豫乾隆年间城乡戏曲活动的史料中得知一二。乾隆年间平阳剧作家徐昆著有《柳崖外编》一书，记载有乾隆二十一年（1756）山西太原唱堂会戏的史料，其中所唱剧目有昆曲《长生殿·闻铃》《红梨花·窥醉》《草庐记·闯辕》，北杂剧《单刀会》。如果以上材料只反映上层社会演戏情况不足为凭，那么在《柳崖外编》中的另一条材料则记载的是晋南乡间演戏的情况："李仰山曾访余于山村舍间，时村社中方演剧，仰山偶与戏箱偕至，儿童迎之谓曰：'尔是何脚色？'李谬应曰：'小生。'群赞曰：'好小生！'即有父老邀至家，偕戏中诸色。饭后李郎登台，演《藏舟》剧，余自台下

① 流沙：《魏长生的秦腔与吹腔考》，参见流沙《宜黄诸腔源流探》，人民音乐出版社 1993 年版，第 202 页。

② 雷梦水等编：《中华竹枝词》（五），北京古籍出版社 1997 年版，第 3499 页。

观之，酷似仰山。演毕遂穿巾服下台，携手至余家。”[1]《藏舟》有两种，一为昆曲《渔家乐》中的一出，一为梆子传统戏《蝴蝶杯》中一折，人物不同，但情节相似。《渔家乐》为清初著名剧作家朱佐朝的代表作，其中《卖书》《端阳》《藏舟》《相梁》《刺梁》为昆曲舞台上经常上演的折子戏，而梆子戏《蝴蝶杯》则出现较晚。因此此处的《藏舟》很可能是《渔家乐》中之一出。在乾隆五十八年至乾隆六十年（1793—1795），直隶河间府有个名叫李燧的文人，作为仆戈仙舟的幕僚视学山右，他有《晋游日记》[2]一书流传于世，其中有他在绛州、太原、解州、曲沃等地观剧的记载，所唱剧目有《狮吼记》《打樱桃》等，均为昆曲。另从山西现存舞台上的题壁看，乾隆以前的大多是昆曲剧目。从清人李绿园的长篇小说《岐路灯》中提供的资料看，河南戏曲舞台亦呈现出诸腔杂调并存的局面。这时在晋、陕、豫舞台上有古朴的锣鼓杂戏、对戏、赛戏，高雅的昆曲、弦腔，新兴的梆子腔，由说唱发展成戏曲的道情，由民间歌舞搬上舞台的秧歌，以及外来的清戏、二簧，还有罗罗腔、卷戏等。这一时期的剧本创作，剧作家们的兴趣仍在杂剧和传奇上，如清初傅山的杂剧《红罗镜》《齐人乞食》《八仙庆寿》，乾隆时徐昆的传奇《雨花台》《碧天霞》等。完整的板式变化体的梆子戏剧本还未出现。

板式变化体的梆子戏形式，是什么时候成熟和从诸腔杂调中独立出来，作为一个独立的剧种而统治了晋、陕、豫舞台的呢？徐昆在乾隆五十一年（1786）所写的《柳崖外编》中回顾了他30年前与顾昌如、李仰山等人创作并演出昆曲的情景后，感慨这些所谓高调“成《广陵散》了”。《晋游日记》中，李燧记载了一位叫宝儿的演员，在为他演唱昆曲之余，还在“红罗外偷试新腔”。乾隆四十二年（1777）成书的《河汾旅话》，记载浙江海盐人朱维鱼，由西安经晋南至汾阳一路所见所闻，其中有“村社演戏剧曰梆子，词极鄙俚，事多诬捏，盛行于山陕，俗传东坡所倡，亦称秦腔”的记述，并提到他们看过用山陕梆子演唱《洪恩寺》。《洪恩寺》又名《红门寺》，除梆子戏外，京剧等皮簧剧种亦有此剧目，系根据清初顺治年间涿州恶僧法炳诱奸妇女被查获伏法的实事编剧。另从山西古戏台

① 徐昆：《柳崖外编》卷十四，北京图书馆藏乾隆壬子（1792）贮书楼刊本。
② 北京图书馆藏道光癸巳（1833）河南府署刊本。

题壁看，清嘉庆年间出现了《水晶宫》《宝红裙》《狮子洞》《乾坤带》《雁门关》《天波楼》《彩仙桥》等大量的梆子剧目和晋南襄陵（今属襄汾）的永盛班，汾城的得胜班，蒲州的永乐班、杜盛班，晋东南凤台县（今晋城市）的鸣凤班，晋北忻州的吉庆班，五台的自成班等梆子戏班。这时，为了适应舞台演出的需要，粗通文墨的艺人及下层文人创作和改编了大量的梆子剧本。据已故的蒲剧史家墨遗萍先生调查研究，蒲州梆子南路24本大戏，其中包括目前还经常上演的《意中缘》《梵王宫》《春秋配》《红梅阁》《麟骨床》《忠义侠》《日月图》《富贵图》《火焰驹》《宁武关》《黄鹤楼》等，均出自平阳剧作家徐昆等人之手，编写的时间约在乾隆末年至嘉庆初年。陕西渭南剧作家李芳桂（因籍贯李十三村，故号李十三），生于乾隆十三年（1748）前后，逝世于嘉庆十五年（1810）前后，他在乾隆末年至嘉庆年间创作了《香莲珮》《十王庙》《紫霞宫》《玉燕钗》《万福莲》《蝴蝶杯》等剧，人称“十大本”。此外，这一时期豫西新安县吕公溥将《梦中缘》传奇改编为板腔体的《弥勒笑》。另现存有乾隆三十八年（1773）的梆子抄本《回府刺字》。以上材料充分证实，板式变化体的梆子戏的成熟，当在乾隆四十年（1776）前后。

在澄清梆子戏形成和盛行年代后，我们再来看看梆子戏与北曲杂剧，南戏传奇以及说唱、民间歌舞等艺术形式的关系。

板式变化体的梆子戏，是在北曲杂剧行将消亡，南戏传奇走向衰落之后出现的一种新的戏曲形式。无论是剧本结构，还是音乐唱腔、表演风格与旧的戏曲形式有较大的差异。当杂剧、传奇这些旧的戏曲形式，成为封建士大夫们的专利品，而且日益凝固僵化的情况下，一方面有一些革新家，企图通过艺术上的革新改造，使旧的戏曲形式获得生机，这就出现了“犯调”“集曲”“滚调”这样一些突破曲牌联套体形式的艺术手法；另一方面一些民间艺人用整齐的七字句、十字句结构形式的说唱、俗曲结合民间的歌舞演唱故事，这就为板式变化体的梆子戏的诞生创造了条件。《河汾旅话》的作者认为，梆子戏的唱腔是由民间流传的一种名为“鸡鸣歌”的民歌发展而成的。这种“鸡鸣歌”源于汉代宫仪，明代中叶，山陕的民间艺人将其“节以丝木，使稍谐音调相演唱”，而逐步发展成梆子腔。我们现在虽然没有找到这种被称为“鸡鸣歌”的民歌曲调，但在秦腔、山西蒲州梆子、中路梆子、北路梆子、河南梆子、莱芜梆子、章丘梆子都有用假声翻高八度类似鸡鸣的唱腔，秦腔和山西的几种梆子戏均称为“二音子”，河南梆子、宛梆、章丘梆子和莱芜梆子称为“讴”，都是用来表现人物强烈情绪的抒情唱腔。以《汾河旅话》的记载和现存梆子戏中的“二音子”唱腔相互印证，给了我们这样的启示：梆子戏的最初唱腔是七字句形式的民歌“节以丝木”而流传开的。当代戏曲音乐家王依群先生通过调查研究，发现在黄河东西两岸流传的一种名为劝善调的民歌，它的曲调与秦腔的基调二六板颇为相似，不仅句式为七字句、十字句，而且板的数目、甚至上下句的落音，都基本相同。如果原始的梆子唱腔是由这种劝善调发展形成的话，那么将其放慢一倍，就变成了梆子戏的慢板；将其加快一倍就变成了梆子戏的带板；将其正规节奏去掉，节奏自由，就成为垫板……[①]另外弋阳腔的“滚调”等手法也极容易被梆子戏吸收，这就使得梆子戏的音乐唱腔很快丰富起来，适应了演唱复杂剧情、刻画各种人物性格的需要。

梆子戏的剧本结构与它的音乐唱腔结构相适应，在保持戏曲固有的特色基础上吸取了山陕一带的民间说唱——“说书”的许多东西。说书有唱有白，唱词大都是七字句或十字句。叙述情节、景物，抒发人物内心活动，一般用唱。人物的感情交流用白。一人表演时，唱用一种声腔，念白则模仿书中不同年龄、不同性别、不同身份的人的口气。二人表演时，一人演唱男，一人演唱女。四个人合作时，分别演唱一个或两个书中的人物。一段故事为一回。这种说书的结构与梆子戏传统剧目的结构非常接近，只要稍加改编就能搬到舞台上演出。现存梆子戏的历代故事剧，大多是由说唱演义改编的，许多剧目还遗留有说唱艺术的痕迹。如同州梆子《刺中山》中薛万江的一段唱：

（念）看吾披挂：
（唱）头上盔、盔上缨烈烈火红，
身上甲、甲下袍底衬绵绒，
护心镜、镜照日红光彩乱，

① 王依群：《秦腔声腔的渊源及板腔体音乐的形成》，《梆子声腔剧种学术讨论会文集》，山西人民出版社 1984 年版，第 212 页。

白玉带、带上宝紫云腾空，
十样锦、锦缎花战裙遮体，
豹皮靴、靴插蹬宽稳脚登。
挎一张宝雕弓铜胎铁面，
插一袋狼牙箭百步威风，
搭一杆帅字旗上书大字，
有万江到阵前一鼓平吞。

在这段唱词中明显含有说唱艺术第三人称描述和评价性因素。再如梆子传统剧目《串龙珠》中李婉娘上坟途中的一段唱，以孟姜女的故事来喻李婉娘的不幸遭遇，显然是从《孟姜仙女宝卷》移植过来的。明清时，山陕豫一带流行的说唱艺术形式，除说书外，还有曲子、道情、大鼓、琴书、三弦调、宝卷等，它们是梆子戏产生、发展的肥沃土壤。

梆子戏虽然不能说是北曲杂剧或南戏传奇的后裔，但却继承了它们的许多东西。突出表现在表演艺术的吸收与剧目的移植两个方面，这是我们研究梆子戏的渊源时特别应注意的。如脚色行当，昆腔有：副末、老生、正生、老外、大面、二面、三面、老旦、正旦、小旦、贴旦、杂等所谓“江湖十二脚色”①。梆子戏（以蒲州梆子为例）有须生、老生、小生、正旦、小旦、老旦、大花脸、二花脸、三花脸等九个行当。梆子戏的体例没有副末开场，因此去掉了副末这一行当。须生为昆腔中的正生，老生兼演老外一类角色，小旦兼演贴旦一类角色，其他均和昆腔的脚色相同。在表演上也采用了程式化、舞蹈化的动作身段。因许多剧目是由昆腔移植而来的（如《意中缘》《乾坤啸》《红梅阁》《十五贯》《麟骨床》《画中人》《渔家乐》），表演也套用昆腔的路子。一些属梆子戏新创作的剧目，也可看出与昆腔的继承关系。如梆子传统剧目《蝴蝶杯·藏舟》的故事情节，与昆腔《渔家乐·藏舟》的故事情节非常相似，那么它们在表演上也完全可以借用。《渔家乐》的创作年代要比《蝴蝶杯》早，梆子戏曾移植过《渔家乐》，那么《蝴蝶杯》的创作者和演员，一定会从《渔家乐》中吸取很多东西，只不过《蝴蝶杯·藏舟》经过历代艺人的加工，在艺术上大

① 清·李斗：《扬州画舫录》卷五，江苏广陵古籍刻印社1984年版，第117页。

大超过了《渔家乐·藏舟》，因此，今天我们在梆子戏舞台上只能看到《蝴蝶杯·藏舟》了。梆子戏虽然从昆腔中继承了丰富的表演程式，但在风格上却与昆腔戏差别很大。昆腔戏的表演载歌载舞，动作幅度小，节奏慢，以柔美见长；而梆子戏的表演则唱时不舞，舞时不唱，动作幅度大，节奏快，以壮美见长。

前面我们曾提到，有些戏曲史家认为梆子戏是由元杂剧发展而来的。这种观点虽然不够全面，但在我们研究梆子戏的源流时，应予以足够重视。山、陕、豫，特别是山西的蒲州、平阳一带，曾经是北曲杂剧的发祥地之一，至今在这一地区还保存有大量的戏曲文物，如广胜寺元代戏曲壁画、魏村元代舞台、侯马金代戏台模型等。杂剧在明末清初仍在戏曲舞台上演出，并有人创作剧本，它不可能不对新生的梆子戏产生影响。从音乐上看，杂剧、梆子虽然是两种不同的结构形式，但由于它们产生于同一块土地上，都是由民间的演唱艺术发展而成的，所以它们的音乐风格有共同的特点。王世贞认为：北曲“劲切雄丽”，“字多而调促”[①]。徐渭说它“壮伟狠戾”[②]，能使人“神气鹰扬，毛发洒淅，足以作人勇往之志。”[③] 这些特点，梆子戏都具备。如焦循说它“其词直质，虽妇孺亦能解；其音慷慨，血气为之动荡。”[④] 梆子戏和北杂剧的继承关系，最显著的表现在剧目上，请看下表：

元杂剧	梆子戏
《吕后定计斩韩信》	《未央宫》
《飞虎峪存孝打虎》	《飞虎山》
《朱全忠五路犯中原》	《擒五侯》

---

① 明·王世贞：《曲律》，《中国古典戏曲论著集成》（四），中国戏剧出版社1959年版，第57页。

② 明·徐渭：《南词叙录》，《中国古典戏曲论著集成》（三），中国戏剧出版社1959年版，第240页。

③ 明·徐渭：《南词叙录》，《中国古典戏曲论著集成》（三），中国戏剧出版社1959年版，第245页。

④ 清·焦循：《花部农谭》，《中国古典戏曲论著集成》（八），中国戏剧出版社1959年版，第225页。

《狗家疃五虎困彦章》	《苟家滩》
《感天动地窦娥冤》	《窦娥冤》
《望江亭》	《望江亭》
《昊天塔》	《五台会兄》
《东窗事犯》	《胡迪骂阎》
《斧劈华山》	《宝莲灯》
《王月英元夜留鞋记》	《卖胭脂》
《绯衣梦》	《血手印》
《连环记》	《凤仪亭》
《单刀会》	《单刀会》
《李逵负荆》	《李逵负荆》
《柳毅传书》	《柳毅传奇》

元杂剧的许多优秀剧目，均被梆子戏移植改编过去了。

梆子戏有许多特技，如喷火、变脸、翎子功、耍帽翅、椅子功等，都是在民间武术杂技中吸取来的。

多源合流，分支发展，这是梆子戏形成和发展的一个规律。发展时期的梆子戏，它的胃口特别大，消化能力极其好，本地的、外来的、雅的、俗的，各种艺术形式它都能吸收消化，为我所用。山陕商人势力的支持，使它在嘉庆道光年间得到迅速的发展。在不到一百年的时间，就在全国各地繁衍出许多具有地方特色的梆子剧种。

二、梆子戏的艺术成就和影响

清同治、光绪年间，梆子戏在戏曲舞台上产生了很大的影响，其艺术成就主要表现在以下几个方面：

一、梆子戏在音乐方面开创了板腔体的先河，为我国戏曲音乐的进一步戏剧化开辟了新的途径。在梆子腔出现之前，我国各地流传的北曲杂剧和昆腔、弋阳腔等戏曲声腔均是以曲牌联套或曲牌连缀为其音乐结构形态的。每一支曲牌虽然是由若干乐句组成，但曲牌中任何一个乐句或一个片断都不能抽出来单独构成一段唱腔。同时，曲牌与曲牌的组合，是按一定的调式、调性分别列入相应的宫调里去的，一组套曲里只能用同一宫调的曲牌。因此，一场戏不管情节需要与否，场上的角色必须唱完一套或一支完整的曲子。剧本作者为了适合这种音乐结构形式，往往不顾情节和人物需要，按宫调组曲，依曲牌填词。这就无形之中限制了剧中人物内心世界的自然抒发和角色之间的矛盾冲突，削弱了作品的戏剧性。梆子腔采用的则是以各种不同板式的变化为特征的结构方法。每一种板式的基本结构单位均为一个对偶的上下句，两句唱词就可构成一个独立的唱腔。剧作者可以不受曲牌音乐的限制，完全按剧情和剧中角色情感的需要编写唱词，当长则长，当短则短，长者可达几十句、上百句，短者则只有两句。演员演唱时也可以根据自己对剧情的理解和对角色的体验、自己的嗓音条件等，在一支曲调的基础上，选用不同的板式、不同的润腔方法，以声传情，塑造形象，刻画性格。因此，梆子戏板腔体的出现，是对曲牌体戏曲音乐的一次重大变革。这一变革，不仅解除了曲牌联套的音乐结构形式对戏曲剧本创作的桎梏，而且也为戏曲音乐的发展和演员演唱技巧的发挥开辟了自由的天地。

二、梆子戏的剧本体制与板式变化体的音乐结构相适应，采取分回或分场结构形式，有戏则长，无戏则短，场次的安排完全根据剧情发展的需要来设置，克服了杂剧四折一楔子的局限和传奇剧本冗长、松散的痼疾，提高了戏曲剧本的戏剧性。如传统剧目《蝴蝶杯》，全剧共分 20 场，其中第一场“游山”、第二场“朝汉”、第三场“得鱼”、第五场“嘱女”、第六场“哭子”、第十一场“收将”、第十二场“救帅”、第十三场“立功”、第十四场“亮杯”、第十五场“遇子”、第十六场“成亲”、第十八场“怨父”、第十九场“训子”均属交代剧情的背景和矛盾冲突起因的“过场戏”，没有大段的念白和唱腔，剧情的背景和矛盾的起因交代清楚后即止。第四场“殴斗”、第七场“搜衙”、第八场“藏舟”、第九场“投县”、第十场“闹府”、第十七场“洞房”、第二十场“完案”是重场戏，编演者充分调动了戏曲的唱、念、做、打等手段，表现人物之间的戏剧冲突，刻画人物的性格，抒发人物的喜怒哀乐，通过田玉川与胡凤莲和卢凤英悲欢离合的爱情故事，展现了尖锐的社会矛盾和残酷的阶级压迫。此外，梆子戏的唱词，采用的是以七言或十言为主的诗赞体句式，与山陕一带流传的三弦书说唱文学相近似，不仅具有生动明快、节奏感强的特点，而且易于被艺人们掌握和运用。板腔体的梆子戏成熟后，新剧目源源不断地搬上舞台，至清末民国初年，达到上千种，说明梆子戏在音乐形式和剧本体制上的变革，解放了艺术的生产力。

三、梆子戏中出现了一大批反映封建社会阶级矛盾和民族矛盾以及统治阶级内部矛盾，用市民、农民和下层知识分子的眼光审视历史，批判奸臣昏君，表现农民起义，歌颂叛逆者形象的剧目。梆子戏形成和发展的年代，正是我国封建社会日薄西山，阶级矛盾和民族矛盾日益尖锐，农民起义连绵不断，封建制度和封建礼教土崩瓦解的时期。明末席卷全国的农民大起义和清初汉族人民反抗异族统治的斗争，虽然被清王朝残酷镇压下去了，但革命的影响却深深留在广大人民群众的脑海里。梆子戏的作者多是民间艺人和下层知识分子，他们虽然不敢直接搬演明末的农民起义和汉族人民反抗清王朝统治的斗争，但从三弦书、鼓书、评书等民间说唱文学中选取素材，创作了《反五关》《李刚打朝》《刺中山》《薛刚反朝》《花打朝》《斩黄袍》《夜打登州》《打渔杀家》《串龙珠》等一大批反映忠奸斗争、歌颂反抗精神，把批判矛头直指皇权和封建制度的剧目。

《反五关》中，商朝名将黄飞虎，战功卓著，位列九鼎，因不满纣王和妲已的暴戾和荒淫而遭陷害。他的妻子贾氏被阴险无耻的妲已诱骗至摘星楼供纣王调戏不从而被逼坠楼身亡。他的妹妹黄贵妃据理相劝，亦被纣王推至楼下摔死。面对暴君淫妃的胡作非为，血腥统治，人心思叛。黄飞虎忍无可忍，终于下定决心，反出朝歌，闯关斩将，投奔明君西岐周文王而去。在此剧中，编演者生动细腻地刻画了黄飞虎由为保持“七代忠良”的荣誉而强忍仇恨，不肯造反，到后来追忆梅伯、比干、姜后等忠臣贤后被害的下场，认清了暴君残酷本性，在众将士的激励下，终于下定了“父不正子奔他方，君不正臣投外国”的决心这一复杂的内心冲突，成功地塑造了兴兵反朝的叛逆形象。

《李刚打朝》编演的是西周末年，李广、李刚兄弟打朝造反的故事。李广征番得胜回朝，受到国舅马鸾的嫉妒和排挤。昏君周厉王听信马妃和马鸾谗言，将李广问斩。李刚回朝后闻讯，大闹金殿，迫使厉王立斩马妃、马鸾，亲祭李广亡灵，加封李刚。此剧又名《黑打朝》，剧中生动刻画了李刚不畏皇权、不屈不挠的反抗精神。

《刺中山》编演的是唐初，兖州徐元郎、沧州高开道、中山薛万江合兵进攻长安。齐王李元吉为争功夺位，抢去秦王李世民的帅印，并百般刁难李世民部下的大将罗成、秦琼、尉迟恭等。界口大战，尉迟恭与敌将万澈不分胜败，元吉认为尉迟恭不肯勇力相争，要将其斩首问罪。秦琼出面求情，元吉不但不允，还要将秦斩首。罗成闻讯，劫了法场，二人一同反回长安。元吉派兵追赶，秦琼欲“真心反唐”，后经罗成劝解，并报知李世民，才稳住军心，避免了一场内乱。剧中歌颂了秦琼、罗成、尉迟恭不畏奸邪、刚正不阿的品质。

《薛刚反朝》又名《归宗图》，编演唐高宗时平辽王薛仁贵之孙薛刚，因酒醉误入御祭院，撕碎先王御影。唐皇听信奸臣张泰谗言，将薛家满门抄斩。薛刚逃出长安，在卧虎山与落草为王的纪鸾英成婚，同往太行山聚义，伺机复仇。十几年后，被英王徐策隐藏抚养的薛家后代薛姣长大成人。徐修书，命薛蛟投太行山薛刚，兴兵复仇。薛刚接书信后，召开青龙会，约请花振芳等各路英雄豪杰合兵攻打长安。兵临城下，徐策上书唐王，申诉薛家冤情，迫使唐王立斩张泰，厚封薛家后代。此剧不仅歌颂了薛刚不畏强暴的造反精神和徐策主持正义、舍己救人的高尚品德，还通过这一历史故事，反映了封建统治阶级内部的矛盾和人民群众反抗暴政的斗争。

《花打朝》搬演唐太宗时，一字并肩王罗通因在苏定方府前闯道，与奸臣苏定方发生争执。苏上殿动本，太宗欲斩罗通。罗母请来众位诰命夫人相救。鲁国公程咬金的夫人七奶奶王月英率众夫人上殿求情，太宗不允。王月英打上金殿，太宗将太子剑挂至午门阻止。适程咬金还朝，拔起柱橛，同上金殿，痛责唐王不义。唐太宗无奈，赦罗通。剧中生动刻画了王月英热情豪爽、心直口快、疾恶如仇的性格。当她在金殿上见唐王偏听偏信，一意孤行，定要致罗通一死时，怒不可遏地唱道：

小昏王莫要使威风，
七奶奶不是省油灯。
双手举起金不换，
砸死你这忘恩负义的小朝廷！

她敢做敢当，不把皇帝放在眼里的性格，曲折地反映了明末残酷的经济剥削和政治压迫下，农民“舍得一身剐，敢把皇帝拉下马”的造反精神。这样的草莽巾帼形象，在杂剧和传奇剧目中是没有的，只有经历过农民起义风暴后的山陕豫土地上，靠民间艺术滋养成熟后的梆子戏才能塑造出这样光彩照人的艺术形象来。

《斩黄袍》演赵匡胤登上皇帝宝座后贪图声色，不顾郑恩等大臣劝谏，纳韩素梅为妃，并封其兄韩龙为国舅。韩龙受封游街示威，遇郑恩被打，奏与赵匡胤，赵乘酒兴，将郑恩斩首。郑妻陶三春闻讯，带兵围困皇城。老将高怀德知郑恩被斩，亦怒闯宫殿。赵惧而悔悟，抱郑头大哭。高怀德将韩龙斩首调解，陶三春初不肯罢休，后经赵苦苦哀求，尊陶为“亲娘”，封其在养老宫，并脱下身上的黄袍由陶三春腰斩泄愤，陶始罢兵。在这个剧目中，编演者用辛辣嘲讽的笔调，揭露了赵匡胤这个刚登上帝位，就忘恩负义，杀戮功臣的无赖昏君的嘴脸。在梆子戏中，有关赵匡胤的剧目还有《高平关》《下燕京》《困曹府》《赵匡胤杀院》《赵匡胤打刀》《赵匡胤踹鸿州》《打龙棚》《斩红袍》《打枣》《赵匡胤吃煞》《卖华山》《飞龙闹勾栏》《送京娘》《斩黄袍》《下河东》等20多个。在这系列剧目中，生动形象地揭示了我国封建社会列朝历开国皇帝由顺乎时代潮流和民意，领导各路豪杰和广大群众推翻旧的封建王朝至新的王朝建立后，蜕化变质，用残酷的手段杀害功臣，镇压群众，维护其专制统治的演变过程，具有启迪人民群众革命觉悟，对皇帝丢掉幻想的深刻意义。这是清中叶以后，反封建专制的民主思想在梆子戏中的曲折反映。

如果上述剧目搬演的还只是封建统治阶级内部矛盾的话，那么取材于《隋唐演义》，表现瓦岗寨农民起义军故事的《秦琼卖马》《秦琼当锏》《皂角林》《三挡杨林》《倒铜旗》《三家店》《夜打登州》《贾家楼》《秦琼打擂》；取材于《水浒》，表现水泊梁山农民起义军故事的《三打大名府》《破二府》《祝家庄》《扈家庄》《蔡家庄》《燕青打擂》《庆顶珠》；取材于元末史实的《串龙珠》等，则直接反映了农民反抗封建地主阶级的革命斗争。如《夜打登州》中，登州王杨林攻打广武山农民起义军时被罗成战败。时秦琼在杨部下从军，因笑杨林无能而遭杨迫害。杨林将秦妻贾氏卖入妓院，并欲将秦琼押解登州杀害。秦琼结拜弟兄徐绩、程咬金聚义瓦岗寨，闻秦琼起解，遂分头扮作客商，混进登州城。中秋之夜，里应外合，大破登州，杀死杨林之子杨天耀，救出秦琼，同上瓦岗寨。《打渔杀家》中，土豪渔霸巴山蛇派家丁勒讨渔税，被渔夫萧恩痛打而逃。萧恩至府衙状告巴山蛇勒索之罪，反被赃官杖责，并逼萧向巴山蛇赔罪。萧恩忍无可忍，携女黑夜过江，以献"庆顶珠"为名，闯进巴府，杀死巴山蛇后自刎。其女桂英，带庆顶珠投奔婆家。《串龙珠》中，完颜龙父子坐镇徐州，欺压良民，横行不法。行围时践踏民田，又因到花云家中拾箭，索雁不得，剁断花妻叶玉兰之手。花云之舅郭广清贩盐，无故被捕下狱，侯伯卿当祖传串龙珠搭救，被诬为盗，并诛连当铺掌柜康茂才。州官徐达秉公断案，不肯逼供，完颜龙派家丁咆哮公堂，并将徐达印信摘去。完颜龙父子的恶行激起公愤，众杀死新任州官，劝徐达一同造反。此时，花云率起义军赶至，杀死完颜龙父子，反出徐州。这两个剧目直接表现了广大人民群众所受的阶级压迫和民族压迫，讴歌了人民群众的造反精神和革命行动，揭示了"官逼民反，民不得不反"的深刻主题，在清末处于封建专制和帝国主义双重压迫下的广大人民群众中产生了深刻的影响。

梆子戏中揭露社会矛盾、反映忠奸斗争和农民起义的剧目与杂剧、传奇剧目中的宫廷戏、绿林戏根本的区别在于：杂剧和传奇剧目的作者多是站在维护封建制度和封建秩序的立场上的，他们虽然也能揭露一些社会的黑暗现象，但往往局限于把产生社会腐败的原因归结于个别贪官污吏和奸臣贼子身上，不敢把批判和讽刺的矛头指向封建社会的最高统者——皇帝身上，而反把改变社会黑暗、拯救人民脱离苦难的希望寄托于清官和君命圣旨上。梆子戏则不然，其作者多是粗通文墨的艺人或下层知识分子，他们是站在受压迫的广大人民群众的立场上看待社会问题的，批判和揭露的矛头直指封建最高统治者，封建皇帝常被当作嘲弄的对象，反映了清中叶以后随着民主思想的传播，人民群众对封建制度的否定和对皇权的蔑视。

四、梆子戏在剧目上的另一成就是，在表现人民群众反抗封建黑暗统治和抵御外来侵略势力的斗争中塑造了一批巾帼英雄形象，如薛家将故事戏《樊江关》《花烛堂》《寒江关》《枣瓤山》《三休樊梨花》《樊梨花挂帅》《白虎关》《刀劈杨藩》《破连城》《老羊山》《反西唐》《芦花河》中的樊梨花，杨家将故事戏《七星庙》《太君征北》《畲太君征南》《忠孝节》（《三关排宴》）《太君辞朝》中的畲赛花（畲太君），《穆柯寨》《辕门斩子》《天门阵》《破洪州》《穆桂英挂帅》中的穆桂英，《打焦赞》《打孟良》《打韩昌》《青龙棍》中的杨排风，《双锁山》中的刘金定，《红桃山》中的张玉娥，《董家山》中的董金莲，《扈家庄》中的扈三娘，《木兰从军》中的花木兰，《对花枪》中的姜桂芝，《潮火珠》中的陈金定，《鸡公山》中的红娘子等。这些巾帼形象，不仅具有美丽的相貌，而且深通韬略，武艺高强，在战场上驰骋冲杀，胜过须眉，表现出胸怀大志、英姿飒爽、朝气蓬勃的精神风貌。在剧中，她们无论是在反抗强权暴政和封建压迫的政治斗争中，还是在保卫国土、抵御外来侵略的战场上都起着举足轻重的作用，反映了清中叶以后觉悟中的中国妇女要求解除封建压迫，投身于反帝反封建的革命洪流和民族解放斗争的强烈愿望。

这些巾帼形象，还有一个共同特点，就是她们的爱情婚姻都具有反封建礼教的传奇色彩，如樊梨花与薛丁山，畲赛花与杨继业，穆桂英与杨宗保，刘金定与高俊保，陈金定与罗成，红娘子与李岩等。她们的爱情不是产生在花前月下，也未遵循“父母之命，媒妁之言”的古训。她们与她们所钟情的男子，几乎都是由刀枪相拼的劲敌而成为恋人，进而结为夫妻的。她们的爱情产生于两军对阵的战场上，双方的厮杀之中。吸引男女双方的，除俊美的相貌外，主要的是高超的武艺及战斗中所表现出来的精神气质。保家卫国，建功立业的志向将她（他）们的命运联结在一起。在这种传奇式的恋爱和婚姻中，这些巾帼英雄始终处于主动和积极的一面，其表达爱情之直率、大胆，即使今天的青年男女们亦望尘莫及。然而又不使人感到唐突，因为她们这种表达爱情的方式是符合她们的身份和特定环境的。这些巾帼人物，大都出身于绿林豪杰家庭，没有受到封建礼教的毒害，且又处于占山为王，官府、王法管不着的地方，她们的武艺又高于对方一筹，所以才会有如此的爱情表达方式。自然，在她们身上，亦表达了梆子戏编演者及广大观众的爱情理想和情趣。这样的爱情，这样的婚姻无疑是对封建婚姻制度的挑战和否定。这是梆子戏中的爱情剧目超越杂剧和传奇爱情戏的地方。

需要特别指出的是，这些巾帼英雄形象在梆子戏中的出现，并不是偶然的，而是明清数百年间我国广大妇女为冲破封建枷锁束缚，投身社会变革的历史潮流，前仆后继，英勇斗争的反映。在历次农民起义中，都曾有不少妇女参加，并涌现出杰出的巾帼英雄。如明永乐年间，山东益都爆发的农民起义，就是由贫苦农民林三的妻子唐赛儿领导的。她不堪忍受封建礼教的束缚和苛捐杂税的重负，举起造反的义旗，带领起义队伍攻下两座县城，杀死了不少贪官污吏，对后来的农民起义影响很大。明末李自成领导的农民起义，亦有不少妇女参加。李自成的夫人高桂英，与李岩结为夫妻的江湖艺人红娘子，是她们中的杰出代表。清乾隆中叶，山东王伦领导的农民起义，亦有两位女将领：一位是王伦的嫂子王氏，“号五圣娘娘，年六十余，白发盈头，跨马挥双刀。”另一位名乌三娘，她出身江湖艺人，其夫被穷困生活折磨而死，她和十几个卖艺的女伙伴一起参加了起义军，驰骋于刀光剑影之中。在一次突围中，她和她的伙伴们与官兵展开殊死拼搏，全部英勇牺牲。嘉庆初年，四川、陕西、湖北等省爆发的白莲教起义，其女首领王聪儿带领起义军转战数省，把清军打得晕头转向、损兵折将。嘉庆皇帝惊恐万分，调集陕西、广西、山东、山西、河北、湖南六省的兵力进行围剿。王聪儿在陇西陷入清军的重围，与敌展开血战，后终因寡不敌众，跳崖壮烈牺牲。光绪年间，在反对帝国主义的义和团运动中，亦有妇女的组织“红灯照”。农民起义造就了一批又一批的巾帼英雄，她们可歌可泣的事迹在民间广泛传诵，为梆子戏的创作提供了丰富的素材。梆子戏中的巾帼形象，虽多数史无其人，而出自民间文学和梆子戏编演者们的艺术创作，但却是有生活根据的。

五、与剧目相连带的是，梆子戏为适应表现复杂的宫廷斗争、波澜壮阔的农民起义和千军万马厮杀的战争场面，不仅继承了北杂剧和昆剧、弋阳诸腔的舞台艺术，还广泛吸收了武术、杂技、社火、宗教仪式等民间表演，把戏曲的表演艺术推向高峰。在梆子戏之前，北杂剧和昆剧在艺术上均是以唱为主的，所演出的剧目亦多是才子佳人悲欢离合的爱情故事，正面表现宫廷政治斗争和战争场面的戏较少。梆子戏则不然，在其传统剧目中，多数是表现宫廷斗争和战争故事的，从远古时期舜帝征三苗到清末的辛亥革命，中国历史上发生的重大政治事件几乎都曾被编成戏，在梆子舞台上演出过。为把这些丰富复杂的历史故事搬上戏曲舞台，梆子戏艺人对凡是有用的、适合舞台表演的艺术技巧都加以吸收。如早期武戏中的真刀真枪开打及武打技巧就是取自民间的武术表演，耍手绢、耍扇子、耍茶盅、耍草帽圈等特技取自民间的杂技表演，吹火等特技取自民间社火表演。梆子戏的艺人将这些特技表演与戏剧的情景融合在一起，为刻画人物服务，成为梆子戏表演艺术的重要组成部分和一大特色。

六、梆子戏对许多剧种产生过重要影响。汉剧、京剧中的西皮，川剧中的弹戏，湘剧、祁剧、粤剧等剧种中的北路均受梆子戏的影响。道情、秧歌由说唱和民间歌舞发展为戏曲，亦主要从音乐和表演上接受了梆子戏的影响。光绪年间，梆子和皮簧在京、津、沪舞台上同台演出，两个剧种的演员相互切磋技艺、交换剧目，促进了两个剧种的交流和发展。京剧演出的《回荆州》《南天门》《鸿鸾喜》《打金枝》《辛安驿》《春秋配》《蝴蝶杯》《汾河湾》《三娘教子》《算粮登殿》《三疑计》《花田错》《牧羊卷》《玉堂春》《金山寺》《断桥》《铁弓缘》《伐子都》《小放牛》等均是由梆子戏移植而来的，谭鑫培就曾向郭宝臣、薛固久等学了《连营寨》《江东祭》《白门楼》等梆子剧目。梆子的花旦戏、武旦戏对京剧表演艺术的发展影响很大。“十三旦”侯俊山，既唱梆子，又能唱皮簧，他的许多拿手戏，被京剧演员继承，如花旦戏《辛安驿》《花田错》《小放牛》，武生戏《伐子都》等。清末许多著名的京剧花旦、武旦演员，均是由梆子改唱京剧的，如五盏灯王贵山、七盏灯毛韵珂、小十三旦贾璧云；出科于小玉成科班、曾在喜连成任教的花脸兼武旦演员张玉峰，京剧“四大名旦”中的尚小云、荀慧生等都出身于梆子科班。他们有扎实的艺术功底，改唱京剧后，不仅将大量的梆子剧目改唱京剧，而且将梆子的表演技艺精华融入自己的表演之中，丰富和发展了京剧的表演艺术。自然，梆子在与京剧的同台演出中，亦吸收了京剧的一些剧目及表演技艺，如《空城计》《失街亭》《天水关》《碰碑》等是郭宝臣、薛固久向谭鑫培学演的。梆子和京剧在同治、光绪年间，既相互竞争，又相互吸收，共同创造了清末北京戏曲舞台的繁荣局面。

七、梆子戏表演艺术的丰富和发展，做工戏和武打戏的不断增多，使演员脚色行当的分工亦进一步明细。生行中出现了武生、武小生，旦行中出现了武旦，净行中出现了二花脸，丑行中出现了武丑，这些行当均是以做工和武打见长。与此同时，对其他行当如须生、小旦、小丑等的做工亦进一步加强，出现了许多以做工见长的剧目。

八、梆子剧目中历史题材剧目和武打戏的增加，戏剧场面的扩大，带动了舞台建筑的发展。以晋、冀、鲁、豫、陕、甘、宁等梆子戏流行地区现存的古戏台为例，清乾隆之前的古戏台，台面都比较小，适应于杂剧和传奇剧目的演出；清中叶梆子戏成熟后，为适应演出战争场面的武打戏和政治斗争的宫廷戏，不仅新建的舞台的面积扩大了，而且许多地方把旧有的戏台加以改造，或在原来的戏台后面加接后台，或在原来的戏台前面扩展前台，以达到扩大表演区的目的。

三、梆子戏的主要剧种及相互关系

现存的梆子戏，在山西境内的有蒲州梆子（蒲剧）、中路梆子（晋剧）、北路梆子、上党梆子，在陕西境内的有同州梆子、秦腔（流传西北五省区）、汉调桄桄，流传河南境内的有豫剧、南阳梆子、平调、怀梆，流传在河北境内的有河北梆子、西调、蔚州梆子，流传在山东境内的有山东梆子、莱芜梆子、章丘梆子、枣梆，流传在江苏境内的有淮北梆子（又名江苏梆子）。此外，在川剧、滇剧、粤剧、湘剧、祁剧、桂剧、汉剧等多声腔剧种中，亦有梆子声腔及用梆子声腔演出的剧目。

关于梆子戏剧种的相互关系，前人的说法不一。有人认为秦腔的历史最早，所有的梆子剧种都是由秦腔流传到各地以后衍变出来的。最早提出这一论点的是清人李调元，他在《剧话》中说："俗传钱氏《缀白裘》外集有秦腔始于陕西，以梆为板，月琴应之，腔有紧慢，俗呼'梆子腔'，蜀谓之'乱弹'。"① 现代戏剧家范紫东先生亦持此论，他在《法曲之源流》中谓："秦腔入河东为蒲州梆子、东路梆子、老梆子、河北梆子等，入北京为京梆子，今仍称秦腔。乾隆时经魏长生、陈银官师徒二人先后出色，声调翻新，而音韵始较长矣。越太行而入山东，为曹州梆子、青州梆子、河南梆子等。出潼关而河南为豫西梆子、南阳梆子、祥符调等。"② 当代戏剧家欧阳予倩先生在《秦腔》一文中亦认为："所有的梆子戏都是从秦腔来的，流布到各地，到各地就变了。"③ 此外，日本学者青木正儿的《中国近世戏曲史》、周贻白的《中国戏剧史长编》等论著亦有类似观点。

梆子始自陕西的论点，虽出自不少著名学者之口，但并未因此而成定论。近年来许多戏曲史研究者深入梆子戏流行地区考察研究，综合各种史

① 李调元：《剧话》，《中国古典戏曲论著集成》（八），中国戏剧出版社1988年版，第47页。
② 陕西省艺术研究所编：《秦腔研究论著选》，陕西人民出版社1983年版，第104页。
③ 欧阳予倩编：《中国戏曲研究资料初集》，中国戏剧出版社1957年版。

实认为，梆子戏始于陕西一地之说缺乏充实的论据。如梆子戏最早的文字记载不在陕西，而在北京[①]、平阳[②]。是何地的演员首先将梆子戏传到北京？《燕都梨园史料》记载，早在清雍正年间就有山西演员在京活动，而且□□桂被选为北京梨园会首之一。乾隆年间山西梆子（亦称勾腔）演员薛四儿及“山陕双和班”名旦李小喜（亦为山西人）曾名噪京都。他们远比陕西籍的演员来京演出的时间早。乾隆晚年至嘉庆年间在京演出的名旦魏长生虽称秦腔演员，但他并非陕西人，而是四川人，他所唱的秦腔亦与今天的西安秦腔有较大差别。从清道光至民国初年北京所谓秦腔、山陕梆子，实为山西梆子，其著名演员如郭宝臣、侯俊山、水上漂、五月鲜、小旋风、天明亮等亦多来自山西。另外，从地理位置、历史文化、语言风俗看，陕西的同州、山西的蒲州、河南的陕州有着不可分割的联系和共同点。三州山水相连，语音基本相同，风俗习惯亦大同小异，如地处陕州的灵宝县，其县志云：“民尚豪侠，士敦礼让，介秦晋之间，染其余波。”三地的戏班、艺人之间的交流更是频繁。如清乾、嘉年间，就有河南祥符（今开封）人张喜儿搭秦腔“永庆部”的记载[③]；同、光年间以演《忠孝宴》享有盛名的蒲州梆子演员白菜心郧三吉为河南卢氏县人，以演《葵花峪》《明公断》享有盛誉的蒲州梆子名旦杨雨春出自河南怀庆府，以演《牧虎关》声震晋南的蒲州梆子名净刘福奎亦为河南人。蒲州梆子名旦王存才更为典型。他学艺在河南灵宝，后在晋南搭班演出，在西安献艺。他的《杀狗》《挂画》等剧，在山、陕、豫都留下深远影响。至于同州、蒲州两地的班社、艺人的交往更是举不胜举。

这些历史事实不能不使人对梆子戏始于一地之说产生疑问。如著名戏曲史家周贻白先生虽在他的论著中继取了前人关于梆子戏始于陕西的说法，但他对这一观点是有怀疑的。如他在《中国戏剧史长编》中说：“秦腔虽然是陕西省的地方剧种，但与山西梆子，主要是蒲州梆子（今名蒲剧）在发源上颇难分别其先后。”近年来随着剧种史研究的深入，梆子戏产生于山陕豫三角地带的论点被越来越多的学者所认识。如已故蒲剧史家墨遗萍先生在他晚年所著的《蒲剧史魂》中说：“梆子腔的胚胎实际是一

① 李振声：《百戏竹枝词》。

② 孔尚任：《平阳竹枝词》。

③ 《燕兰小谱》，张次溪编：《清代燕都梨园史料》，中国戏剧出版社1988年版，第30页。

部晋、陕、豫三角地带的‘民歌集成’，含有永乐镇‘悟声’（道家法曲），河湾‘湾儿’，更夫‘梆子’，陕州‘得体’。”① 寒声先生在《论梆子戏的产生》一文中，从“音色片”入手，得出“梆子戏首先产生于同州、蒲州、陕州为代表的山陕豫地带”的结论。② 马紫晨积多年研究心得，写成《豫剧源流辨析》一文，亦认为“梆子腔非任何一省私有，因为我们从晋、秦、豫三大梆子里清楚地看到了它的共同点。”他从称呼、行当、演出习俗、剧目、板式、文武场等方面阐述了山、陕、豫梆子戏的共同点。③

梆子戏形成初期，曾有“土戏”“乱弹”“桄桄”“梆子腔”“秦腔”等不同的称呼。后外地人把同州境内流行的梆子戏称为同州梆子，把蒲州境内流行的梆子戏称为蒲州梆子，在豫西北一带流行的梆子戏被称为“河南讴”“靠山吼”“土梆戏”。同州梆子向西北发展形成“西安秦腔”“西府秦腔”“汉调桄桄”等梆子剧种。蒲州梆子向北发展，吸收晋北民间艺术而形成北路梆子，在晋中吸收祁太秧歌而形成中路梆子。北路梆子与中路梆子流传到京、津及河北城乡，受当地语音影响而形成河北梆子。河南讴进一步发展，成为豫剧的豫西调和祥符调。此后，豫剧在河南、山东一带又分化出平调和怀梆两个梆子戏剧种。山西上党梆子别具一格，它由梆、昆、罗、卷、黄五种声腔组成，在发展过程中曾与豫剧、怀梆相互影响。清光绪年间上党梆子流传到河北永年一带，成为西调，流传到山东菏泽一带形成枣梆。山东梆子、章丘梆子、莱芜梆子是早期梆子戏与当地语音、民间艺术结合的产物，但山东与河南接壤，两地的艺人、戏班往来密切，它们与豫剧亦相互影响。南阳梆子（宛梆）与豫剧有不少差别，这可能与山陕商人势力有关：山陕商人很早就把梆子戏带到这里，山陕梆子在南阳扎根后受到豫剧的影响，形成独特的风格。由于山陕商人的媒介作用，梆子戏不仅传播面广，而且速度快，早在康熙年间湘西就有梆子戏演出的记载。由此可见，现在汉剧的西皮，湘剧、祁剧、桂剧的北路，粤剧的西皮（历史上曾有北路、梆子腔之称），川剧的弹腔，滇剧的丝弦腔，贵州梆子等都是早期梆子戏流传到西南后的产物。

---

① 墨遗萍：《蒲剧史魂》。
② 寒声：《论梆子戏的产生》。
③ 马紫晨：《豫剧源流辨析》。

从上述论述中我们可以看出，各个梆子剧种在声腔上、剧目上、表演上既有共同之处，又有明显的差异。它们的共性是受黄河流域类似的地理环境、相似的经济基础、共同的文化艺术传统、相同的民情风俗、接近的语音等因素制约和影响而形成的。其各自的个性特点也是由于流传地区在地理、经济、民间艺术、民情风俗、语音等方面的差异而造成的。它们之间在戏剧文化传统上既有内在的、紧密的联系，又在艺术的表现上呈现出五彩缤纷的特色，从而使我国的梆子戏形成一个宏大的、完整的声腔剧种体系。

多源合流，分支发展，这是梆子戏的基本历程。

（原载《中华戏曲》第9辑）

论梆子剧种中的杨家将故事戏

杨家将故事戏是中国传统戏曲文化中的瑰宝。千百年来，杨家将故事戏脍炙人口，久演不衰。戏曲舞台上塑造的杨继业、杨六郎（延昭）、杨宗保、杨文广、畲太君、穆桂英等艺术形象，家喻户晓，深入人心，成为英雄典范，学习楷模。杨继业、杨延昭、杨文广都是历史人物，杨继业和他的父亲杨信先为北汉的大将，北汉亡，投诚大宋。杨家父子长期驻守在雁门关一线，抗击契丹入侵，为保卫中原政权和人民的安宁，前仆后继，英勇作战，立下不朽的功勋。他们的事迹在《宋史》《辽史》中有简单的记载。

杨家将的历史记载虽然不多，但其传说故事却非常丰富，至今在晋北、冀北、陕北还留有许多杨家将的遗迹。北宋欧阳修在《供备库副使杨君墓志铭》中说："君（墓主人杨琪）之伯祖继业，太宗时为云州观察使，与契丹战殁，赠太师中书令。继业有子延昭，真宗时为莫州防御使，父子皆名将，其智勇号称无敌。至今天下之士至于里儿野竖，皆能道之。"[1] 这就是说，杨继业、杨延昭父子的英雄事迹，在他们死后不久就已经以口碑的形式流传开了。口碑传说的作者，无疑是那些与杨继业、杨延昭一起作过战从前线回来的将士们。

杨家将活动的前期，我国正处于一个民族分裂、战争不断、自然灾害频繁的时期。在五代十国时期长达半个世纪的混战中，平民百姓不是作为士兵和役夫死于战场，就是作为平民死于乱兵之手。如后梁乾化元年（911）的梁、唐之战中，梁军数万被唐军歼灭，河南至河北千里间横尸遍野。后唐又一次攻梁，南出晋南、豫北，所过之处路断行人，十年之内"田无麦禾，邑无烟火"。又如乾化三年（913），梁军十万纵掠洛阳。周攻

① 《欧阳修全集》卷二十九，中华书局2001年版，第444页。

汉，郭威令士兵入城大掠十天。战火之外，苛捐杂税，水患旱灾，使百姓田园损毁，人畜死伤，陷于深重的灾难之中。唐末五代之际的诗人杜荀鹤作的《山中寡妇》，就是当时情景的真实写照。诗曰：

夫因兵死守蓬茅，麻苎衣衫鬓发焦。
桑柘废来犹纳税，田园荒后尚征苗。
时挑野菜和根煮，旋斫生柴带叶烧。
任是深山更深处，也应无计避征徭。①

乱离的年代，人民群众呼唤安定乾坤的英雄豪杰，杨家将应运而生。他们先是辅佐北汉，后在宋朝为臣，抵御契单所建立的辽国的入侵。宋朝是我国历史上一个比较软弱的王朝，外患不断，最后亡于外敌，所以遗民们更加追思那些血战保国的将领。于是杨家将的故事得以广泛流传，在流传过程中，民间加入了许多神奇的人物和故事。在宋末元初人徐大焯所著的《烬余录》中，第一次出现了杨家将的名称。其曰：杨继业战殁，“长子延平随殉，次子延浦、三子延训官供奉，四子延环、五子廷贵并宫殿直，六子延昭以从征朔州功，加保州刺史，七子延彬屡有功，并授团练使。……延昭子宗保，官同州观察使，世称杨家将。”② 并从杨文广的事迹中创造出了一个杨宗保，还杜撰了杨家将父子救援宋太宗的情节。明朝中后期和晚清，也是面临外敌入侵、朝廷积弱的局面，无论是官方还是民间，无论是理想还是现实，都需要杨家将这样的民族英雄。杨家将的故事也得以在这个背景下流传开来，被编成各种形式的文艺作品。其中杨家将故事戏更是丰富多彩，流传深远。

在我国各地的传统戏曲中，都有杨家将故事的戏曲，其中尤以梆子戏中的杨家将故事戏为多，从杨继业和畲太君在《七星庙》中婚配到《老征东》中穆桂英挂帅出征，形成了一个完整的系统。除去同一内容不同剧名的戏，共计94种。其中，除部分取材于小说《北宋杨家将演义》和《北宋杨家将传》以及清代宫廷大戏《昭代箫韶》外，大部分取材于民间传说。

---

① 扬州诗局本《全唐诗》692卷。

② 宋·徐大焯：《烬余录》甲编，《望吹楼丛书》，清·谢家福辑刻本，苏州文学山房补刻，民国十三年（1924）版，第6页。

一

杨家将故事戏反映了宋代尖锐的民族矛盾和频繁的民族战争，其中主要是宋与辽之间的战争。如《金沙滩》中，辽国天庆王设宴金沙滩，欲谋害宋王。杨继业知其有诈，派杨大郎替宋王前往。宴间，大郎以袖箭射死天庆王。大郎、二郎战死，三郎被马踩死，四郎、八郎被番邦掳去，五郎出家。杨继业痛失众子，同六郎保驾还朝。《唐儿府》中，八贤王赵德芳赴北国金钱大会，被困唐儿府。畲太君挂帅前往救援，破唐儿府，救八贤王还朝。《陈家峪》中，宋太宗命杨继业、潘仁美北征契丹，连克云、应、寰、朔四州。萧太后命耶律色珍反攻，夺取寰州。宋兵战败，杨继业领兵迎敌，于陈家峪被俘。萧太后劝杨继业投降，杨誓死不从。《两狼山》中，契丹入侵，奸臣潘洪企图借机陷害杨家父子，当殿自请为帅，指名杨继业为先行。杨识其奸，呈请宋王命呼延赞为监军。兵至雄州，击败韩昌。至雁门关，潘洪按兵不动，杨家父子孤军迎敌，被困两狼山。杨继业命七郎突围搬兵，被潘乱箭射死。杨继业又命六郎搬兵。救兵不至，人马冻饿于陈家峪中。继业无奈，在李陵碑前碰死。《困铜台》中，宋太宗偕柴郡主北国观景，被沙里木所困。八贤王赵德芳命杨景出兵，杨因无父令不肯承命。赵德芳暗许郡主与杨景，杨乃出兵火烧葫芦峪，战败沙里木，救回太宗及柴郡主。《金枪会》中，萧银宗于九龙峪设下金枪大会，请宋王赴宴，欲报杀夫之仇。宋王命八贤王赵德芳挂帅，寇准、吕蒙正参谋，杨宗保护驾前往，于九龙峪被困。时杨延景镇守高唐州，闻听八贤王赴宴，领兵前往救驾，败番兵，救宋王君臣还朝。《洪羊峪》中，北番入侵洪羊峪，杨延景奉命征剿，被困边庭。奸臣王强诬奏杨延景降番，太宗不察，命王强抄斩杨家满门，幸得吕蒙正献计，命王强伴驾游街，借机打了王强，挨过行刑时刻，救得杨府众人性命。八贤王又奏准太宗，令穆桂英挂帅，前往洪羊峪解围，杨延景得救。

宋辽两国的战争，是中华民族历史上，中原汉族政权与北方少数民族契丹所建立的政权之间的争战。有辽国进攻中原而引发的战争，也有宋朝为夺取幽云十六州失地而进行的战争，还有宋、辽两国的统治者为报私仇而引起的战争。战争的双方有胜有负，但辽国常常处于主动进攻的地位，宋朝常常处于防守的地位。战争给宋辽两国的人民带来巨大的生命和财产损失，对中原地区的经济、文化造成巨大的破坏。因此在杨家将故事戏中，被同情者、受肯定者往往是宋朝，被否定者、受批评者往往是辽国。这也可以看出杨家将故事戏的编演者是站在中原朝廷和大汉族的立场上安排戏剧矛盾和冲突的。

在杨家将故事戏中，宋王朝除了与契丹所建立的辽国的矛盾外，还有与辽东、西夏、金川等地方政权之间的民族矛盾和战争。如《杨家将征东》中，辽东金鹏造反，杨延景前去征讨，大将焦赞、孟良相继阵亡。延景上表告急，宋王又命宗保挂帅，孟怀远、焦茂义为先行，前往援助。怀远上阵受伤，为张晓霞救之，二人结为夫妇，击退辽兵。怀远携妇归，宗保扶柩回朝。《十二寡妇征西》中，西番入侵，杨宗保出征，被害金山峪。刘青得令回朝搬兵，杨府女将出马，大败番兵，报仇回朝。《安广庆吃粮》中，宋仁宗继位，金川蛮王龙斗虎打来战表。杨文广带兵征伐，孟怀远、焦茂义出战，连败数阵。杨文广挂榜招军，安广庆吃粮投军，得赵公明相助，收伏龙斗虎。在宋代，这些少数民族建立的政权，与宋朝的矛盾虽然不是主要的矛盾，但对中原政权亦构成了一定的威胁，杨家将经常被调去平息他们的叛乱。

二

杨家将故事戏塑造了以杨继业、杨延昭、杨宗保、杨文广为代表的杨家四代英雄形象。

历史上的杨继业本名叫杨重贵，是麟州土豪杨信的儿子。杨信在戏曲中被改名火山王杨滚（一作杨艾）。他占据麟州，自称刺史，先后归附过后汉、后周。为了结交当时任河东节度使的刘崇，派少年的杨重贵到太原。杨信死，以其子杨崇勋（杨继业的弟弟）继任刺史，又以麟州归附了北汉刘崇。年少英武的杨重贵很受刘崇器重，以杨重贵为养孙，改名为刘继业。刘继业先担任保卫指挥使、建雄军节度使，防御辽国的入侵。他骁勇善战，所向无敌，国人号称“无敌”。北宋太平兴国四年（979），宋灭北汉，刘继业归顺。宋太宗素知刘继业威名和对防御辽国有丰富经验，命为左领军卫大将军、郑州防御使，并复其姓名为杨继业，派他到代州前线防御辽国入侵。辽国大军从雁门关大举进攻，杨继业从小路率领数百骑兵绕到辽军背后，与潘美的部队前后夹击辽军，杀死辽国节度使驸马侍中萧咄李，生擒马步军都指挥使李重诲，缴获很多兵甲战马。杨继业因功升云州观察使。以后辽国望见杨继业的旌旗，就不战而走。太平兴国五年（980），辽景宗率十万大军攻雁门。杨继业率军突袭辽军，辽军大败而回。七年（982）四月，辽军分路攻宋，杨继业统军败辽军于雁门关下，斩辽兵三千人，俘万余人。

雍熙三年（986），宋太宗派出三路大军征讨辽国，其中潘美为西路军主将，杨继业为副将。起初各路进展顺利，杨继业一路夺取了辽国的寰、朔、云、应四州，但由于曹彬、米信率领的东路军进攻幽州失利，宋太宗命令各路人马班师，后又命潘美等率领大军将收复四州的民众迁移到内地。此时，辽国十余万大军已经反击，当潘美、杨继业撤军至朔州南面的狼牙村时，辽兵已攻陷寰州。辽军兵力占有很大的优势，杨继业向潘美进言，不宜同辽兵争锋，主张绕道而行，避开正面强大之敌，保证撤退的宋军将士和被迁的四州群众安全回到宋朝境内。这个作战计划遭到监军王侁、军器库使刘文裕等人的反对。而作为主将的潘美，由于嫉妒心理作怪，没有支持杨继业的意见。杨继业力争不果，只能冒险出击，结果兵败陈家谷口，得不到救援。当契丹追兵蜂拥而至时，杨继业身边仅存一百多名将士，感到再战也是徒劳，便命他们自谋出路，若能生还也好回去把这次战斗的情况向宋太宗禀报。众将士为杨继业的真诚所感动，皆死战不愿离去。这时契丹兵越围越多，最后部下将官和士兵全部壮烈殉难。73岁的老将王贵亲手射杀了数十敌，箭射光了，还举着空弓肉搏至死。百余人皆奋战至死，无一人生还，只剩下身负十数处重伤的杨继业，仍奋力杀敌，直到坐骑受了重伤不能行动，才被契丹兵所俘。杨继业的儿子杨延玉也在这次战役中战死。杨继业被俘后，坚决不向契丹低头投降。想到自己对宋朝一片忠心，却遭到奸臣陷害，以致兵败被俘，无限悲愤，杨继业决心用绝食而死来表明自己的一片赤胆忠心。这位威震敌胆的沙场老将，在绝食三天后，死于被押解往燕京的途中。

在杨家将故事戏中，编演者觉着杨继业被敌俘虏，绝食而亡，不足以表现杨家将的英勇壮烈，而改为杨继业兵困两狼山，内无粮草，外无救兵，碰李陵碑而亡。在碰碑前，杨继业有两段唱腔，抒发了他此时此刻悲壮的感情：

叹杨家秉忠心大宋扶保，
到如今只落得兵败荒郊。
恨北国肖银宗打来战表，
要抢夺我主爷锦绣龙朝。
贼潘洪在金殿帅印挂了，
我父子倒做了马前的军槽。
金沙滩双龙会一战败了，
只杀得血成河鬼哭神号。
我的大郎儿，替宋王把忠尽了，
二郎儿短剑下命赴阴曹。
杨三郎被马踏尸首不晓，
四、八郎落番营无有下梢。
杨五郎弃红尘修真学道，
七郎儿被潘洪箭射在芭蕉。
只剩下杨延昭随营征讨，
可怜他尽得忠，又尽孝，
血染沙场，马不停蹄，为国辛劳。
可怜我八个子把四子丧了，
我把四子丧了，我的儿啊！
眼见得年迈人无有下梢。
魍魉臣贼潘洪又生计巧，
诓我主到五台快乐逍遥。
又谁知中了那奸贼笼牢，
四下里众番奴有如海潮。
多亏了杨延昭一马来到，
一杆枪保圣驾闯出笼牢。
有老夫领人马困在番道，

那时我东西杀砍，左冲右挡，

虎撞羊群，被困在两狼山，

内无粮，外无草，盼兵不到，

眼见得我这老残生，

就难以还朝！我的儿啊！

杨继业死后，宋廷听信谗言，抚恤菲薄，只给他五品官应得的一半物品。后来得知杨继业是绝食三日而死，非常壮烈，宋太宗才下诏表示痛惜，称杨继业“诚坚金石，气傲风云”。当时许多人听了杨继业受陷害以及同部下一起英勇不屈壮烈牺牲的可歌可泣事迹后，都为之流下热泪。为了褒奖杨继业为国捐躯的英雄行为，宋太宗追封杨继业为太尉、大同节度使，他的儿子延朗、延浦、延训、延环、延贵、延彬亦因此得到升迁。潘美受降职三级的处分，王诜则被罢官除名。

杨家将第二代的代表人物是杨继业的儿子杨延昭。在秦腔等梆子剧种中，称为杨景或杨延景。他从小喜欢玩行军作战的游戏，杨继业看了以后说：“此儿类我。”以后出征，必然带杨延昭同行。杨延昭就在这样的环境中成长为一个职业军人。雍熙三年（986）北伐，杨延昭与父兄一起出征，攻击朔州的时候，杨延昭作为前锋，身先士卒，冲锋陷阵，被流矢射穿了手臂，他带伤继续勇猛作战。杨继业阵亡以后，杨延昭由供奉官升迁为崇仪副使，后来又担任保州缘边都巡检使，在河北的边防前线任职。北宋咸平二年（999），辽国南下进犯。杨延昭在遂城，由于城小又没有做好防守的准备，遭到了辽军的猛烈围攻，城中人心惶惶。杨延昭召集城中壮丁，发放武器，配合宋军，全力固守。当时正值隆冬，杨延昭命人挑水浇在城墙上，一夜之间就冻成了坚冰，城墙光滑难登，辽军只好撤退。杨延昭出奇计保全了遂城，显示了他卓越的军事才能，因此功被授予莫州刺史。咸平四年（1001），辽国又南下进攻，杨延昭在羊山埋伏精兵，自己率领部队与辽军交锋，将辽军引诱人伏击圈，与伏兵一起夹击，辽军大败。杨延昭因功被加封为莫州团练使。他和当时另外一位边防骁将杨嗣，并称为“二杨”。咸平六年（1003），杨延昭又被任命为缘边都巡检，后又迁为宁边军部署。景德元年（1004），宋真宗将杨延昭的兵马增加到上万人。以后澶渊定盟，杨延昭因为守边的功劳，屡次升迁。景德二年（1005），杨延昭被授予高阳关副都部署。杨延昭在大中祥符七年（1014），卒于任上，终年57岁。宋真宗听到这个消息，极为悲痛，派使者护灵而归，河朔的百姓，多望柩落泪。

在杨家将故事戏中，杨延昭不仅是位英勇善战、满腹韬略的元帅，而且是一个孝子、严父、义士。儿子杨宗保违反军令，与穆桂英成亲，他执法如山，不肯轻饶；父亲杨继业的遗骨被辽国放在昊天塔中，供士兵演练箭法。他得知后，心如刀绞，痛苦万分，派人盗骨。焦赞、孟良为盗骨不幸遇难，他为失去了爱将而痛不欲生，悲伤过度而亡。

杨延昭作风简朴，号令严明，每战都身先士卒，获得奖赏与部下一起分享，所以部下乐于为他效命。杨延昭镇守边防二十多年，辽国对他非常敬畏，称他为“杨六郎”。杨延昭为保卫宋朝的边防而披肝沥胆，赢得了百姓的爱戴，发扬了杨家将的威名。

杨宗保史无记载，在杨家将故事戏中他是杨延昭的儿子，他是民间文艺家塑造出来的一个艺术形象。有关杨宗保的戏有《穆柯寨》《辕门斩子》《天门阵》《杨宗保探地穴》《破洪州》等。在《穆柯寨》中，为取“降龙木”，杨宗保先与穆桂英刀枪相见，后相互爱慕，冲破重重阻力，结为恩爱夫妻，大破天门阵，大战洪州，为保卫边关立下赫赫战功。

根据史书记载，杨文广为杨延昭的儿子，是杨家将的第三代。但在杨家将故事戏中，杨文广成为杨宗保的儿子，是杨家将的第四代。据《宋史》记载，杨文广字仲容，“以班行讨贼张海有功，授殿直”，范仲淹宣抚陕西时“与语奇之”，曾把他收为部下，后又随狄青南征，最后官至定州路副都总管，迁步军都虞侯。有关杨文广的剧目有《金丝囊》《杨斌坤征西》《杨文广征西》《朝阳图》《王世宽大闹相国寺》《安广庆吃粮》《龙凤台》《钳子山》《竹子山》《草桥关》《老征东》等。剧中的杨文广除《杨文广征西》中是主角外，在其他剧中都不是主要角色。杨文广的形象远不如杨继业、杨延昭、杨宗保生动，由此可见他在群众中的影响远不如他的祖辈和父辈大。

三

杨家将故事戏表现了杨继业与畲赛花、杨延昭与柴郡主、杨宗保与穆桂英三代人的婚恋故事，塑造了一批巾帼英雄形象。《七星庙》中，畲赛花射猎，遇杨继业，二人相互爱慕，私订终身。后杨继业的父亲杨滚、崔龙的父亲崔子建均以与畲赛花的父亲畲洪有婚约，要纳聘娶亲。畲洪无奈，其子畲英献计，叫继业与崔龙比武，胜者入赘。继业、崔龙正在比武间，畲赛花闯入，打败崔龙。赛花兄弟畲英却一旁帮助崔龙，继业不服，将畲英擒去。赛花怒，为弟报仇，继业佯装不敌，逃至七星庙，赛花追去，被继业智擒之。后二人倾心相谈，继业、赛花缔结良缘。《状元媒》中，宋太宗偕柴郡主北国观景，被沙里木所困。八贤王赵德芳命杨景出兵，杨因无父令不肯承命。赵德芳暗许郡主与杨景，杨乃出兵火烧葫芦峪，战败沙里木，救回太宗及柴郡主。因郡主早许东山傅峦之子，回朝后太宗不允杨景亲事。赵德芳以四面金锏相逼，太宗方命傅、杨两家比武争亲。幸老将刘荣暗助杨家，才打败傅峦，杨景与郡主成婚。《穆柯寨》中，辽国摆天门大阵，杨延景奉旨破阵，命焦赞、孟良前往穆柯寨讨取“降龙木”，遇穆桂英，战败而归。杨宗保与穆桂英复战，亦被擒。桂英爱宗保才貌，遂与宗保成亲。延景负气亲率兵征讨穆柯寨，又被穆桂英打于马下。宗保助战，杀死穆天王。桂英与宗保夫妇情笃，舍却父仇，携“降龙木”下山投宋。

杨家将三代人的婚姻爱情都是建立在抗击外来侵略，保家卫国的事业之上的。杨家的男儿是杀敌的好汉，杨家的媳妇、杨家的女儿、甚至杨家的烧火丫头（杨排风）也都是杀敌的英雄。《畲太君征南》《穆桂英征东》《杨八姐闹馆》《杨八姐找刀》《八姐盗发》《杨排风打焦赞》《打孟良》《打韩昌》，充分展示了杨门女将的飒飒英姿和高超的武艺。杨门女将，历史无考，大部分是艺术家的虚构。这些巾帼英雄形象的出现，并不是偶然的，而是明清数百年间我国广大妇女为冲破封建枷锁束缚，投身社会变革的历史潮流，前仆后继，英勇斗争的反映。在历次农民起义中，都曾有不少妇女参加，并涌现出杰出的巾帼英雄。如明永乐年间，山东益都爆发的农民起义，就是由贫苦农民林三的妻子唐赛儿领导的。她不堪忍受封建礼教的束缚和苛捐杂税的重负，举起造反的义旗，带领起义队伍攻下两座县城，杀死了不少贪官污吏，对后来的农民起义影响很大。明末李自成领导的农民起义，亦有不少妇女参加。李自成的夫人高桂英，与李岩结为夫妻的江湖艺人红娘子，是她们中的杰出代表。清乾隆中叶，山东王伦领导的农民起义，亦有两位女将领：一位是王伦的嫂子王氏，“号五圣娘娘，年六十余，白发盈头，跨马挥双刀。”另一位名乌三娘，出身江湖艺人，其夫被穷困生活折磨而死，她和十几个卖艺的女伙伴一起参加了起义军，驰骋于刀光剑影之中。在一次突围中，她和她的伙伴们与官兵展开殊死拼搏，全部英勇牺牲。嘉庆初年，四川、陕西、湖北等省爆发的白莲教起义，其女首领王聪儿带领起义军转战数省，把清军打得晕头转向，损兵折将。嘉庆皇帝惊恐万分，调集陕西、广西、山东、山西、河北、湖南六省的兵力进行围剿。王聪儿在陇西陷入清军的重围，与敌展开血战，后终因寡不敌众，跳崖壮烈牺牲。光绪年间，在反对帝国主义的义和团运动中，亦有妇女组织“红灯照”。农民起义造就了一批又一批的巾帼英雄，她们可歌可泣的事迹在民间广泛传诵，为杨门女将形象的塑造提供了丰富的素材。

这些巾帼形象，不仅具有美丽的相貌，而且深通韬略，武艺高强，在战场上驰骋冲杀，胜过须眉，表现出胸怀大志、朝气蓬勃的精神风貌。在剧中，她们无论是在反抗强权暴政和封建压迫的政治斗争中，还是在保卫国土、抵御外来侵略的战场上都起着举足轻重的作用。由此反映了明末以后正在觉悟中的中国妇女要求解除封建压迫，投身于反帝反封建的革命洪流和民族解放斗争的强烈愿望。

这些巾帼形象，还有一个共同特点，就是她们的爱情婚姻都具有反封建礼教的传奇色彩，如畲赛花与杨继业，穆桂英与杨宗保。她们的爱情不是产生在花前月下，也未遵循“父母之命，媒妁之言”的古训。她们与她们所钟情的男子，几乎都是由刀枪相拼的劲敌而成为恋人，进而结为夫妻的。她们的爱情产生于两军对阵的战场上，双方的厮杀之中。吸引男女双方的，除俊美的相貌外，主要是高超的武艺及战斗中所表现出来的精神气质。保家卫国、建功立业的志向将她（他）们的命运联结在一起。在这种传奇式的恋爱和婚姻中，这些巾帼英雄始终处于主动和积极的一面，其表达爱情之直率、大胆，即使今天的青年男女们亦望尘莫及。然而又不使人感到唐突，因为她们这种表达爱情的方式是符合她们的身份和特定环境的。这些巾帼人物，大都出身于绿林豪杰家庭，没有受到封建礼教的毒害，且又处于占山为王，官府、王法管不着的地方，她们的武艺又高于对方一等，所以才会有如此的爱情表达方式。这是杨家将故事戏中的爱情剧目超越其他爱情戏的地方。

四

战争对于人类，是巨大的灾难。战争使许多人家破人亡，妻离子散，无家可归，有家难回。杨家将故事戏，除了反映波澜壮阔的战争场景和你死我活的忠奸斗争场面外，还表现了父子之间、母子之间、兄弟姐妹之间的骨肉深情。如《金沙滩》血战后，杨继业通过大段唱腔表达的父子之情：

听得一言魂飘荡，
三魂渺渺在何方！
挣扎睁眼用目望，
杨大郎、杨二郎！父的儿呀！
睁眼还在人世上。
转过面来拿本上，
宋王爷家听端详。
太平年间设宴觞，
文武臣宣在当殿上。
仁美奸贼把驾诓，
调虎离山谋家邦。
我主五台把香降，
臣父子保驾出朝堂。
仁美下书调番将，
兵围五台有损伤。
奸贼一旁拿本上，
言说为臣谋家邦。
喝喊一声往外绑，
正当午时一命亡，
多亏了八主贤爷拿本上，
才救继业在世上。

胡儿设会把主诓，
大郎替主命有伤。
金沙滩中大炮响，
就把杨家大半伤。
折臣子大郎二郎杨延广，
不见四郎和八郎，
主啊你手按胸前想，
这才是谁忠谁奸谁不良？
……
耳内里忽听天鼓响，
儿的亡魂归天堂。
站立佛殿泪两行，
思想我妻畲太娘。
离朝之时对我讲，
她的言语记心上，
当面间交与我八个子，
回朝她要儿四双。
金沙滩折了五员将，
回朝去怎对畲太娘！

再如《北天门》中，身在异国他乡的四郎杨延辉对母亲、对南朝的思念：

杨延辉坐宫院自思自叹，
思想起当年事好不伤惨。
天庆王设下那双龙大宴，
我弟兄八只虎来到沙滩。
金沙滩与番邦一场鏖战，
恨只恨本宫被绑赴北番。
谁料想萧太后不肯问斩，
招东床与公主结为姻缘。

在北国流落十五载，
母子们远隔在天边。
我好比蛟龙离大海，
我好比猛虎离深山。
我好比离群一孤雁，
我好比舟船困浅滩。
虽说是离宋营路程不远，
在本宫却似隔万重高山。
望天朝想起那朝王金殿，
不由人泪珠儿洒湿衣衫。
高堂母年迈人难得相见，
举家人何一日才能团圆？

四郎探母的故事，发生在金沙滩大战的15年之后，宋辽两军在雁门关前摆下大战场。这时，金沙滩战败被俘后隐姓埋名，将自己的姓拆分开来，改名木易而与辽国铁镜公主结为夫妻并育有一子的杨四郎，听说母亲也在阵前，便起了思乡念母之心。他向公主哭诉一番，袒露真情。辽宋虽为宿敌，杨家与辽皇室更有血海深仇，但杨家将的忠勇，却是连他们的仇敌都心存敬意的。因此，公主得知真相后，非但没有怨恨四郎，反而骗得由老娘萧太后亲掌的过关令箭，成全丈夫探母心愿。不过，公主也提出了条件，要求四郎必须一夜之间返回辽国宫廷，交回令箭，否则让太后发现真情，公主和孩子就人头不保了。四郎拿着令箭急急出关，会六弟与两个妹妹，探母亲，看“前妻”（被俘前四郎已娶妻），然后又急急返回辽国。虽然他马不停蹄地争取时间，但15年离别后相逢，老母、弟弟妹妹与妻子自然要苦苦相留不愿他再离开，直到他说明迟回去的严重后果，才得以挣脱离开。结果，最终回去的还是稍迟了些而露了馅。萧太后怒气冲冲，要杀他泄恨，多亏公主“一哭二闹三上吊”外带摔孩子，才使得太后不得不发慈悲给他留了条命。这是一出非常吸引人的唱功戏，剧情紧迫而感人，角色众多行当齐全，除了没有花脸外，老生、青衣、老旦、小生、小丑，都有精彩发挥与表演之处。而最感人的一幕是“见娘”，四郎与畲太君相见后的母子对唱。

佘太君唱：

一见娇儿泪满腮，
点点珠泪洒下来。
沙滩会，一场败，
只杀得杨家好不悲哀。
儿大哥长枪来刺坏；
你二哥短剑下他命赴阴台；
儿三哥马踏如泥块；
我的儿你失落番邦，
一十五载未曾回来；
唯有儿五弟把性情改，
削发为僧出家在五台；
儿六弟镇守三关为元帅；
最可叹你七弟他被潘洪就绑在芭蕉树上，
乱箭钻身无处葬埋。
娘只说我的儿今何在？
延辉！我的儿啊！哪阵风将儿你吹回来？

杨延辉唱：

老娘亲请上受儿拜！
千拜万拜也是折不过儿的罪来。
孩儿被困在番邦外，
隐姓埋名躲祸灾。
多蒙太后的恩似海，
铁镜公主配和谐。
儿在番邦一十五载，
常把我的老娘挂在儿的心怀。
胡地衣冠懒穿戴，
每年间花开——儿的心不开。

闻听得老娘征北塞，
乔装改扮过营来。
见母一面愁眉解，
愿老娘福寿康宁永和谐无灾。

这一段对唱，感情真切自然，动人肺腑，不仅初听者为之动请，多次看此剧者，亦无不悲伤落泪。与《四郎探母》的结局不同，在《三关排宴》中，萧太后没有饶恕铁镜公主盗令箭私放杨四郎探母的行为，畲太君也没有放过杨四郎投降辽国做了驸马的行为，他们夫妻都双双自尽。《四郎探母》重在表现母子之情，反映了人民群众希望民族和解的愿望；《三关排宴》重在表现民族的大义，反映了人民群众在受到外来侵略时的斗争精神。两者在不同的历史环境下有不同的积极意义，不可以此而否彼。

杨家将故事戏所表现的爱国之情、儿女之情、夫妻之情、兄弟姐妹之情是与忠奸斗争交织在一起的。作为忠臣杨家将的对立面，在杨家将故事戏中的奸臣有《陈家峪》《两狼山》中的潘仁美（一作潘美、潘洪），《破雄州》中的奸贼王毓美，《乾坤带》中的庞元，《天波楼》中的奸臣王若钦、谢金吾，《洪羊峪》《孟良盗马》中的奸臣王强，《金鞭记》中的奸相庞文保等。他们或是里通外国，出卖国家利益；或是阴谋陷害杨家，致杨家将于牢狱和血火之中，或千方百计破坏杨家的婚姻。杨家将故事戏中的反面人物，有历史人物，也有虚构的人物，其故事大都是按照戏剧冲突的需要虚构的。杨家将故事戏艺术地反映了北宋年间的民族矛盾和宫廷斗争，但不是真实的历史。正是在这民族的、宫廷的、家庭等的多种矛盾构成的冲突中，编演者塑造出一个个鲜活的人物形象，包括反面的人物形象。

在我国传统戏曲中，梆子剧种中的杨家将故事戏是最多、最系统的。这是因为梆子戏和杨家将的故事产生在同一地区。现将《中国梆子声腔剧种大词典》中的杨家将故事戏，按故事发生的时间先后列表作为本文的附录供大家研究参考（略）。

（原载《首届杨家将历史文化学术研讨会论文集》，科学出版社 2009 年版，第 263—273 页）

试论地域文化对京剧流派形成的影响

京剧不仅是一个全国性的剧种，而且是一个流派纷呈、多姿多彩的剧种。就地域流派而言，有早期的徽派、汉派、京派，兴盛时期的京派、海派等；就行当流派而言，老生中有谭派、马派、言派、麒派等，旦脚中有梅派、程派、尚派、荀派等。本文仅就地域文化对京剧地域流派的影响作一点粗浅的分析。

一

北京是一个具有三千多年历史的古城，元代以来，一直是中国政治文化的中心。徽班将皮簧戏带到北京后，得到社会各界的认可和支持，受北京宫廷艺术和地域文化的影响，逐步形成了具有北京特色的戏曲剧种京剧。早期皮簧在北京有汉派、徽派、京派之分，其区别主要在语言风格和韵味上，后逐步以北京语言、湖广韵为基础，形成字正腔圆、动作规范、善于表现历史故事和宫廷生活的京派风格。

京剧之所以不同于楚调（汉剧）和徽调（徽剧），最根本点在于京剧是以北京语音为基础的。皮簧腔的京化有一个过程，其标志是出现了用北京当地语言演唱皮簧腔的演员。粟海居士《燕台鸿爪集》透露了这个信息。此书《三小史诗序》在谈到“京师尚楚调，乐工中如王洪贵、李六以善为新声称于时”后接着写到“一香学而兼其长，抑扬顿挫，动合自然，口齿清历又燕产也。”作者用五言诗赞道：

镜里轻鸾舞，琴中大蟹行。
憨传儿女态，凄动别离情。

郢曲声声妙，燕言字字清。

怪招同伴妒，甲掩阿千名。①

可以看出，这个兼王洪贵、李六所长的一香是燕人，他之所以享誉北京剧坛，“怪招同伴妒，甲掩阿千名”，其中很重要的一点，就是他用了北京（北京一带古称燕）语音演唱西皮、二簧，“抑扬顿挫，口齿清历”，所以才能收到“郢曲声声妙，燕言字字清”的艺术效果而受到北京观众的欢迎。徽汉两调在北京合流后，西皮、二簧受北京观众的影响而逐渐以北京语音为基础并结合湖广音规范唱、念，加之北京、河北籍皮簧演员的出现，标志着京剧的形成。道光二十年（1840）署名观剧道人所著《极乐世界》凡例中写道：“二簧之尚楚音，犹昆曲中尚吴音，习俗然也。今得以悦京师之耳，故概用京音。间有读仄为平者，元人北曲已有其例，幸未嗤为谬妄。”可见道光年间皮簧已经京化。继一香之后，享誉北京剧坛的本地皮簧戏艺人著名者还有张二奎。张自幼酷爱戏曲，24岁时以票友身份在和春班客串《捉放曹》等剧获好评，遂正式下海搭和春班演戏，曾任该班班主，后入四喜班。咸丰年间与名净大奎官（刘万义）合组双奎班。他的唱腔念白以京音为准，嗓音宽亮，吐字清晰，行腔平稳质朴，唱腔别具一格，世称“奎派”，又称“京派”，与程长庚、余三胜并称“老生三杰”。代表剧目有《金水桥》《打金枝》《大登殿》《五雷阵》《牧羊卷》《四郎探母》等。张二奎之后，北京和周边加入京剧队伍的演员就更多了，著名者如孙菊仙、姜妙香、马连良、高庆奎、汪笑侬、尚和玉、言菊朋等等。

此外，宫廷艺术的影响，也是京派京剧形成的一个重要原因。徽班进京，是为乾隆皇帝祝寿而来。徽班演唱的皮簧戏受到宫廷上下的喜好，从咸丰皇帝到慈禧太后、光绪皇帝等都是京剧迷。宫中排演京剧，除了字正腔圆，讲究京剧的韵味外，在剧本的思想内容上要符合统治者的要求，在表演上和服饰扮相上要符合帝王将相的审美，在砌末道具上要做到尽善尽美。在慈禧执政时期，还将原来用昆弋腔演唱的宫廷大戏改编为皮簧演出，这都促进了京派京剧的形成和发展。

京派在演出剧目上的特点是以历史故事戏见长，特别是反映宫廷生活

① 张次溪编：《清代燕都梨园史料》（上），中国戏剧出版社1988年版，第272页。

的大戏，如东周列国戏、隋唐戏、三国戏、清官戏、清装戏等。帝王将相、才子佳人是京派京剧演员最擅长扮演的人物形象，因为他们经常到宫中演出，有机会接触包括帝后在内的上层人物，了解他们的生活和言行举止、说话神态。张二奎、孙菊仙、王凤卿等扮演的皇帝，程长庚、谭鑫培、余叔岩、马连良等扮演的大臣，杨小楼、俞振亭、高盛麟扮演的武将，梅巧玲、陈德霖、王瑶卿、梅兰芳等扮演的皇后、嫔妃，都栩栩如生，具有皇家气派、大家风范，深受广大观众赞誉。

二

与北京京剧形成鲜明对照的是上海的京剧。上海是19世纪中叶发展起来的一个商业城市，除了原有的吴越文化外，南下的中原文化、北上的闽粤文化、西来的楚蜀文化、外来的东洋和西洋文化等都对上海文化的发展形成了影响。京剧早在清同治年间就进入上海，当时称京调或京班，光绪年间始有京剧的称谓。京剧流传到上海后，经常与徽班、梆子班同台演出，为适应上海观众欣赏的要求，不仅在演出传统剧目时吸收徽班和梆子班善于演出武戏的特点，形成节奏明快、表演火爆的所谓南派风格，而且编演了许多反映现实生活和现代意识的新剧目，如反映要求推翻清王朝反动统治的《玫瑰花》，表现富国强兵、抵御外侮的《新茶花》《潘烈士投海》，歌颂革命志士牺牲精神的《秋瑾》《鄂州血》，揭露帝国主义侵略罪恶的《波兰亡国惨》《越南亡国惨》，揭示社会黑暗和官场腐败的《宦海潮》《黑籍冤魂》《赌徒造化》，表现资产阶级民主思想的《牺牲》《拿破仑艳史》等。这些剧目不仅从不同的侧面，揭示了当时社会的弊端，提出了急需解决的社会问题，反映了人民群众要求民族解放和国家富强的呼声，而且在音乐、表演、化妆、舞台灯光、布景等方面吸取了外来的话剧、电影等的艺术长处，逐步形成了上海京剧关注现实、取材新颖、故事完整、服饰艳丽、气氛热烈、以情感人的海派风格。最能代表上海京剧地域风格的剧目是连台本戏。

《开天辟地》，据《开辟演义》编演，共十本。刘筱衡、孟春帆等编剧，1928年6月1日在丹桂第一台首演。此剧演上古神话，情节怪诞，兼有滑稽、诙谐的场面，且配以机关布景。当时广告称："奇兽异类，只只会动，机关奥妙，布景新异，电光灿烂，真火真雨"，"全新行头，改良服装"，"文武唱做，新腔联弹，特色歌舞"。[①] 在丹桂第一台与上海舞台唱对台戏时，更以"美女置箱中锯为二截"和"裸体美女"等为号召，互相竞争。每本连演一月以上，最长连演三月余。

《火烧红莲寺》，据平江不肖生（向恺然）的小说《江湖奇侠传》改编，1929 年 10 月 8 日首演于上海大世界乾坤剧场。此剧讲武侠神道故事，剧情环环相扣，悬念迭出，且以福建著名布景师李荆设计的机关布景取胜，追求逼真，号称有真水、真鹰、真熊上场。第一集有 36 堂布景，第二、三集更多至 40 堂布景，第四集又利用熄灯暗转，变 14 景，均颇能吸引观众，轰动一时。为招徕观众，剧情插"半裸美女，牺牲色相"之类的表演。因观者众多，共舞台在的爱多亚路（今延安东路）的交通曾为之堵塞。1936 年 3 月 9 日，电影大师卓别林抵上海，当晚在卡尔登电影院经理曾焕堂陪同下观看此剧第四集，认为此剧场景变换多，在西方仅于莎士比亚戏剧中可见；对于演员的唱做、斗剑和翻跌武功等，亦颇赞赏。[②]

《红羊豪侠传》，1934 年 8 月 10 日在上海容记共舞台首演。此剧写太平军故事，采用机关布景，并运用幻灯背景，追求宏大的场面，如大火景、大海景以及张灯结彩、奇花异木等。为便于表现某些舞台上难以表现的场景，首次采用了有声电影连环戏，舞台上与银幕中人对唱，并有特技摄影。剧中安排了多段盛大新式歌舞场面，如第一幕中四十余人组成的苗族祈神舞等。武打除主要演员的开打外，还编排群打混战及摆阵会操等。剧中主要角色除有大段皮簧唱段外，还有数段联弹对唱，采用新歌调，并加入钢琴小提琴等西洋乐器合奏，融合中西乐曲。全剧不用旧戏行头，全部设计新式服装。当时有人称赞此剧为"复兴新国剧运动的伟大贡献"[③]。

《怪侠欧阳德》，写清代怪侠欧阳德协助彭朋锄奸除恶的故事。1941 年 1 月 23 日在上海共舞台上演。此剧情节热闹曲折，穿插喜剧笑料、新式舞蹈（如新桂秋的法式舞蹈和金素斐的神秘舞）并包罗皮簧小调的联弹对唱，编排紧凑火爆。运用新奇的机关布景、新式道具、灯光和魔术幻术，

① 《中国戏曲志·上海卷》，中国 ISBN 中心 1996 年版，第 174 页。
② 《中国戏曲志·上海卷》，中国 ISBN 中心 1996 年版，第 178—179 页。
③ 《中国戏曲志·上海卷》，中国 ISBN 中心 1996 年版，第 197 页。

表现荒村月夜、悬崖深涧，奇观庵堂、玻璃楼阁等，变化怪异，神秘莫测。赵如泉在头集中兼饰欧阳德、杨香武，第八集中兼饰欧阳德、石铸，都是不熄灯当场转景。赵如泉的欧阳德，表演上突破行当，戴眼镜，手持特大烟袋，以噱头和滑稽表演取胜。王桂卿、王富英开打勇猛，出手新奇。王少楼打九杆枪，五样兵器出手。王仲臣打真弓真箭，耍金枪神鞭。陈鸿声的唱工，金素斐和陈桂兰的做工，也为此戏生色不少。1942 年 6 月第十集上演时，正值沦陷时期，把当时上海市民抢购米和煤球的情景搬上舞台，以讽刺时世。此剧也有迎合部分观众低俗趣味的表演，如“活剥美女”“裸女争妍”“僵尸拜月”等。但整体上看，还是表现了正义战胜邪恶的主题，满足了当时人民希望锄奸除恶的愿望。①

《纺棉花》，不是连台本戏，但具备海派京剧的风格。此剧写银匠张三出外经商，三年未归，妻王氏孤寂，于纺棉花时唱戏文小曲自遣。张三归，在门外窃听，掷银入墙试之，王氏开门，夫妻相会。以旦脚演员即兴发挥学唱各种时调为主，辅以丑脚插科打诨，成为一出戏中串戏的玩笑戏。清末著名坤角林黛玉擅演此戏。1912 年 11 月 30 日丹桂茶园女班十三旦、白玉梅和白莱心、小子云双演《纺棉花》，其中十三旦唱天津小曲，白玉梅唱苏州小调，南北曲艺杂陈，并将时事编入曲词。以后粉菊花、芙蓉草、彼桂红、彼月红、张文艳等均演过此剧。1939 年 9 月至 10 月，吴素秋来沪演于更新舞台，两次上演《新纺棉花》，由贾多才助演。吴别出新裁，以摩登的时装上台，表演自拉自唱，模仿四大名旦动作腔调，学唱白玉霜的评剧及电影歌曲《何日君再来》等，颇受欢迎。1942 年 9 至 11 月，吴再度来沪演于黄金大戏院，又贴演此剧，除学四大名旦、唱流行歌曲外，还学唱大鼓、河南坠子等曲艺腔调。刘斌昆饰张三，模仿卓别林，风趣别致。故极受欢迎，反复贴演，长久不衰，致使其他花旦演员竞相仿效。1943 年 1 月，童芷苓在皇后大戏院亦上演此剧。童身着华丽时装旗袍，配以银光闪闪的纺车，光彩照人。她充分发挥自己多才多艺的特长，除学四大名旦、唱流行歌曲外，还反串其他行当，一赶三唱《二进宫》，又学唱梆子等其他戏曲，上演后即大受欢迎，每演必贴，每贴必满，以此

---

① 《中国戏曲志·上海卷》，中国 ISBN 中心 1996 年版，第 215 页。

红极一时，被称为“棉花旦”[①]。

20世纪50年代，在戏改中海派京剧受到批评，过去颇具观众欢迎、有较高票房号召的剧目被责令停演。从表面看，上海京剧舞台得到了净化，但割断了海派京剧相容并蓄的传统，降低了上海观众欣赏京剧求新求异的审美需要。但海派京剧的风格并没有彻底泯灭，我们从上海京剧院上演的《智取威虎山》《海港》《龙江颂》等现代戏和《曹操与杨修》《廉吏于成龙》等新编历史故事戏以及新编的连台本戏《狸猫换太子》等剧目中，看到海派的创新精神和艺术风范。

三

中华人民共和国成立以后，京剧在边疆和少数民族地区得到了很大发展，编演了许多反映边疆少数民族生活的剧目。这些剧目在艺术形式上吸取了大量少数民族的音乐、舞蹈、服饰，具有浓厚的地域和民族特色。

内蒙古是京剧传入最早的少数民族地区，清光绪年间就有王府班演出京剧的记载。民国年间在包头、呼和浩特有长年演出京剧的戏园。中华人民共和国成立后，自治区和不少盟建立了专演京剧团，创作上演了不少反映草原生活的剧目，形成内蒙古京剧独特的草原风格。如《草原小姐妹》(曾名《草原英雄小姊妹》)，是一出反映真人真事的民族题材的儿童戏。表演保持了戏曲传统的虚拟手法和写意风格，充分运用京剧程序，并揉进大量的蒙古族音乐、舞蹈，全剧载歌载舞，歌舞并重。如第二场“放牧”，在欢快抒情的音乐中，小姐妹龙梅、玉荣扛着羊铲，“跑跳步”（吸收牧区羊羔在草滩上欢蹦乱跳的形态和民间的“跑跳步”综合而成）出场，唱〔南梆子〕“一望无际大草原，姐妹放牧在草亢滩……”边唱边舞，将“鄂尔多斯舞”的动作和京剧“云手”“踏步”“背枪花”等技巧结合在一起。当唱到“淘气的羊儿乱追赶，好似朵朵白云过草原”时，双舞羊铲、羊鞭、过头顶，“托月”“翻身”“双卧鱼”。突然天空乌云滚滚，风雪交加，小姐妹以高亢的唱腔，配合大幅度的舞蹈动作，运用京剧武打中的

① 《中国戏曲志·上海卷》，中国ISBN中心1996年版，第207页。

枪、棍、刀的各种舞法，对羊群左拦右挡，交叉地护拢羊群，与暴风雪搏斗。苏书记率领社员们在风雪草原上寻找小姐妹一段戏，创作了趟马的群舞。群舞是由传统戏曲的单趟马的各种身段和蒙古族马舞的勒马扬鞭、抽鞭、绕鞭和“跟步”“踩步”“马腿步”“刨地步”“走马步”“跑跳步”等融合而成。在舞台调度画面上，从草原生活出发，突破传统趟马的框框，马队时而合一，时而分散，既整齐又零散，同时，也注意把苏书记和队长两个主要人物放在突出的地位。还运用了蒙古族的“套马”动作，表现风雪交加时的紧张气氛。“尾声”，小姐妹恢复了健康，重返草原，采用男女群众欢跳蒙古族传统的《安代舞》作为全剧的结尾。①

《巴林怒火》，也是内蒙古京剧团创作上演的一出具有浓郁民族特色的剧目。其中利用京剧表演程序融合蒙古族的舞蹈艺术为其表演特色。该剧在舞蹈设计上探进了蒙古族“安代舞”的基本动作，如左右跳跃、前跑步、抖膀子等。在马步上，吸取了蒙古族“马舞”的大跳跃马步、策马退步、快马步等，丰富了舞蹈表演程序。在念白上，根据人物性格的不同，和蒙古族说话的语气运用了韵白、京白、半京半韵三种念法。②

青海省在清宣统二年（1910）就有演出京剧的记载，此后不断有内地的京剧班社和演员来西宁等地演出，1956 年 4 月建立了青海省京剧团。由于京剧长期生活在青海高原这一特定的社会环境、自然环境中，其语音、语调、声腔、剧目、表演等各个方面经过数十年的吸收、融合、创新，形成了具有西北边疆风格的京剧表演艺术。如青海省京剧团创造演出的《绿原红旗》《土族儿女》《草原银河》《格萨尔王》等剧目，深受少数民族的宗教信仰、生活习俗、民歌小曲、民间舞蹈以及建筑、雕塑、刺绣、绘画等的影响，不仅在基本旋律、板式唱腔、表演等方面大有改观，其舞台美术中的人物造型、舞台装置更是别具民族特色，致使青海省京剧团的演出享有“青海派”的赞誉。《格萨尔王》是根据藏族神话史诗《格萨尔王传》编写而成的京剧剧目，1979 年上演。剧中格萨尔王是天神降生，英俊威武，气宇不凡。他既要具有老生的唱、念和稳健的做派，又要吸收武生的刚、帅、英武及藏族的粗犷、豪放。在第一场“加冕纳妃”中，为了庆

① 《中国戏曲志·内蒙古卷》，中国 ISBN 中心 1994 年版，第 339—340 页。
② 《中国戏曲志·内蒙古卷》，中国 ISBN 中心 1994 年版，第 341—342 页。

贺格萨尔王登基，皇宫前举行偎桑大礼。这时，打击乐与台上喇嘛的海螺、法号相结合，锣鼓、号角齐鸣；众僧身披袈裟，手持法器围着香烟缭绕的玉鼎高诵藏经；各部落的酋长、头人与黎民百姓盛装登场，合十跪拜。为了烘托雄狮大王的威仪，舞台上通过音响、色彩，多而不乱的群众场面，营造出一派庄严、热烈、喜庆而又具有民族特点的舞台氛围。为了显示出格萨尔登基后的气概与神采，在台步的设计上没有采用京剧老生传统的步法，而是吸收了牧民长年在草原上驱驰、奔走而形成的豪迈步法。剧中的格萨尔由青海著名京剧须生演员徐鸣策扮演，他牢牢把握格萨尔这一特定的形象，从牧民生活中提炼出适于表现人物的身段动作，使这位神话中的英雄在舞台上颇具鹰视虎步的神韵。①

京剧在清末就传入云南，滇越铁路通车后，内地的京剧演员不断地来昆明、个旧等地演出，出现了专演京剧的戏园。抗日战争期间，云南作为大后方，许多内地著名的京剧班社和演员来到云南，如厉家班、四维儿童剧社以及金素秋、刘奎官、关肃霜等。中华人民共和国成立后，除成立云南京剧院外，个旧、下关、楚雄、昭通、曲靖、文山、玉溪等地市相继成立了专业京剧团。这期间，京剧舞台上不仅演出了《白蛇传》《战洪州》《盗库银》《谢瑶环》等优秀传统戏、新编历史剧，还创作改编演出了具有鲜明云南民族特色和地方特色的《孔雀胆》《多沙阿波》《黛诺》等剧目。这些剧目，为表现鲜明的云南民族特色和地方特色，从剧本文学、舞台美术、音乐等各方面广泛吸取少数民族及地方文化艺术特点，特别是戏曲音乐，大都吸收和融合了一些民族民间音乐，从而赋予这些剧目音乐以不同的地方和民族色彩，成为云南京剧的一个重要亮点。如《黛诺》一剧中扮演黛诺的关肃霜，在演唱“山风吹来一阵阵”一段〔南梆子〕时，以明亮的嗓音，唱出曲调的抒情色彩，表达唱词所含的对家乡眷恋赞美的情绪。特别是在末尾的唱句“只是难舍我与高山千缕情”的拖腔中，优美婉转地唱出了融进景颇民歌音调的旋律，使京剧声腔与民歌风味融为一体。② 再如《多沙阿波》中的沙娜是哈尼族近代史反抗土司压迫、争取民族平等的女英雄。“暴戾横征”是该剧的重场戏。火把节上，各族青年男女欢聚一

① 《中国戏曲志·青海卷》，中国ISBN中心1998年版，第194页。
② 《中国戏曲志·云南卷》，中国ISBN中心1994年版，第378页。

堂，比武摔跤。在“巴乌”主奏的民族曲牌中，沙娜出场亮相。她作哈尼族装束，俊美妩媚，朴实大方，双目炯炯，和蔼可亲，频频向摔跤场上的伙伴示意，慢步走上石阶，唱〔四平调〕：“清晨起望云海一片茫茫，我的家好似那神话一般，六月年（哈民族“苦扎扎节”的别称）众乡亲欢聚多沙，举火焰练武功热闹非常。”这四句唱腔，融民族曲调于〔四平调〕中，听来协调悦耳，又不失京剧韵味。①

四

从以上叙述中我们可以看出：一个剧种流传到外地后，之所以能形成不同的艺术流派，乃至衍变出新的剧种来，最根本的原因是地域文化影响不同和语言上的差异而造成的。京剧之所以有这样多不同风格的艺术流派，是在流传过程中受各地、各民族文化影响的结果。

徽班相容并蓄的传统，为后来京剧的形成奠定了深厚的基础。可以说京剧是继承了我国传统戏剧的精华，在艺术上，特别是在表演艺术上达到最高水平的戏曲剧种。所以，它流传到各地后，尽管受地域文化的影响，发生了某些变异，但其规范、严谨的表演程序，高超的演唱技巧，不仅使它的母体剧种汉剧和徽剧相形见绌，而且新的剧种很难超越。这是近现代以来，皮簧声腔剧种中，别的剧种日渐凋零，唯独京剧一花独秀的重要原因，也是京剧流传到各地以后，尽管产生了地域流派，而没有产生新的剧种的主要原因。

戏曲文化的多样性，不仅是中国戏曲文化的特点，也是中国戏曲文化的优势。文化的品类和自然界的物种一样，其生存发展，不仅要有一定的质量，也要有一定的数量。中国戏曲文化之所以源远流长，延绵不断，有旺盛的生命力，就是因为她家族兴旺，品类繁多。人类创造了丰富的物质文明，也创造了多彩的精神文明。然而随着世界经济的一体化、信息化的发展，不同民族、不同地域之间的文化特色越来越淡化，甚至在消失。物质世界的发展需要生态平衡，需要将一些濒临灭绝的动物和生物加以特殊

① 《中国戏曲志·云南卷》，中国 ISBN 中心 1994 年版，第 380 页。

保护。精神世界的发展也需要生态平衡，也需要将一些濒临灭绝的文化品种加以特殊保护。京剧作为中华民族的优秀传统文化要发扬光大，需要保持群体的优势，特别是需要保存和发扬不同地域特色的流派风格。

（为2010年“中国戏曲学院建院60周年学术研讨会”撰写的论文，原载刘文峰：《中国传统戏曲传承保护研究》（下），学苑出版社2012年版）

试论粤剧的形成和改良

20世纪初，中国社会处于一个动荡转折的关头，资产阶级民主革命思想的传播，思潮涌动，文化活跃。随着时局的变迁，中国的戏曲艺术也产生了相应的变化。辛亥革命前后一段时间，全国各大剧种，如京剧、秦腔、川剧、河北梆子、闽剧等几乎都曾经历过一番改良，粤剧同样也不例外。粤剧基本曲调是梆子和二簧，包括南音、龙舟、木鱼等多种民间曲调和音乐组成。在地方戏曲形成的两种形态中①，粤剧属于外来剧种传入后与当地民间艺术相结合的类型，它既有梆簧剧种的基本特征，又有浓厚的地方色彩。粤剧的本土化色彩可以说是在早期“外江班”和“本地班”的势力消长中逐渐显露出来的，在反抗官府禁演压制的斗争中更增强了其贴近民众的草根性。而辛亥革命前后的戏曲改良是一次重要飞跃，它推动了粤剧的成熟和发展。回顾这一段历史，不仅有助于我们思考目前粤剧的发展现状，更可为其他剧种的发展提供启迪。

一、编演新剧，开启民智

东南沿海地区是中国民主革命思想孕育地，较早地受到西方进步思想文化的影响，一些进步学者不仅开办报刊和翻译外国社会科学书籍鼓吹科学与民主，而且非常重视戏剧作为20世纪以前影响最大的大众媒介高台教化、开启民智的巨大作用。他们在引进西方戏剧（文明新戏）的同时，开始关注本土戏曲的改良。16世纪末，西方的话剧率先传入广东澳门。1596年1月16日的《澳门圣保禄学院年报》，记载了在澳门三巴寺前演出悲剧

① 另一种是在地方戏曲的基础上吸收外来剧种的某些因素发展成有鲜明特色的地方剧种。

的盛况：“圣母献瞻节那一天，公演了一场悲剧，主角由一年级的教师担任，其余的角色由学生扮演。剧情叙述信仰如何战胜了日本的迫害。演出在本学院门口的台阶上进行，结果吸引了全城百姓观看，将三巴寺前面的街道挤得水泄不通……演出如此精彩，毫不逊色于任何大学的水平。因为主要剧情用拉丁文演出，为了使不懂拉丁文的观众能够欣赏，还特意制作了中文对白……同时配上音乐和伴唱，令所有的人均非常满意。”① 这是有关西方戏剧最早传入中国演出的记载。从这一记载看，演出的形式是话剧，但为了吸引不懂拉丁文的观众，加进了中文的对白和音乐伴唱，已经不是纯粹的话剧了。演出的内容，从“信仰战胜日本的迫害”看，已经不是纯粹的西方宗教故事，而很有可能是反映明代东南沿海人民抗击倭寇的故事。根据这些特点分析，演出从内容到形式都具备了早期文明戏的特征。因此可以说，16 世纪末广东澳门一带不仅传入西方的戏剧，而且开中国文明戏的先河，拉开了中国戏剧现代化的序幕。

西方的话剧虽然有直接宣传民主思想便利的一面，但其艺术形式却不易被广大的下层民众接受。民主革命的先驱们把目光转移到中国本土的戏曲上来，他们重视与广大人民大众文化娱乐和精神活动最密切的戏曲演出，把戏曲作为启迪大众民主意识、批判封建专制的有力武器。1903 年美国旧金山《文兴报》登载无涯生《观戏记》的文章，提出改良广东戏的主张：“中国不欲振兴则已，欲振兴可不于演戏加之意乎！加之意奈何？一曰改班本，二曰改乐器。改之道如何？……曰：请自广东戏始。”② 在海外华侨中的有识之士的倡导下，《中国日报》及其附刊《中国旬报》特设“鼓吹录”，除宣传戏曲改良的主张外，还专门发表粤语说唱和戏曲剧本。海外粤剧改良的呼声传到国内，广州、香港的许多报纸也纷纷响应，梁启超、吴研人、广东新武生等撰作了一批案头剧本，利用“旧瓶装新酒”的方式，宣传资产阶级民主革命主张。当时认为：“广东号称革命策源地，世人咸归功于新学画报之宣传，然剧本之改良及维新志士之现身说法，亦与有大力焉。”③ 此时的文明新戏，就是利用中国传统戏曲的形式，扮演新

① 李向玉：《澳门圣保禄学院研究》，澳门日报出版社 2001 年版，第 91 页。

② 《中国戏曲志·广东卷》，中国 ISBN 中心 1993 年版，第 15 页。

③ 陈华新：《粤剧与辛亥革命》，广东省戏剧研究室编：《粤剧研究资料选》1983 年版，第 293 页。

的故事、新的人物，以白为主，以唱为辅，既可看作早期中国话剧的雏形，但又不是完整意义上的话剧，演出接近生活，反映民众的政治愿望，所以轰动一时。但这些被称为“志士班”的演出不久就与本地粤剧班社融合了，有名的“优天影”“振天声”等剧社开始唱梆子二簧。粤剧因受到文明新戏的影响，其面目为之一新，唱词和念白都使用广东口语、俗话，唱腔也随之更新，确定了作为地方戏曲剧种的特点。文明新戏在广东地区仿佛昙花一现，但它刺激了粤剧的脱胎换骨，它本身带来新的信息和新形式在今天看来当然是相当粗糙的，但当我们撇开今天的价值判断，从戏曲表现当代的现实生活这一角度来看时，这种新奇而又新鲜的力量是完全符合时代和民众要求的。此后电影及新型娱乐方式的流行又给了粤剧以刺激和压力，粤剧迅速改头换面，进入商业化的“省港大班”时期。我们暂且不讨论这段时期里的曲折得失，我们从一种“活的艺术”的角度，从它如何根据环境条件而生存、发展来深入认识作为戏曲文化所具有的共性。

众多从事粤剧改良的志士班编演了一批以移风易俗、激励爱国为宗旨的改良新戏。最早的志士班为采南歌班，此班成立不久，报界人士黄鲁逸、黄轩胄等先后组织起优天社、优天影社、振天声等二十多个志士班。志士班编演新剧引发了歌颂历史上的英雄人物和当代革命题材，如《文天祥殉国》《熊飞起义》《火烧大沙头》《秋瑾》《温生才刺孚琦》《辛亥革命党人碑》《徐锡麟行刺恩铭》；也有反对封建迷信和烟赌陋习的《盲公问米》《周大姑放脚》《黑狱红莲》和揭露贪官污吏、封建地主阶级的《地府革命》《骂城隍》《虐婢报》《声声泪》等等；更有从旧小说、传奇或外国小说、美国电影改编而成的剧本，其中包括莎士比亚戏剧和《天方夜谭》的故事等等。① 据资料统计，从满清末年到广东解放的三十几年当中，新编的戏竟然达到一千多本。② 其中有流传至今的好剧本，也有很多是随心所欲、东拼西凑的应时之作。我们看看北方的京剧，京剧在20世纪20年代出现了鼎盛，“四大名旦”以及他们背后的文人智囊团相互竞争，创作和改编了一批新剧目，大多数都成为各个流派的经典代表作。从数据上

---

① 《凡鸟恨屠龙》，根据莎士比亚的《克利奥帕托拉》与《该撒》改编；《贼王子》，根据天方夜谭《阿麦得王子》改编；还有薛觉先的《白金龙》，是根据美国电影《郡主与侍者》改编的。

② 欧阳予倩：《试谈粤剧》，广东省戏剧研究室编：《粤剧研究资料选》1983年版，第93页。

看，梅兰芳从1913年至1928年有16个新编剧目；程砚秋从1922年到1931年不足十年间，新编本戏共计19部；荀慧生从1926年开始共有16个新剧目；尚小云从1924年到1928年有13个新编剧目。[①] 可见这个时期各个班社竭力研究，竞排新戏，纷纷在传统艺术的共性中创立适合自身特长的个性。同样，粤剧在20世纪30年代的"薛马之争"也是脍炙人口的佳话。薛觉先的"觉先声"剧团在广州，马师曾的"太平剧团"在香港开展的艺术竞争，不断推出新戏，粤剧的"五大流派"薛腔、马腔、白腔、桂腔、廖腔都在此时奠定了基础。流派的多样化是艺术繁荣发展的标志，剧团之间良性竞争对于提高演技，相互交流借鉴，对于个人以及总体水平的提高是不可或缺的。[②] 而剧目是演员进行艺术创造的载体，也是进行戏剧活动的起点，所以剧目往往是艺术流派特色的一个标志，大量编演新剧目是必不可少的。粤剧界有善于编剧的艺人，如马师曾、薛觉先、陈非侬、廖侠怀、白玉堂等，也有专业的编剧家，如黎凤缘、梁垣三、麦啸霞、梁梦、南海十三郎、唐涤生等。

南方的粤剧和北方的京剧一样，在时代的压力下，同时都经历了编演新剧的热潮，这种压力来自外部的其他娱乐行业，也来自行业内部的竞争。竞争在任何时代都不可能消失，随着时代的发展，竞争更激烈，但不可否认，时代的进步也同样为艺术的发展在各方面提供了更多的条件和可能性。例如外国文学的传入使改编新剧的取材更加广泛，声光电的利用使舞台演出更加奇异夺目。在当今社会，随着科学技术日新月异的发展，以网络文化为代表的大众文化的多元化达到了前所未有的程度，也为戏曲传统艺术发展提出了严重挑战。在言及当前传统戏曲发展时，"危机"一词的使用频率非常高。但是粤剧观众群、尤其是年轻一代的观众群不会自动产生，而是需要长期的熏陶、普及，需要通过一批优秀的演员、优秀的剧目去争取才能够逐渐形成。另一方面，发扬光大流派艺术无疑会极大推动竞争，这是繁荣、促进粤剧艺术发展的重要途径。

---

① 据《中国京剧史》第二十章京剧剧目的新发展而统计，其中荀慧生的后期剧目缺年代资料。

② 徐城北：《梨园走马》，中国社会科学出版社2000年版，第102页。

二、扎根本土，创制新腔

一个剧种的诞生，需要戏剧的种子，更离不开民间艺术的土壤。粤剧的语言和音调经历了从“蛮音杂陈”到用戏棚官话，再到以广州话为标准的粤语演唱的阶段。“蛮音杂陈”，没有规范，不利于剧种的提高和发展；完全用官话，脱离广大的下层观众，不利于剧种的普及；最终，粤剧选择了以广州话为标准的规范粤语。粤剧用广州话演唱，始于清末，同治年间丑脚演出中在念白中插入广东俗语。辛亥革命前后受到文明新戏的影响之后，唱念基本使用粤语了，取代了官话和中州韵。[①] 志士班用粤语演出受到观众的热烈欢迎，粤剧艺人也开始易语而歌。嗓音的变化，引起唱腔音乐发生了显著变化。粤语声调低，平声多，鼻音重，和使用官话演唱的高亢曲调自然发生矛盾。据说第一个试唱“平喉”（真嗓）的是小生金山炳演的《季扎挂剑》，经过朱次伯、千里驹、白驹荣等艺人的不断实践和尝试，才完成了粤剧声腔的根本改革。[②]“平喉”（真嗓）唱法替代原先窄喉尖腔的“子喉”（假嗓）唱法，唱腔由高线改低线，板式结构从仿照皮簧体制一腔到底改为腔调变化繁多，旋律也由粗到细，由疏到密，曲调更多吸收民间小调甚至中外流行歌曲。

使用粤语和推广平喉唱法后，凸现了粤剧声腔上的“拿来主义”，一段曲子里可以有二簧、南音、小曲、慢板、木鱼歌等，信手拈来，任意剪裁，运用灵活自由。为了协调音律，乐队（俗称“棚面”）中增加了伴奏乐器，扬琴、三弦、二胡，甚至小提琴、萨克斯管、小号、吉他、爵士鼓等西洋乐器也加入其中。伴奏音乐中西并蓄，全部乐器多达41种，乐师也由原来的10人增至20多人。薛觉先于1931年引进使用小提琴，1932年马师曾从美国归来组织太平剧团，一度全部使用西洋乐器（保留原有打击乐）伴奏；使用低音乐器，运用多种乐器配器，为适应新的唱腔和剧情而创造新的伴奏曲调，种种成功和失败的尝试，得出经验与教训，促进了伴

① 陈非侬：《粤剧的源流和历史》，广东省戏剧研究室编：《粤剧研究资料选》1983年版，第149页。

② 郭秉箴：《粤剧艺术论》，中国戏剧出版社1988年版，第10页。

奏音乐的发展。然而为了吸引观众“过犹不及”的现象也不胜缕举，欧阳予倩谈到陈非侬的“新春秋班”请了梁以忠拉小提琴，那时候小提琴手是站在台上的，花旦边唱边扭，小提琴手就跟在其身后边跳着舞步边拉边扭，情形很像西式饭店里面供食客们消遣的伴唱乐手。

使用粤语使粤剧真正成为一个完全独立的地方戏曲剧种。每一个中国的、独立的地方戏曲种类都是用自己的方言，都有它不同其他剧种的唱法。戏曲剧种的特色，集中表现在唱腔音乐上，而唱腔音乐和语言有着最直接的关系。粤剧从官话过渡到广州方言后才真正形成了独特色彩和格调，而语言的变更使唱腔顿时凸现个性，粤剧开放多元性的特点成为区别于其他剧种的重要特征。

麦啸霞在《广东戏剧史略》中提到，“粤剧之优点在善变，而其危机亦在多变。多变渐滥，则流弊难免。本质易漓，则基础易摇。”① 粤剧善于旁征博采，不会固步自封是个巨大的优点，但是如何不流于鄙俗，保持自己已经被观众认可的特色和艺术品格，也是非常重要的。一个成熟的剧种，不仅它的语言是规范的，唱腔和表演也应是形成相对稳定的程序和特点的。这是中国戏曲不同于话剧的特征之一。早期粤剧上演的新戏很多，但成为保留剧目的很少，成为经典的更少。相反20世纪50—60年代，粤剧上演的新戏虽然减少，但演出剧目重视从艺术和思想内容上的加工提炼，成为久演不衰的经典剧目，如《关汉卿》《搜书院》《昭君出塞》等。

三、舞台艺术，相容并蓄

中国戏曲是以舞台艺术为核心的综合性表演艺术。其音乐、表演、美术能否出奇出新，是能否吸引观众的重要因素。一个多世纪以来，粤剧之所以长盛不衰，就是因为它始终能适应时代的潮流，不断吸取民间的和外来的艺术营养，相容并蓄，常演常新。粤剧进入民国以后，在组织、剧目、音乐、服装、表演艺术、舞台美术、化妆等各方面都有很大的变化。

① 麦啸霞：《广东戏剧史略》，广东省戏剧研究室编：《粤剧研究资料选》1983年版，第45页。

广东地方经济相对繁荣，娱乐事业兴旺，粤剧频繁来往于广州、香港、澳门以及东南亚、美洲的一些国家演出，面临同其他艺术品种的竞争。马师曾当时曾说："准备和有声电影争一回胜利哩!"粤剧此时"继昆曲乱弹之传统，集南北戏曲之大成，以平剧为老兄而以电影为诤友，发挥民族性的趣味与地方性的灵敏，其感应力之伟大与娱乐成份之浓郁，在中国可与平剧异曲同工。"① 众多戏班也彼此竞争，为了争取观众，有的网罗编剧家，以新剧为号召；有的以布景宣传，出奇制胜。舞台角色服装，除沿用传统的顾绣服饰外，还采用唐装便服、西装、京剧古装和胶片服饰。有的胶片戏服重达十斤以上，安装声光电装置，耀眼生花，璀璨瑰丽，演员负荷沉重，动弹不得，使表演艺术成为附庸。徐慕云在《中国戏剧史》中提到，民国初年粤剧名伶李雪芳饰演的《黛玉葬花》，上台后一坐上椅子，数十个电灯泡顿时射出光芒，观者莫不以惊叹。小生聪演《水漫金山》以真水配布景。蛇王苏演出《血战榴花塔》时小型火车也被搬上了舞台，机关布景一时间新奇辈出，喧宾夺主。粤剧这种以机关布景为号召的演出，不仅在广州、香港、澳门兴盛于一时，而且由粤剧班传到上海、天津，迅速弥漫上海、天津的戏曲舞台。在上海，同治十二年（1873）便有粤班荣高升在大马路攀桂轩演出灯彩戏《六国封相》，当时的报刊报导说："堂皇冠冕，光怪陆离，炫人心目。"② 广东戏班在上海演出《大香山》，开上海戏曲舞台运用彩绘布景的先河。在广东戏班的影响下，上海在 20 世纪 20—30 年代掀起了上演机关布景戏的高潮，《济公活佛》《许田射猎》《宏碧缘》《狸猫换太子》《飞龙传》《西游记》《封神榜》《彭公案》《施公案》等都是这一时期的产物。在天津除在《大香山》《金山寺》《西游记》等传统戏中加进彩头和机关布景外，还在《侠盗罗宾汉》《月宫宝盒》等外国题材的戏中运用了机关布景。

有名的粤剧戏班如觉先声、大平、胜寿年、大罗天、日月星等，都冠以"省、港、澳猛班"的称号，彼此剧本有别，风格各异。还有李雪芳领衔的群芳艳影班、苏州妹为首的镜花影班等全女班。民国二十二年（1933）香港取消男女合班禁令，广州随之仿效，女花旦地位上升，四五

① 麦啸霞：《广东戏剧史略》，广东省戏剧研究室编：《粤剧研究资料选》1983 年版，第 45 页。

② 《夜观粤剧记事》，《申报》1873 年，农历八月初一日。

年后男女合班大行其道。众多剧团之中，以薛觉先为首的“觉先声剧团”和由马师曾领衔的“太平剧团”影响最大，改革建树最多。薛觉先以“融会南北戏剧之精华，综合中西音乐而制曲”作为改革粤剧的宗旨。马师曾则主张“探讨人心的深透，表现生活的原力，放着胆子，打倒千百年的老例。”薛、马领导的剧团上演过许多家喻户晓的剧目，对粤剧舞台艺术和戏班规例都进行了许多变革，造就了一批粤剧后继人才。他们都曾创办影片公司，并主演多部影片，把电影体验角色和扮演人物的方法引进粤剧表演；薛觉先领先使用电影演员的化妆用品和技巧，马师曾把制片场的设备搬到舞台上应用。

这时的粤剧戏班盛行“大老倌”（知名演员）的风气，一些演员注重模仿电影的人物感情心态的表达方式（有些剧本的口白还标明“电影口白”），在部分新编剧目中逐渐忽视对戏曲程序的运用，使表演的歌舞性、节奏感有所削弱。有些演员追求“万能”表演，力图把主要行当集中于自己一身。在这种风气影响下出现了“文武生”，后来进一步形成以文武生、正印花旦、武生、小生、二帮花旦、丑生为每一出戏的六条台柱的演出体制，演出实践偏重生、旦、丑三个行当。粤剧表演逐渐由细致区分行当扮演角色的群体性合作表演，改变为突出知名演员、“伶星”的表演。一些戏班和演员纷纷北上津、沪等地，或投师求教，或献艺交流，学习吸收京剧等剧种的北派武打、锣鼓伴奏以及服饰、布景、脸谱等方面的长处。

粤剧善于吸取话剧、电影等外来表演艺术的长处，丰富自己的表演艺术，这是它一个世纪来兴旺发达的重要原因。但它在吸取外来艺术时，也走过弯路，把一些不符合戏曲舞台表演艺术的成份也搬了过来，如早期带电灯泡的胶片服装，争奇斗艳的灯彩，卖弄技巧的机关布景等等。不可否认，这些东西确实在一定的时间里能吸引观众的眼球，引起轰动，但不在戏剧性和人物塑造上下功夫的戏，终究是经不起历史检验的，是不可能成为经典剧目的。中华人民共和国成立以后，粤剧界的老前辈及时总结了这方面的教训，将粤剧的发展引向积极健康的道路，创作上演了许多在国内外有影响的精品剧目，如前面我们曾提到的《关汉卿》《搜书院》等。

令人不解的是，现在的戏剧界似乎忘记了历史的教训，在这几年的戏剧创作中又走上了20世纪20—30年代粤剧、京剧等剧种走过的老路，不在戏剧本身上下功夫，而在服装和灯光布景上不惜代价，哪怕是借钱贷款也在所不辞，动辄几十万上百万，把生活中所有的建筑材料搬上舞台，营造所谓的戏剧环境和氛围，而不顾剧情之平庸，人物之苍白。花很大的人力财力打造的剧目，参加完调演和评奖，便束之高阁，形成圈内热闹、圈外清冷的怪现象。今天当我们面对新时期影视艺术和各种娱乐形式对戏曲挑战的时候，回顾和总结民国年间粤剧改良的得失是非常有意义的。

（原载《南国红豆》2009 年第 3 期）

从歌仔戏的特点看闽南戏曲的发展趋向

歌仔戏是福建闽南的民间艺术——歌仔流传到台湾以后与当地的土著民族艺术相结合，并受其他戏曲的影响在20世纪初形成的一种戏曲艺术。在全国300多个戏曲剧种中，歌仔戏无疑是比较年轻的一个剧种，但它在形成不久之后就以燎原之势，席卷台湾岛，并由厦门传入闽南，成为深受海峡两岸群众喜爱的一种地方戏。据统计，“目前仅在厦门、漳州、同安、安溪、南安、龙海、长泰、南靖、漳浦、平和、华安、东山、云霄等13个县市就有公办的专业剧团9个，民间职业剧团287个。台湾方面据统计有公办歌仔戏剧团1个，民间戏班登记的有260团左右，能作经常性演出大约在80多团，新加坡也有一些民间歌仔戏团。”① 在不到一百年的时间里，歌仔戏在台湾成为第一大剧种；在闽南也成为仅次于高甲戏的第二大剧种。20世纪80年代以后，随着电视的普及和人们生产方式和生活方式的变化，包括戏曲在内的所有舞台艺术都受到了前所未有的冲击。观众的流失，演出市场的萎缩，剧团生存的困难，使许多剧种出现衰落，有的甚至消亡。而歌仔戏则继续保持着比较旺盛的生命力，这是一个非常值得研究的现象。

我对歌仔戏，不仅看得少，更谈不上研究。第一次认识它，是1979年国庆30周年献礼演出时，福建省龙溪地区芗剧团在北京演出了现代戏《双剑春》，古装戏《加令记》《三家福》。时过25年，前两个戏已经没有什么印象了，但《三家福》的故事、人物和喜剧表演至今记忆犹新。1982年6月，为编纂《中国戏曲志》课题论证，曾与薛若琳、汪效倚、周育德一起到闽南作过一次调研；1988年参加《中国戏曲志·福建卷》的审稿会，到过漳州、泉州、厦门；2002年10月参加全国剧种剧团现状调查，

① 陈耕、曾学文、颜梓和：《歌仔戏史》，光明日报出版社1997年版，第2页。

又一次到闽南；这一次到厦门参加歌仔戏学术研讨会是我第四次来闽南了，可见闽南这块戏曲的热土对我的吸引力之大及与我的缘分。我们中国艺术研究院戏曲研究所多年来形成一个共识，就是研究中国戏曲有两个地方必须要常去，一个是北方的山西，一个是南方的福建。这两个地方都成了我们的研究基地，无论是研究戏曲史，还是研究戏曲的现状，都离不开这两个地方。我来福建的次数虽然不算少，但由于语言的障碍，对福建的戏曲，特别是对歌仔戏研究很少。现在仅就我的了解，对歌仔戏的艺术特点和闽南戏曲的发展谈一点粗浅的认识。

我们知道，歌仔戏既是台湾土生土长的戏曲剧种，又是受闽南文化圈的直接培养而发展起来的一个剧种。我们中华民族的文化非常丰富，由于地域的不同，形成了几个不同特点的文化圈，如长城之外的草原文化圈，黄河流域的黄河文化圈，长江流域的长江文化圈，闽南、台湾、海南及东南亚华侨聚居区的闽南文化圈等。在这些文化圈内的戏曲是有各自不同的特点的。如黄河文化圈内的戏曲，剧种虽然很多，但大部分是单声腔的剧种，而长江文化圈中的戏曲，特别是大戏剧种，大部分是多声腔剧种，如川剧、湘剧、祁剧、桂剧、滇剧、赣剧、婺剧等等。闽南文化圈中的戏曲剧种，受明清发展起来的板腔体戏曲梆子、皮簧声腔的影响较少，依然保持了宋元南戏“益以里巷歌谣”，“徒取其畦农、市女可歌”的传统。如歌仔戏的基本唱腔〔七字调〕是由闽南的民间曲调〔四空仔〕流传到台湾的宜兰地区后，吸收了当地土著平埔族音乐和客家音乐后形成的。歌仔戏的表演是在台湾民间游行歌舞表演“落地扫歌仔阵”的基础上借鉴其他剧种的表演而形成的。因此，孕育于民间艺术的土壤是歌仔戏的第一个艺术特点。

其二，歌仔戏具有开放的艺术结构，形成了它在艺术上广泛吸取民间艺术的营养和其他剧种表演艺术的优长。歌仔戏在它的发展过程中经历了“落地扫”“半溟反”“剧场演出”三个阶段。在落地扫阶段，只是在逢年过节和喜庆活动中由小旦、小丑两个脚色用〔七字调〕混合〔倍诗仔〕〔卖药仔〕等民间曲调演唱《陈三五娘》《山伯英台》《吕蒙正》等群众熟悉的故事片段，属于“两小戏”阶段。所谓“半暝反”阶段，是指有一些不满足于“落地扫”演出的艺人，非常希望像四平戏、梨园戏、高甲戏的演员那样登上戏台，在迎神赛会的场合演出，于是他们把原来演出的《陈三五娘》《山伯英台》《吕蒙正》等故事的几个片段分别串成一本大戏，利用其他剧种演出的机会，在别人演出之后上台演出。因演出的时间常常是下半夜，故被观众称为“半暝反”。在这个阶段，歌仔戏的演出形式已经突破了“两小戏”或“三小戏”的格局，并在与梨园戏、高甲戏、潮州戏等剧种的同台演出中，大胆地吸取兄弟剧种的舞台经验，丰富自己的表演艺术。“如在音乐上学习乱弹的锣鼓，开始运用简单的锣鼓来烘托情绪和气氛，增加戏的节奏；直接从乱弹移植壳子弦等乐器，增加音乐的表现力；曲牌不足于表现人物的性格、情绪或场面气氛，就把别的剧种现成的曲调搬用过来。例如要表现人物赶路时的急忙状，就把高甲戏的〔紧叠仔〕用上去；表现反面人物的阴险，皮簧的〔阴调〕合适就拿来用。”“在表演上，同样大胆吸收。在保留车鼓舞蹈动作的同时，不断地模仿其他剧种生、旦、丑等各种行当的表演动作，加强戏曲的节奏性、程式性、虚拟性的艺术特征；模仿其他剧种舞台时间和空间的处理方式；模仿人物的装扮。”① 歌仔戏产生于闽南文化圈这样一个民间艺术非常丰富、戏曲剧种较多的环境，因此在它的发展过程中有许多现成的经验可借鉴，而不必经过长期的创造和积累，这就为它形成兼收并蓄的艺术特点提供了条件。

当歌仔戏作为一种舞台表演艺术，得到观众的认可和欢迎后，歌仔戏的演员没有满足在庙台和草台上的演出，而是把目标瞄准了观演条件比庙台和草台好、演出收入高的城市剧场。据《歌仔戏史》考证，歌仔戏进入剧场演出的时间是1922年前后。当时从大陆来的京剧班和闽剧班在台北新舞台、台南大舞台演出，剧场老板为了吸引观众，提高剧场的利用率，增加收入，将歌仔戏亦引入剧场演出，于是出现了“日唱南管，夜唱歌仔”或“日唱歌仔，夜唱北管”的局面。所谓南管，是指梨园戏、高甲戏等闽南的地方戏；所谓北管，是指京剧、闽剧等从北方来的剧种。京剧、闽剧比较早地进入剧场演出，无论是音乐唱腔还是表演都比较细腻。歌仔戏进入剧场以后，与他们同台演出，有了学习和进一步提高的机会。吕诉上先生在《台湾电影戏剧》中说：“民国十二年（1923）前后，大陆来台公演的京剧班和闽剧班带来了平面画的软布景，《三国志》及连台戏的《陈靖姑》《狸猫换太子》《济公传》等剧，歌仔戏就学习他们增设布景，每个

① 陈耕、曾学文、颜梓和：《歌仔戏史》，光明日报出版社1997年版，第77页。

剧团大约有同一类型，如金銮殿、公堂、监狱、厅堂、茅舍，已有数十个了。剧本也从短篇改为连续篇，如《孟丽君》《八美图》《九美夺夫》《慈云走国》《五子哭墓》等，剧本大约4天至7天能演毕。”① 从以上记述看，这一时期的歌仔戏通过大量吸取外来剧种的营养，已经走向成熟阶段。演出的剧目已经由民间故事题材扩展到历史题材，由单本戏扩展到连台本戏，由文戏扩展到武打戏，由传统的一桌二椅舞台陈设增加了平面绘画布景，从而完成了由民间小戏到进入现代剧场演出的大戏剧种的蜕变。

歌仔戏在艺术上的第三个特点是与时俱进，不断适应时代的变迁和观众的审美趣味的变化。20年代，日本帝国主义在台湾推行“同化政策”，向台湾人民灌输日本文化，千方百计阻隔台湾人民与大陆的联系，使台湾人民处于与大陆亲人骨肉分离、被异族奴化的痛苦之中。这一时期的歌仔戏为适应剧场观众的需要，不仅排演了不少反映观众离情别绪的新戏，而且有不少女演员加入到演出队伍中来。新的内容、新的观众、新的演员，原有的〔七字调〕很难满足，于是产生了一种新的唱腔“哭调”。哭调以〔大哭〕调为主，后来随着悲剧剧目的增加，又生发出〔小哭〕〔七字仔哭〕〔反哭〕〔五空仔哭〕〔台南哭〕〔卖药哭〕〔宜兰哭〕〔运河哭〕〔江西哭〕〔安溪哭〕〔凤凰哭〕等一系列哭腔。如〔运河哭〕就是在演出时装戏《运河奇案》时创造出来的。1932年台北市发生了一对青年男女双双殉情的命案，一少爷与一贫女相恋，遭到男方父母的反对，二人跳入运河殉情自尽。事发两天后，就被歌仔戏“得乐班”的戏师编成戏在台南上演，引起轰动。演员在这出戏中创造出的新的哭腔，被称为〔运河哭〕得以流传开来。这一时期，歌仔戏在台湾创作上演的时装戏，除《运河奇案》外，还有《彰化奇案》《林投姐》《王阿嫂》《人道》《月女寻夫》等。歌仔戏在编演这些以现实生活为题材的悲剧中，发展了自己的表演艺术，创造出“悲旦”这一新的脚色行当。

抗日战争时期，由于台湾被日本占领的原因，闽南一度时期禁演从台湾传入的以〔七字调〕为主要唱腔的歌仔戏，但歌仔戏并没有因此而在大陆消失，而是另辟捷径，寻求发展。由著名歌仔戏演员邵江海创造的歌仔戏新腔〔杂碎调〕不仅在闽南盛行，而且流传到台湾，对歌仔戏的发展做

① 转引自陈耕、曾学文、颜梓和《歌仔戏史》，光明日报出版社1997年版，第85页。

出了划时代的贡献。歌仔戏的唱词原为一字一句、四句一节的格式，邵江海随班演出中在民间搜集到大量精彩的谚语和俗语，却大部分不是七字一句的，少的仅有三五字，多的有十四五字，很难运用到歌仔戏中。这时正遇大陆禁演台湾歌仔戏，于是邵江海萌发了改良歌仔戏的念头。他发现闽南歌仔的〔杂咀仔〕具有板式节奏自由、灵活，适合长短句唱词，容易吸收民间的谚语和俗语；后来他又发现台湾民间的〔杂念仔〕也具有同样的特点，只是比〔杂咀仔〕的节奏更加轻快。于是他将《郑元和·妓院》一场戏的唱词改为长短句，哼出一种介乎于〔杂咀仔〕和〔杂念仔〕之间的曲调。1939年以后，大陆对歌仔戏的禁令有所松懈，祥云班请邵江海教戏。邵江海将他创的新腔〔杂碎调〕作为他写的第一个定型剧本《六月雪》的主腔，并起用三名十七八岁漂亮的女演员扮演剧中的主角，一举成功。接着，他又将这种新创的〔杂碎调〕运用到《陈三五娘》等戏中，不仅受到闽南观众的欢迎和演员的喜爱，而且通过都马剧团传播在台湾，成为歌仔戏的主要唱腔。由于歌仔戏在艺术上具有很强的吸收和消化能力，即使在文化大革命江青搞样板戏的文化专制时期，亦没有停步不前。歌仔戏学习借鉴样板戏音乐创作的成功经验，在《龙江颂》《红嫂》《八一风暴》等戏中创作了不少受观众欢迎的新腔，并运用中西混合乐队伴奏，烘托舞台气氛，收到了良好的艺术效果。

从以上对歌仔戏艺术特点的分析可以看出，歌仔戏这一剧种在民间艺术的土壤中根扎得很深，适应外界环境变化的能力很强，可塑性极大。从20世纪20年代到80年代的这60年间，尽管时代风云变幻，歌仔戏都能从容应对，走出了一个又一个难关，表现出顽强的艺术生命力。但是，从20世纪80年代以来中国社会的变革，不仅古老的梨园戏、打城戏难以适应，而且身强体壮的歌仔戏都难以应对。歌仔戏与闽南的其他剧种一样，无可奈何地退出了城市舞台，跻身于乡村的庙台和草台，以演迎神赛会戏、祝寿丧礼戏为生。为什么适应性极强的歌仔戏也难以应对当前的戏曲危机呢？因为，中国社会在20世纪80年代以前的变革，从总体上看是社会制度和上层意识形态的变革，人们的生产方式和生活方式没有大的变化，所以在农耕时代形成的戏曲艺术，包括歌仔戏在内的戏曲剧种，通过自身的调整，是可以适应社会的发展和观众的需要的。而目前中国社会的变革是由农耕经济到工业化、信息化的变革，在这场变革中，人们的生产方式、生活方式，甚至思维方式也在变化。戏曲不仅是它的演出形式无法和无处不在的电视、计算机网络相抗衡，而且它所表现的内容跟不上时代，所呈现出的美感与青年一代的意趣有较大的差距，再加之我们在保护民族艺术体制上的缺陷，戏曲的整体衰落，已经是一个谁也否定不了的事实。而且就我们对全国各地戏曲剧种剧团调查的情况看，这种衰落还会继续下去。目前戏曲在农村还有一定的市场，但这个市场也随着工业化的进程在日益缩小。2002 年，我们到闽南农村、乡镇的戏曲演出现场考察过，当时发现在台下看戏的观众大部分是老人和妇女儿童。在我的印象中，青年人是最爱热闹的，特别是在农村，演戏像过节一样热闹，那有青年人不往剧场跑的？后来一打听，当地的青年人一过年就到北京、上海、深圳等大城市打工去了，家里只剩下老人和小孩了。有的地方甚至小孩都很少看到，原来年轻的夫妻把孩子也带到打工的地方了。我们在去湄公岛的路上休息时，参观了一个老乡家，五层楼只住着老俩口，儿子在外地打工，把全家都带走了，一年才回来一次。可以想象，以后随着工业化进程，农村人口越来越小，戏曲在农村的演出市场的萎缩也不可避免。因此，戏曲的改革已经不是靠局部的改进，或一个剧团管理的改革就能奏效，而是从艺术观念到音乐唱腔、表演程式、舞台美术、剧团管理、市场营销等全方位的改革。这种改革必须有政府和全社会的支持才能成功。

闽南从中国戏曲诞生到现在，一直是戏曲之乡。在这块戏曲的热土上，除了歌仔戏外，还有梨园戏、莆仙戏、高甲戏、打城戏、木偶戏等。他们具有和歌仔戏相同的生存环境，但是由于艺术的特点不同，政府对他们采取的政策不同而反映出不同的生存状态。梨园戏是闽南最古老的剧种，早在高甲戏、歌仔戏兴起之时，就开始衰落，目前只有一个剧团在支撑局面。政府对其采取了保护措施，给剧团百分之八十的工资，演员可维持基本的生活，但因演出市场小，靠自身的力量和目前政府的有限拨款，无力排演新戏，在艺术上很难有大的发展。打城戏是由祭祀仪式发展而成的戏曲剧种，上演的剧目少，演出市场小，目前仅有一个民间职业剧团，也因经营亏损而面临解体。如果没有政府扶持，这个剧种很快就要消亡。高甲戏、莆仙戏、歌仔戏是观众较多、演出市场较好的剧种，但均已经退出了城市舞台，在乡镇的庙台或草台上苦苦挣扎。

歌仔戏的发展历史及其艺术特点一再证明，一个剧种要成长壮大，除了必要的社会环境和历史机遇外，从业人员的开放意识和进取精神是非常重要的。歌仔戏扎根于民间，扎根于闽南文化的土壤，同时又不拒绝外来的、时尚的艺术，只要我需要的，都可以为我所用。它的基本曲调〔七字调〕和后来创造的一系列〔哭调〕以及邵江海创造的〔杂碎调〕在当时既是民间的，又是时尚的。今天，有许多剧种的老腔老调观众不喜欢听了，表演的老套数观众不喜欢看了，但很少有一位艺术家敢于把青年人喜欢的时尚歌舞吸收融合到自己的剧种中来，或者运用歌舞演故事这一戏曲的基本特征，以现代歌舞艺术为素材，创造一种全新的剧种。总之，我以为歌仔戏所走过的兼收并蓄、与时俱进的道路是现代闽南戏曲发展的方向。新的生活方式，产生新的审美意识，新的审美意识呼唤新的戏曲形式，新的戏曲形式要靠邵江海式的艺术家来创造，希望闽南这块戏曲的沃土上能涌现新时代的邵江海。

（收录于海峡两岸歌仔戏艺术节组委会编《歌仔戏的生存与发展》，厦门大学出版社 2006 年版）

少数民族戏曲的多元发展及其保护

光辉灿烂的中国戏曲文化，是中华各民族人民共同创造的，是各族人民经济、文化长期相互交流、融合的产物。虽然汉族戏曲剧种众多，在中国戏曲剧种群中占有绝大多数，但少数民族戏曲剧种却是不可或缺的。因为，中国戏曲艺术是由汉族与各少数民族戏曲剧种共同组成的，少数民族戏曲是中国传统文化艺术遗产的重要组成部分。

一、戏曲文化是中华各民族的共同创造

中华民族形成发展的历史是生活在中华大地上的汉族与少数民族长期交融的历史。中国的戏曲文化发展的历史也是汉族戏曲文化和各少数民族戏曲文化长期交流的历史。早在汉代中国戏曲的孕育期，各民族文化艺术已有交流，被称为“胡曲”“胡舞”的少数民族乐舞广泛流行于宫廷和民间。所谓“胡曲”“胡舞”，最初指生活于蒙古高原匈奴的音乐和舞蹈。如《史记·匈奴列传》中所载的“匈奴歌”，即是至今唯一可见的“胡曲”：“亡我焉支山，使我六畜不蕃息。失我祁连山，使我妇女无颜色。”其中“祁连”“焉支”，都是匈奴语的译音，指今内蒙古中部的阴山。匈奴人也制造了本民族独特的乐器，最著名的就是胡笳、琵琶和鼙鼓。蔡文姬《胡笳十八拍》有“胡笳本出自胡中，鼙鼓喧兮夜达明”的描绘。《后汉书·五行志》记载，“汉灵帝好胡服、胡帐、胡床、胡坐、胡饭、胡箜篌、胡笛、胡舞，京都贵戚皆竞为之。”可见“胡曲”“胡舞”不仅盛行于匈奴人活动的大漠南北，而且对内地的汉族音乐和舞蹈也产生了深远的影响。

西汉初期，张骞两次出使西域，促进了“丝绸之路”的贯通，把中原和西域连接起来，促进了中原文化艺术与西域文化艺术的交流。张衡《西

京赋》记录了汉代京城长安百戏表演的盛况，其中从有关西域的就有“乌获扛鼎、都卢寻橦。冲狭燕濯，胸突铦锋。跳丸剑之挥霍，走索上而相逢”等杂技；“白虎鼓瑟，苍龙吹篪”等假面拟态之戏；“女娲坐而长歌，声清扬而委婉。洪厓立而指挥，被毛羽之纤丽”等化装歌舞；“巨兽百寻，是为蔓延”，“蟾蜍与龟，水人弄蛇。奇幻倏忽，易貌分形。吞刀吐火，云雾杳冥”等魔术。隋唐时期，中原和周边各民族之间的文化交流更为频繁，少数民族的音乐歌舞备受社会各阶层人民的喜爱。唐朝宫廷的十部乐中，就有龟兹乐、高昌乐、疏勒乐、安国乐、康国乐等五部西域乐舞。《胡旋舞》《胡腾舞》《柘枝舞》等舞蹈不仅成为宫廷中常演的节目，在民间也非常盛行。特别是佛教传入后，以宣传佛教经典为目的说唱形式“变文”在民间的流行，为中国戏曲的形成创造了重要条件。

汉唐时期的河西走廊是中西文化的交汇地，不仅西域少数民族的文化艺术通过这一条丝绸之路传到中原汉族地区，而且中原汉族地区的文化艺术也通过这一条丝绸之路传到西域少数民族地区。在新疆吐鲁番阿斯塔那第206号墓出土的高昌王曲文泰时的左卫大将军张雄夫妇合葬墓中出土的70多件彩绘木俑和绢衣木俑，其中有一些小型的百戏俑。① 这批绢衣木俑男女俑均以木雕头部，彩绘面貌，胸部用木条接在颈下胶合，用纸捻成臂膀，外着锦绢彩裙，宛如若真人。无论从装饰、制作、仪表、表情来看，都是表演歌舞、戏弄的傀儡，正在扮演成各种角色，表现有一定故事内容的傀儡戏。这说明在唐初的西域高昌，就有了傀儡戏。在吐鲁番阿斯塔那336号墓出土的戏俑②，其中有顶竿倒立木俑、狮子舞泥俑、黑人舞蹈泥俑等。特别值得注意的是还有一对戏弄泥俑，一男一女，女角由男性扮演，着民间妇女装束，裤子臀部上还打了一块补丁，表情凄凉，似在诉其冤苦；男俑着棉袍，体胖腰圆，神态凶狠。两个泥俑排放在一起，构成一幅夫妻吵架的生活画面，人物形象栩栩如生，生活气息浓郁，非常符合唐崔令钦在《教坊记》中记述唐代歌舞剧《踏摇娘》时强调的“大夫着妇人衣”和“及其夫至，则作殴斗之状”的特点。许多考古学家和戏曲史家认为，这两件泥俑反映的是《踏摇娘》的故事。《踏摇娘》是民间艺人根据

---

① 《中国戏曲志·新疆卷》，中国ISBN中心1996年版，第9页。

② 《中国戏曲志·新疆卷》，中国ISBN中心1996年版，第10页。

社会生活中酗酒的丈夫虐待妻子的现象而编演的，曾在晋、陕、豫、冀等中原地区广泛流传，后进入宫廷，与《拨头》成为“鼓架部”中的节目之一。336号墓出土的这些重要文物说明，唐代中原戏曲文化曾在新疆流传过，中原地区的戏曲文化对维吾尔剧的形成产生过深远的影响。

辽金时代，流行“契丹歌舞”“女真歌舞”及其音乐，为“北曲”的形成提供了丰富的艺术营养，促进了元杂剧的诞生。故明徐渭评曰：“今之北曲盖辽、金北鄙杀伐之音，壮伟狠戾，武夫马上之歌，流主中原，遂为民间之日用。”①

明清两代，是全国少数民族政治、经济和文化发展的重要时期。明代为巩固汉王朝的统治地位，在少数民族地区实行了土司制度与军屯制度。“‘土司制度’是自唐代以来中央封建王朝在少数民族地区所实行羁縻制度的发展，‘军屯制度’则是屯军制度的沿袭和发展。至清朝雍正年间，中央政权又决定在南方少数民族地区大规模地推行‘改土归流’政策，即废除土司世袭制度，实行州、府、县制，并由朝廷直接委派‘流官’执掌地方政权。从而给南方各民族社会带来巨大变化，使之乾隆、嘉庆、道光年间出现了经济繁荣、社会安宁、文化发展的喜人景象。”② 我国少数民族戏曲古老剧种，几乎都是诞生于明清时代，尤其是清中叶以后。如最古老的少数民族戏曲剧种西藏藏戏，形成于明代初叶，清初以后出现了繁荣局面。藏戏的繁荣与清王朝奉行的民族和好、文化交流政策密不可分。五世达赖阿旺洛桑嘉措于清顺治九年（1652）率3000人的代表团赴北京晋见顺治皇帝，在北京住了两个多月，在内蒙古住了五个多月，观看了汉、满、蒙等民族的戏曲、歌舞等文艺节目。随五世达赖进京的有西藏著名的画师，将达赖进京的活动以连环画的形式画下来，成为布达拉宫著名的壁画《五世达赖见顺治图》。五世达赖回到拉萨后，受内地艺术的启发，组织了宫廷歌舞队噶尔巴，并将西藏各地的藏戏班调来拉萨，参加一年一度的雪顿节，促进了藏戏的发展。乾隆年间，六世班禅率代表团到承德避暑山庄参加乾隆皇帝70大寿庆典，在清音阁大戏楼观看了昆腔、弋腔、乱弹等戏曲表演。甘南藏戏缔造人之一的琅仓四世活佛对京剧艺术更是情有独

① 明·徐渭：《南词叙录》，《中国古典戏曲论著集成》四，中国戏剧出版社1958年版，第236页。

② 李强、柯琳：《民族戏剧学》，民族出版社2003年版，第693页。

钟。20 世纪 30 年代是中国京剧艺术人才辈出的璀璨时代，这一时期琅仓四世在内蒙古传法，每年冬天都要回到北京过冬。兴趣广泛的活佛先后观看了梅兰芳、马连良、尚小云、金少山、李万春、李多奎等众多京剧名家的经典剧目，与梅兰芳等名流广泛交往，探讨京剧艺术的奥秘。甘南藏戏以舞台艺术为基础，讲究表演动作的规范化，重视服饰布景的运用等特点，都说明从内地戏曲中借鉴了大量的艺术因素。藏戏与内地的戏曲不谋而合，走上了“歌舞演故事”的发展道路，并以写意和程序性的表演为特征，其根本的原因，就是汉藏戏曲文化长期交流的结果。

壮剧、傣剧、侗戏、布依戏、毛南戏、白族吹吹腔、佤族清戏等，它们的形成与发展，都直接受到中原汉族戏曲文化的影响。如北路壮剧的创始人黄永贵于光绪七年（1881）在南宁向邕剧艺人雷喜彩学戏，回到家乡田林后组织戏班，根据章回小说《五虎平南》的故事，创作了歌颂壮族民族英雄的大戏《侬智高》，用壮语演唱，受到壮族群众的欢迎，奠定了北路壮剧的基础。侗戏也是在汉族戏曲的影响下产生的。清道光年间，贵州省黎平县茅贡乡腊洞村侗族著名歌师吴文彩（1798—1845）根据汉族戏曲《朱砂记》和《二度梅》的故事，翻译改编成用侗语演唱的脚本《李旦凤姣》和《梅良玉》，并吸收当地的汉族地方戏曲的程序和表现手法，设计了平板唱腔，始创了侗戏。白族的戏曲剧种吹吹腔来源于汉族古老的戏曲声腔弋阳腔。明洪武年间弋阳腔传入大理地区，同白族人民的生活、语言、艺术、宗教、习俗相结合，发展为白族的戏曲剧种吹吹腔。傣剧是在汉族的皮影、滇剧影响下形成的。清道光年间，喜好戏曲的土司刀如安把皮影戏曲目《封神演义》，翻译成傣文，邀约几个本家兄弟，模仿皮影戏的表演方法，用傣语进行了演出，获得了成功。此后，又陆续将皮影戏《薛丁山征西》《薛仁贵征东》翻译为傣语演出。为了提高表演水平，他们又邀请滇班向傣族演员传授技艺，后来又组织傣族知识分子进行傣剧剧本的创作，产生了《沐英征南》等反映傣族生活的剧本，傣剧逐渐成熟。

中华人民共和国建立后，又新生了许多少数民族戏曲剧种，如苗剧、彝剧、新城戏、赞哈剧、大本曲剧、满族八角鼓戏、阜新蒙古剧等。这些剧种的形成与发展，更与汉族戏曲艺术有十分紧密的联系。许多少数民族戏曲剧种还建立了自己的专业剧团，如藏戏、唱剧、壮剧、侗戏、傣剧、白剧、苗剧等。一批汉族文艺工作者参与了民族剧种的创新工作，他们与少数民族戏曲工作者一道，在继承民族文化传统的基础上，广泛吸取汉族戏曲艺术的优长，引入现代科学技术手段，在音乐唱腔、乐队伴奏、舞蹈表演、灯光布景诸方面进行了舞台艺术的革新创造，发展了民族戏曲艺术。

在漫长的多民族文化交流活动中，涌现出许多杰出的少数民族艺术人才，对中华民族传统文化做出了杰出贡献。如隋唐时期的著名作曲家白明达，琵琶演奏家苏祇婆、曹妙达、康昆仑、米和、裴兴奴，笙演奏家蔚迟章和歌唱家米嘉荣等，都是少数民族。元代杂剧作家中的石君宝和李直夫是女真人，杨景贤是蒙古人；元代散曲作家中的萨都剌、高克恭是回族，马祖常、贯云石是维吾尔族，阿鲁威、阿荣是蒙古族等。明清时期，少数民族中也出现了许多著名的艺术家，如明初藏族僧人汤东杰布创造了藏戏，被尊为“藏戏始祖”；清代蒙古族文人荣斋搜集、整理了《弦索备考》，将民间流传的13套弦索古曲用总谱的形式记录下来；维吾尔族女音乐家阿曼尼萨汗以毕生精力整理木卡姆，并著有《心灵的和谐》等音乐美学著作。

综上所述，少数民族与汉族长期的经济文化交流与融合，共同创造了光辉灿烂的中国传统文化。正是这种民族间的文化交流，促进了各民族戏曲的形成与发展。任何一种民族戏曲，绝不会孤立、封闭地自我发展，它总要与其他民族特别是先进的汉族戏曲发生交流，从中吸收、借鉴一些艺术精华以丰富、充实自己。这是各地、各民族戏曲发展过程中的正常现象，对促进本地区、本民族戏曲的发展有十分重要的作用。

二、戏曲的民族特征

中国戏曲在宋金时期形成后，经历了北曲杂剧、南戏传奇、板腔体地方戏这样几次在音乐结构和剧本体制上的变化，先后产生过390多个剧种，目前有专业剧团或业余剧团还在舞台上演出的剧种仍然有260多种。在这些剧种中除为数众多的汉族戏曲剧种外，还有藏戏、蒙古戏、壮剧、维吾尔剧、白剧、傣剧、侗剧、彝剧、布依戏、苗剧等少数民族戏曲。在少数民族中，也有一个民族因居住的区域不同、语言和风俗习惯的不同，而形成若干个剧种。如藏族，在西藏自治区就有白面具戏、蓝面具戏、昌都戏、德格戏、门巴戏，在四川、甘肃、青海的藏区有安多藏戏、康巴藏戏、甘南藏戏、黄南藏戏等。再如白族戏曲有吹吹腔、大本曲之分，壮剧亦有师公戏、土戏、沙剧之分。这些戏曲剧种尽管唱腔不同，表演风格不同，所走的艺术道路不同，艺术成份的含量亦有很大的差异，但它们有一个共同的特征，就是王国维先生概括的“以歌舞演故事”。戏曲艺术的这种多样性，反映了我国地域辽阔，民族众多，语言丰富，民间艺术多姿多彩，戏曲文化发展的不平衡性；戏曲艺术“以歌舞演故事”的这种共同特征，反映了我国各地各民族戏曲文化在共同的历史背景下，经过长期的相互影响、相互交融而形成的内在联系。

中国各地各民族的戏曲除了“歌舞演故事”这一不同于西方戏曲的基本特征外，均具有各自的民族特征。中国戏曲的民族特征，首先表现在各个民族的戏曲剧种都采用了本民族的语言，唱腔曲调是在本民族的民间音乐基础上根据抒发感情、塑造人物、渲染环境的戏曲化要求而整合创造出来的。如藏戏的唱腔称“朗达”，它是在藏族鼓舞音乐、道歌和“谐钦”歌舞音乐的基础上形成的，具有雪域佛国浓郁的民族风格。蒙古戏是在蒙古族的民歌、说唱曲艺和宗教音乐的基础上形成的，有的早期剧目的名称甚至和民歌完全一样，如《达那巴拉》全剧采用了科尔沁民歌〔达那巴拉〕，《诺丽格尔玛》也是采用了科尔沁叙事民歌〔诺丽格尔玛〕的曲调，后来的一些剧目采用了“民歌联曲体”的手法，根据剧情和人物需要，采用多首民歌，如《赛乌素沟畔》一剧是由〔巴音杭盖〕〔查干宝力格〕〔丹钦扎布〕〔脑门达莱〕〔那仁高勒〕〔白音都民〕6首民歌的曲调组成。蒙古戏的音乐唱腔具有高原游牧民族悠扬、豪迈的风格。维吾尔剧的唱腔是以维吾尔族的民歌、说唱音乐和古典套曲〔十二木卡姆〕发展而成的，具有嘹亮、欢快的特点。彝剧唱腔是以彝族的民歌〔梅葛调〕〔过山调〕〔玛嫫若调〕〔嫁调〕〔阿噻调〕〔左脚调〕等民歌为素材创作的；白剧唱腔吸收了白族的说唱音乐“大本曲”；傣剧的唱腔中，用了大量的民歌，如用〔琴调〕表现哀怨、悲伤或思念之情，用〔婚宴调〕表现人物的庸俗、轻浮，用〔孔雀歌〕表达热烈和欢快的情绪，用〔鹦鹉调〕作为剧中的序曲和剧终时的合唱，用芒市〔城子山歌〕和〔坝子山歌〕作为表达男女主人公感情的对唱。南方少数民族戏曲的唱腔，都具有感情细腻、缠绵、热忱、奔放的风格。

戏曲的民族特征，在表演上也非常鲜明。如藏戏中的骑马、放牧、剪羊毛、纺织、挤奶、炼制酥油等表演动作，是从藏族人民的生活动作中提炼出来；彝剧的欢快步、愁烦步、迎客步、送客步、登山步、催马走场等表演动作，是在本民族的生活动作和彝族舞蹈的各种跌脚步法基础上，借鉴兄弟民族戏曲表演技巧创造出来的。云南的西双版纳和德宏是大象和孔雀的故乡，傣剧的表演就吸收了许多傣族舞蹈中表现大象和孔雀形象的动作。如“见面礼手”，就是模仿大象形态提炼出来的一种身段。“演员右手垂直向下，握掌，下弯的腰部和微低下的头相配合，造成下垂‘象鼻’的感觉。左手配合膝部弯曲的双腿，身体作大幅度的起落动作，形象地刻画出庞大而笨重的象体行进的形态。”① 傣剧《海罕》中王子骑象出征时就用了这个身段。傣剧的“孔雀身段”是模仿静静屹立的孔雀形体而来的。“身法是右腿微弯，左脚尖着地，右手向上成三道弯，掌心向上，大指成垂直状，左手自然向后，掌心向外，与大指成垂直状。动作完成时，要眼神平视，收腹提气，多用于霎间亮相或舞蹈的旋转。”②傣剧《朗推罕》中的七位公主就经常使用这个身段。“孔雀碎步”也是傣剧常用的身段步法，这是从傣族民间舞蹈孔雀舞中直接引用的一种表现孔雀快速行进的步法。在傣剧中，常常用这种步法表现少女欢快、愉悦的心情。傣剧正是运用了大量本民族的舞蹈语汇，使它到民族特色非常突出。

戏曲的民族特征还表现在类似和相近的剧种，或类似和相近的表演身段由于民族不同，形成了多样性的表演特点。如同样是花灯，四川和贵州的花灯保留了汉族民间花鼓小戏载歌载舞、生动活泼的特点，演员的舞蹈动作突出了一个“扭”字，主要是靠腰腿的功夫，做出各种舞蹈动作、身段；而云南彝族等少数民族的花灯则吸收了彝族等少数民族的舞蹈动作，突出一个“崴”字。“崴”有正崴、反崴、小崴、等点步、扭步、颠步、大屯步、白云步、鸭子踩水步、双十字步等步法，靠胯部的扭动，形成婀娜多姿、热烈奔放的表演动作，民族特点非常鲜明。再如，汉族戏曲旦脚的手势，多数是用“兰花指”，掌心向内，表现出一种文静的、优美的风度；而云南的傣剧、白剧、彝剧等旦脚的手势，则较多地吸取了孔雀舞的动作，手心向上，表现出一种热情高雅的姿态。再比如，同样是骑马，汉族戏曲中的趟马就和蒙古剧等少数民族戏曲中的“马舞”有明显的区别。

①② 《中国戏曲志·云南卷》，中国ISBN中心1995年版，第352页。

为了突出戏曲的民族特色，许多剧种都按剧情和场面气氛的需要，直接插入各种各样的民族、民间舞蹈，如汉族戏曲中的花轿舞、扇舞、鼓舞、灯舞、手绢舞、挑担舞、绸舞、长袖舞等等；藏戏中的拟兽舞、拟禽舞、面具舞和宗教舞蹈羌姆，民间舞蹈谐钦、果谐、踢踏、热芭等；傣剧中的孔雀舞、象脚鼓舞、刀舞；侗剧、苗剧中的芦笙舞、振铃舞；彝剧中的跌脚舞；唱剧中的长鼓舞等等。

中国戏曲的共同特征和民族特征是在我国特有的历史、地理、文化背景的作用下形成的。过去我们常常把唱念做打的综合表演、强烈的节奏感、虚拟性的时空处理、程序化的动作技巧、象征性的人物装扮、装饰性的舞台布景作为中国戏曲的特征来阐述，并作为戏曲区分于话剧、歌剧、舞剧的理论依据。拿这些理论去衡量昆曲、京剧、川剧、豫剧、秦腔、晋剧、湘剧、赣剧等汉族的大剧种无疑是正确的，拿这些剧种作为我国戏曲的代表，与外来的话剧、歌剧、舞剧等作比较研究，从而建立起中国戏曲的理论框架也是正确的；但拿它去衡量由民间歌舞或民间说唱发展而成的民间小戏就不恰当，拿它衡量少数民族戏曲，就更不适应了。如在民间歌舞基础上发展起来的采茶戏、花鼓戏、花灯戏、秧歌戏和在民间说唱艺术基础上发展起来的滩簧类、道情类、曲子类剧种，它们均以演出反映民间生活的小戏为主，极少演出宫廷生活和军事斗争的大戏；在它们的行当中以小生、小旦、小丑为主，很少有武生、武旦、刀马旦、大净、毛净等行当，少数民族剧种很少分行当；在它们的表演中以唱、做和载歌载舞的形式为主，很少有成套的武打技巧；在装扮上以俊扮为主，没有成套的脸谱；在音乐上，以民歌、小调或说唱音乐组成单曲连缀的唱腔形式，没有形成曲牌联套或板腔变化体的成套唱腔。沪剧及维吾尔剧等少数民族戏曲伴奏不用锣鼓，节奏感并不像京剧等汉族戏曲那样强烈；越剧、沪剧、滑稽戏，以及维吾尔剧等少数民族剧种上演的剧目多为分幕结构，时空相对固定。这些情况表明，汉族的民间小戏和少数民族剧种还处于不断发展和完善的过程，还没有形成程序化表演体系。

中华人民共和国成立以来，我们在戏曲理论研究中重视探讨戏曲艺术的特征和它的发展规律，在艺术实践中强调继承戏曲的传统，同时又要求戏曲吸收外来艺术特别是民间艺术的精华。然而，由于我们对戏曲的基本特征认识不够，在理论研究和艺术实践中难免出现偏差。如我们在理论上，把昆曲和京剧等古典戏曲剧种数百年形成的虚拟性和程序性特点作为中国戏曲的基本特征来认识，不仅影响了古典戏曲的改革步伐，而且影响了民间小戏曲种和少数民族戏曲剧种对本地、本民族各种民间文学、艺术及话剧、电影等写实艺术的吸收，使戏曲反映现实生活的能力受到了一定的限制。

在剧种建设上，缺乏对戏曲基本特征的正确理解，不仅对汉族地区民间小戏的发展造成不良的影响，而且对少数民族剧种的发展也有一定的副作用。我国是一个多民族的国家，我国的戏曲文化是各族人民共同创造的。汉族戏曲虽然形成早于其他少数民族，而且比少数民族的戏曲成熟些，但我们研究中国戏曲史后会发现，在汉族戏曲形成和发展中吸收了许多少数民族的文学艺术成份，如南北曲中就有来至不少少数民族的曲调，梆子、皮簧戏中的胡琴、三弦等伴奏乐器就是来源于少数民族的乐器。少数民族在与汉族的交往中，受汉族戏曲的影响，在本民族歌舞或说唱艺术的基础上，吸取汉族戏曲的经验，形成本民族的戏曲。除藏戏之外，其他少数民族剧种的历史都比较短，故大都没有形成像京剧那样唱念做打完备、行当齐全、表演程序化的艺术体系。于是，不仅一些汉族的戏曲工作者怀疑这些剧种是不是戏曲，而且本民族的戏曲工作者也存有疑问。如新疆的维吾尔剧就遇到这种情况，有一部分人认为它是戏曲，有一部分人认为它是歌剧；一部分人认为它应该按京剧等汉族戏曲的模式发展，一部分人认为它应该按西洋歌剧的路子发展。在编纂《中国戏曲志·新疆卷》时，大家用王国维先生“以歌舞演故事”的论断来加以分析，认为维吾尔剧在发展过程中虽然较多地吸收了西洋歌剧的创造方法，但它的基本曲调是本民族的古典套曲“十二木卡姆”，另在表演中，穿插有大量的新疆民间舞蹈，完全符合中国戏曲的基本特征，故一致同意将维吾尔剧划归到戏曲的大家庭中，编入戏曲志。再如内蒙古自治区境内的蒙古戏和辽宁的阜新蒙古戏，也是在新中国成立以后形成的少数民族剧种。由于蒙古族居住区幅员辽阔，东部地区和西部地区在语言、风俗习惯、文化传统等方面都存在着较大的差异，各地的蒙古戏尚未形成统一的艺术风格。人们对这些剧种的看法存在着较大的分歧，如何确定它的发展道路亦缺乏一致的认识。在编纂《中国戏曲志·内蒙古卷》和《中国戏曲志·辽宁卷》时，中央和省、市的戏曲专家、学者一起研究，用王国维先生“以歌舞演故事”的理论分析了内蒙古自治区境内的蒙古戏和阜新蒙古戏的艺术特点，统一了认识，使这些蒙古戏作为中华民族戏曲百花园中的不同品种收入书中，从而在官修志书中确立了她们应有的历史地位。

三、少数民族戏曲的生存现状

20世纪90年代以来，世界经济一体化的进程加快。随着这种趋势的发展，西方发达国家的文化艺术借助现代传媒手段席卷世界各地，第三世界国家民族的、地域的、民间的文化艺术受到极大的冲击。世界经济一体化和现代化进程，也同样对中国戏曲艺术的生存发展带来很大冲击。少数民族戏曲作为中国戏曲的重要组成部分，在发展中也遇到了种种困难。

一、包括少数民族戏曲在内的中国戏曲在数量和品种上的优势正随着生活现代化的进程在消减。戏曲文化的多样性，不仅是中国戏曲文化的特点，也是中国戏曲文化的优势。文化的品类和自然界的物种一样，其生存发展，不仅要有一定的质量，也要有一定的数量。但是，中国戏曲在数量和品种上的优势正随着生活现代化的进程在加速消失。少数民族地区虽然现代化的进程落后于我国东、中部地区，但经济一体化和现代化的东风已经吹向西部少数民族地区，无论是文化主管部门的领导，还是剧团的艺术人员都感到了即将面临的危机。改革开放以后，北京、上海、广州、深圳等大城市，吸引了西部大批的艺术人才，在剧团工作的一些青年演员，觉着在内地能挣大钱，就不辞而别。有一些剧团搞音乐和美术的，因剧团固定工资较低，不安心剧团工作，在外面教学生。工资低，留不住优秀的艺术人才，这是许多少数民族戏曲剧种存在的共同问题。一些少数民族地区的业余剧团，由于青年艺术骨干常年在外地打工，无法开展活动。少数民族戏曲剧种，多数没有专业剧团，艺术传承主要靠民间业余剧团。业余剧团的减少，直接危及这些少数民族戏曲剧种的生存和发展。

二、由于对戏曲基本特征缺乏正确的认识，影响了少数民族戏曲的发展。中国的少数民族戏曲剧种除藏戏、白剧、壮剧等历史比较悠久外，多数剧种是在近代发展起来的，有一些剧种是在中华人民共和国成立后的20世纪50年代末60年代初形成的，如苗剧、彝剧、阜新蒙古剧等，演出剧目比较少，在唱腔和表演艺术上也不够丰富。在发展过程中，有的较多地吸取了汉族大戏剧种载歌载舞的表演艺术，如白剧、侗戏、壮剧、傣剧、彝剧等；有的则较多地吸取了歌剧、话剧的表演，如维吾尔剧。由于对中国戏曲基本特征理解的差异，有的剧种过多地强调了对中国古典戏曲的学习，把京剧等大戏剧种作为自己发展的模式，而淡化了本民族戏曲的风格；有的从事民族戏剧的同志，特别是从戏剧学院毕业后从事民族戏剧创作的同志把外来的歌剧、话剧看作是高雅的艺术，而将中国传统的戏曲看作是低俗的艺术，将民族戏剧排除出戏曲剧种之列。这两种片面的认识都影响了少数民族戏曲的发展。

三、少数民族戏曲教育的不健全，艺术人才的匮乏是少数民族戏曲发展的瓶颈。各地少数民族戏曲，基本上没有专门的艺术人才培养机制，演员大部分是从爱好文艺的青少年中选拔的，编剧、导演、音乐设计、舞台美术设计大部分是内地艺术院校毕业的。演员缺乏戏剧基本功的训练，编剧、导演、音乐和舞台美术设计缺乏对本民族艺术深入的了解，因此不仅造成对发展民族戏曲在认识上的不一致，而且形不成民族戏曲创作的群体和合力，这是多年来少数民族戏曲创作形不成高潮的重要原因之一。

四、经费的短缺是造成少数民族戏曲发展缓慢的又一重要原因。少数民族戏曲专业剧团，虽然大部分为公有制，演员的工资由当地财政开支，但基本工资和少量的演出收入仅能维持演员的温饱和剧团的日常开销。如果没有政府的投资，根本就排演不了新戏。而少数民族地区经济都比较贫困，很少能拿出经费给剧团创作和排演新戏。以经济境况较好的云南大理白剧团为例，他们的财力每五年才能创作排演一个新戏。没有经费创作、排演新剧目，这是少数民族戏曲演出剧目少，不能满足观众需要的一个非常重要的原因。

五、生存环境和生活方式的改变是少数民族戏曲面临的潜在危机。我国各地各民族的戏曲剧种都是在特定的文化背景和与此相连的生存环境和生活方式影响下形成的。如藏族地区的西藏白面具戏、蓝面具戏、德格戏、门巴戏，甘南地区的南木特戏，四川阿坝地区的安多藏戏都是在藏传佛教这样一种文化背景和寺院僧侣生活、农牧经济基础上形成的，藏戏的剧目、藏戏的表演风格及流派无不深深打上了这些烙印。改革开放以后，民族宗教政策得到恢复和落实，寺庙重建，民间的藏戏团体恢复了演出活动。但是随着改革开放的深入，特别是西部大开发的推进，现代物质文明和精神文明将会逐步改变西部群众的生产和生活方式，电视和计算机互联网等现代传媒也会影响他们的娱乐和审美。由于一些少数民族戏曲剧种形成比较晚，艺术积累不够深厚，抵御外来文化冲击的能力比较弱，所以如果政府不在政策上予以特殊的保护，其后果将会比内地戏曲更令人忧虑。

中国戏曲文化之所以源远流长，延绵不断，有旺盛的生命力，就是因为她家族兴旺，品类繁多。人类创造了丰富的物质文明，也创造了多彩的精神文明。然而随着世界经济的一体化、信息化的发展，不同民族、不同地域之间的文化特色越来越淡化，甚至在消失。我国的少数民族大多生活在交通不便、经济落后的边远地区，艰苦的物质条件给少数民族戏曲的发展造成了很大的困难，世界经济的一体化和新的审美观念又给它带来潜在的危机。因此，对少数民族戏曲的保护就显得尤为迫切和重要。

各地各民族的戏曲剧种，既体现了中华文化的共性，又反映了本地、本民族文化的独特风貌。因此，保护戏曲文化遗产不仅要成为一个口号、一种共识，而且要落实在保护每一个具体的剧种上。

根据调查，现存少数民族戏曲剧种基本有两种情况，一是具有悠久历史、丰富艺术遗产，有很高文化价值和历史价值的剧种，比如像藏戏、白剧、壮剧，国家和各级政府应该作为重点剧种来保护，建立舞台演出、培养人才、搜集整理研究为一体的剧院，使之成为继承和发展本剧种艺术的主要阵地。在经费上要实行全额拨款，所需经费主要由当地财政支出，国家和省里要予以重点资助。二是处于发展中或新兴的剧种，如维吾尔剧、彝剧、苗剧、阜新蒙古剧等，这些剧种在艺术上还没有定型，还在不断完善中，需要在人力物力上大力扶持。要将自治区或自治州政府主管的剧团作为艺术实验和示范单位。这些实验剧团的主要任务是创作上演精品剧目和进行艺术探索实验，推广优秀的剧目，为民营剧团和业余剧团起示范作用，完成政府的宣传、慰问演出任务，其经费主要由当地政府拨款。

为了使少数民族戏曲得到可持续性发展，应重视其戏曲专业人才的培养工作。少数民族戏曲剧种没有独立的戏曲教育机构，可采取剧团和戏校相结合培养人才的办法，在内地的戏校学习戏剧史论知识、形体基本功训练，在剧团学习本剧种的唱腔和表演，并将适合搞编剧、导演、音乐和舞台美术设计的人才送艺术院校深造，多方面培养本剧种需要的艺术人才。

根据少数民族地区普遍经济比较落后、文化经费投入少的情况，中央政府要拨出专款建立包括少数民族戏曲在内的少数民族文化艺术创作基金，扶持少数民族文艺创作，重奖优秀剧目。

优秀的民间戏曲艺术是发展现代戏剧事业的基石，而我们目前所掌握的有关戏曲的资料，特别是少数民族戏曲的资料是十分不够的。许多珍贵的资料在民间，在老艺人的身上，如不及时抢救保护，就会造成不可挽救的损失。因此，利用现代的科学技术尽快抢救和保护现有的戏曲遗产。在搜集整理戏曲文化遗产的过程中，要加强戏曲理论研究队伍的建设，特别是要重视少数民族戏曲研究人才的培养。

戏曲文化在我国人民的文化生活中占有非常重要的地位，但在国民教育中却没有应有的地位，从小学、中学到大学的课程中没有有关戏曲的基本知识。学校没有开设戏曲课程的要求，学生没有走进剧场的机会，青年一代民族文化的意识越来越淡薄。现在学校提倡说普通话，并重视外语教育，但相当数量的中、小学生不懂本地和本民族的语言。而地方戏和少数民族戏曲是以方言或民族语言作为唱词和道白的，不用方言和民族语言，就等于取消了地方戏和少数民族戏曲。现在一些地方的有识之士已经意识到了这一问题的严重性，开始编写乡土教材，教学生学当地方言和本民族的文学艺术。这个问题应引起各地的关注，国家和地方要立法，把包括戏曲文化在内的民间艺术内容纳入国民的基础教育中，以提高国民的民族文化意识。这样才能从根本上解决戏曲观众的断代和戏曲文化的危机。

藏戏、壮剧、白剧、傣剧等少数民族戏曲剧种列入国家非物质文化遗产名录以后，将对少数民族戏曲的保护发展产生深远的影响。现在除了国家正在制定具体的保护政策外，各地也要制定相应的保护措施，使少数民族戏曲剧种的保护有法可依，并成为公民自觉的行动。

包括少数民族戏曲在内的中国戏曲不仅是中华民族优秀传统文化的重要组成部分，而且在世界戏剧文化中也占有独特的、重要的地位。当世界经济进入一体化的新时期，作为中华文明中独特的戏曲文化，不仅不应该削弱，而且应该大力扶植。只有发达的经济加独特的精神文明，才能保持一个国家、一个地区、一个民族持久的生机和引力，持久的繁荣和发展。

（原载《艺术评论》2007 年第 12 期）

戏曲与民俗、民间美术及古剧场研究

论传统戏曲与民俗的依存关系

戏曲是中国传统戏剧的称谓，在我国艺术学门类中归属于戏剧戏曲学。作为名词，戏曲与民俗是两个不同的概念；作为学科，戏曲和民俗也属不同的学科，但是二者之间有着千丝万缕的联系。世界上任何一种戏剧形态都不如中国传统戏曲与民间风俗关系密切。中国戏曲是在民间艺术的土壤里发芽生根的，又是伴随着民间风俗成熟和发展的。民间风俗为戏曲艺术的孕育和发展提供了肥沃的土壤，同时戏曲艺术又为民间风俗增添了绚丽的色彩。民俗文化对戏曲艺术特点和观众的审美产生了深远的影响。笔者从大学毕业后就步入民间戏曲研究的行列，1983—1999 年曾承担国家重大科研项目《中国戏曲志》的编纂出版工作；2000—2008 年承担国家重点科研项目《西部人文资源数据库·民间戏曲》编撰工作；2004—2006 年还承担了国家重点科研项目《全国剧种剧团现状调查》；近年来致力于非物质文化遗产——民间戏曲传承保护研究。有感于民间戏曲与民俗的重要关系，在中国艺术研究院研究生院开设戏曲民俗学课程，并招收了四届戏曲民俗学研究方向的硕士和博士研究生。下面就有关传统戏曲与民俗的关系，谈几点粗浅的看法。

一、戏曲形成的民俗氛围

中国戏曲是一种高度综合的表演艺术，它的复杂性、多样性的艺术因素决定了它孕育的长期性和产生的特殊条件。众所周知，作为中国戏曲重要因素之一的歌舞，早在数万年前的中国原始社会就已产生了。《书经·舜典》上记载，我们的祖先在庆贺打猎收获的风俗活动时，人们披着各种兽皮在用石相击打出的节奏中跳着、唱着，欢庆胜利的成果。到了春秋时代，歌舞成了欢庆丰收、庆贺战争胜利、祭祀神灵、驱魔禳疫等民间风俗活动必不可少的内容之一。目前反映原始社会舞蹈艺术最早的形象资料是青海省大通县孙家寨出土的距今五千多年前新石器时期的舞蹈纹彩陶盆和青海省海南藏族自治州同德宗日地区 157 号墓出土的舞蹈纹彩陶盆。

大通孙家寨舞蹈彩陶盆绘有三组舞蹈人物图案。每组舞蹈人物由 5 人组成，面部一起侧向左边，头上留有发辫或头饰，臀部有装饰的尾巴，手拉着手翩翩起舞，动作整齐，节奏感很强。(图 1)

图 1　青海大通孙家寨舞蹈彩陶盆

同德宗日舞蹈彩陶盆内壁绘有两组舞蹈人像，一组为 11 人，另一组为 13 人，每个人物都有头饰，腰系短裙，手挽着手，舞姿翩翩，造型生动。在原始社会的歌舞活动中，人们常把自己打扮成虎、豹等狩猎的对象，或龙凤等氏族的图腾。从这两个舞蹈纹彩盆上，我们仿佛可以看到先民们在原始的乐器如骨笛、陶哨、陶埙、石磬的伴奏下，龙腾虎跃，载歌载舞的欢乐景象。(图 2)

图 2　青海同德宗日舞蹈彩陶盆

在我国广西、内蒙古、甘肃、新疆等地，都发现过画有原始社会乐舞场面的岩画，如内蒙古阴山山脉狼山岩画（图3）中的乐舞场面有单人舞、双人舞、集体舞。其中有一画面，一排4人，手挽着手舞蹈，画面四周有围框，好像表示房屋或洞穴，这是一幅室内舞蹈的场面；还有一幅集体舞蹈的场面，在十几个舞蹈者中4人有很长的尾饰，有的人身上披着扮演各种鸟兽的装饰，模拟鸟兽的动作在舞蹈。甘肃嘉峪关西北黑山石刻画像（图4）中有一幅30人舞蹈的画面，表演者分上、中、下三层列队横排，有面向左者，有面向右者，还有面对面者；有人双手叉腰，有人一手叉腰；表演者头上都有尖长的饰物，似雉翎；还有人持弓射箭，作练武状——整个画面好似一幅反映军事生活的舞蹈画面。从这些珍贵的形象数据中我们可以看出，原始社会的歌舞是自发的、全民性的；舞蹈的内容，除了反映他们狩猎的集体生活和宣泄收获后的喜悦情感外，还反映了原始社会母系时代生殖崇拜的心态。女性不仅在艺术的幼年就成为主体，而且女性的形体美在艺术的萌芽时期就成为表现的主题。

图3　内蒙古阴山山脉狼山岩画

图4　甘肃嘉峪关西北黑山石刻画像

伟大的爱国诗人屈原所作的《九歌》，生动地描绘了楚国祭祖风俗中的歌舞场面。这种祭祖歌舞称傩舞，一直保留在民俗活动中，有些地方还发展成了傩戏。如安徽贵池的傩戏《开天辟地》，就反映了古代中华先民对人类生殖繁衍的认识。(图5)

图5　安徽贵池傩戏《开天辟地》

戏曲艺术的另一个源头是装扮表演。《史记·滑稽列传》中优孟模仿孙叔敖的表演，可以看作是一个宫廷讽刺喜剧。有关中国民间装扮艺术的记载较晚，但从有关史料和文物看，在南北朝时期已有相当高的水平。如《北史·柳彧》中记载，每年的正月十五元宵节，在南陈的首都及各州城的大街小巷，锣鼓喧天，灯火通明，人们举着火把，有装扮成各种珍禽异兽的杂技节目，有男扮女装的滑稽表演，精彩的表演引起场内场外观众的喝彩。在隋唐时期，有一个非常有名的歌舞剧叫《踏摇娘》，这个节目是民间艺人根据社会上酗酒的丈夫虐待妻子的现象编演的，曾在晋、陕、豫、冀等地广泛流传，其形象被制成泥塑工艺品流传至西域。新疆吐鲁番阿斯塔纳古墓出土的泥塑《踏摇娘》（图6），为我们认识唐代的歌舞戏提供了珍贵的形象数据。从《北史·柳彧》的记载和新疆出土的《踏摇娘》泥塑看，当时的民间装扮表演艺术，除歌舞演故事的特点外，在化妆方面亦采用了面具、假扮等艺术手段。

图6　新疆吐鲁番阿斯纳那唐墓出土的泥塑《踏摇娘》

戏曲艺术的另外一个重要因素就是武打，或者说是武术。武术作为一种表演艺术在中国亦有悠久的历史。战国时期发展起来的角抵戏就是一种武术表演，这种武术表演技艺到了汉代时已经有了很大的发展，并带有戏剧色彩。如《西京杂记》所记载的角抵戏《东海黄公》，就表现了人与虎争斗的故事。《皇帝战蚩尤》的故事在出土的南阳汉画像石中有生动反映（图7）。

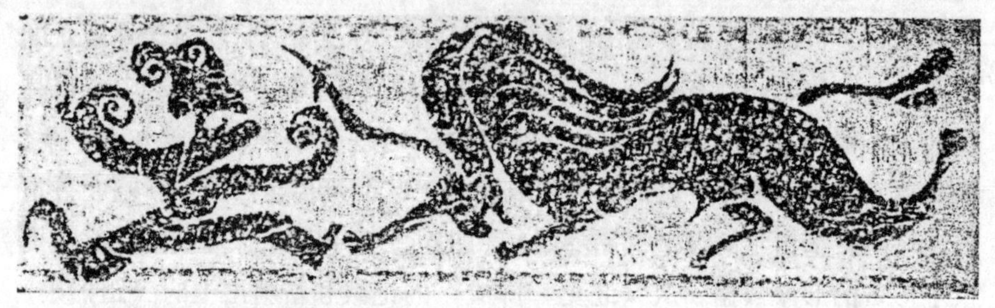

图7 南阳汉画像石中的角抵戏《皇帝战蚩尤》

戏曲不断吸取民间的武术和竞技，形成了一整套用以表现战争场面和争斗故事的武打特技。

中国戏曲艺术的各种要素虽然在汉代基本具备，但它们还各自为政，互不关联。不过在民间的节庆活动中，各种表演艺术已在同一时间、同一地点一起演出了。如张衡《西京赋》中描绘的就是古都长安各种技艺同场表演的宏大场面。这种表演不是在宫廷里进行的，而是在民间广场上进行的。张衡虽然没有告诉我们表演的具体时间，但可以肯定是和重大的节日和民俗活动有关。

中国民间的表演艺术发展到了隋唐时代，虽同场演出，具备了产生综合性表演艺术的基本条件，但这时中国民间的叙事文学还不甚发达，戏曲艺术的产生还缺乏一个将各种表演艺术相联结的纽带，或者说是“融合剂”。加之后来唐末之后的封建割据和战乱，破坏了戏曲艺术形成的社会条件。宋王朝建立后，结束了中国长达数百年的分裂局面，经济得到了恢复和发展，民间艺术亦空前繁荣。特别是商品经济的发展，市民阶层的扩大，随之而产生的说唱、话本小说等叙事文学有了很大的发展。在相对安定的社会环境下，民间的传统节日、风俗活动不仅得以恢复，而且随着群众娱乐的增加而进一步强化。这时候，戏曲艺术产生的条件已经完全具备和成熟了。

戏曲形成的最初形式是杂剧。所谓杂，有将各种技艺杂合在一起的意思。杂剧最初的剧目之一《目连救母》，就是一个脱胎于民俗活动的节目。当时北宋都城开封的表演艺术家们以佛经中目连救母的劝善故事为契机，将民间的说唱、装扮、武术、杂技等表演艺术结合在一起，在中元节表演，受到观众的欢迎。此后，"七夕"至中元节举办盂兰盆会，演目连戏，成了各地的一种传统习俗。直到现在，我国南北各地还有演出，如湖南辰河目连戏、安徽祁门目连戏、河南乐平目连戏（图8）、青海目连戏等，并有专演目连戏的剧种及戏班，如晋南的翼城目连戏等。

图8　河南乐平目连戏

《目连救母》是戏曲形成初期比较完整的一个剧目，它不仅具备了"歌舞演故事"的戏曲基本特征，而且融合了民间杂剧、武术等表演艺术。这一剧目的出现，标志着中国戏曲的成熟。

中国早期的戏曲形态和演出活动都是和民俗有密切关系的。除了目连戏外，现在还能看到的宋金时期遗存的戏曲剧种，如流传于山西、陕西、河北、内蒙的赛戏，流行于晋东南的队戏，流传于晋南的锣鼓杂戏和流传于陕西合阳的跳戏，这些剧种的演出活动都是和节日的迎神赛会民俗活动交织在一起的。

如赛戏的演出与祭祀活动结合在一起，有固定的"赛日"、固定的

"赛台"，演出固定的剧目。赛日即祭神日期，赛台又称赛坛，专门用来演出赛戏。农村多数地方没有专用赛台，赛戏一般在龙王庙、水圣堂或当地认为神威显灵的其他庙台演出。演出的固定剧目是《调鬼》（图9）和《斩旱魃》，既有一定的仪式性，又有很强的故事性。

图9　山西五台县西和班演出的赛戏《调鬼》

赛戏的演出通常是一个台口4天。第一天，赛班先派二人提锣挎鼓，到演出地点，称"报赛"。第二天为首日，赛班全体演员由执一竹扫帚为前导的班主带领，化妆结队而来。当地群众扶老携幼，分列道路两旁，迎接赛班以图吉利，号为"迎喜神"，俗称"接王八"。赛班进村后一定要沿街穿巷敲锣打鼓走一遭，以示驱赶鬼魔，然后参拜龙神和其他神圣，接着演出赛戏的开台戏《调鬼》。演员头戴面具，扮七鬼，先在台下后在台上跳跃，听候调鬼师（城隍）训诫。第三天为正日，中午演出固定剧目《斩旱魃》。此剧前半部演赵万牛忤逆不孝事，演到午时，赵万牛即成旱魃，穿短裤，束红腰带，光膀子，头戴鲜羊肚，手端一碗羊血，被四大天神赶下台来，直奔观众，观众立即呐喊、围追，并以土块抛打。旱魃以手洒羊血开道，并可任意抓取、抛撒商贩货摊上的食物。最后，旱魃又被四大天王追回舞台斩首。当晚散戏后，赛戏班主要坐在台上说书，俗称"老王八说夜书"。说书的内容有荒诞离奇的历史故事，有引人发笑的诨话。其演出形式保留了宋代勾栏瓦舍中伴随杂剧演出的“讲史”“小说”“说诨话”。与“说诨话”相对应的是，赛戏的演出剧目中还有如《大头和尚戏柳翠》（图10）一类滑稽调笑的戏。可见赛戏演出不仅是要娱神，更要娱人。任何一种艺术，特别是戏剧艺术，失去了娱乐性，失去了俗众，是不可能流传下来的。赛戏流传了近千年，除了它的演出和民间的祭祀活动紧密联系在一起外，还有就是它的娱乐功能一直保留着。

图10 赛戏《大头和尚戏柳翠》

图11 跳戏演出前的“打旦子”

跳戏表演为一年一度的春节期间。腊月农闲之际，村民便推选头领组织排练。大年初一下午，各社便敲打锣鼓，俗称“打旦子”（图11），制造气氛，鼓舞人心，以促“社首”出面商议出演组织、开支等事。跳戏的演员称“好家”，到正月初五，不等黎明，“好家”把鼓抬在本社群众院落内“打旦子”，名曰“镇穷鬼”，亦称“破除五邪”。所至之家，户主必以一壶酒、一个“凉碟子”（下酒菜）答谢。“好家”把谢礼收集起来，待“镇穷鬼”结束后，一起吃“谢礼”聚商跳戏演出事宜。当天便进人“牛锣鼓”阶段，即各社把锣鼓集于村庄中心，对赛敲打，互相激励。次日各社便开始广场跳（即哑跳），上午下午出跳两次，每次在全村不同地方落几个场子。这种哑跳是群众性的，有时出现一百多人的演跳场面，上场是演员，下场是观众。演出多系武打节目，如《三战吕布》《武松打店》《穆柯寨》《临潼山》等。下场演员在周围呐喊助威，起配合作用。元宵节前进入高潮，正月十三四便进行上台跳。上台跳，先打开场锣鼓（演奏的锣鼓牌子与“打旦子”相同），然后是仪式剧《春官开台》（图12）。

图12　跳戏仪式剧《春官开台》

“春官”这一角色多由“老好家”担任，他身穿红官衣，头戴圆翅纱帽，勾以豆腐块丑角脸谱，手舞花扇上场，类似明杂剧中的“副末”开场。所说内容即兴自编，句无定例，或是表述本地风光，或是诉说官吏压迫，甚至指名叫骂，肆意嘲谑，扮演者常常借机抒怀，以泄积忿而为之大快。《春官开台》之后先要演出《天官赐福》《灵宫打台》《五鬼闹判》《鸡仙咬鸡》《奎星点斗》等鬼怪、神话节目，说这是迎吉祥、送瘟神、生贵子、兆丰年、祛除不祥，然后才开演《昊天塔》等折子戏或本戏。

队戏是宋元时期就流传于山西上党地区的古老戏曲剧种，后被乐户所传承下来。20 世纪 80 年代初，山西潞城发现了明万历二年（1574）记述乐户举行祭祀仪式和演出赛戏用的抄本《迎神赛社礼节传簿四十曲宫调》，并搜集到嘉庆、道光、咸丰年间的队戏手抄本。清代上党地区迎神赛社的活动相当普及，并规模宏大，每日前来赶会看戏的观众均有数万人。在迎神赛社活动中，队戏演出是主体。队戏在庙内演出，其他剧种在庙外演出。庙内的队戏演完后，庙外的戏班才能开锣。乐户演出队戏前要请神、安神，演出时要供盏，演出后要送神，礼仪规矩甚繁，因此戏价比一般戏班高许多。

队戏的演出剧目全部是宋代以前的历史故事，如《太极图》《黄飞虎出五关》《刺赵盾》《光武山》《汜水关》《过五关》《斩华雄》《鸿门宴》《长阪坡》《虎牢关》《气周瑜》《水战庞德》《大会垓》《丛台设宴》《收尉迟》《水淹章邯》《杨六郎告御状》《岳飞征南》等。

队戏的演出，善于演绎历史故事，营造节日气氛。如 20 世纪 80 年代初潞城县南舍村按相延几百年的传统，在该村玉皇庙演出《过五关》（图 13）时，在庙门外要搭一戏棚，作为灞陵桥头；村内分搭五个草台，作为

图 13　队戏《过五关》

五关。关羽在玉皇庙舞台上演完《挂印封金》后下舞台，骑上备好的“赤兔马”，护送甘、糜二夫人所坐的马车走出庙门；在戏棚前（灞陵桥头），曹操赶来送行，关羽挑袍后带领全体演员在乐队伴奏下周村游行；每到一台（关）前，关羽下马登台，与守关曹营将领一场厮杀，斩将之后继续前行，直至过罢五关，斩去六将，复回玉皇庙表演斩蔡阳、古城会。台上台下参加的演员有数百人，规模十分宏大，场面异常热闹。

二、戏曲发展的民俗契机

戏曲形成后，是沿着两条道路发展的：一条是在民间，仍以民俗活动为契机，以寺院广场、庙台为活动天地，以广大中下层群众为对象，进行演出；一条是以上层统治者、官僚、富商为服务对象，在宫廷、官府、厅堂宴会上的演出。宫廷和上层社会吸取民间戏曲，并利用其充足的物质条件和行政手段加以提高。同时因各种原因，宫廷和官府中的艺人流入民间，又促进了民间戏曲的发展。就民间戏曲而言，其演出始终没有脱离一年四季的民俗活动。

中国是一个有悠久文化传统、多彩民情风俗的国家。从有文字记载的夏代到元明时期，形成从农历正月至腊月一系列的民间节日，如正月的元宵节、三月的清明节、五月的端午节、八月的中秋节、九月的重阳节等。在这些节日里，均要举行丰富多彩的民俗活动，演戏是其中主要内容之一。

如正月中的第一个节日立春。在立春前后几日，中国南北各地，都要进行数日隆重热烈的迎春活动。在这一习俗中，官民都参与，戏曲演员不仅要化妆参加演春的仪式（图 14），还要参加游行队伍，到官僚士大夫家去慰问致贺，并在官府前的广场或衙门的厅堂演出与迎春有关的戏曲剧目，可谓“官民同乐”也。立春是一年民俗活动的开端，也是一年民间戏曲演出的序幕。

立春过后不久就是元宵节。元宵节又称上巳节、上元节，这是中国传统节日中最隆重、民俗活动最红火、戏曲演出最频繁的一个节日。在元宵节前后的中华大地上，从北到南，由东到西，到处是灯彩高悬、花炮齐鸣、锣鼓喧天、歌舞升平的热闹景象。为欢度节日，各地均成立有社火会

图 14　四川锦竹年画《迎春图》

组织，由会首筹备和组织娱乐活动。专业的和业余的戏班纷纷登台献艺，其演出形式亦多种多样：有化妆加入到秧歌队伍中走村串户，为乡亲们登门拜年、祝福演唱的；有在广场上与群众联欢表演的；亦有在固定的演出场所如庙台、茶园、戏园、厅堂演出的；还有临时搭台演出的（图 15）。

图 15　山西上党地区的彩台

每当这一时候，人们总是喜气洋洋，走进各种娱乐场所，欣赏自己百看不厌的戏曲剧目，从中得到娱乐和情感上的宣泄，并在潜移默化中得到伦理教育。

元宵节过后是清明节。清明节是一个祭祀祖先的节日。此日虽不一定要演戏，但在清明前后，是中国北方农村举行传统的春祈赛社和南方农村举行“秧苗会”的时期。春祈一般以一村一社为单位，集资聚会，举行隆重的祭祖仪式，缅怀祖先的功德，祈祷神灵保佑全村或全社人丁兴旺，五谷丰登。春祈赛社的一个重要内容就是演戏。当然，因经济条件所限，不是每一个村庄每年的春祈都要演戏的，但比较大一些的村镇，特别是那些经济比较发达地区的村镇，春祈赛社是非常隆重的，戏曲演出亦至少要三天。所演出的戏班，有本村本镇的子弟班，没有子弟班者，邀请外村镇子弟班或专业班社。春祈是一种全民性的民俗活动，所耗钱物，由村民按户或按田亩摊派。

春祈赛会之后比较隆重的节日是端午节。端午节又名端阳节、天中节，传说这一节日是为了纪念伟大的爱国诗人屈原。端午节民间有饮雄黄酒避瘟、吃粽子、赛龙舟、演戏的习俗（图16）。

图16　淮河舟船演戏图

端午节过后，是中元节，这又是民间的一大盛会。前面我们提到许多地方在七月七日至七月十五日有演出目连戏的习俗。这一习俗首先是在北宋的首府开封形成的，南渡之后，传到江南各地。明清时期，广东、江西、安徽、湖北、湖南、浙江、四川等地的目连戏盛行，如民国十八年(1929）广东《顺德县志》记载：“每年七月盂兰节，邑中大乡多建醮坊，延火居道士或高僧礼忏，奏青词，破地狱，超度幽魂，或三昼连宵，或七昼连宵……兼演戏剧助兴，耗资逾十余万金。”民国二十五年（1936）江西《分宜县志》亦有此记载。

中元节过后就到了中秋节了。中秋节是合家团圆、庆贺丰收的日子。民间有做月饼赏月、举行灯会和演戏的习俗。

如清嘉庆二十四年（1819）四川《汉州志》称：“中秋，拜贺如端阳。以胡麻粘饼肖月，为之月饼，亲友相馈。是日，街巷土地会各演剧。夜间供月晏赏，尽欢乃已。”清光绪十一年（1885）江苏《丹阳县志》在记载了中秋节的习俗后还写道：“是月茅山会兴（乡村多结‘三茅会’，每会人数动以千计，三年圆满即演戏酬神。届期，或灯棚，或醮堂，或烟火花，戏台，出奇制胜，靡费不赀，诚陋俗也）。”中秋节除赏月外，在江南还有祭祀康王的习俗。清同治九年（1870）江西《上高县志》记载：“八月十五夜，士大夫家多饮酒赏月，吟诗赠答。邑多祀康王，十三、十五、念四、念六（即二十四、二十六日），各乡市备牲醴、香椿演戏迎神甚众。”

八月之后，进入“秋报”赛会的旺季。如遇丰年，各地均要举行声势浩大的秋报赛会，其中演戏酬神亦是必不可少的项目。如清乾隆二十七年（1762）福建《龙溪县志》记载：“八月祭土地，穷乡僻壤悉演剧，亦故秋报之意也。”清咸丰二年（1852）台湾《噶玛兰厅志》中亦记载：“八月中秋，制糖饼为月饼，号中秋饼。居家祀神，配以香茗。街衢祭当境土地，张灯唱戏，与二月同，彼春祈而此秋报也。”北方的秋报赛会较之南方晚一些，清光绪七年（1881）山西《榆社县志》记载：“十月终，各县祭赛，亦有演戏剧者，曰谢农神，即秋冬报赛之遗意也。”

从上述记述中不仅可以看出，一年四季丰富多彩的节日民俗活动为戏曲的繁荣发展创造了良好的契机，而且载歌载舞的戏曲演出丰富了民俗文化，增加了节日气氛。

三、戏曲演出的重要场所——庙会

除节令性的民俗活动要演戏外，各地还有名目繁多的庙会，为戏曲提供了重要的演出场所。

据《中国戏曲志·四川卷》记载，四川各地为神诞庆寿、开光等举办的庙会多达三十余种，每逢会期，当地哥老会及帮口均要集资邀戏班演戏酬神。

据各地方志记载，演戏最多的庙会是关帝庙、城隍庙、财神庙、龙王庙、药王庙、奶奶庙、后土庙等。

关帝庙主祭关羽。关羽（160—219）为三国时的大将，他在建立蜀汉政权中功勋卓著，但被人民群众所熟悉，主要依仗罗贯中的小说《三国演义》及由小说改编的戏曲。在儒、释、道并行的中国封建社会里，关羽身上所体现出来的勇武、忠义精神，迎合了各阶层人们的心理，更适应了维护封建统治的需要。于是关羽的亡灵由侯封公，由公封王，以至在明万历三十三年（1605）加封为“三界伏魔大帝，神威远震天尊关圣帝君”，成为统辖三界的神帝。清王朝建立后，为通过“治心”而达到巩固政权的目的，对关羽一封再封，道光八年（1838）加封关羽为“忠义神武灵佑仁勇威显关圣大帝”，至此，关羽的封号达到了顶点。关羽被树为中国的武圣人、武财神，其影响和地位远远超过了文圣人孔夫子。祭祀关羽的关帝庙遍及全国城乡，特别是在山陕商人聚居的地方，均建有山陕会馆，祭祀关羽的大殿和演戏的戏楼是其中的主体建筑（图 17）。

图 17　河南社旗山陕会馆戏楼

传说农历五月十三日是关羽单刀赴会的日子，亦有的地方认为是关羽的生辰，各地的关帝庙均要在此日前后演戏三天，祭祀关羽。然而奇怪的是，在关羽的故乡山西和与之邻近的陕西，却很少有在五月十三日演戏祭拜关羽的风俗。在山陕一带，关帝庙会在农历六月。如清光绪六年（1880）山西《左云县志稿》载："（六月）二十四日，俗传为关帝诞辰，邑人建斋设醮，或演戏酬神。"清道光十年（1830）《大同县志》亦载："（六月）二十三日，行祀关帝，仪极丰隆，献戏之外，又扮架戏十数出，举国若狂。"六月祭祀关羽的风俗，在山陕商人聚居的汉口亦很盛行，如民国四年（1915）《汉口小志》记载："旧时每岁六月有关王会，里中各演剧迎赛最盛，近则时作时辍矣。"民国二十三年（1934）吉林《梨树县志》亦有记载："（六月）二十四日为关帝生辰，是日，奉行典礼，向例于庙前演剧，以资娱乐，商民皆放假。"1959年出版的台湾《基隆县志》亦有"（六月）二十四日关圣帝君诞辰，本市关庙如代六宫、通准宫、天德宫举行盛大祭典"的记载。关羽出生的时间，正史无记载。五月十三日或六月十三日均不知有何根据？

各地的城隍庙是在明洪武三年（1370）朝廷定制各府州县城隍神号的规定之后修建的，祭祀城隍的日子因各地修建城隍庙的时间不同而有所不同，但以演戏的形式祭祀城隍却成为定俗。根据各地方志的记载，城隍庙演剧的习俗多集中在春秋两季，演出的时间少者三天，多者达半月乃至一月之久。个别州县一年要举行两次，如清宣统三年（1911）山东《清平县志》记载，此县农历五月二十八日至六月初一日，九月二十八日至十月初一日要举行两次祭祀城隍的演戏盛会。因城隍庙是当地官府修建的，故规模较大，在正殿对面均建有大戏楼。每到会期，四面八方的群众拥入会场，一方面出售或购置生活和生产所需要的各种商品，一方面欣赏戏曲等民间艺术。在城隍庙会期间，戏班均要被调至城里献艺，有时往往有数班戏同时上演，相互竞赛，成为艺人交流技艺的极好机会。

财神庙，大部分为商人出资兴建，祭祀赵公明，亦有祭关羽的。财神庙有独立建造的，也有建在各地商人会馆内的。其戏曲演出活动，亦为商人出资。商人出资唱戏，一以酬神，祈祷财神保佑买卖兴隆，发财致富；二以娱客，联络同行和同乡感情；三借戏曲演出，招徕顾客。故除财神庙会外，其他如关帝庙会、城隍庙会等，商家亦肯出资办会。在庙会期间，商人常常可获得比平常多十倍的利润。

火神庙、龙王庙是群众祈祷天神攘灾避祸的庙宇，有单独修建者，也有和其他庙宇建在一起的，祭祀时亦有演戏的习俗。特别是在天旱祈雨戏或得雨后的还愿戏，规模很大。

圣母庙、奶奶庙、娘娘庙均是供奉送子神仙的地方，故香火特盛，每年在这里举行的庙会亦非常热闹，戏曲演出亦是不可缺少的内容。

中国是一个泛宗教和有多种信仰的国家。在中国封建社会，除了儒、道、佛三大宗教外，各行各业都有其信仰和祭祀的神圣，如纸业祀蔡伦，泥木石业祀鲁班，五金业祀老君，酒业祀杜康，药业祀孙思邈，演剧业祀唐明皇等。因信仰不同，便在各地建立了供各种神圣的庙宇，并形成带区域性和行业性特点的各种庙会，如带有地域特点的东岳庙、泰山庙、真武庙、禹王庙、川主庙、许真君庙、妈祖庙等，行业性的如药王庙、文昌庙、鲁班庙、马王庙、老郎庙等。这些庙宇有不少建有戏楼，每年都要举行酬神演戏活动（图 18）。庙会演戏的习俗，不仅在中国大陆上盛行，而且流行到台湾及东南亚华人聚居区。如 1950 年至 1965 年出版的《台湾省通志稿》载：“台俗，逢神诞辰，农村赛会，家庭喜庆，每当演戏助兴。”

图 18　甘肃徽县泰山庙会演戏场面

从春节之后每月的节令戏及穿插其间的各种庙会戏，构成中国民间戏曲演出活动的主流。据民国二十九年（1940）河北《武安县志》记载，该县从正月十九日至十月四日各种庙会多达一百余次，其中仅三月就多达四十余次。如果每次庙会演出三天戏，每天两场，一年就达六百多场戏。

与庙会戏相联系的还有还愿戏。所谓还愿戏亦称香愿戏，因祈福、求嗣、攘灾、求寿等而许下香愿者，请戏班演戏以示诚心。其中祈雨戏演出时间较长，一般五至十天，甚至长达月余。

除节令戏和庙会戏外，不少地方婚丧嫁娶、生日祝寿亦有演戏的习俗，如清康熙五十七年（1718）山西《临汾县志》、清嘉庆六年（1801）浙江《嘉兴府志》、民国九年（1920）山西《解县志》均有老人逝世后唱丧戏的记载。至于为长者祝寿而举办的戏曲演出，无论在北方还是在南方，在那些官僚、绅士、富商之家更为普遍（图19）。现在在北方农村，老人去世以后，请鼓乐班举办丧礼非常普遍，其中，戏曲演员不化妆演唱戏曲选段是必不可少的（图20）。在福建闽南，子孙后代为年迈的老人祝寿演戏也比较多，我们在闽南调查戏曲现状时就看过这样的演出。

图19　福建莆田街头为老人祝寿演戏场面

图20　晋西农村丧礼戏曲清唱场面

大家爱看戏，人们就要千方百计地想出各种理由来演戏。除了众多的节令戏、庙会戏、堂会戏外，还有赌戏、罚戏、躲债戏等。

关于赌戏，如《中国戏曲志·湖南卷》记述，湖南较大之水陆交通口岸，在过去有专门开设的赌场。魁首邀班演戏，聚众诱赌，照棚索钱，谓之“赌戏”。戏班与赌魁按三七或四六拆帐，获利颇丰。但亦有时遭查禁，艺人亦或有被捕下狱者。

关于罚戏，据《中国戏曲志·山西卷》和《中国戏曲志·湖南卷》记载，罚戏有两种情况：一是凡城乡因违害公益或打架斗殴等行为，触犯乡规民约的均要被罚出资邀班演戏一至数台；还有一种情况是戏班赶台口误了开演时辰，村社除扣戏价外，还要罚戏一至数场；因演员发生误场、忘词等事故或不卖力气，社首可使人将前台苇席卷竖，置于台中，并将鼓板倒翻，以示停戏（故艺人以“将板翻了”或“跌鼓”形容出事故），至掌班答应戏班或某演员受罚无偿加演一至数出戏后，方可进行正常演出。湖南各社团、行会罚戏条款名目繁多，如《湘潭冶坊》碑记，罚戏条例就有六条十余款。

躲债戏，是在20世纪40年代在福州形成的一种独特的习俗。《中国戏曲志·福建卷》记述，在中华人民共和国成立前每年除夕，福州市区除专业戏园照常演戏外，所有庙宇、会馆皆停锣煞鼓，唯独坞尾尚书庙（今后洲万寿小学）戏台锣鼓喧天，台下挤满了观众，说是看戏，实来躲债。原来自农历十二月二十四“祭灶”日起，老板、管帐先生每夜手提灯笼，肩挂布袋，内存账簿算盘，到债户家索债，直至除夕不止，民谚所谓“二十九好推，三十难挨”，即指此而言。为此，一些“慈善家”遂出面捐款，聘请闽剧戏班在尚书庙演戏，通宵达旦，以供债户藏身，如果债主进庙找债户，就会被观众轰出，还要挨众口臭骂，人称“躲债戏”。这一习俗直到1949年福州解放，穷人翻身，生活改善，才告结束。

丰富多彩的民俗活动，为中国民间戏曲演出提供了充裕的时机和广阔的天地。各地为适应民俗戏曲演出的需要，在明清时代修建了大量的戏楼或戏台。村村镇镇有戏台，大的村镇有数台者在那些戏曲文化传统深厚、戏曲演出频繁的地区不以为奇。如山西北路梆子的发祥地：代县城关有戏台28座，忻州城关有戏台21座，五台城关有戏台12座。仅代县傅村一村就有戏台5座。[①] 戏台、戏楼的大量修建，反映了民俗文化和戏曲文化的同步繁荣兴盛的一个方面。

四、戏曲演出习俗与班规

在中国戏曲长期的发展过程中，在各地各个民族各个剧种的戏班长期的演出活动中，逐渐形成了系统的管理制度和各种演出习俗。这些管理制度和演出习俗，规范了戏班班主和演员的权利和义务，戏班和观众的关系，保障了戏班的正常运转和演出秩序。下面，以江西民间戏班的情况为主，结合全国其他地方的情况，分别介绍戏曲班社组班和演出习俗。

组班：一般有两种组班形式：一是由一个老板统管的称“家庭班”。明清时期，有不少戏班是大官僚、大富商出资兴办的，官僚士绅办的戏班称“家班”，富商办的戏班称“字号班”。家班或字号班资金雄厚，艺人的待遇高，演员的工资一般是采取包银制，发固定的年薪。二是由几个老板合伙经营的称“股子班”。合股经营者，有中小商人，也有艺人合股经营者。戏箱算若干股份，演员为人头股，按技艺高低评股，根据全年演出收

① 武艺民、朱建华：《北路梆子今昔考略》，《梆子声腔剧种学术讨论会文集》，山西人民出版社1984年版。

入按股分红。江西戏班演员的工资分配称分“枣子钱”，先在总收入中除去5股：老板、内班头、外班头、戏箱、道具，此5股为固定金额，后两股为折旧费。余额按技艺高低分三等：400分、300分、200分。“九脚头”享金较高，与五股头均等，跑龙套的最少，仅几十分。[①] 清末在上海、北京、天津等一些大都市，出现了以名演员挑班的组班形式，演员分为若干等级，工资按当天的演出收入分账，无固定工资，这种戏班称“分账班”。

在江西把家班、字号班、股子班，统称为“包账班”，老板每天要供给艺人们两餐米饭（即发给每人每天白米1升4合），每年要办5次酒席，宴请艺人。第一次是“开锣酒”，开锣前，烧香点烛，请“老郎神”下界，祈祷保护全班艺人平安，营业兴旺。祭祀毕，摆酒设宴，不分男女老幼，全班一律参加。席间，老板向艺人敬酒，以示关怀。同时，宣布班规，待艺人们认可后抄录张贴，以示共同遵守。第二次是“端午酒”，端午节是戏班组织收入的一个极好机会，但按传统习惯每家每户欢聚一堂才有意义，为解决这一矛盾，老板要设宴款待艺人。第三次是“中秋酒”，其意旨与端午酒同。第四次是“老郎神生日酒”，农历六月二十四日这天，老板设宴，其仪极为隆重，头天晚上是“老郎神”暖寿之时，全体艺人都要烧香礼拜，并“跳八仙”以示祝贺；第二天生日，上午祭仪毕，老板便大办酒席，又称“寿酒”。第五次是“停锣酒”，也叫敬班酒，一般都在农历十二月中下旬，全班艺人杀鸡放鞭炮，送“老郎神”上天，然后吃酒，老板一来对大家一年辛苦的慰问，二来决定艺人的去留，对第二年要留的艺人，老板事先都打过招呼，并拿到定金，未拿到定金的艺人，即表示来年不再请他了。也有的艺人不愿留下，改搭他班。更多的是未拿到定金的艺人，早在停锣不久便离开了，并不会等吃这餐敬班酒。

班规：各地戏班均有自己的规格制度，号称“十大班规”。一般是“十禁十不准”，各地大同小异，贴在大衣箱上，称作“法单”。《中国戏曲志·江西卷》记载江西各地戏班的班规甚详：[②]

1. 广信班的“十大禁”“十小禁”及其他规章制度：

---

① 《中国戏曲志·江西卷》，中国ISBN中心1998年版，第701页。

② 《中国戏曲志·江西卷》，中国ISBN中心1998年版，第698—701页。

十大禁：有违十大禁之一者，罚猪肉五十斤。

一、抛锣弃鼓者；

二、拿刀行凶者；

三、拐带妇女者；

四、偷盗财物者；

五、私吞戏金者；

六、串通闹事者；

七、串通人员逃往他人戏班者；

八、偷花问柳闹上公堂者；

九、暗藏盗贼者；

十、聚众赌博者。

十小禁：违十条小禁之一者，罚猪肉一、二、三斤不等，但至多不得超过五斤。

一、失大场者（整场演出没有参加）；

二、失小场者（演出之中误了场）；

三、见死不救者（人家失场能代而不代者）；

四、无故吵争，妨碍演出者；

五、举手打人者（先举手者罚猪肉五斤，后举手者一至二斤）；

六、损坏服装、道具者（照价赔偿）；

七、暗地偷赌者；

八、演戏偷工减料及台词不熟，乱开玩笑，随地吐痰者；

九、上场装扮不整者；

十、乱代角色者。

其他规章制度：

一、打第二通后，文武场必须上台，武场打闹台，文场定好音；

二、“打八仙”时，演出人员都得上台；

三、妇女家属不能进把（演员宿舍），吃饭时妇女不能装饭；

四、“茶头”兼管把中三门，关门后，非特殊情况夜里不得开门；

五、睡觉后，小便用尿桶，走动不能有响声；

六、早晨师傅要徒弟起床练功，不准高声喊叫；

七、化妆必由小花脸先开笔，倘当晚没戏，也要将水粉笔洒向墙壁，其他人方可开始化妆；

八、化妆后，必先戴帽盔，穿靴鞋，最后穿衣；

九、穿好服装后，坐时必将衣裙搭上；

十、花脸坐盔头箱背，生行坐二衣箱背，手下坐杂箱背。

2. 修水县宁河戏“宁州十八班”班规：

一、忌临场推委；

二、忌见班思班；

三、忌逞凶打架；

四、忌指空骂空；

五、忌偷奸犯盗；

六、忌窜门入户；

七、忌打牌赌博；

八、忌拐带妇女；

九、忌夜不归班；

十、忌搪账瓜津。

违者，轻则罚款，重则“坐公堂”，乃至清除出班。

3. 吉安戏“吉郡临庆堂”班规、戏规、搭班规：

班规：

一、不准抽鸦片烟；

二、不准与外人赌博；

三、不准偷鸡摸狗；

四、不准带酒演出；

五、不准调戏妇女；

六、不准带外人来班住宿；

七、不准脱场、冲场；

八、不准在后台高声谈笑；

九、不准放快（乱讲）；

十、不准临阵脱逃。

戏规：

一、闹台一响，各自归位；

二、化妆必当家丑脚先动笔；

三、不准扮小戏（即化妆偷懒，随便涂抹），化妆前不得戴盔头；

四、财神、加官面具及喜神（娃娃道具）禁止朝天放，不用时必须用水袖包好；

五、不准向台下窥视，有事者由检场人转达；

六、场面乐器不得擅自敲打，开演前尤其不得动堂鼓，动则犯大规；

七、任何人不能坐打鼓师的座位；

八、青龙刀取出后必用香烛供之，不用时，用布包裹好放妥；

九、凡新搭班者，无论男女，开演前都向祖师爷供奉香烛；

十、小丑任何戏箱都坐，但不准到花旦扮戏的地方去。

搭班规：此“搭班规”一般是江西地方大戏的习规。

一、三个月为试办期，每月包银按二十天计算，除个人住宿外，一切不管；

二、六个月为半期，每月包银按演出天数计算，除个人住宿外，每日管三餐白饭；

三、搭班一年为一期，每月包银按演出场次计算，管二人每日三餐白饭，灯油、黄烟、手纸由班中发给并可分赏钱；

四、搭班三年为大期，包银按月计算，管全家每日三餐白饭，其他同上；

五、三年以上为长期，包银按年计算，管全家每日三餐白饭，其他同上，另外，还可发病事假工资；

六、凡搭班者，男角需自带“靴包”（网子水纱、护领汗衣、彩裤靴鞋等），女角增加自带“包头”（即头面）；

七、随班学徒，每年发单衣两套，夹衣一套，棉衣一套，鞋子三双，每月发大洋二元零用，伙食由班主负责，学期五年，帮师两年，出师后按艺论价；

八、凡搭班者先订合约，一切按班规办事，双方如有毁约者，罚大洋一百至三百元。

对于犯规的，轻者或有人具保者，只罚俸钱，或被斥责一番，重者并激起公愤者必予以严惩。一般是在演出中间停止片刻，将庄工像请至舞台正中桌上，当着观众的面将犯者按翻在台中责打，或者将犯者，以铁链锁颈，由人牵着上下场。对于跳班被抓获者，除执行上述刑罚外，还在平时以铁链加身，只有化妆演戏时方可暂解，直至有人作保经班主同意才能彻底解脱，否则直到散班为止。小科班中有人犯规，还要“放排”，即一人有错全体挨板子。

写戏：订立演出合同的一种方法。大致有两种：一是东家上门订戏。外班头（管外勤者）出示戏折（图21），上有剧目和主要演员“九脚头”名单及标价。一般整本戏一本为四吊钱或两吊钱，折子戏一出为两百文或一百文钱，一夜通常是一个整本带三折。东家往往专点名角和好戏，或剧中被颂扬的主角与本村同姓的戏，并定下演出时间，写好合同。双方签字、打花押（手印），交外班头保存，称之为“落关”。一是外班头遇上戏班景况不佳，甚或“坐把”时，便四出联系，请人包戏，甚至班头率班外出“攀华宗”，对同姓的东家说：“先生，班子坐把，想到贵地来打个秋风，念在同姓，包涵一下。”“打秋风”是混碗饭吃的意思，东家大都乐意接班。

图21　清代山东大姚班戏折

过把：到一个新的演出地点去谓之“过把”。其表现形式为：管箱人跟着运箱人走在前面，而管箱人又必须是管盔头的第一个走，称之为“打头”。女人一般走在中间。

打青：走在前面的人必须要为后面的人打青。所谓“打青”，就是走在前面的人采摘一把树叶或青草，放在岔路口，指引后人沿此路前进的一种标记。此事不能儿戏，否则要受处罚。

进把：即到达一个地方演出。“进把”和“过把”一样，女人不能走在前面，包括男旦也不例外。若“把厦”（住地）设在祠堂，一般不能从正门进入。如果没有偏门，可走正门，但进门后应立即靠左或靠右悄声慢行。左进先提右脚，右进先提左脚，进把后第一件事是安置“老郎神”，一般都安置在正中靠墙桌子上。焚香点烛日夜不停。其次是号铺，原则是外班头事先号好，有时也待艺人到齐后每个行当派一人参加，共同号铺。一经定妥，不能任意搬动。

供奉祖师爷：戏班均供祖师爷，梆子班供“老郎神”，秧歌班供“三官神”，道情班供“吕祖”。“老郎神”是指唐玄宗李隆基（图22），盖因其蓄养梨园弟子，亲自教授，并传说他曾司鼓亦曾粉墨登场，饰演丑脚，可称地位最高的“戏子”；一说指后唐庄宗李存勖，他曾宠信伶官，并亲自参加演出，号称“李天下”，也是“皇帝‘戏子’”。又有说“老郎神”系指楚庄王或道君妙庄王者（图23），未详。福建的戏班供奉田公元帅雷海青（图24）。秧歌班艺人多系农民，靠天靠地靠水吃饭，因而供天、地、水三官神，传说即尧、舜、禹。道情源于道教艺术，故道情班多供吕洞宾。“老郎神”供在台后，配享者为赵公明（取保佑财源茂盛意）及关云长（取其江湖义气），归大衣箱掌管。每年农历四月二十三日为老郎神庆寿：神前供糕点酒肴，焚香三炷，小生、小旦装扮跪拜。另埋食物于供桌之前，吆猪前来拱找，找出，即算领牲，全班人一起叩拜，礼成，合班聚餐。另将尺许木偶人一具供于下场门内，是为“大师哥”，传为唐中宗之长子，武则天抱之观剧，不幸坠地身亡乃受封掌管戏班演出事务，艺人出台之前，均须拜揖，祈求保佑前台不出事故。但它又是娃娃道具，每逢戏中需要襁褓中婴儿，便将它抱出充任。或有将尺许木制童男女各一（亦称“大师哥”或“喜神童童”）供于“老郎神”两侧者，若需充任婴儿时，即由旦脚拜揖抱出，用毕复置原处并拜谢之。①

① 《中国戏曲志·山西卷》，文化艺术出版社1990年版，第566页。

图 22　米喜子供奉的戏神

图 23　甘肃戏班供奉的庄王画像

图 24　福建戏班供奉的戏神田公元帅

打铳：开演前要打三铳。木柄一把，长约一米，木柄上端捆扎铁管三杆，长约30公分，内装火药，俗称“土铳”。演出前所打三铳，则谓之“神铳”：第一铳为预备信号，观众准备到台下看戏，戏班做好演出准备工作；第二铳戏班做最后的检查工作，文场定好音，武场打击乐器到位，服装、道具、鞋盔摆在该放的地方；第三铳场面开始打“闹台”。第一场演出需“打闹台”，长则20多分钟。

开笔：由花脸或生脚行当首先开笔。所谓“开笔”，到一个地方演出的第一天，即用水粉笔在内台壁上画个斜十字，小旦不能先化妆，也不能握朱笔，包括男旦在内。要化个美人痣或刀伤之类，都要请男角代化。妆毕，先戴帽盔，穿靴鞋，最后穿服装。

坐箱：戏装穿好后就不能乱坐，坐时必须将衣裙撩起。花脸行坐盔头箱，生脚坐二衣箱，旦脚坐大衣箱，龙套等坐把子箱或其他杂箱上。谁要乱坐，则被视为“钻草”。所谓“钻草”，即没受过师傅教导的。

破台：亦称“开台”。新戏台落成，首场演出必须破台。戏台中间立一老郎菩萨像，前遮幔帐，两边挂刀、剑与弓箭，箭在弦，对着台下，由小花脸扮鲁班，点香三根插老郎神位前，卷纸燃烟，四门熏遍，曰“打火”。“鲁班”以尺量台，每量五下则用斧对空朝下劈三下，捉一事先备好之公鸡，捏破鸡冠，以血涂老郎神和喜神（演出的娃娃道具）。接着，花脸扮王灵官，小生扮韦陀，手执钢鞭跳跃作“开霸”状，站立台前摆好的八字形两排瓦上。观音缓步出台，口中念念有词。须臾，便有由老旦、正旦扮的红、黑二煞冲出，韦陀、王灵宫随后追赶，将二煞逐下戏台。继而“鲁班”杀鸡，血洒黄裱纸，再把鸡头扭翅下置台上，取鞭炮对准鸡身鸣放，鸡受惊狂飞乱跳，跳得越高越好。最后艺人们虔诚地拜过老郎菩萨，才各自扮戏，此谓之“大破台”。每年正月首场演出，也要破台，但较简单，除去扮王灵官、韦陀、观音以及赶红、黑二煞等内容，保留了“杀鸡”等活动，俗称“打剪神”，有的地方叫“打检生”，为音讹。所以，只需“打剪神”而不赶煞，即谓“小破台”。

西河戏的“破台”则有五道程序：先由鲁班砍斧，滴鸡血，继由一演员扮作道士，在台下四处洒水、念咒，祈求清吉。接着“放五猖”，扮土地、判官各一，小鬼五。土地命判官，判官差小鬼，手提钢叉铁链到郊外去捉“地方鬼”。此“鬼”用纸扎成，意为外乡外村当年一死者。判官将捉来的“鬼魂”缚于台下一柱上，旁点一盏油灯。再由五猖登台表演抛叉打斗等各种惊险动作。然后“接天官”，众演员扮天官、魁星各一，功曹四，天将六，唱《天官赐福》。一切仪式完毕，始演正戏。至最后一夜正戏演完后，由判官从台下放出“鬼魂”，差五猖送于深山野林无人处偷偷埋葬。五猖潜回卸妆，判官烧纸钱、灭油灯，名叫“放五猖”。最后由主人给班头喜钱结束。

在河南等中原地区，过去人们视戏台为“虎”，戏楼是“城虎”，亮脚木台为“飞虎”，土台为“卧虎”，这三种戏台都要破。牛车搭的台子是“群虎”，因犀牛可以降虎，这种台子是不用破的。中原地区，破台一般都是地方大剧种戏班，地方小剧种的戏班没资格。破台时间多在午夜，基本做法是：跳鬼神，鸣锣鼓，放鞭炮，杀白公鸡，滴洒鸡血，将鸡头连同符咒钉于前台正中，然后一些脚色登场演出。有的剧种是花脸扮巨灵神、王灵官上场，有的剧种是张天师上场，有的剧种是姜太公上场。罗戏、卷戏破台，二郎神、玉皇大帝、四大天官、五方龙主上场，还要唱《五龙捧圣》。演唱破台戏的戏价比一般演出高得多，戏班有“一年破三台，元宝滚进来”之说。不仅新建新修戏台要破，面朝西的台为“白虎台”，也要破。有些地方此次演出与上次台口方向相反，称“对台口”，也要破。这几类破台仪式比较简单。有的戏台没唱破台戏，还可以用“符贴”，烧黄表等方法“借台”。[①]

打天官：有《文武天官》《对花天官》《九老天官》《财神天官》《遐龄天官》《赐福天官》《三星天官》《四喜天官》《八仙天官》等十多种，均唱昆腔。“打天官”是对地方上取个吉利之意，对戏班则是“亮箱底”，戏班全班子弟都要参加。“天官”由正生扮演，上台之时，先要向打鼓佬、上手佬（即主胡）等拱手示意，表示请多关照。“打天官”是为亮箱底，即显示其服饰、文戏演员及音乐场面等，而“打台”则是亮武功。其序先简后繁，先易后难，难度最大的放在后面，谓之“压轴”。

四跳：即《跳魁星》《跳加官》《跳财神》《跳麻姑》（即《女加官》），其意不外是祝贺升官发财、万事如意。跳“加官”的子弟，由生脚或花脸行之后辈艺徒扮演，红蟒、相貂，持牙笏，戴面具。在“加官”锣

---

① 《中国戏曲志·河南卷》，文化艺术出版社1992年版，第533—534页。

鼓经中出场，撩袍、抖袖、理发，走加官步，至台口两边看，作进门状，在桌上取下一迭“加官”条子，翻几张给观众看，条上写“一品当朝”“指日高升”“天官赐福”“连升三级”等字样。翻毕，交给检场人。检场人翻一张，加官子弟则作各种身段以示会意条上的内容。条子翻完，加官子弟动作毕下场。检场人念“某某先生加官高升”，然后将条子贴在戏台前的柱子上。被祝贺者便把条子扯下来，同时给戏班赏钱，多少不等。《女加官》则由旦扮演，戴七星额子，持牙笏，不戴面具，一般是在官僚太太来看戏时用之。（图25）

图25　马连良为北平新新戏院开幕演出《跳加官》

封相：紧接“四跳”，便演“封相”。由正生扮苏秦，上“丹墀”，用“合纵”之说，游说列国。燕王从之，六国联合抗秦。苏秦得佩六国相印，下“丹墀”，表示富贵还乡，取此戏意而作祝贺。也有的戏班把“封相”放在一年的最后一场演出，则又是另一种意思。

扫台：最后一场演出结束后必要举行“扫台”仪式，由大花脸扮关公，手持大刀，配以打击乐，东南西北四方都扫到，念“天皇在，地皇在，玉帝命我扫花台，一扫风调雨顺，二扫国泰民安……”等等，意即扫除一切妖魔鬼怪，保障地方安宁。

祭台：凡是新台落成，抚州一带必请采茶戏班演开台戏，并举行祭台仪式。台中放“清源祖师之位”戏神牌，左书“清音童子”，右书“鼓板郎君”；牌位正上方书一“斩”字，置三升米斗于神位上，米斗内播香三根。准备四牲（公鸡一只，鲤鱼一条，猪肉、鸡蛋若干）和香纸蜡烛，爆竹。仪式开始，由一老生演员头扎红布，身穿短打衣，站在神牌面前，默念戏师，脚一顿在舞台上走一圆场，高声唱彩：“伏以，好啊！手提金鸡似凤凰；好啊！生来头高尾又长；好啊！头高能载万担米；好啊！尾长能载万担粮；好啊！昨日王母娘娘报晓鸡，今朝正好祭戏台；好啊！开鸡冠，取鸡血，一不祭天，二不祭地，首先祭我祖师爷。一祭台东，万代威风；二祭台西，万担粮米；三祭台南，喜气洋洋；四祭台北，万里江山一齐得。今日祭台后，四季保平安。”接着，天官赐福，放鞭炮，打八仙，传谕众仙走上，告之今日某乡某村新戏台开台演戏，八仙下凡赐福等等。

打闹台：任何戏班，其开演前必须“打闹台”，全部由打击乐器承担，气氛非常热烈。凡听到“闹台”一响，便知演出快要开始，农村的远近村民则从四面八方纷纷向演出地点赶来，其场面颇为壮观。丰城县戏班的“闹台”有其与众不同的地方，即通过“闹台”中的不同音响，便可向观众预告今晚即将演出什么样的剧目。通过大小锣“当叮当叮当”之类的音响，便可知演出剧目必将是青衣、花旦或生脚主演的戏；擂鼓三通或紧锣密鼓，则是武戏；小吹小打，必是拜寿、结婚一类的戏了。

摆台：《徐兰沅操琴生活》第二集谈到过开戏前“旧戏班的一套成规”：

当剧场还未进观众时，检场的先上台来，将舞台中央放上一个高台，上面挂一顶帐子，将印盒架放在旁边，台的两旁各放两张椅子，每一张椅子上插一面标旗。在舞台前面的栏杆上（老戏台前边有一排矮栏杆）插五面大纛旗，分红黄绿白黑五色，黄旗居中，左红右绿，左黑右白，分插两边，舞台上整整齐齐，这叫“大摆台”。等到观众都进了场，临开戏前，后台哨声响起，这叫“吹台”。唢呐完挑子便接着吹，检场的听到挑子声起，就将舞台上的旗、高台等都撤下，这叫“后台吹台，前台撤台”。然后换上第一出戏的彩头，最后卯头（过去剧场里前台管事人）站在台中间高喊一声，才响锣鼓开戏。①

徐兰沅先生所谓“旧戏班”，应当是指中华人民共和国成立之前的三四十年代，或者更早一些。他谈到的“旧戏班”开场之前的成规，有“摆台”和“吹台”两项。

2001 年 1 月，吴同宾主编的《京剧知识手册》中“京剧的演出习俗”部分，有“摆台”“打通”“吹台”三条，释文如下：

摆台：也叫大摆台。旧时京剧开演前舞台上规定的摆设。观众未进场前，先由检场布置就绪。舞台中央放置一个高台，上挂帐子，旁有印盒架，高台两侧各放两张椅子，椅子上各插一面标旗，舞台前沿的栏杆（旧时舞台前有一排栏杆）上，插五面大纛旗，分红黄绿白黑五色，黄旗居中，左红黑两面，右绿白两面，这种形式习称摆台。一俟“吹台”完毕，挑子音落，便将台上的高台、旗、椅等撤下，上第一出戏的砌末。摆台的习俗相沿很久，宋金时期形成的赛戏一直保留有摆台的习俗，在开演前要把面具、砌末道具摆放在舞台上，供观众观看，以显示戏班行头和实力。

打通：也叫打闹台。旧时戏曲多在乡间野台演出，开演之前先用锣鼓和唢呐演奏，藉以招徕观众。演奏分为三通，每通之间停息片刻。头通以小堂鼓领奏，大锣、铙钹配合，点子较单调。二通，又称“响通”，以单皮鼓领奏，全堂打击乐配合，点子复杂，由〔急急风〕〔走马锣鼓〕〔冲头〕〔抽头〕〔九锤半〕〔马腿〕〔大水底鱼〕〔收头〕等锣鼓经组成。三通，又称“吹通”或“吹台”，以唢呐奏〔将军令〕曲牌。后来京剧进入剧场演出，也沿袭打通旧规。

吹台：也叫“吹遍”。旧时京剧开演以前吹奏的幕前曲，用以号

① 徐兰沅口述，唐吉记录整理：《徐兰沅操琴生活》第二集，中国戏剧出版社 1998 年版，第 72 页。

召观众。一般吹打三通，第一、第二通均用打击乐器，第三通改用唢呐吹奏混牌子，有〔将军令〕〔哪咤令〕〔一支花〕等。①

用《京剧知识手册》中的释文，补充徐兰沅的叙述，可以知道："摆台"也叫大摆台，"摆台"重要的内容之一，是在舞台前沿插上五色纛旗。"打通"也叫打闹台，也叫三通，又称"吹通"或"吹台"，"打通"的主要内容是用锣鼓和唢呐演奏三通。

上演剧目程序：道光二十二年（1842）蕊珠旧史撰写的《梦华琐簿》中，有当时剧场剧目安排的记录：

今梨园登场，日例有"三轴子"："早轴子"客皆未集，草草开场。继而三出散套，皆嘉伶也。"中轴子"后一出曰"压轴子"，以最佳者一人当之。后此则"大轴子"矣。大轴子皆全本新戏，分日接演，旬日乃毕。每日将开大轴子，则鬼门换帘，豪客多于此时起身径去。②

蕊珠旧史记载了道光二十二年（1842），每天演出剧目的安排方式："早轴子"是开场戏；"中轴子"是重头戏，由名伶出演；"中轴子"的最后一出，叫"压轴子"，由当红名伶演出。"大轴子"是新排的大戏，有钱的"豪客"，都不屑看"大轴子"戏。这一记载与华胥大夫在道光八年（1828）撰写的《金台残泪记》所说基本一致："京师乐部登场，先散演三四出，始接演三四出，曰'中轴子'，又散演一二出，复接演三四出，曰'大轴子'。而忽忽日暮矣。贵人于交'中轴子'始来，豪客未交'大轴子'已去。"③ 由此可见，道光年间，每晚演出的折子戏，在10到14出之间，分为"早轴子""中轴子""大轴子"三部分。

写于嘉庆年间的佚名作品《都门竹枝词》"观剧"一篇，道是："园

---

① 吴同宾编：《京剧知识手册》，天津教育出版社2001年版，第369页。

② 蕊珠旧史：《梦华琐簿》，《清代燕都梨园史料》上册，中国戏剧出版社1988年版，第354页。

③ 张际亮：《金台残泪记》，《清代燕都梨园史料》上册，中国戏剧出版社1988年版，第352页。

中官座列西东，坐褥平铺一片红。双表对时交未正，到来恰已过三通。”①讲的是戏园“未正”（下午两点）开戏，开戏的起始，是擂鼓“三通”。

包世臣在他写于嘉庆十四年（1809）的《都剧赋》并《序》中，对京师剧坛“徽、西分侪”的热烈景象，“茶园卖剧”的营业方式，演出剧目的丰富多彩，演员行头、道具的炫耀华丽，都有不厌其详的铺陈。其中对开场和剧目安排的描述如下：

> 旗收五色，鼓发三通。乃开早出，遵秉声洪。间以小戏，梆子二簧。总出群美，炫耀金堂。中出又变，矛戟森钑。承以么妙，双雌求雄。缀裘六出，全套两终。大出续开，官座遂空。②

这里说的是：演出之前，有“旗收五色，鼓发三通”的程序，也就是“摆台”和“打通”。演出剧目分为“早出、中出、大出”三部分。“早出”是开场戏，主要是音乐的展示和演员的亮相，间有梆子、二簧的小戏。“中出”有折子戏数出，是重点部分，包括武戏和文戏。最后是“大出”，也就是大戏。“大出”虽是大戏，但并非是名优登台，所以“大出”开演时，常常是“官座”中的观众已经退席。这三部分的安排，与“早轴子”“中轴子”“大轴子”，从比重、方式上看，都是一致的，只不过是说法不同而已。

单台戏：高安锣鼓戏每场演出，首先开锣，由一演员表演一段独角戏，叫“打单台”。旦脚演唱，出场即来一段“哑剧”，表现一妇女早上起床、小解、揉睡眼、扣衣服、拔鞋、出房门、察看厅堂、开大门等一整套生活系列动作，然后再起唱，演唱的小片断为《十劝嫂》《双劝夫》《祝英台》《闺女吵架》等等。如果小丑上场，一出台则要伴随锣鼓点踩出多种多样的矮桩，叫“踩点子”演唱的小片断为《新表反》《老表反》《夫下图》《表古人》《表梁山》等。

花戏：亦称“零戏子”或“杂戏子”，是南昌采茶戏对小戏及折子戏的统称。花戏除了可组成专场演出外，一般习惯把它当作演大戏时的加演

① 佚名：《都门竹枝词》，《清代北京竹枝词》，北京出版社1962年版，第42页。
② 包世臣：《都剧赋》，转引自赵山林《安徽明清曲论选》，黄山书社1987年版，第256页。

节目，即是对人情的补偿，有时也是讨价还价的条件。

封箱戏：即一年之内的最后一场演出。每年农历十二月二十四日，各戏班陆续停演，休息几天，准备过年。最后一天的演出，必以《六国封相》为压台戏，以取吉祥之义。“封相”之音谐“封箱”。戏完后鸣爆竹，并贴上“封箱大吉”封条于箱口。班主一般要赏给管箱人一个红包，以表示对他们辛勤劳动的鼓励。京剧界又略有不同，《六国封相》之后还要演《得胜还朝》，由净脚扮闻仲，全班人马不论大小角儿，全扮龙套。有的则是另一种形式，最后三天“大反串”，卖红票，也叫“红票戏”，票价比原来的要高若干倍，卖票所得除必要开支外，则按人头分钱。

台上死：艺人在外演出，一病不起，只能死在台上，不能死在把厦（即戏班居住之地）。否则，当地人士就要令戏班用烧酒清洗地皮。碰上这种情况，即使是著名艺人，也不得幸免。如高安锣鼓戏名小生刘金泰，当时曾誉为“三件纺绸长挂子”之一，可谓红极一时，某次在新建县万寿宫演出，暴病而亡，其子刘芳章只好连夜背着尸体，步行五十余里归家。

五、民俗对戏曲艺术风格和审美特点的影响

戏曲艺术是在民俗活动的氛围中形成的，故其艺术风格及审美特点无不受民俗文化的影响。

其一，在演出剧目上，适应观众的心态，形成不同时间、不同场合演出不同剧目的规制，使台上台下、场内场外形成一个和谐统一的氛围。如农历正月十五日为元宵节，演出《上元夫人》《元宵迷》等；三月三日为蟠桃节，演出《蟠桃会》《安天会》等；五月五日为端午节，演出《白蛇传》《五毒传》《混元盒》等；七月七日为七夕节，演出《天河配》《牛郎织女》《鹊桥密誓》等；七月十五日为中元节，演出《盂兰会》《洛阳桥》《目连救母》等；八月十五日为中秋节，演出《玉兔升天》《大香庆节》《嫦娥奔月》《斗牛宫》等；九月老君会，演《毛国贞打铁》；冬月桓侯会，演《虎牢关》《芦花荡》等。春祈秋报，迎神赛会，结合祭祖仪式，演出《封神》《西游》等神仙道化连台本戏；祭祀关羽的关帝庙会上，要演出《单刀会》《定军山》《战长沙》等三国戏，但禁演《走麦城》；婚嫁

要演《少华山》《穆柯寨》《天仙配》《老少换》等；生日庆寿要演《麒麟送子》《双官诰》《打金枝》《全家福》《八仙庆寿》等；祈雨要演《渭水河》《斩旱魃》等；丧戏要演《孟姜女哭长城》《大祭桩》《六月雪》等；开台戏要演《天官赐福》《跳加官》《跳财神》等；收锣戏要演《卖油郎》《买胭脂》《小放牛》等；募捐戏要演《拾万金》《南天门》。演《南天门》时，剧中女主角曹玉姐，按剧情跪在台口哭泣哀情，乞求施舍，台下观众将钱物抛在台上，名曰扎彩。此外，戏班每到一地演出，还要访问该地有什么忌讳，如本地姓萧的人多，就不能演《雁门关》《金沙滩》《清官册》等有萧太后的戏；姓陈的多，就不能演《秦香莲》；姓秦的多，就不能演《东窗记》；姓曹的多，就不能演《击鼓骂曹》，而要选择能使本地观众看着开心，听着感到荣耀的剧目。中国戏曲在民俗活动中的演出，忌讳上演那些与观众心态相抵触，与节日气氛不和谐的剧目。

其二，在表演技巧上适应各阶层、各种不同观众欣赏要求，形成不同地区、不同剧种，同一剧种不同脚色行当，异彩纷呈的表演体制。戏曲艺术的这种多样性、综合性特点，除了不同地域语音的影响外，亦与各地的广场艺术和庙会文化密不可分。广场和庙会是不分等级的全民性娱乐场所，各种技艺荟萃一起，各种不同欣赏口味的观众，均可在这里欣赏到自己喜爱的艺术。戏曲艺术是为了适应各种不同观众的欣赏要求而形成的一种综合艺术，为吸引各阶层观众，而既要提高已有的技巧，又要不断吸取新的艺术手段，特别是当地观众喜闻乐见的民间艺术，如民歌、说唱、武术、杂技等等。故戏曲演员，必须学有所长，所谓“一招鲜，吃遍天”。优秀的戏曲演员讲究唱、做、念、打俱精，文、武、昆、乱不挡。观众看戏，绝非单纯看故事，而有不少观众是为欣赏某一位演员的某一段唱念，某一段做工身段，某一段武打特技。所以，戏曲不仅有生、旦、净、末、丑表演行当，而且各行当均有自己的拿手好戏。戏曲艺术的这种广泛的适应能力，是其千百年来根深叶茂、长盛不衰的重要原因。

其三，在艺术风格上形成表演夸张，唱腔高亢，音乐热烈，化妆变形的特征。戏曲艺术是融合了各种民间表演艺术而形成的，在其形成之后又与民俗活动紧密结合在一起，从广场走上庙台。其艺术风格的形成，是与庙台的演出环境密不可分的。为招徕观众，形成演出前“打通”的习俗。通过演奏锣鼓曲牌，造成一个热闹沸腾的演出气氛，使几里之外的观众闻声而至。为了使喧嚷的戏场安静下来，演员一定要在锣鼓声中上场。表演动作不仅夸张，而且逐步程序化，通过台步、手势、身段，远处的观众亦可明白演员要表达的意思。通过夸张变形的脸谱、妆饰，观众便知出场的是好人还是坏人。戏曲艺术的这些特点，无一不与民俗活动背景下形成的广场和庙台演出环境有关。

戏曲艺术风格和特点的形成，也与民俗活动中人民群众的心态和审美意识有关。在平时，人们的生活比较单调、平淡，特别是劳苦大众，不仅要受地主阶级的经济剥削，而且还受到各种封建思想的禁锢。只有在过年过节时才可能得到体力上的休息，精神上的放松，情感上的宣泄。情感的宣泄，往往要借助艺术的契机，而能使人们的情感得到充分宣泄的艺术形式，在那个时候只有戏曲。戏曲的大喜大悲，戏曲夸张的表演形式和强烈的艺术效果，正是群众藉以宣泄情感的最佳艺术形式。并且在戏曲剧目中，有许多在平时生活中人们可望不可及，敢想不敢做，甚至想都不敢想的故事和人物，如草莽英雄对官府的反抗和斗争，青年男女对爱情的大胆追求等等。在这里，人们不仅在情感上得到宣泄，而且得到某些启示和鼓励。

戏曲艺术从 19 世纪末逐渐由广场庙台步入现代化的剧场。但是 20 世纪 80 年代以后，随着电视和互联网等现代传媒技术的发展，特别是进入 21 世纪后人们生产方式和生活方式的变化，戏曲又逐步退出城市现代舞台，回到茶园、酒楼和农村的庙台。戏曲高台教化的作用逐步淡化，而它的民俗功能，即渲染和制造节日气氛的作用则得到了充分发挥。戏曲的这种民俗功能是生来具有的，是现代艺术不容易代替的。戏曲团体应紧紧抓住中国人民数千年形成的这种社会心态，将自己置身于民俗的海洋中，占据那块本属于自己的文化阵地。

（原载《艺术学界》第 6 辑，江苏美术出版社 2011 年版）

中国民间的生殖崇拜和喜神信仰

人类学家认为，物质的生产和人类自身的生产是人类的两种基本活动。在科学不发达的原始社会、奴隶社会，乃至封建社会，人类对自身的认识长期处于一种神秘的、朦胧的状态。人从哪里来，又从哪里去？一直是人们关心的问题和探索的问题。人的繁衍不仅关系到家庭的幸福，而且是关系到民族和国家兴旺的大问题。由于得不到科学的解释，于是就产生了各种生殖崇拜和喜神信仰，并形成了与之相关的各种民俗活动。

人类的生殖崇拜和喜神信仰经历了一个从公开的、直观的形态到象征的、隐喻的过程。原始社会的生殖崇拜和喜神信仰可以从早期的岩画和较原始民族的祭祀歌舞中表现出来。如新疆呼图壁康家石门子舞蹈岩画，描绘了一群赤身露体、腿臂修长、胸臀丰满的女子手舞足蹈的欢乐场面。从这些珍贵的形象数据中，我们可以看出原始社会母系时代生殖崇拜的心态。据一些人类学家研究，云南一些少数民族舞蹈中的松胯、顶胯、扭臀、收胸、挺腹等动作，就是原始社会祭祀活动中表现性行为的“生育舞”的遗迹。碧江怒族，直到新中国成立前还继续保存着一种公开表现性感特点的舞蹈。景颇族跳祭天神和祖先的“苏木脑”时，第一天要先跳一种叫“脑泼”的舞蹈（“脑泼”即打开羞怯和窘谨的意思），由二人化装成为找牛的两个裸体男女“木代鬼”，手持装有红、白两种甜酒的竹筒，嘴里说着不三不四的俏皮话，拂晓时从主人家门外喊着进来，在屋里逗闲，最后说到“牛找到了”时，便在房内跳起舞来。

在云南剑川石宝山石窟，有一尊奇特的“雕塑”，石窑正中莲座上，是一个类似女阴的石雕。据当地人介绍，白族称此尊石雕为“阿央白”，译成汉语是“生孩子之处”的意思。当地各族妇女有不孕者，便来石雕前烧香祷告，求它赐育；已怀孕者，也来此用油涂抹石雕女阴，保佑自己生产顺利。当地著名的石宝山歌会，据说就与石雕有关。传说，古时有位年轻小伙子，上山与一群漂亮姑娘对歌，遇到凶龙来欺负姑娘，小伙子奋力杀死了凶龙，但姑娘们却从此杳无踪影。小伙子十分怀念她们，便剥下龙皮，抽出龙筋，取出龙骨，做成一把龙头琴，天天弹唱怀念的歌曲，直到暮年。他的赤诚感动了姑娘们，便托梦告诉他，她们是山神的女儿，因上次遇险，山神从此不让她们出来，辜负了他的一片痴心。为了报答他的深情，她们给他留下一个孩子，作为晚年的伴侣，说完，抬手一指，一块石头从中裂开，石缝里爬出一个孩子。这孩子取名叫石宝，这山便叫石宝山，这石缝，成了生人的圣迹，当地人称为“阿央白”。石宝山歌会从此相沿成习，成为青年男女谈情说爱的盛会。

葫芦笙是云南少数民族最常见的乐器，葫芦笙舞也是云南许多少数民族爱跳的舞蹈。中国上古神话传说，被人们奉为生育女神的女娲，也是葫芦笙的发明者。据说，她做葫芦笙与人类的繁衍有关。葫芦多籽，象征多子，西南少数民族有许多葫芦生人的神话。所以，吹响葫芦笙，即有祈生的意味。这与古代民族的心理习惯正好相符。葫芦笙乐舞，在云南出土文物和古籍中，都很常见。直到近代，苗族、彝族仍流行类似的葫芦笙舞。这些舞蹈或许正是借用象征母体（或多子）的葫芦，“笙”（生）的谐音，表达繁衍滋生人类、氏族子孙的“瓜瓞绵绵”长久不绝的祝福和祈祷。

这种公开的、直观的生殖崇拜不仅在较原始的少数民族地区存在，而且在汉族地区也存在着。1994 年我到江西出差，由鹰潭去道教圣地龙虎山的途中，有一处山崖景观，很像暴露的女阴。无独有偶，在离此不到 5 华里的地方，有一块平地，奇峰凸起，像一男根。据导游介绍，当地不育妇女，都要到这里烧香求神，祈求生儿育女。广东仁化的丹霞山也有类似的石崖，称为元阳石、元阴石，形象逼真，维妙维肖，而且两石相距不远。

由公开的、直观的生殖崇拜到象征的、隐喻的喜神信仰，大概发生在一夫一妻制社会。伏羲和女娲作为造人的“人祖”形象的出现，无疑是出现喜神信仰的标志。在甘肃的天水和河南的淮阳、新蔡等地，建有祭祀伏羲的人祖庙，其中，以淮阳的太昊伏羲陵神庙规模最为宏大。庙院中，每逢庙会，都有民间百姓自发组成的香火社来这里跳“经挑舞”，舞到高潮，人背相摩擦，被称为“龙配”。在显仁殿的墙基上有一个小孔被称为“子孙窑”，象征着女阴，被求子者虔诚地扣摸着。这些祭祀活动都显示出古老的生殖崇拜、性崇拜的观念。距此不远的西华县聂堆乡，有一个叫女娲城的村庄，当地有传说中的女娲坟、女娲庙，村中还曾建过女娲阁。每年的腊月、春正、二月，这里都要举行庙会，祭祀女娲这位传说中的生育大神。在这里，流传着许多关于女娲补天、抟土造人、“显灵”为人治病、帮助人脱险的故事。在河北涉县有一个女娲宫，也叫娲皇宫，建在中皇山上。传说女娲大战共工国首领康回，在中皇山砍下200根松木，在山下洼地打下数10万捆芦苇，在山中开采36000块石头，炼就了五色石，补住了漏雨漏风的苍天。接着，她抟土造就3000个巨人，打败康回；斩掉鳌足，立在四极，使天地平稳，用芦灰从太行山的东阳关、娘子关、龙泉关等山口，堵住了山西省的昭余泽。于是，这里每年的正月二十四，被称为女娲补天节，家家户户蒸补天彩馍，送馍到女娲神庙。每年的农历三月十八，这里都要举行庙会，人们到女娲庙中去求子，从送子神的两腿间抠下一块黄土，吃进去以为就怀了孕，以致于守庙人每天不知多少次要为女娲这位送子神使造出“小鸡鸡”。在娲皇山的送子娘娘睡殿中，盼孙心切的婆婆领着未生育的媳妇去看送子娘娘和送子爷爷在一起交媾的裸体神像。还有求子的人，用红丝线拴在泥娃娃的脖子上，将娃娃带回家，塞在被子下。伏羲和女娲作为人类始祖的传说，不仅在汉族地区有广泛深远的影响，而且深入到新疆少数民族地区。我在新疆看到过一幅伏羲和女娲的壁画，伏羲和女娲都是人头蛇身，蛇尾绞缠在一起，将伏羲和女娲作为喜神形象生动艺术地展现在人们面前。在长沙，马王堆一号汉墓出土的文物中有一块帛画，就是双蛇缠绕图案，蛇尾也是绞缠在一起的。

旧时，在我国南北各地戏班都供奉着一个戏神，尽管这个戏神的名字叫法不一，但都是用一块木头雕刻的婴儿。平时将他供奉在后台，当剧中需要出现小儿形象时，把他作为道具；戏班演出《张仙送子》时，他又作为喜神被主人抱回家中。福建、广东一带的戏班，称戏神为田元帅。有人认为田元帅指唐明皇的乐工雷海青。另据萧遥天先生在《潮音戏叙源》中考证，所谓田元帅本是民间的喜神——青蛙神。古时，福建、广东、广西沿海一带普遍信奉青蛙神，认为它是专管生儿育女的喜神。在古人看来，青蛙的肚子和孕妇的肚子形状相似。另外，青蛙的繁殖能力很强，不仅产子多，而且一夜之间就可以育出成群的幼体——蝌蚪。所以青蛙被原始先民象征为孕妇的子宫，作为喜神来崇拜。在广西壮族地区，在近代还流行着一年一度的祭蛙神盛会——蛙婆节。在蛙婆节葬蛙后跳“蚂拐舞”时，有一位演员要装扮成奶娘，怀抱婴孩（道具），向周围的大姑娘讨奶吃。此外，福建、广东一带祭祀戏神田元帅时，要在稻田中拾取田土。根据以上事实，人们便得出戏神田元帅即喜神青蛙神的结论。现在我们姑且不论戏神田元帅是否就是喜神青蛙神，但有一个不争的事实是，旧时在我国各地戏班都有将木偶戏神代替喜神的。因篇幅的关系，这里不作具体论述。

在我国许多地方，特别是北方的道观如东岳庙、真武庙都供奉碧霞元君，即泰山奶奶。东岳大帝和真武大帝是保佑人间平安，为民间百姓祛灾除难的神；而碧霞元君则是为民间百姓赐子添福的喜神。在广大平民百姓看来，人生再没有比祛灾除难、赐子添福重要的了，因此，东岳庙、真武庙、奶奶庙的香火最旺。碧霞元君是道教的喜神，她的神像被塑成帝后模样。此外，民间还有一个喜神，这就是被称作送子哥哥的张仙，他一般出现在观音庙里。这里出现了一个很有趣的现象，即同属于喜神，一个是女性的碧霞元君，而另一个是男性的张仙。中国民间宗教的变异性很大，观音在佛教中原本是男性，但在民间却赋予他女身。喜神也是如此，之所以要有不同的性别，可能就是为了适应不同性别的崇拜者吧。为了满足香客求子的愿望，道观中的道人每到庙会之前，都要准备许多用纸扎、泥抟或陶瓷制作的娃娃。香客献上供品，得到神仙赐给的娃娃后，回家放在自己的被窝里。如果生子，还要到庙里还愿谢神。如果没有生子，说明自己的心还不太诚，还要再次到庙里许愿求子。

无论是南方的喜神——青蛙神也好，还是北方的喜神——碧霞元君也好，他们都有一个共同的嗜好，就是爱喝酒看戏。如《闽杂记》中记载，青蛙神爱喝酒，“又嗜好看戏，且能自点，以红单书戏目，必周视，足蘸酒溅之，或一二出，或三四出，人谓多点，为歆其祀也。”[①] 山西上党地区奶奶庙里的喜神不仅爱看戏，而且要看“荤戏”，即表现男女调情故事的喜剧，如《闹五更》《秀才听房》之类的剧目。所以在供奉喜神的寺庙里，大殿的对面往往要建造一座戏台，既为悦神，也为娱人，所谓神人共乐也。这无疑是原始生殖崇拜祭祀歌舞的一种遗存和变异。在中国民间观念

① 周亮工：《闽小记·闽杂记》，福建人民出版社 1985 年版，第 86 页。

中，祭祀喜神从来是与娱乐联系在一起的。

生殖崇拜和喜神信仰是人类自身生产过程中的一种宗教意识活动。随着科学的发展，生殖神秘的外纱逐步被打破了，但是喜神信仰作为一把打开人类学和民俗学的钥匙，我们应该掌握它、运用它。

（原载刘文峰《中国传统戏曲传承保护研究》，学苑出版社 2012 年版，第 196—200 页。）

戏曲文化与民间美术

在20世纪60年代前，戏曲文化反映到人们生活的方方面面，特别是对装饰环境、美化生活的民间美术，更是产生了无处不在的巨大的影响。除以戏曲为题材的文人画外，如《清代乡村演戏图》《清光绪年间北京茶园演戏图》《清月明楼茶园演戏图》《清同光十三绝》《清升平署戏画》等，在建筑装潢和民间工艺领域，以戏曲为题材的美术作品更是随处可见。

戏曲壁画

戏曲故事和戏曲人物装扮是壁画常见的题材，这一类壁画多绘在庙宇、戏台、戏楼等公共建筑上，如山西洪洞广胜寺元代戏曲壁画、山西运城西里庄元墓戏剧壁画、山西洪洞下村关帝庙戏台戏曲壁画、四川绵阳鱼泉寺戏曲壁画、江西武宁东岳殿戏曲壁画等。元代的戏剧壁画基本是舞台演出的摹绘，而明清时期的戏曲壁画有一个共同特点，就是人物形象是按戏曲舞台上绘的，而背景则是生活中的实景，如《甘露寺》中画了庙宇建筑，《虎牢关》中画上了战马的形象。

山西洪洞下村关帝庙戏台壁画为清末的作品，据当地老人传说，壁画出自两位民间画师之手，西墙为姓李的师傅所绘，东墙为姓单的师傅所绘。东墙正中的一幅大画为《甘露寺》，周围有《八蜡庙》《拾玉镯》等三幅小画；西墙正中的一幅大画绘一群戏曲人物，周围有《断桥》《南天门》《杀狗》三幅小画。这些壁画连同戏台在20世纪70年代毁坏，所幸运的是，被从小在这里读小学的老画家苏光先生临摹下来。

四川绵阳鱼泉寺位于绵阳城东北17公里的魏城东宣乡，寺院始建年代不详，明正统元年（1436）、清康熙和乾隆年间多次重修。戏曲壁画是光绪年间所绘，绘在寺院的两廊和虚阁的过梁上。画法有两种：一种是在较厚的灰底上用比较细腻的线条勾画出人物、花草、山石的轮廓，再填上较重的颜色，构图严谨，画面绚丽；另一种多用水色渲染，人物和背景的线条比较粗放。现可考的剧目有《夺棍打瓜》《杀狗惊妻》《青袍记》《打虎过山》等16幅。

江西武宁东岳殿戏曲壁画绘在戏台龟蓬倒壁上，共8幅，有1幅模糊不清，其他7幅是：《程敬思解宝》《闹昆阳》《九龙山》《临潼山》《红旗山》《鸿门宴》《盘河桥》。壁画为清光绪二十一年（1895）所绘，采用黄油漆打底，墨笔勾画线条，涂填红、黄、蓝、白等色。人物为舞台形象，山水、马匹等比较写实。画面每幅各长90厘米，宽57厘米，有花纹镶边。

戏曲年画

戏曲故事是各地年画的主要内容。天津杨柳青年画、河北武强年画、山东潍县年画、苏州桃花坞年画、陕西雍山年画、山西晋南年画、河南朱仙镇年画、四川绵阳年画等均有不少以戏曲为题材的作品。其中，陕西雍山年画《回荆州》之一、之二标明为“明正德九年雍山老人藏板”，是我国目前发现的最早的木版戏曲年画。天津杨柳青戏曲年画和苏州桃花坞戏曲年画在国内外的影响较大，成就较高。

杨柳青年画产生于明末，兴盛于清光绪年间，现存最早的戏曲年画为清乾隆年间的作品。早期的戏曲年画，人物形象较大，配有山水、林泉、楼阁、城池等背景，如乾隆年间的《瑞草图》、嘉庆年间的《牡丹亭》。光绪以后的戏曲年画，多不用背景陪衬，有的仅设一桌二椅，人物的表情、身段、服饰、脸谱、砌末以及舞台调度等，都与当时的舞台演出相近，如河北梆子《送盒子》《曹庄杀妻》《遗翠花》《探窑》《牧羊卷》《卖豆腐》《铁弓缘》《卖胭脂》等。据史料记载，杨柳青的画家，为了真实地反映戏曲的舞台艺术，曾亲临剧场观摩、描绘。因此，许多年画中的戏曲人物，酷似当年的某些戏曲名伶。有不少作品，不仅标出戏中的角色，而且还标明扮演的演员以及演出的戏班，如河北梆子《闯宫》一画，就刻有梆子演员达子红，京剧演员高福安、薛凤池，反映了当年“梆簧两下锅”的演出情况；京剧《连环套》一画，刻有“天津官银号旁”“大观茶园”以及“九义合班”黑底金字招牌。天津杨柳青年画的样式有整张纸的“贡尖”，三开纸的“三才”，两张纸拼接在一起的“对楼”等。画面有单出戏，如《穆柯寨》；连环画，如《四郎探母》以及几个场景组成一出大戏等。

苏州桃花坞戏曲年画亦产生于明末，清乾隆年间比较兴盛。清同治、光绪年间上海繁荣起来，桃花坞的画家纷纷来上海开设画店，将桃花坞戏曲年画的工艺带到上海。故现存清代上海戏曲年画，是与桃花坞戏曲年画一脉相承的。早期苏州桃花坞戏曲年画保留至今的极少，现存《除三害》《大闹延庆寺》为清末作品。后者为王荣兴画铺刻印，选取了《大闹延庆寺》一剧中“捉拿超凡和尚”的情节为画，画面生动反映了当年徽、京艺人表演飞檐走壁的特技。《除三害》除戏曲人物外，还画有城池、松柏、龙虎等背景，非舞台写实年画。苏州桃花坞画家来上海开设的画店有孙文雅、吴文艺、泰兴号、杨双喜、筠香斋等，大都集中在上海城隍庙一带。其戏曲年画保留至今的有《乔醋》《节义廉明》《鸿鸾禧棒打薄情郎》《黑风帕》《双包案五鼠闹东京》《白水滩》等30多幅。这些戏曲年画大都是光绪年间的作品，制作采用墨线水印，人工着色。色彩有4色、5色、7色之分，画幅有横幅、竖幅两种。所选剧目除少数昆曲外，大部分是京剧。作品采用写实的手法，所绘戏曲人物，从身段到脸谱、砌末乃至舞台调度等均如实反映了当时上海京、昆舞台面貌。如《黑风帕》中绘有山景的硬片，《白水滩》中十一郎的服装等，都与京派不同。《绒花记》画面中的两根木柱上分别挂有“本园特聘京都杨月楼回申”，“特聘周春奎、秀扁儿、沈二小演《绒花记》”，反映了当时戏院老板的广告意识。

戏曲瓷画

在日用瓷器上绘制戏曲故事或戏曲人物，早在元代就出现了。目前见到的绘有元杂剧的瓷器有：《三顾茅庐》青花瓷罐、《青衫泪》青花瓷瓶、《尉迟恭单鞭夺槊》青花瓷罐、《汉宫秋》青花瓷罐、《萧何月下追韩信》青花瓷瓶等。这些瓷器均为江西景德镇的产品，被国内外博物馆收藏。明清时期，景德镇绘有戏曲形象的瓷器向五彩画发展，如南京博物馆珍藏的《曹操献剑》《追韩信》清代戏曲瓷盘各1件，《西厢记》瓷砖一套9件，分别为“佛殿奇逢”“僧房假寓”“白马解围”“夫人停婚”“莺莺听琴”“堂前巧辩”“长亭送别”“草桥惊梦”“衣锦荣归”等场面。这些瓷砖以线描的笔法彩绘，戏曲人物衬托写实背景，虚实结合，色彩艳丽，人物生动传神。如“佛殿奇逢”，背景为佛殿庭院，花木争艳。张生在殿前台阶下，头戴学士巾，身穿素褶子，双手拿着打开的折扇，两眼直直地看着左前方，似乎被莺莺的美貌惊呆了。紧靠张生站着法聪，穿僧衣，戴僧帽，蓄短须，胸前挂一串佛珠，开口大笑，右袖高抬，似乎有意阻挡张生的视线，而自己却目不转睛地看着莺莺和红娘。中间红娘梳高髻，穿长坎肩、白裙子，姿态娇小机灵，她双手指向右方，脸朝身后的莺莺，似乎说：“那边有人，我们快回去吧！”左边的莺莺斜梳高髻，佩戴钗环，长裙曳地，外系短裙，体态娇美，左手拿着一枝鲜花，放在腮下，欲走又似乎不舍。整个画面把张生巧遇莺莺后的惊艳和莺莺对张生的眷恋描绘得出神入化。

再如上海博物馆藏清康熙年间戏曲瓷盘《曹操献剑》《追韩信》，采用五彩绘制，戏曲人物形象与实景相结合，情景交融，栩栩如生。江苏南通宋建人收藏的清光绪年间戏曲瓷盘《四杰村》《庆顶珠》《定军山》《大嫖院》等，采用线描的手法，然后再涂以色彩，人物装扮、身段与舞台形象相近，背景则为牡丹、梅花等花卉。这些瓷盘均为江西景德镇出品。据《中国戏曲志·江苏卷》调查考证，清光绪年间的戏曲瓷盘为南通乡绅王凤冈从景德镇订制，是分赠石港镇昆曲票友的。

徐州博物馆藏有一件清代戏曲人物花瓶，花瓶以黑釉为底，五彩绘制，高46.2厘米，腹径21.1厘米，口径12.5厘米。花瓶上绘一戏台，中间坐一帝王打扮的人物，左右侍立着执扇的宫人，左边还站立一大臣。戏台下的广场上竖大旗两面，有18个穿戏装执兵器的戏曲人物在作比武状。从装扮看，拟为水浒戏中人物。上海博物馆收藏有一件清康熙年间景德镇烧制的青花戏曲人物花觚，高45.5厘米，口径22.2厘米，底径15.1厘米，上下共绘有四幅戏曲图案。上面颈部绘《疯僧扫秦》和《目连救母》，下面腹部绘《岳母刺字》和《燕青打擂》，所绘人物的构图与实际演出的舞台调度基本相同，线条流畅，姿态生动。

戏曲彩塑

彩塑是民间常见的一种工艺品。以戏曲为题材的彩塑，天津、山东、江苏、山西均有流传，其中尤以天津的“泥人张”和江苏无锡的惠山泥塑称著。

天津“泥人张”彩塑始于清道光二十四年（1844），当时，京剧名伶余三胜来天津演出，“泥人张”第一代张明山按余三胜演戏的神态做了一件塑像，被观众看了后誉为“活余三胜”，从此张明山的泥塑名声大振，“泥人张”的雅号不胫而走。据说他在看戏时，常以舞台上的角色作模特，端详相貌，抓取特征，于人们不知不觉时在袖中暗地摩捏，一出戏未终，戏中的形象就已成形。回到家里，敷粉涂色，饰以衣冠，就能与舞台上的名角不差丝毫。有一次名丑刘赶三出场演戏，发现台下坐着张明山，急忙下场，然后又上场说：“泥人张在台下呢，我不敢上场，怕他把我捏上了!”引得观众轰然大笑。张明山曾为谭鑫培、杨小楼、汪桂芬等塑过像，并塑造过戏出《西厢记》《黄鹤楼》《春秋配》《岳母刺字》《木兰从军》等，现在保留下的有《断桥》等。泥人张的第二代传人为张玉亭，他的戏曲彩塑保留下来的有《黛玉葬花》《三娘教子》等。第三代为张景佑，他的戏曲彩塑流传于世的有《坐宫》《探母》《长生殿》《击鼓骂曹》等。第四代为张铭，其戏曲彩塑有河北梆子《打金枝》等。泥人张的戏曲彩塑除有个人收藏外，还被中国美术馆、天津艺术博物馆、中国艺术研究院戏曲研究所等珍藏。

无锡惠山泥塑相传始于明代，以戏曲为题材的彩塑大部分为清中叶戏曲舞台上的流行剧目，如《渔家乐》《绣襦记》《白兔记》《贵妃醉酒》《钓金龟》等。这些彩塑作品，每件两人或三人不等，造型生动，衣纹飘逸，色彩典雅，面部表情富有性格特征。清咸丰、同治年间的著名惠山泥塑艺人有秦仁金、傅润泉、陈桂荣等。清末著名艺人有阿金、周阿生等，他们都是“手捏戏文”的高手。

除以泥为材料的戏曲彩塑外，在山西平遥还有一种将纸扎的戏曲彩塑，放入舞台口形的橱窗箱内，称“纱阁戏人”。戏人的身躯用草秸扎成，外用彩纸剪贴，头、手、脚用泥制成。纱阁戏人始于何时，不得而知。现存清光绪三十年（1904）平遥纸扎铺“六合斋”艺人徐立廷制作的纱阁戏人29箱。箱高100厘米，宽70厘米，深60厘米。箱体正面为舞台台口形状，罩牙雕花，内置屏风隔断。戏人高50厘米，组成各种戏剧场面，如《射唐关》(《畲塘关》)《铁钉床》《赶龙床》《战洛阳》《恶虎村》《斩龙袍》《鸿门宴》《南阳关》《金台鉴》《反唐邑》《借伞》《镶麟镜》《岳飞》《司马庄》《大进宫》《邓家堡》等。这套纱阁戏人，工艺精湛，形象逼真。过去每年元宵节，收藏者要将纱阁戏人陈列于市楼回廊，供人观赏。

此外，在山东民间还流行着一种戏曲面塑，如《孙悟空三打白骨精》《断桥》等，色彩鲜艳，造型生动，艺术风格别致。

戏曲雕刻

戏曲雕刻是庙宇、祠堂、戏楼、牌坊、民居等建筑常见的民间装饰美术作品，兴起于明代中叶，清乾隆年间盛行，其品种有木雕、砖雕、石雕等。

戏曲木雕的范围比较广，保存比较好的有安徽亳州花戏楼戏曲木雕、四川自贡西秦会馆戏楼戏曲木雕、山西襄汾丁村民居戏曲木雕、浙江东阳夏程里乡程氏民居戏曲木雕、上海松江张氏雕花厅戏曲木雕、苏州全晋会馆戏台戏曲木雕、江苏南通县袁灶乡熊伯渊私宅戏曲木雕等。安徽亳州花戏楼戏曲木雕和四川自贡西秦会馆戏楼戏曲木雕在前面演出场所中已作介绍，不再重复。

山西丁村是我国著名的旧石器遗址，现尚存明万历至清咸丰年间的民居20余处。其中有一座建于清乾隆五十四年（1789）的民居，在院内正厅前檐的横檐板上，有戏曲木雕4幅。从右至左，第一幅为《宁武关》，宽41厘米，高40厘米；第二幅为《岳母刺字》，宽39厘米，高37厘米；第三幅为《双官诰》，宽39厘米，高37厘米；第四幅为《忠义侠》，宽44厘米，高37厘米。这四幅戏曲木雕按内容，《宁武关》表现明末宁武关守将周遇吉一家为抵抗李自成农民起义军而亡的故事，取其“忠”；《岳母刺字》表现岳飞孝顺老母的故事，取其“孝”；《双官诰》表现李三娘含辛茹苦，教子成才的故事，取其“节”；《忠义侠》表现周仁献妻救嫂的故事，取其“义”。四幅戏曲木雕排列在一起，恰好为忠、孝、节、义，形象地反映了民居主人的传统道德观。

浙江东阳为我国的木雕之乡，夏程里乡程氏民居由乾隆年间建造的尊行堂、慎德堂，道光年间建造的慎秀堂组成。戏曲木雕材料选用樟木，分别镂刻在厅堂的梁柱和扇门腰板、扇门锁板、涤环板等处。以薄浮雕为主，采取散点透视的构图法。内容为当年东阳三合班（所唱声腔为昆曲、高腔、乱弹）及徽班所演流行剧目，如《芦花记·推车接父》《宝莲灯·二堂审子》《金印记·苏秦逼仪》等共计二百多出。尊行堂和慎德堂的雕刻风格相近，粗犷古朴，人物多大头胖体，不太符合正常人体比例，但盔帽、服饰、砌末等与舞台演出实况相似，有简单的景物衬托，如《芦花记·推车接父》中有局部的房屋和树木及推车等实物。慎秀堂的雕工刀法比较细腻，据说主人曾令工匠到苏州、北京等地参观学习雕刻技艺，故所刻人物形象比较符合人体比例，画面层次分明，但因偏重于景物的精雕细刻，人物形象不如尊行堂和慎德堂突出。

上海松江张氏雕花厅建于清末，为明代书法家张弼之后裔张祖南所有。雕花厅的梁枋上镶嵌着20余块木雕，其中有9块取材于戏曲，如《凤仪亭》《抱妆盒》《赵颜求寿》《单刀会》《激权瑜》《反西凉》《锤震金蝉子》《刺兀术》等。每块高60厘米，宽100厘米。这些戏曲木雕采用浮雕手法，刀工纯熟，线条流畅，人物形象生动传神。如《凤仪亭》中头戴相貂、身穿蟒袍、腰系玉带的董卓，正躬身调笑貂蝉；身穿短衫长裙的貂蝉，则举袖遮面作害羞状；身穿箭衣、头戴紫金冠插翎子、手执方天画戟的吕布，躲在亭外，怒气冲冲，欲刺杀董卓。这些戏曲木雕，人物比例不尽相同，可能不是出于一人之手。

江苏南通县袁灶乡熊伯渊私宅正厅四根枋上两面镶有戏曲木雕共15块，内容有《三英战吕布》《诛董卓》《长坂坡》《讨荆州》《激权瑜》《苦肉计》《借东风》《空城计》等三国故事戏。其中《苦肉计》比较接近戏台演出实景。后景为云水山川挂幅，两侧有上下场门，中间有一桌二椅舞台陈设。周瑜头戴帅盔，身着蟒袍玉带，手举令牌，正欲杖责黄盖。黄盖头戴大额子，三髯，身着大靠，脚蹬虎头靴，躬身听命，手抚臀部。鲁肃头戴方翅纱帽，满髯，身着官衣，系玉带，正拱手求情。诸葛亮头戴八卦巾，披八卦衣，手执拂尘，冷眼旁观。画面采用深、浅、透、圆的通雕技法，浑厚古朴。

戏曲砖雕保存比较完整的有山西壶关白云寺戏曲砖雕、山西河曲弥佛洞寺戏曲砖雕和徽州一些民居建筑中的戏曲砖雕。

山西壶关白云寺戏曲砖雕镶嵌在正殿两侧耳房及东西廊房之上，雕刻时间为清嘉庆六年至九年（1801—1804），共有6幅，每幅均以两块砖横拼，高宽各为30厘米。第一幅为《蒋干盗书》，画面中身穿蟒袍，束玉带，头戴紫金冠，插雉翎的周瑜倚案假寐；头戴圆翅纱帽，身穿官衣的蒋干，右手端灯，左手持书，蹑手蹑脚正欲离去。第二幅为《太君挂帅》，画面上畲太君头戴凤帽，穿蟒袍外加披风，蹬朝靴，左手执令旗；杨洪头发软扎，穿窄袖长袍，蹬皂靴，背“圣旨”，左手捋髯，右手持马鞭。第三幅为《朱买臣休妻》，画面左边头戴高顶软帽，穿窄袖上衣，腰束带，系小围裙，双手举挂绳扁担欲打对方的为朱买臣；右边头戴圆形女帽，发有珠饰，穿宽袖袄扎脚裤，左腿搭在右腿上，右手叉腰，左手举过头顶，做蛮横状的为朱买臣之妻。另外三幅均为两人武生装扮的武戏场面，难以分辨剧名。这些砖雕采用浮雕手法，刀工纯熟，画面生动，人物传神，既符合剧中规定情节，又具备戏曲表演的神韵。画面周围以戏曲舞台台口、台柱式样的花纹装饰，犹如戏台上演出的场面。

弥佛洞寺在河曲县石城村，建于清咸丰元年（1851），为一面窑洞三面房的四合小院。窑洞依山挖成，青砖砌面，镶嵌浮雕装饰。最上一层为雕椽；第二层中央为“清心明性”匾额，两边为棱形雕花及斗栱垂柱；第三层两垂柱间檐口花罩上，雕刻着10个戏曲场面，均以雕龙图案分隔；第四层为倒梯形“富贵不断”图案；最下层为梅花边饰窑门圈口。10幅戏曲场面从右至左分别为：《白蛇传·游湖》《渭水河》《春秋配·捡柴》《打子上坟》《庆顶珠·杀江》《八义图·朝房》《打金枝·绑子》《牧羊卷·舍饭》《双官诰·教子》《白蛇传·祭塔》。每幅画面一至三人不等，刀工精细，线条流畅，人物举止生动，有较高的艺术价值。

《中国戏曲志·安徽卷》共收录徽州戏曲砖雕《张松献图》《辕门射戟》《九锡宫》《挑袍》4幅，均为三国戏曲故事。前两幅画面规格，艺术风格相同，应为同一建筑物上的作品。画面虚实结合，楼台、花木、战马为写实风格，人物为戏曲装扮，刻工细腻，人物面部表情丰富。《九锡宫》和

《挑袍》风格与前两幅相同，不同的是《九锡宫》场面宏大，有13个角色登场；《挑袍》在砖雕上涂有颜色，虽然年久剥落，还可见红色和绿色。

戏曲石雕以石牌坊和殿堂石础上比较常见，如四川汉源九襄节孝石坊戏曲石雕、四川雅安上里双节孝石坊戏曲石雕、江苏高淳祠堂柱础戏曲石雕、江西上饶玳公祠《浣纱记》戏曲石雕等。

四川汉源九襄节孝石坊建于清道光二十九年（1849），位于九襄镇川滇古道上。石牌坊高13.3米，为四层四檐格局，上面有石雕186幅，其中戏曲石雕48幅，可以考辨的剧目有《秉烛待旦》《花鼓闹庙》《小放牛》《火烧绵山》《完璧归赵》《战潼关》《琵琶记》《柳毅传书》《长生殿》《西厢记》《槐荫记》《连环记》《截江夺斗》《刘备招亲》《郭子仪卸甲封王》《四郎探母》《穆桂英招亲》《西游记》等。石雕采用浮雕的手法，画面布局严谨，层次分明，人物生动传神，富有舞台韵律。

四川雅安上里双节孝石坊建于清道光十九年（1839），位于雅安县城以北27公里的上里乡田家坝。牌坊为四柱三间出檐式，高11.25米，宽7.8米。牌坊上除刻有双凤朝阳、二龙戏珠等吉祥图案外，还刻有20余幅戏曲图案，其中《太白醉写》比较真实地反映了舞台演出的风貌。画面中的李白左腿高抬，高力士低跪捧皂靴，杨贵妃立在旁边捧砚。李白一手揽须，一手挥笔写国书，番国使臣单腿下跪接书。画面生动，人物传神。石刻原着色，因年久而剥落，现仍留有彩色遗痕。

江苏高淳祠堂柱础戏曲石雕分布在淳溪镇和沧溪、下坝、固城等乡的祠堂建筑物木柱底部的石墩上。这些石墩有方形、圆鼓形、圆鼓八面形、圆鼓六面形等，高46厘米，周长210厘米。石刻的年代约在清中叶至清末，大部分为花鸟走兽图案，其中五座石墩雕有戏曲场面25幅，可辨认的有《打虎》《相命》《凤仪亭》《绣襦记·打子》等。画面高20厘米，宽13厘米，采用剔底浮雕法，形象古朴。

江西上饶玳公祠位于上饶县应家乡安坑村。《浣纱记》戏曲石雕共两块，分前浣纱记、后浣纱记，各长230厘米，宽107厘米，厚20厘米，镶嵌在祠堂的大厅两侧。石刻是以明代剧作家梁辰鱼的《浣纱记》为蓝本创作的，在44组画面中，雕刻了240个人物形象，反映出剧作完整的戏剧情节。其中有不少画面人物形象生动，富于戏剧性。如《允降》，画面上吴王夫差坐桌后，伯嚭、伍员站立两边，夫差左手拈髯，歪着头面向右，似在听伯嚭说什么；文种跪扑桌前，戴纱帽的伯嚭双手举起，作投降状，像是在向夫差表达文种的意思；伍员头戴相貂，左手拈须，摆右手作阻止状。人物的性格、心态刻画得栩栩如生。再如《问疾》一场，画面中夫差手撑左额伏案而坐，两旁伺立着侍臣，前面放一马桶，越王勾践正弯腰伸手向马桶中掏粪尝试，右边的妇人双手掩鼻，勾践身后的一名侍从在观望。画面再现了身为阶下囚的越王勾践忍辱负重的情景，形象地反映了“卧薪尝胆”的主题。

戏曲剪纸和刺绣

剪纸和刺绣是我国有悠久历史的民间工艺品，常用来美化和装饰居住环境。

以戏曲为题材的剪纸，在北方农村很普遍。山西的晋南、孝义，河北的蔚县以及黑龙江等地是闻名国内外的剪纸之乡，这些地方的戏曲剪纸以构图精巧、做工细腻、形象传神著称于世。

如孝义康秀卿的《断桥》，画面右边的青儿怒许仙不分好歹，举剑欲杀，白素贞急忙阻挡，右手推许仙，左手挡青儿，很有戏剧性。张吉英的《孙悟空三打白骨精》，画面为孙悟空和白骨精在空中交战的场面，白骨精头戴双翎额子，举双刀向孙悟空刺杀，孙悟空双手举金箍棒反击，二人脚下有祥云图案，造型生动。宋林生的《五鼠闹东京》为卢芳、韩彰、徐庆、蒋平、白玉堂五个人物造型，其举止、神态、装扮与舞台形象无异，个个惟妙惟肖。穆继武的《打渔杀家》《藏舟》《舍饭》，选取了该剧典型的舞台造型，并以与剧情有关的形象加以点缀，如《打渔杀家》在画面左上角剪了一条鱼；《藏舟》不仅使人物站在船上，而且在他们头顶的左上角剪了两只喜鹊，寓意以后结为百年之好。

晋南的戏曲剪纸《双锁山》和蒲剧马武、秦英脸谱，河北蔚县的戏曲剪纸《十五贯》和戏曲脸谱都是在白纸剪成的作品上再涂以色彩，增强了剪纸的艺术表现力，具有绚丽多彩的风格。

黑龙江民间的戏曲剪纸除作为窗户上的装饰画外，还与挂在门檐上的挂钱结合在一起，如《王二姐思夫》《花园会》《花为媒》《断桥》等，将人物与景物及装饰图案结合在一起，更具有民间美术的装饰效果。

以戏曲为题材的刺绣比较少见，在编纂《中国戏曲志》时，当地的戏曲工作者在山西和吉林民间有所发现，如晋南发现的戏曲刺绣《双锁山》《西厢记》《表花》，吉林发现了一批幔帐套上的戏曲刺绣，画面有《状元祭塔》《借伞》《赶三关》《打金枝》《武家坡》《前世姻缘》《夙世仙缘》等。刺绣因受自身材料和工艺的限制，以图案见长，不善于表现人物，但晋南的戏曲刺绣《双锁山》和《表花》却造型生动，人物的面部表情也比较有戏剧性。吉林的幔帐套戏曲刺绣，富有民间刺绣的装饰效果，风格古朴粗犷。

明末清初以来，是中国戏曲发展的第三次高峰，也是中国戏曲文化深入民间、深入民心的时期。世界上没有哪一种戏剧文化像中国戏曲这样，能渗透到人们生活的各个方面，不仅戏曲的内容影响着观众的思想道德，而且戏曲的艺术品格影响着一代又一代人的审美情趣。中国现代化的进程，拉大了中国传统戏曲与现代观众审美意识的距离，但是作为代表中国传统文化艺术的形式，它永远不会消失。戏曲产生于民间，民间需要戏曲。当戏曲重新回到民间，我们的戏曲艺术家把民间作为自己生存的土壤的时候，戏曲的百花园一定会是姹紫嫣红、欣欣向荣的。

（原载《中华戏曲》第34辑，文化艺术出版社2006年版）

中国传统剧场的变革与戏曲发展的关系

中国传统剧场是随着戏曲艺术的发展而变革的，并且经历了一个由简陋到精美、由室外到室内的衍变过程。由于中国地域广阔，各地的自然、地理、经济条件相差很大，所以又形成了剧场建筑的多样性，室外和室内、固定和临时并存的剧场格局。本文拟通过有关的文字记载、文物数据和现存的古戏台、戏楼，探索中国传统剧场的发展轨迹，阐述中国传统剧场的变革与戏曲发展的关系。

一、中国古代剧场的变革与戏曲的发展轨迹

在戏曲形成之前的歌舞百戏，演出场所大都利用自然地形举行。《诗经·陈风·宛丘》曰："坎其击鼓，宛丘之下。无冬无夏，值其鹭羽。坎其击缶，宛丘之道。无冬无夏，值其鹭翿（dào）。"诗中咏叹了公元前7世纪中国春秋时期陈国的群众，一年四季喜欢在宛丘这样一个有利于观看的地方，在鼓乐的伴奏下，举着鹭羽伞儿载歌载舞的情景。唐人常非月《咏谈容娘》有"举手整花钿，翻身舞锦筵。马围行出匝，人簇看场圆"的诗句，描写的是过往行人在路旁广场观看演出的情景。汉唐时期，城市发展，商品经济繁荣，道教、佛教文化盛行，寺庙不仅成为人们从事宗教活动的场所，而且成为人们休闲、娱乐的活动场所。民间艺人常聚集其间，表演包括滑稽戏在内的歌舞百戏。宋钱易《南部新书》称，隋唐"长安戏场，多集于慈恩，小者在青龙，其次荐福、保寿。"宋司马光《资治通鉴》记载，万寿公主曾到慈恩寺观戏场看戏。

形成建筑性的演出场所约在汉代。山西运城、河南项城和安徽涡阳汉墓都出土了陶制的百戏楼模型。山西运城汉墓出土的百戏楼高5层，其中

三层和四层上有演出的百戏俑；河南项城汉墓出土的百戏楼高 3 层，演出的百戏俑在一层；安徽涡阳汉墓出土的百戏楼高 4 层，演出的百戏俑在二层。这些百戏楼的建筑高度，均在 3 层以上，不会是普通的居住建筑，而是专为百戏演出建造的场所，很有可能是建在寺庙里或城镇的广场上。演员在楼上演出，观众在楼下的广场或场院观看。另外，演出场所的层次，一至四层都有，可见这时的演出场所，还没有形成固定的模式。汉代，除出现了高层建筑的演出场所外，还出现了建筑型的观演场所——看棚。据张衡《西京赋》及《汉书·西域传》记述，在都城长安演出百戏时，皇帝曾亲临戏场，在看棚观看演出。隋代，百戏的演出场所和看棚规模宏大。《隋书·音乐志》记载：洛阳“每岁正月十五日，于端门外、建国门外，绵亘八里，列为戏场。百官起棚夹路，从昏达旦，以纵观之。”以上史料说明，看棚是为官僚统治阶层建造的观演场所，普通观众是不能进入的。官僚统治者居高临下的地位，在观戏娱乐中亦得以体现，这一观念一直影响到后来的舞台建筑，直到近代的茶园式的戏院，官僚贵族看戏的包厢一直建在剧场的二楼。

唐代出现了专供歌舞杂剧演出的乐棚、乐楼、歌台、舞台等建筑。如元稹《哭女樊四十韵》中有“腾踏游江舫，攀缘看乐棚”；王建《宫词》中说“更筑歌台起妆殿，明朝先进画图来”；崔令钦《教坊记》中记载：“内妓与两院歌人，更代上舞台唱歌。”乐棚、歌台、舞台仅见于唐代的诗文中，没有实物保存下来，能见到的形象数据有两处：一是在敦煌壁画“伎乐天”中的一个歌舞场面，表演场所建在水池之中，四周有矮栏杆，中间铺着华美的地毯。这样的演出场所，是专为贵族享用的。另一处是敦煌莫高窟第 61 窟《法华经变》火宅喻图，上面有两个乐伎在表演，一个乐伎在伴奏，这是我们今天所能见到得最早的舞台形象。民间的演出场所，大都是建在广场或庙宇中乐棚、乐楼一类的建筑。陕西澄县唐代城隍庙乐楼，是目前所知唯一保存下来的一座唐代乐楼。此楼又名神楼，始建于唐贞元十三年（797），明万历十年（1582）整修重建，除石础、石柱等部分构件为唐代原物外，已为明代建筑风格。

宋代是戏曲艺术走向成熟的时代，也是戏曲演出场所逐步完善起来的时代。在城市，出现了瓦舍勾栏这样的营业性演出场所。瓦舍是开封、临安等商业城市常年集中向市民开放的游艺场所。其中除杂剧外，还包括了小说、讲史、诸宫调、傀儡戏、影戏等艺术表演形式。勾栏是具体的演出场所，早期的情况因无具体的史料记载，不得而知。晚期的建筑形式，按元初杜善夫的套曲《庄家不识勾栏》中的描写，从外表看像钟楼模样，里面的观众席是逐步升高的；舞台三面敞开，一面留作后台。除表演区外，还有供乐队伴奏的乐床。

在中小城镇和乡村，虽然没有常年演出的勾栏，但除保留供迎神赛会演出的如陕西大荔东岳庙岱祠乐楼外，还有露台、舞亭等演出场所。有关露台的文字记载在汉唐时期就有，但作为表演用的平台是在宋代才出现的。苏轼用“月上九门开，星河绕露台”的诗句来形容东京露台的宏伟。《武林旧事》记载，每当元夕，皇帝都要幸驾宣德门，“观鳌山……其下为大露台，百艺群工，竞呈奇伎”，皇帝在露台对面的楼上观看，“百姓皆在露台下观看”。随着城市的繁荣，营业性的勾栏取代了露台，但在农村，露台这种演出场所依然存在着。据山西省芮城县博物馆存金泰和三年（1203）《岳庙新修露台记》的记载，农村的露台是以夯土筑成，砖石砌边，上面为没有顶盖的方形大平台。河南登封中岳庙现存金代承安四年（1199）重修中岳庙碑，上面刻有当时中岳庙的线描图，其中在大殿前有一露台，正方形台面，整体呈须弥座形。现在露台所在的位置为砖砌的长宽各 11 米，高 1.3 米的平台。舞亭，又称舞厅。目前有文字可考的舞亭是北宋天禧四年（1020）建于山西万泉县桥上村后土庙，现留有当年建舞亭时立的一块石碑。早期的舞亭是什么样的建筑形式，没有形象数据可考，但从山东泰山王母池明万历年间（1573—1620）建的舞亭看，它是一种建在高台之上，有梁柱支撑顶子的固定建筑。可见，舞亭这种形式，一直保留到明代。

由舞亭演变为戏楼这样一种比较成熟的剧场建筑形式，大约是宋金交替北杂剧形成之时。这时候的杂剧形式，不仅仅是“五花爨弄”插科打诨的简单形式。从现存元陶宗仪《南村辍耕录·院本名目》看，其演出内容、形式与早期杂剧相比，有了很大的丰富，露台的剧场形式已经不能满足演出的需要。始建于宋元丰八年（1085）的山西沁水县郭壁村崔府君庙戏楼，是目前发现建筑最早的戏楼。此戏楼建在郭壁村南头的崔府君庙内，坐南向北。台基为正方形，高 1.05 米，进深 8.19 米。四角四根长 4.5 米，直径 0.6 米的圆柱支撑起大额枋构成的井字形框架。补间有斗栱三朵，内为斗八藻井，单檐歇山式屋顶。山花向前，有博风悬鱼装饰。建筑结构与建于金大安二年（1210）的山西侯马董墓戏楼模型相近，为早期戏楼的形制。

到了元代，北杂剧成熟起来，其演出形式由艳段、正杂剧、打散三段式发展为四折一楔子一人主唱杂色宾白。情节的假定性、表演的程序性逐渐明确，由无方向、无定位的四面观戏楼发展为有上下场定位的三面观戏楼。为满足观众看戏的需求，戏楼在北方农村广泛兴建。除山西现存的元代戏楼外，陕西、河南、河北等地都有建筑戏楼的文字记载。山西现存始建于元至元二十年（1283）的临汾魏村牛王庙戏楼，始建于元泰定元年（1324）的翼城武池乔泽庙戏楼，始建于元至正五年（1345）的临汾东羊村东岳庙戏楼，始建年代不详的临汾王曲村东岳庙戏楼等元代戏楼，为我们研究元代的戏曲演出场所提供了宝贵的实物数据。

明朝建立以后，随着商品经济的发展，人民群众的娱乐需求，特别是对戏曲欣赏要求也日益增长。各地为适应戏曲演出的需要，建造了大量的戏楼。由于明末清初战火的破坏和自然的损坏，明代戏楼保留至今的并不多。山西地处黄土高原，气候干燥，有利于古建筑的保存，加之明代以来受战争的破坏较小，故现存明代戏楼较多，比较著名的有运城解州关帝庙雉门戏楼、翼城樊店戏楼、太原晋祠水镜台、太谷净信寺戏楼、介休后土庙戏楼等。除此之外，北京的隆安寺戏楼、陕西彬县城隍庙戏楼也是保存较好的明代戏楼。

明代嘉靖年间，昆山腔崛起，并迅速发展到江南各地和全国的大中城市。昆山腔原本是江苏昆山一带的民间戏曲，经魏良辅等革新，受到文人雅士们的喜爱和上层社会的欢迎，不仅吸引了许多剧作家从事昆曲剧本创作，而且许多官僚政客、豪商大贾以蓄养家班、演唱昆曲为时尚。文人创作的剧本以反映才子佳人爱情故事的为多，结构庞杂，情节拖沓，文词艰涩，很少有全本在舞台上演出的。但有一些精彩的片断，却广泛流传。以才子佳人为题材，以生旦为主角的昆曲折子戏，非常适应在厅堂和家庭小戏楼上演出。昆曲演员常常在厅堂宴会前铺的红地毯上演出，因此红氍毹成了舞台的代名词，豪门深宅的厅堂成了昆曲的主要演出场所。厅堂戏场虽然不是专门的剧场，但布置并不草率。如明张岱在《陶庵梦忆》中记载，“云老”家的厅堂戏台，大到可站二十多个演员，不但有前台后台之别，而且还有可供艺伎歇宿的“曲房密户”。杭州副使包涵所的厅堂戏台，在构造上别具一格，“拱斗枱梁，偷其中四柱，队舞狮子甚畅。”明末南京石巢园为阮大铖的府第，在大厅外垂重幕，内燃巨烛，家班日以继夜排练新戏，招待官僚政客。现存的苏州拙政园鸳鸯厅是最著名的厅堂戏场，四周建有耳房，供演员化妆和候场休息用，功能完备。

清康熙至乾隆年间，社会经济得到恢复和发展，以梆子腔和皮簧腔为代表的地方戏在山陕商人和徽商的支持下，如雨后春笋般发展起来，并迅速取代了昆曲的地位，成为全国性的剧种。为适应看戏的需要，各地在重建和新建被战争破坏的宫殿、庙宇、祠堂、会馆、茶园等建筑时，修建了大量的戏台和戏楼。经过近代战火的摧毁、人为的拆除、自然的损坏，虽多数已经不复存在，但仍有一些被作为文物保留下来。

二、现存古代剧场的种类

根据戏曲流传的不同地域和环境、剧场的功能和观众层次，我们将这些现存的古代剧场分为宫廷王府戏楼、会馆戏楼、庙宇戏楼、祠堂戏楼几种。现选择具有代表性并保存比较完整的介绍如下：

宫廷王府戏楼

在元、明、清时代，戏曲是上自封建帝王，下至平民百姓都喜欢的娱乐形式。明代宫中演戏常在玉熙宫（原北京图书馆为其旧址），所建戏台没有保留下来。清朝统治者，为满足他们的娱乐需求，在北京故宫和圆明园、颐和园以及承德避暑山庄等皇家园林建造了许多戏台、戏楼，如北京故宫畅音阁大戏楼、北京故宫漱芳斋戏楼、北京故宫风雅存室内戏台、北京故宫倦勤斋室内戏台、北京北海晴栏花韵室内戏台、北京中南海八音谐乐亭戏台、北京颐和园大戏楼、北京颐和园听鹂馆戏楼、沈阳故宫戏楼、承德避暑山庄浮片玉戏楼、承德避暑山庄清音阁大戏楼等。宫廷戏曲演出场所，室外戏楼建筑宏伟气派、豪华绚丽，室内戏台建筑小巧玲珑、华丽雅致。室外戏楼一般作为庆典、节日演出整本大戏和连台本，室内戏台一般作为帝后平时欣赏名伶演出的折子戏。

清宫三层大戏楼：在宫廷戏楼中建筑形制比较特殊的是三层大戏楼，如现存故宫的畅音阁大戏楼、颐和园清音阁大戏楼和已毁的承德避暑山庄的清音阁大戏楼、圆明园清音阁大戏楼。这种形制的大戏楼，下层称“寿台”，台口有四柱，设栏杆，近后台处有楼阁式小楼，称“仙楼”，通过仙楼，寿台可上到中层。中层称“禄台”，表演区面积仅为寿台的三分之一。上层称“福台”，表演区更小。寿台有活动地板五处，通地下室的五口地井，用以扩大音响共鸣和升降道具和演员。其中中间的一口井为水井，供演出《罗汉渡海》《地涌金莲》等神话戏时汲水用。寿台、禄台的天花板各设天井数口，可开可合。井口设辘轳，亦用来升降演员和道具。戏楼对面有面宽五间的两层楼房，称阅是楼，专为帝后看戏而设。东西两侧各有庑房和回廊13间，是侍臣们看戏之处。这些大戏楼主要用来举行盛大仪典和演出承应大戏。如乾隆四十一年（1776），太后祝寿、平息苗族起义的金川大捷皆在故宫畅音阁大戏楼演戏庆贺。在这个大戏楼上还上演了表现目连救母故事的《劝善金科》、表现西游记故事的《升平宝筏》、表现三国故事的《鼎峙春秋》、表现水浒故事的《忠义璇图》、表现杨家将故事的《昭代箫韶》等连台本戏，以及《九九大庆》等承应戏。乾隆四十五年（1780），弘历70诞辰，在承德避暑山庄清音阁大戏楼演戏庆贺，朝鲜使节鼎镇曾应邀陪同看戏。乾隆五十八年（1793），弘历83岁寿辰，又在避暑山庄举行庆典，英国公使马戈尔尼作为贵宾，在清音阁大戏楼观看了戏曲演出。宫廷大戏楼的建筑形式与陕西澄县唐代城隍庙乐楼和陕西大荔岱祠宋代乐楼有许多相似之处。

北京恭王府戏楼：帝后好戏，王公大臣们自然也以看戏为乐。但清王朝规定，各级官员和旗人不准到营业性戏院看戏。于是，许多王公大臣在自己的府内建造戏台戏楼，或邀角演唱，或蓄养家班，供声色享受。由于时代变迁，旧城改造，王府戏楼保存至今的很少。北京恭王府戏楼是一座保存较好的室内演出场所。此戏楼是恭亲王奕䜣在清咸丰、同治年间（1851—1856）重修恭王府时所建，位于王府后的萃锦园内。戏楼为南北向，三重卷棚式砖木结构，内镶藻井天花，雕梁画栋，绚丽辉煌。戏楼内由门厅、戏台、戏厅、看戏阁四部分组成。戏台高0.5米，宽7.92米，深7.1米。台口有两根明柱，四周有矮栏杆。看戏厅宽16.15米，深17.2米。戏厅后的看戏阁称“怡神所”，与戏台同高，共五间，是府内女眷看戏场所。清同治、光绪年间，恭王府蓄有戏班，著名京剧演员陈德霖曾在恭王府的全福班学过戏。光绪十一年（1885）八月初七，恭王府举行盛大堂会，著名京剧演员何桂山、余紫云、杨月楼、金秀山等曾在此戏楼献艺。

会馆戏楼

明末清初，山陕商人为清王朝筹集和运输粮草发了大财，并因此成为垄断盐业、茶叶、金融、外贸等行业的全国最大的商人势力集团。山陕商人在南北大中城市、水陆交通码头建立了许多供他们聚会、议事、娱乐的山陕会馆。其中供奉关公的神殿和演戏的大戏楼成为山陕会馆中的主要建造物。因山陕商人财大气粗，山陕会馆及其大戏楼都建造得宏伟气派，金碧辉煌。除山陕商人外，安徽商人、湖广商人、江浙商人等也是明清时期较大的商帮，他们也在各地建造了类似的会馆，其中也有不少会馆建有戏楼。这些会馆戏楼，不仅逢年过节，邀请当地的戏班演出，而且还由商人们出资，邀请家乡的戏班和名伶来演出，促进了戏曲艺术的交流和发展。会馆戏楼保存至今的有近百座，这些戏楼都是各地规模比较宏伟、保存比较完整的古建筑。它们不仅是明清时期当地主要的演出场所，而且反映了明清戏曲演出场所建筑艺术的特点和成就。

北京平阳会馆戏楼：位于前门外大街路东小江胡同（原名小蒋胡同）36 号。平阳即现在的临汾市，位于山西省中南部。此地的人民自古“勤于耕织，服劳商贾”[①]，“挟资者多远贩贾”[②]。明人沈思孝《晋录》称“平阳、泽、潞豪商大贾甲天下，非数十万不称富。”明万历年间，平阳府出了个礼部尚书兼东阁大学士张四维，所以平阳人的财力和势力在北京乃至全国都是很大的。

平阳会馆原为三进院落，戏楼在会馆的南部，坐西面东。舞台为正方形上下两层结构，前面有两根通顶木柱支撑，两层之间有方形孔道上下相通。下层舞台面积约 50 平方米，台基高 0.6 米。上层正面有三个装饰有木雕花纹的门窗，左右两侧各有一幅壁画，左面绘张生和琴童，右面绘莺莺和红娘。舞台为伸出式，三面敞开，正面和两侧均有上下两层看楼。左右

---

① 参见《山西通志》卷六。
② 参见《平阳府志》卷二。

两侧看楼面阔五间，长约17米，宽约3米。正面看楼面阔三间，中间一间突出，面积宽敞，上有垂花罩棚装饰，疑为会首和贵宾看戏的包间。三面看楼上下层之间的楣枋有木雕莲花装饰，二楼之上有矮栅栏装饰。看池为长方形，东西长约12米，南北宽约10米。看池及看楼可容纳观众数百人。

平阳会馆戏楼现存有一块匾额，上书“警世铎”三字，题匾人落款为“王铎”。王铎为明末清初著名书法家，生于1592年，卒于1652年，河南孟津人，明天启壬戌进士，曾做过明清两朝的尚书。出于王铎的名气，加之其家乡河南孟津与山西临汾比邻，因此平阳会馆的主人请其题匾是顺理成章的。依据王铎题匾来考察，平阳会馆戏楼修建的年代应在王铎做明朝尚书的时候，即明亡（1644）之前。山西人崇敬关羽，重视名节义气，如在清初修建戏楼，是不会请王铎这样一个丧失民族气节的人来题写匾额的。

平阳会馆戏楼在中国剧场史上有着极其重要的地位和价值，它不仅是我国现存历史最早的一座室内剧场，而且其建筑规模之宏伟、装饰之精美远胜于北京现存的其他几座会馆戏楼。

北京湖广会馆戏楼：湖广会馆位于北京宣武区虎坊桥，清嘉庆十二年(1807)，由湖南长沙人相国刘云房、湖北黄冈人少宰刘秉和等倡议修建，当时并没有修建戏楼。道光十年（1830），蒋丹林、何仙槎等倡议集资5000两白银修建了戏楼，作为同乡喜庆宴会和娱乐的场所。此会馆由三部分组成，前部为馆门、戏楼，中部由文昌阁、乡贤祠、子午井等组成，后部由宝善堂、楚畹堂、风雨怀人馆、花园等组成。戏楼坐南朝北，舞台为伸出式，三面两层看楼上下可容纳观众近千名。戏楼台柱上有楹联一副：

> 魏阙共朝宗，气象万千，宛在洞庭云梦；
> 康衢偕舞蹈，宫商一片，依然白雪阳春。

戏楼建成后，湖广会馆成为北京南城重要的戏曲演出场所，不仅湖南、湖北的同乡在这里举办堂会，而且其他省籍的官僚、政客、豪商大贾亦借此举办各种喜庆宴会，歌舞升平。著名京剧演员谭鑫培、梅兰芳、程砚秋、余叔岩等常应邀在此演唱，戏剧界多次在这里举行过募捐性的义务演出。此外，近代不少政治历史事件与此会馆有联系。如光绪二十六年

(1900)，八国联军入侵北京，此处曾被美军占用，作为其司令部；1911年辛亥革命以后，梁启超曾在此发表“护法纲领”，宣传他的“君主立宪制”保皇派主张；1912年8月25日，孙中山先生在此发表演说，并以同盟会为基础，联合统一共和党、国民公党、国民共进会、共和实进会组成国民党，选举出以孙中山为理事长，黄兴、宋教仁等九人为理事的理事会。现在湖广会馆已列入北京市重点文物保护单位和北京戏曲博物馆的馆址，并经常有戏曲演出。

北京浙江银号会馆戏楼：浙江银号会馆又名正乙祠，位于北京前门外西河沿西口路南，为清康熙六年（1667）在京经营银号的浙江商人所建。会馆规模不大，只有一个长方戏楼在院南，舞台为伸出式，上下两层，坐南面北，三面有上下两层看楼，左右两侧为五开间，正面为三开间，舞台左右两侧有楼梯与看楼相通。看楼楣枋有木雕牡丹图案，正面看楼护栏下雕有五条飞龙。舞台面积约25平方米，看池约70平方米，加之看楼，能容纳观众200人左右。整个戏楼用木结构梁柱支撑，灰瓦覆顶，结构严谨，装饰华丽，是一个小型室内剧场。银号戏楼建成后，不仅成为浙江旅京商人“奉神明、立商约、联学谊、助游燕”的场所，每逢重要的集会都要在此演戏娱乐，而且还出租给外人在此举办堂会。如宣统三年（1911）九月十一日，著名京剧演员余叔岩曾借此为母做寿，举行过堂会。除余叔岩本人登场外，梅兰芳、李寿山、芙蓉草、钱金福、麻穆子等京剧名家亦同台献艺，演出的剧目有《春香闹学》《打杠子》《问樵闹府》《辕门射戟》等。此外，言菊朋、张伯驹、鲍丹庭、陈墨香等名家亦在此唱过堂会戏。正乙祠戏楼保存完好，已列入北京市文物保护单位，并经常有戏曲演出。

天津广东会馆戏楼：该会馆坐落在天津南开区鼓楼南大街，是由旅津粤籍商人唐少川倡议，凌润苔、梁炎卿等44人发起，“泰常风”“盛祥发”“源德泰”“裕记”“捷茂”等商号集资兴建的。清光绪二十九年（1903）十二月二十七日破土动工，光绪三十三年（1907）正月十四日落成。占地面积6619.43平方米，建筑面积2333平方米。会馆由门楼、春秋楼、祭殿、戏楼等组成。戏楼坐南面北，是会馆的主体建筑。舞台伸出式，三面敞开，深10米，宽11米。顶上有两层，每层正面有12块隔板封闭，两层中间的楣枋有木雕装饰。舞台正中悬一横匾，上书“熏风南来”。横匾下为一大型木雕隔扇，雕刻仙女采荷图。隔扇左右两边为上下场门，可通后台，后台与化妆和存放衣箱的厅堂相连。舞台顶部用百余根弯曲木条堆砌接榫螺旋而上，构成悬空“鸡笼式”藻井，使戏楼具有良好的视听效果。舞台对面和东西两侧为看楼，楼上设有15个包厢，可容纳观众200多人。池内设散座，可容纳观众500多人。戏楼横楣及看楼的楣枋上均雕刻有动物、花卉图案。整个戏楼结构精巧，造型典雅，为典型的中国民族风格的室内剧场，具有极高的艺术价值和历史价值。戏楼有楹联云：“粉墨辩忠奸，曼舞艳歌皆世态；筝琵弹喜怒，繁弦急管尽人情。”

广东会馆戏楼建成后，不仅成为旅津粤籍商人聚会和娱乐的场所，其他商号和团体亦常借此演出堂会戏和义务戏。如1914年5月北京同仁堂在天津开设分号，曾借此招待各界宾客看戏，著名京剧演员谭鑫培、王瑶卿等应邀演出。1919年华北五省大旱，天津第一女子师范学校的同学创作了《花木兰》《伊藤博文》两个表现爱国主义的新戏在广东会馆戏楼演出，将票款救助灾民，邓颖超曾在这两个戏中扮演了主角。特别值得一提的是：1912年8月23日，孙中山先生第一次赴京途中乘海船抵达天津，同盟会同仁在广东会馆欢迎他，孙中山先生登上舞台，发表了热情洋溢的革命演说。

聊城山陕会馆戏楼：聊城旧称东昌府，位于山东省西部，大运河中段。明清时期，此地为漕运通衢，南来商舶络绎不绝，其中尤以山陕商人为多。清康熙年间，山西太谷、汾阳的客商在聊城旧米布街建立了太汾公所。乾隆八年（1743），徐碧、行大佐、李良儒等山陕客商集资49643两白银，用了近四年的时间，在聊城东关古运河西岸修建起一座气势恢宏的山陕会馆。始建的会馆只有山门、正殿等主体建筑，后逐年扩建，至嘉庆十四年（1809），才具备了现在的规模。会馆坐西朝东，东西长77米，南北宽43米，占地3311平方米，共有殿、堂、楼、阁达160余间。远处眺望，蓝天白云下古木郁郁葱葱，亭台楼阁，金碧辉煌。

会馆大门为三间牌坊式门楼，顶部为歇山式，六层如意斗栱，琉璃瓦覆盖。正门门框用灰石雕成，其图案是20只不同姿态的仙鹤飞翔于祥云之中（上部6只，左右各7只），上部两角还有用浮雕手法雕成的凤凰，中间为麒麟。左右便门门框用青石雕成，其图案是祥云蝙蝠。正楼顶下有木质浮雕垂花门罩，图案为托塔天王等佛教人物和大象、麒麟等吉兽。下面为“山陕会馆”石雕匾额。大门两侧木柱上刻有楹联一副：

本是豪杰作为，只此心无愧圣贤，洵足配东国夫子；
何必仙佛功德，惟其气充塞天地，早已成西方至人。

左右便门上亦有石刻匾额，左为“履中”，右为“蹈和”。便门两侧为砖砌八字影壁，上有砖雕垂花罩，左刻“精忠贯日”，右刻“大义参天”。整个门楼创意鲜明，工艺高超，体现了山陕商人以关羽为圣明，以忠义为宗旨的初衷。

进山门即为戏楼。戏楼为三层三间重檐歇山建筑，背面门上有“岑楼凝霞”石雕横匾，匾上为砖雕垂花罩，上连以遮雨过楼与山门相接，门两侧又有大幅线雕石刻画，左为松鹤，右为梅鹿。门楣上有约一尺见方的五幅人物线刻图画。戏楼台基高两米，中间为一通道，上铺二寸厚的木板。檐下五块额枋，均为透雕。中间一方雕刻着福、禄、寿三星故事，两边为飞龙花卉，做工精细，形象生动。额枋上面的檩条上有彩绘《三结义》《三战吕布》《三顾茅庐》《斩颜良》《赠赤兔马》《挂印封金》《灞桥挑袍》《夜观春秋》《兄弟相会》等颂扬关羽的戏画。四根檐柱均为石雕，刻有楹联两副。内联为：

宫商翕奏，赏心是金榜题名，洞房花烛；
扮演成文，快意在坦途骏马，高帆顺风。

外联为：

结五万春花，奏雅宣和，无戾风骚称杰构；
谱大千秋色，镂金错彩，有裨世教即奇观。

舞台隔扇的立柱上亦有木刻楹联一副：

响遏行云，一曲笙簧欣乐利；
歌翻白雪，八方舞蹈荷升平。

这些楹联反映了明清时代统治者和士大夫们所倡导的高台教化的戏剧观。两柱之间还悬有“云霞绚彩”木匾。前台两侧斜伸出的八字折壁上镶有高 1.8 米，宽 0.58 米的石雕古典人物山水画各一幅，左为“天台胜景”，右为“海市蜃楼”。戏楼顶部向东北、东南各伸出两个挑角，向西北、西南各伸出三个挑角，成十翼角，如雄鹰展翅，群燕齐飞，显示出建筑师独特的匠心。戏楼内的藻井，彩绘有花鸟山水人物。

戏楼两边有对称的三层三间单檐式夹楼，中间一间屋顶高起，下有拱门内外通行。东向门上各有石雕匾额一方，左为“对岳”，右为“望海”。夹楼为演员的化妆室和休息室。夹楼外侧为钟鼓楼，均为单间二层重檐歇山十字脊式建筑，左为钟楼，右为鼓楼。戏楼正对面为面阔九间，进深四间的献殿，中间三间略高于两侧，是祭祀关帝的，南侧献殿祭祀文昌和火神，北侧献殿祭祀财神。献殿与供奉神位的正殿相连，成复殿式结构。献殿门柱上均刻有楹联。前四根石雕柱上刻有两副楹联。内柱楹联为阳文：

伟烈壮古今，浩气丹心，汉代一时真君子；
至诚参天地，英文雄武，晋国千秋大丈夫。

外柱楹联为阴文：

非必杀身成仁，问我辈谁全节义；
漫说通经致用，笑书生空读春秋。

内联是歌颂关羽一生的功业和为人处世的品德情操的，外联把关羽的行为与后人相比，激励后人向关羽学习，表达了山陕商人对关羽的敬重之情。

戏楼南北两边为各面阔五间上下两层看楼，是会首、宾客、家眷们看戏的场所。中间宽敞的庭院可容纳数千名观众，献殿前的一对石狮子和前面的两棵古槐不仅给会馆增添了几分庄严肃穆气氛，而且成为夏日剧场的天然凉棚，巨大的树冠可使观众免受烈日烤晒之苦。北看楼东头有月圆门与夹楼相接，圆门内的院落原为会馆的小花园，现还有茂盛的翠竹。

在正殿后面为春秋阁，面阔五间，进深两间，高两层，歇山顶，阁前檐柱间的额枋均为木质透雕，内容有三国故事、民间传说、瓜果花卉等。

看楼与献殿南北两角各建有一个碑亭，镶嵌和竖立着从乾隆八年（1743）至同治四年（1865）的十幢石碑，碑记比较详细地记载了会馆购地、始建、历次重修、各次修建所用银两开支数目，各捐资商号及捐银数量等。

会馆建成后不仅成为山陕客商聚会、从事宗教祭祀和娱乐活动的场所，亦是当地戏曲演出的主要场所。戏楼后台和两侧休息室、化妆室的墙上至今保留有清道光二十五年（1845）至民国八年（1919）间山西、山东各地的戏曲班社艺人留下的大量墨迹，对于研究我国近代戏曲历史有重要价值。

亳县山西会馆花戏楼：亳县位于安徽北部，与河南、山东相邻，淮河最大的支流涡河流经此地，是一个水陆交通要塞和商品集散地。山陕商人早在明中叶就来此地经商，清顺治年间在县城西北隅修建起山西会馆，康熙十五年（1676）在会馆内修建了戏楼。戏楼坐南向北，与关帝庙大殿遥相呼应。其背部与会馆大门巧妙地融为一体，为三层牌坊式仿木结构建筑，青石为柱，水磨砖砌墙。在正门及其左右钟鼓楼门柱上下，除镶嵌有“九狮图”“凤凰戏牡丹”等禽兽花卉砖雕外，还有《郭子仪上寿》（《全家福》中一折）《白蛇传》《寒窑迎太后》（《陈州放粮》中一折）、《三顾茅庐》等戏曲砖雕。戏楼为砖木结构，歇山重檐顶，台面由六根抱柱支撑，四翼角飞翘，台口前伸，三面敞开。戏楼底部为出入会馆的通道，高2.7米。后面至台顶高3.25米，主台宽6.75米，深10米。两侧副台各宽2.75米，深5.85米。戏楼檩子上有《长阪坡》《刺董卓》《空城计》《火烧博望》《击鼓骂曹》等18出三国戏文组成的两层彩绘木雕装饰。这些木雕作品，造型生动，人物传神，色彩明快，具有很高的艺术价值。在间隔前后台的屏风上，雕刻有二龙戏珠的图案，上悬“演古吟风”的匾额，上下场门楣上书有“想当然”“莫须有”和“阳春”“白雪”。台前抱柱上书有楹联：

一曲阳春，唤醒今古梦；
两般面目，演尽忠奸情。

戏楼东西两角为钟鼓楼，东西两侧建有看楼，看楼和院内可容纳观众近千人。每年关羽忌辰和节庆日均有戏曲演出。清乾隆年间花戏楼曾重修，1964年被列入安徽省重点文物保护单位。

苏州全晋会馆戏楼：苏州是我国华东地区一座古老的城市。明中叶实行“开中法”，山西商人纷纷南下，苏州是山西商人云集的城市之一。清初，清军和南明的战争，对江南的经济破坏很大，山西商人亦遭到沉重的打击。清统一全国后，实行鼓励生产、减免税收等富民政策，使江南的经济得到较快的恢复。清乾隆年间，山西商人在苏州开设的商号已不下百家，仅钱行就达66家。乾隆三十年（1765）春，由李日升、宋泰福、宋昌顺、信诚号等山西商号集资，在山塘半塘桥开工兴建山西会馆。此会馆规模宏大，用了12年的时间，在乾隆四十二年（1777）秋天才竣工建成。咸丰十年（1860），清军在攻打被太平军据守的苏州时，将山西会馆烧毁。光绪五年（1879），山西汇票、办货、印帐三帮客商再次集资，购置城内中张家巷旧厅园宅改建全晋会馆。此工程用了33年的时间，直至民国元年（1912）才大功告成。

会馆西首的桂花厅、楠木厅为原来的建筑，中部的关帝殿、戏楼、东西耳楼与门厅、鼓楼等均为新营造的会馆主体建筑。戏楼坐南面北，与关帝殿对应，单檐歇山顶二层木结构，台面为伸出式。台基高2.7米，以木柱支撑台面。台宽6.55米，深6.24米，两根朱红明柱托顶。台顶穹窿藻井由632片木构件榫合而成，从下而上盘旋18圈，具有良好的扩音效果。舞台前后台以木隔扇相隔，并设有上下场门。后台与两侧夹楼相连，为演员化妆、休息的地方。戏楼东西两厢为面阔五间的二层看楼。中间的庭院长26.32米，宽22米，可容纳近千名观众看戏。戏楼和门厅均有彩绘木雕装饰，色彩绚丽，其中有三国故事的戏文木雕26幅。此戏楼在20世纪30年代曾由“传”字辈昆剧演员上演昆曲。1949年后会馆一度被工厂、学校及居民占用，1963年被列入苏州市文物保护单位，1967年1月9日关帝殿因失火被焚。1982年，苏州戏曲博物馆在此筹建，会馆内建筑修缮一新。

上海钱业会馆戏楼：明末清初上海工商业的发展，带动了金融业的兴旺，山西、浙江、江西等地的商人在上海纷纷开设钱庄、票号，仅山西票号就达24家。乾隆四十一年（1776），上海金融界成立了钱业公所，并在闸北塘沽路北市修建了钱业会馆。戏楼建在财神殿对面，为单檐歇山式建筑，四根粗大的方形石柱支撑梁架。台基高 2.25 米，台面宽 6.7 米，深 6.37 米，台面至楼顶高 2.8 米。台顶中央有藻井装置，井心设圆镜一面。台口斗栱、额枋、雀替均有透雕图案，其中额枋内外雕有戏曲故事图案 16 幅。楼顶翼角飞翘，屋脊中有青砖浮雕戏文装饰，两端为龙形兽吻。整个戏楼结构精致，装饰华丽。清代和民国年间，每年农历三月十五财神诞辰前后，均要邀请戏班在此演戏酬神。光绪九年（1883）四月二十三日《申报》载："三月十五日为财神诞辰，本埠老闸地方钱业公所邀天仙茶园伶人于十四日开演，至昨日而止。各董事衣冠跑跻，送客迎宾，居民之观剧者亦复不少。"1974 年，因塘沽路一带市政改建工程施工，将戏楼移至豫园。

洛阳潞泽会馆戏楼：洛阳在河南省西部，邻近山陕，洛河、伊河经此汇入黄河，水陆交通十分便利，在历史上曾为东周、东汉、曹魏、西晋、北魏、隋、唐、后梁、后唐的都城。明清时虽已衰落，但由于它重要的地理位置，仍不失为黄河流域的一个繁盛的商业都市。陕西三原、山西平阳的盐商、茶商、粮商，山西泽州和潞州的绸布商、铁器商、油货商、杂货商，平遥、祁县、太谷的钱商等纷纷在此开设店铺，将此地作为东西部商品贸易的大市场和物资集散地。因泽州和潞州距洛阳很近，所以这两地在洛阳经商者甚多，且多豪商大贾。乾隆九年（1744），潞泽两地的商人在洛阳老城东关新街创建了潞泽会馆。该会馆由山门、九龙壁、戏楼、钟鼓楼、文昌阁、魁星阁、前殿、后殿等组成，建筑面积 3700 平方米，占地面积 15000 平方米。戏楼坐南面北，建在山门之上，两侧与夹楼、鼓楼、钟楼连为一体，东西为廊房，对面为前殿。中间庭院东西宽 20 米，南北长 35 米，可容纳数千名观众。戏楼为双檐歇山顶木结构建筑，龙凤花脊饰顶，琉璃瓦镶边，风板、斗栱、天花板、大小额枋均施彩绘，栏杆木雕。台面呈凸字型，面阔五间，进深三间，由六根通顶明柱支撑台面和屋顶。台面由 4 厘米厚木板铺成，宽 11 米，前台深 4.8 米，后台深 2.5 米。前后台有木隔扇分开，两侧留有上下场门。戏台有木刻楹联云："鼓尽神，兼舞尽神，必有以也；人为鉴，即古为鉴，且往观乎。"

台面至地高 3.8 米，台面至楼顶高 13.2 米，远观雄伟壮丽，近观富丽堂皇。会馆中存乾隆二十四年（1759）《建修关帝庙潞泽众商布施碑记》和乾隆三十二年（1767）《山西潞泽众商布施关帝庙香火地亩碑记》石碑两通。乾隆二十四年（1759）碑记载潞泽绸布商号 47 个，布店 33 个，杂货商号14个，扪布商号53个，油坊商57个。其中绸布商人祁永兴一人一次捐银就达300两外施地10亩，由此可见洛阳的潞泽商人数量之多，财力之雄厚。因晋东南与豫西山水相连，两地不仅在经济上关系密切，而且在文化传统上亦有许多共同处，两地的戏曲班社及艺人交流频繁。在抗日战争之前，上党梆子的艺人可与河南梆子豫西调的演员相互搭班，同台演出。潞泽会馆戏楼在当时是上党梆子和河南梆子交流的重要场所之一，潞泽商人从客观上促进了两地戏曲文化交流。

周口山陕会馆戏楼：周口在豫东沙河、颍河和贾鲁河的交汇处。明清时期，这里为东西交通的枢纽，南北漕运的咽喉，店铺林立，商贾云集。清康熙三十二年（1693），山西新绛、长治、蒲州，陕西大荔、澄城等地的商贾集巨资，在今周口市富强街破土兴建山陕会馆。此会馆工程浩大，经雍正、乾隆、嘉庆、道光年间不断扩建，至咸丰二年（1852）全部落成，历时159年。会馆为仿宫殿式三进院落，内有楼殿亭阁140余间，占地约21000多平方米。其中照壁、山门、钟鼓楼、铁旗杆、石牌坊、碑亭、飨亭、大殿、河伯殿、黄帝殿、戏楼、拜殿、春秋阁建在中轴线。药王殿、灶君殿并东廊房，财神殿、酒仙殿并西廊房，位于前院左右。东西看楼、东西庑殿建于后院两侧。老君殿、马王殿、瘟神殿位于东院，客舍、工作房位于西院。会馆内古木参天，碑碣林立。整个建筑群布局严谨，工艺精湛，金碧辉煌，巍峨壮观。

戏楼位于会馆后院，与春秋阁遥相对应，为砖木结构，重檐歇山式建筑。面阔三间，中间檐顶高出，两侧翼角高翘。楼顶覆盖黄绿琉璃瓦，大脊正中置有狮子宝瓶，两端饰龙头大吻，八条垂脊上均饰以小兽。檐下斗栱以五彩装饰，额匾与平板枋布满山水、云龙、人物、花卉透雕，配以红柱彩绘，故有“花戏楼”之称。戏楼中间上方悬有“声震云霄”四字横匾。舞台为正方形，宽、深均为11米，台基高2.3米，台面用木板铺成，三面敞开。戏楼两侧为长40米，宽10米，高7米的东西看楼，对面为春秋阁。春秋阁为供奉关羽神位的主体建筑，创建于嘉庆五年（1800）。重檐歇山式，面阔五间，进深三间，四周有回廊。蓝色琉璃瓦覆顶，屋脊用高浮雕龙凤牡丹装饰，两端置高1.7米龙凤正吻，中置五层琉璃楼。五彩斗栱，要头饰龙、凤、猴、象，雕刻精致，色彩绚丽。24根青石方柱擎托阁檐，柱础四周雕有“姜太公钓鱼”“渊明赏月”等历史故事。戏院与春秋阁之间宽25米，深22米的庭院和东西看楼，能容纳观众数千人。由于此会馆除主祭关羽外，还供奉财神、酒仙、药王、炎帝、老君、河伯、灶君、马王、瘟神等诸神，故酬神赛戏频繁，为昔日周口镇戏曲演出最多的戏楼之一。周口山陕会馆已列入河南省重点文物保护单位，国家和省、市各级政府多次拨巨款进行修缮。

社旗山陕会馆悬鉴楼：社旗古称赊旗，位于河南省西南部，地属水陆要冲，商贾辐辏。根据县志记载，赊旗镇在康熙年间已成为豫西南商业重镇，每日河道停船数百艘，有货栈48家。镇内有72条街道，各行业集中经营，街以商行命名，有山货街、木厂街、骡店街、铜器街、瓷器街、米市街等。各省商人均有自己的行会组织，并修建有会馆。其中湖北会馆、江西会馆、福建会馆均已不存，唯山陕商人集资兴建的山陕会馆保存至今。

山陕会馆位于赊旗镇中心，始建于乾隆二十年（1755），嘉庆、道光年间不断扩建，工程历时70多年，才成为现在的规模。整个建筑占地5400多平方米，主要建筑物从南至北依次为琉璃照壁、铁旗杆、东西辕门、钟楼、鼓楼、悬鉴楼（戏楼，又称八卦楼）、万人庭院、东西长廊（看楼）、石牌坊、大拜殿、药王殿、马王殿、春秋楼等。悬鉴楼又称“八卦楼”（因楼顶绘有彩色八卦而得名），创建于清嘉庆元年（1796），道光二十一年（1841）重修。戏楼坐南面北，与大拜殿遥相对应。通高约30米，总宽28米，三层重檐歇山顶，黄绿琉璃瓦覆盖。主楼屋脊两面均有大型龙凤牡丹人兽装饰，屋脊正中立高2米三层彩釉陶楼，陶楼两侧饰有对称狮驮宝瓶、八仙人物、海马等。陶楼四角各有一条铁链，下端系四武士固定在楼顶两面。戏楼四周檐下皆置单昂五踩斗栱，上刻奔狮走虎，头雕出牙龙首，柱头科的正侧两面各出九踩三翘计心造斗栱，柱头科、平身科环楼上下皆同。戏楼正面为三开间，有四根40厘米见方的石柱擎托檐顶。外柱高3米，上刻一副草书楹联：

还将旧事从新演；
聊借俳优作古人。

内柱高6米，亦刻一副楹联：

幻即是真，世态人情，描写得淋漓尽致；

今也犹古，新闻旧事，扮演来毫发无差。

台口上悬挂一块深剔透雕、八宝盘镶边的金字巨匾，上书“悬鉴楼”三个大字。其中“悬鉴”两字拓于明末清初太原名士、书法家傅山的字，“楼”字为河南叶县许靖配写。巨匾下的横梁和楣枋上雕刻有《白蛇传》戏曲故事和二龙戏珠、丹凤朝阳等。台面用木板铺成，台基高3米，中间有通道。台口高3.5米，宽12.7米，有木隔扇分隔前后台，隔扇上中悬“既和且平”四字匾额，两侧有上下场门。前台深5米，三面敞开；后台深5.4米。戏楼背后，会馆山门两侧有石狮一对，石狮前面各竖一盘龙旗杆，高耸云端。戏楼两侧为八角腾空、两层起架的钟楼和鼓楼，戏楼东西两面为上下两层的看楼。前面长约40米，宽约30米的庭院，加之东西看楼、拜殿站台可容纳观众万人。过去每逢农历五月十三日祭祀关羽大典之后均要演戏三日，方圆百里内的群众均前来酬神看戏，采购生活和生产用品。

张掖山西会馆戏楼：位于甘肃省张掖城内小南街。据张掖市博物馆现存历次重修山西会馆碑记记载，此会馆始建于清雍正二年（1724），乾隆、嘉庆、道光、咸丰、同治各朝均有修葺，光绪十八年（1892）进行过大修，民国八年（1919）扩建了山门、戏楼。戏楼坐东朝西，建在山门之上，上层为戏楼，下层为出入会馆的通道。砖木结构，重檐歇山顶，青筒瓦覆盖，屋脊有龙兽、陶楼装饰。额枋、斗栱、雀替木雕彩绘，装饰华丽。台口有四根明柱支撑梁架，边柱突出，中间两根台柱前各有一只石狮子，台面用木板铺成，台口用木雕裙板装饰并围有栏杆。戏楼通高10米，宽8.25米，深4.25米。戏楼两侧有面阔七间高两层的看楼，看楼与钟鼓楼相连。钟鼓楼之间为重檐木牌楼，牌楼前有一对雄伟的石狮子。牌楼后为会馆的关帝殿。戏楼前的庭院可容纳观众千余人。清代和民国年间，此会馆是旅张掖山西客商聚会、娱乐的中心，逢年过节均要邀班演戏。现会馆为张掖市图书馆，戏楼保存完好。

自贡西秦会馆戏楼：自贡在成都盆地南部，古称自流井，以盛产食盐而闻名于世。雍正、乾隆年间，大批商人到自贡经营盐业，其中以陕西商人为多。他们以地域划分为若干帮派，并修建会馆，作为自己的活动场所。西秦会馆就是由陕西客商集资兴建的。此会馆于乾隆五年（1736）动工兴建，乾隆十六年（1747）建成，历时16载，耗费白银5万多两。会馆由山门、戏楼、贲鼓阁、金镛阁、廊楼、武圣殿等建筑组成。戏楼建在山门之上，戏楼的底部即为出入会馆的通道。三层重檐歇山顶，石木结构。22根粗大石柱支撑梁架，其中台面有两根石柱直贯楼顶。戏楼第一层为舞台，面阔三间，宽9米，前台深4.15米，后台深3.2米。上覆两层，名“大观”“福海”，空间收拢，为装饰性建筑，并起收扩音作用。下檐成两翼状，左右高翘飞出，中檐亦成飞翘状。顶部呈六角宝塔形，顶端有葫芦状宝瓶装饰。台沿和额枋上均有木雕彩绘装饰，图案除花卉鸟兽之外，还有许多戏曲故事。戏楼对面为武圣宫“大丈夫抱厅”，左右两侧为金镛、贲鼓二阁，它们之间以两层廊楼相连，形成一个庭院式观演场所，可容纳观众上千人。整个会馆建筑，结构精巧，规模宏大，金碧辉煌，显示了陕西客商强大的经济实力。会馆建成后成为陕西商人聚会和观赏戏曲的中心，来往自贡的戏班均以曾在此戏楼上献艺为荣。1959年，西秦会馆被开辟为自贡市盐业历史博物馆，1988年被列入全国重点文物保护单位。

会泽江西会馆戏楼：会泽在云南省东北部，位于由川入滇的交通要道上。在这里经商的外地商人以江西、四川人为多。康熙五十年（1711），江西商人集资修建起江西会馆。戏楼建在会馆门楼之上，坐南面北，与万寿宫正殿对应。五层重檐楼阁式建筑，后脊为硬山式，中部突出，两侧略低，檐口成“众”字形向下重迭展开，中心原有一块木雕三星图匾，现已不存。每一层飞檐之下都用若干木件交叉成十字组成斗栱，形同百叶窗，结构精巧奇特。戏楼面阔五间，中间宽大，两侧窄小。台面至地高2米，台面至楼顶高13米，宽9米，深6米，台中用木隔扇相隔，设上下场门。戏楼的梁柱、窗棂、檐檩、额枋、斗栱、屏风等均雕饰彩绘，图案生动，色彩绚丽。此戏楼设计巧妙，檐口不遮挡台上的光线，一年四季，从日出至日落台上都能获得充足的光亮；遇天阴下雨，雨水不会滴落在台上。清代至民国年间，省内外京剧、滇剧、川剧、汉剧等剧种的许多班社曾在此台演出过。此戏楼在乾隆二十八年（1763）曾重修过，咸丰、光绪年间也多次维修过。中华人民共和国成立后，作为云南省重点文物保护单位加以修缮和保护，是目前云南保存最好的古戏楼之一。

庙宇戏楼

庙宇戏台戏楼是分布面最广、现存最多的古代演出场所，其中以城隍庙、关帝庙、东岳庙中建造戏台戏楼最为普遍。其次，各地都有本地群众信奉的神圣，在这些神庙中也建有戏台戏楼。庙宇戏台戏楼的建造形制与会馆戏台戏楼没有太大的区别，大部分为砖木结构，只是因为各地经济条件的差异，建造规模有大小或精致简陋之别。现选择几座具有代表性的庙宇戏台戏楼介绍如下：

晋祠水镜台：位于山西太原西南25公里的晋祠内，背靠山门，前面跨过会仙桥，与圣母殿遥相对应，为晋祠的主要建筑之一。水镜台坐东面西，始建年代不详。舞台由两部分组成，后台为明代建筑风格，前台为清代建筑结构。前台面阔三间，中间宽5.35米，两边各宽21米，进深5.7米，由12根明柱支撑卷棚式房顶，周围加建花罩、垂柱、雀替等木雕装饰。后台为方形，四根明柱支撑歇山重檐式房顶。前后台用木版相隔，两侧留上下场门。两山墙外沿，陈设廊柱，成两面围廊。台基高1.3米，前沿排列60厘米高的望柱，嵌入石勾栏，围绕前后台一周，使前后台浑然一体。整个建筑，结构严谨，工艺精美，具有北方戏楼气势宏伟、富丽堂皇的建筑风格和特点。旧时，每年都要在此演好几台戏，商人来此贸易，周围数十里的群众来这里购物看戏，热闹非凡。

南岳奎星阁戏楼：位于湖南衡山南岳镇南岳庙内。戏楼始建年代不详，现在的戏楼为清光绪八年（1882）重建。戏楼的台基高2米，用条石砌成，中间留十字通道，内设台阶，可到台上。舞台面阔三间，长宽各10米，周围有12根木柱支撑重檐歇山式台顶。柱间嵌活叶雕花门11扇，台上方为凹顶藻井。上层阁楼可作化妆室，有楼梯相通。阁檐为如意斗栱，重檐八角高翘，黄色琉璃瓦覆顶，绿色葫芦装饰屋脊。戏楼台面至台顶高5米，通高17米，气势恢宏。戏楼对面有6米高台，名“开云楼”，为士绅观戏场所。开云楼与戏楼之间为麻石铺地的戏坪，能容纳观众数千人。每年农历四月二十八日为南岳圣帝诞辰，必邀班演戏，要演至六月初一方歇。中华人民共和国成立后，南岳庙被列入国家重点文物保护单位，此戏楼不再演戏。

佛山祖庙万福台：位于广东佛山祖庙内的灵应牌南边。佛山祖庙原名北帝庙，始建于北宋元丰年间。万福台原名华封台，始建于清顺治十五年（1658），康熙二十三年（1684）改名为万福台。此台为木石结构，前台有六根木柱支撑卷棚歇山式台顶。台顶灰瓦覆顶，四檐飞翘，龙狮瑞兽装饰檐脊，檐角悬挂铜钟，前台檐板雕刻戏曲人物及纹饰。台口高2.07米，宽13米，前台深5.8米，后台深6米，三面敞开。前后台用镂花贴金木雕屏风相隔，木雕屏风分为上下两层，上层雕有福禄寿三星拱照，两侧为麒麟、日月神，中间刻“万福台”三个烫金大字。下层木雕中空四个门，“出将”“入相”供演员上下场，“蹈和”“覆仁”供乐工和杂务人员出入；正中是《曹操大宴铜雀台》戏曲人物镂空雕像，右边是《曹国舅学道》和“降龙”木雕图像，左边是《铁拐李炼丹》和“伏虎”木雕图像。台前两根柱子上原刻有楹联：“顷刻驰驱千里外，古今事业一宵中。”此联今已不存，现在另外两根台柱上有篆刻楹联一副：“传来往事留今鉴，谱出高歌彻九霄。”戏台对面和左右侧原有看楼，供士绅观戏，后对面的看楼被旋风吹倒。戏台前的广场用白石板铺成，可容纳观众数千人。清代和民国年间，这里曾是佛山镇的主要戏曲演出场所。

绍兴舜皇庙戏楼：位于浙江绍兴双江溪舜皇山顶，始建年代不详，现存戏楼为清咸丰年间由监生孙显廷筹捐重建。戏楼台面用16根方形石柱支撑，台顶为重檐歇山式。台基高2米，宽5米，深4.71米，设“美人靠”护栏，为伸出式三面观舞台。顶檐下不用斗栱，阑额出头处以花篮形垫木承挑檐枋，枋内置翻轩两道，鹤颈椽向上凹进，椽端承罗汉方，台顶为螺旋式藻井。后台设“出将”“入相”，登四级台阶可上到通廊，为演员化妆和休息之所。戏楼对面为前殿，两侧为看楼。戏楼至前殿的距离不足四米，戏楼的中心位置突出，看楼的视角开阔。整个建筑，布局合理，结构严谨。戏楼和前殿及看楼雕梁画栋，集石雕、砖雕、彩绘于一堂，具有江南戏楼玲珑雅致的建筑风格和特点。在戏楼后台候场处枋间，留有民国初年绍兴“老大余庆”“老大三庆”等十几个戏班的舞台题壁，记有剧目30多个。

五台射虎村对台：山西五台射虎村对台，为同一地点上同一方向并排的两座戏台。左边的一座为卷棚式屋顶，右边的一座为歇山式屋顶，两座戏台相距不到50米。当地戏曲演出繁盛，一村有数座戏台，同时邀两个戏班演戏的现象并不少见。这是专为演对台戏而建造的戏台，两个戏班可以在此一比高低。

内邱牛王庙戏楼：河北内邱牛王庙戏楼与别处庙台不同的是，在戏台前的观众场地上建造了一座卷棚式的罩棚。牛王庙建在一个山冈上，演戏的日期为夏季，村民为避免观众顶日冒雨看戏之苦，盖了这个罩棚。与城市里戏楼罩棚不同的是，牛王庙戏楼的罩棚没有墙堵挡，有利于在闷热的天气通风散热。这种以观众为本的舞台建筑，在当时是难能可贵的。

宗祠戏楼

在封建社会，中国农村的宗法观念非常强。即使是演戏看戏这种大众化的娱乐，也要受宗法观念的制约。宗祠戏楼就是为祭祀祖先和家族成员看戏娱乐而建造的。宗祠戏楼建在祠堂内，与供奉祖宗牌位的大殿相对，左右两侧设有看楼，供贵宾或家族妇女看戏。与其他古戏楼相比，一般建造规模较小。演戏时，家族成员优先。有的地方的宗祠规定，外族人骑马或坐车来看戏，必须步行入场；进祠看戏，只能站着，不能坐着。宗祠戏楼保留至今的较少。浙江龙游县志棠乡杨氏宗祠戏楼、浙江衢州航埠畲族兰氏宗祠戏楼、福建周宁县埔源郑氏宗祠戏楼是目前所见保存比较完好的。

杨氏宗祠戏楼：浙江龙游县志棠乡杨氏宗祠戏楼建在宗祠前厅，据碑记载，前厅建于明万历元年（1573）。戏楼中间为宽 1.32 米的通道，两边为高 1.35 米，宽 1.26 米，深 5 米的柜形台基，演出时搭上台板。戏楼前面为一小天井，对面为明堂，是观众看戏的场所。戏楼四周台柱的柱头上雕刻着莲座、花草、文房四宝等，装饰典雅。杨家村历来崇拜、祭祀北宋民族英雄杨业，每年农历正月初十至十三，至新宅村回源殿接杨业神位，供奉在祠堂的正殿，演戏三天四夜。凡有碍杨家将威名的戏，如《二狼山》《双龙会》等一律禁演。

畲族兰氏宗祠戏楼：浙江衢州航埠畲族兰氏宗祠戏楼始建于明崇祯十五年（1642），清嘉庆十七年（1812）曾做过大修，但基本结构没有改变。戏楼建在前厅，台口宽 7.7 米，深 8 米。台面离地 1.86 米，台板由 36 根木柱支撑，台下为出入祠堂的通道。台顶有天花板，中间为八角覆斗形藻井。天花板和藻井上有“暗八仙”彩绘装饰。额枋上挂匾，上书“韵叶阳春”。戏楼以隔扇分前后台，留有出将入相门。戏楼两侧有厢房，供演员化妆。戏楼前为天井，左右为看楼。看楼面宽三间，进深一间，通宽10.4米，深2米。兰氏宗祠戏楼曾是当地重要的戏曲演出场所，清宣统年间，金华著名艺人阿顺在此演出，不幸亡故，戏楼东边的台柱上留有同班艺人为他书写的灵位牌。

郑氏宗祠戏楼：福建周宁县埔源郑氏宗祠戏楼面对祠堂正殿，台面高1.7米，台口高2.8米，台宽8米，深5米。木结构，单檐歇山顶。台口两通顶边柱，上书楹联：

荣枯何常，绘出黄粱一梦；
劝惩不爽，悟来金鉴千秋。

台后中间两柱亦有楹联一副，上书：

懿余得其门，入孝出悌；
何莫由斯道，折矩周规。

两柱之间有屏风分隔前后台，左右设上下场门。后台两厢为化妆室和服装室，前台东西两侧为看楼，戏楼右边与看楼连接成一平台，供乐队伴奏用。看楼上层为小孩观戏席，下层为妇女观剧席。天井为青年观剧席，戏楼对面正殿前台阶为老年观剧席，整个祠堂可容纳观众一千多人。

园林和过街戏楼

还有一部分戏楼，既没有建在会馆，也没有建在庙堂，而是建在私家园林或公共场所，如街道中心、水陆码头等。这一类戏楼纯属娱乐性质。比较著名的园林戏楼有：江苏扬州何园寄啸山庄戏楼、四川涪陵石笼井庄园戏楼、湖南长沙岳麓书院赫曦台、云南易门大龙泉古戏楼、云南昭通龙洞古戏楼、拉萨罗布尔卡露天戏台等。比较著名的过街戏楼有四川犍为罗城镇过街戏楼，比较著名的水陆码头戏台有浙江绍兴安城河台。

何园寄啸山庄戏楼：扬州何园寄啸山庄戏楼建在园内西部一池水中，台面呈方形，高出水面1.2米，边长6.5米，台顶为四角攒尖顶。戏楼四边有白矾石栏杆，两侧有石板曲桥与园内楼廊相连，水池四周的楼厅和回廊为主人和宾客观戏的地方。何园为清末观察使何藏舫所建，他曾在此多次举办戏曲堂会，招待宾朋观剧。

岳麓书院赫曦台：湖南长沙岳麓书院赫曦台，坐落在岳麓山下今湖南大学校园内。清乾隆五十五年（1790）由岳麓书院院长罗典主持修建此戏楼，道光元年（1821）被院长欧阳厚命名为赫曦台。有楹联云：合安利勉而为学，通天地人之谓才。（左辅撰）戏楼为砖木结构，单檐悬山式屋顶。戏楼内东西两壁书“福、寿”二字，约丈方。原台枋及悬梁均有戏曲人物雕饰，现已不存。戏楼建成后，每年均有戏曲演出。光绪二十五年(1899)，湘剧春台班在此台为书院师生连演数日，盛况空前。

罗布尔卡露天戏台：拉萨罗布林卡露天戏台坐落在拉萨西郊。始建于18世纪40年代达赖七世时，后成为历代达赖喇嘛的夏宫戏台，在罗布林卡园东门楼前。戏台为一四方平台，边长60米，高33厘米。原为四边砌有石块的土台，后在台面上铺上了石板。演出时，在台上拉一特大的帐篷。戏台靠达赖喇嘛观戏楼下的门廊及南北两边的走道，在演戏时供戏班化妆和候场。戏台的其他三面是园林中的草坪，供观众看戏。西藏和平解放后，每当雪顿节，拉萨市民以家庭为单位，在草坪上拉起帐篷，全家男女老小坐在帐篷里，边吃喝，边看戏，其乐融融。

罗城镇过街戏楼：四川犍为罗城镇过街戏楼，坐落在罗城镇街道中心。戏楼为骑楼式过街楼台，台基高2.7米，宽8米，深8米，约在5米处分隔为前后台。戏楼前面的两根大柱上书楹联一副：

> 生旦净末丑，功出梨园；
> 昆高胡弹灯，曲绕黄粱。

罗城镇建在山顶上，街面狭长，两头窄中间宽，形似一条船。戏楼建在街面中段，来往赶集的人都必须从台下穿过。戏台前50米的街面分成5级，每10米高出一级，便于观众看戏。此戏楼始建于明崇祯十三年(1640)，一直是罗城镇群众观剧娱乐的中心，当地群众常自带小木凳，赶集后坐在台下看戏。

绍兴安城河台：浙江绍兴安城河台，坐落在安城村外河岸边，6根基柱，有4根建在水中。台顶为单檐歇山式，飞檐挑角，龙吻装饰。斗栱螺形藻井，雀替镂雕牡丹等花卉图案，绚丽多彩。戏台分前后台，前台三面敞开，后台封闭，留上下场门。前台宽5.56米，深4.5米，后台深3.5米，台面离地面2.4米。戏台对面为关帝殿，台前的观演区用石板铺成，能容纳千余名观众。此河台始建年代不详，清同治年间曾作过修缮，一直是当地演出比较频繁的戏曲舞台。每年的正月十三起演出社戏，六社轮流上演，很少间隙。农历四月、六月两次庙会，演出《目连救母》等绍兴大戏，更是热闹非凡。

草台与流动舞台

有许多地方没有建造固定戏台、戏楼的条件，但是又要满足观众看戏的需求，于是产生了临时性的舞台建筑。这种临时性的舞台，一般以竹木为架，外表缠搭彩布或草席，以松柏或纸扎花卉等装饰，有卷棚式、歇山式，单层、多层等形制。有的地方称之为彩台或草台，有的地方称之为流动舞台。建造草台在不少地方成为一种专门的行业，什么地方需要搭台演戏，他们就将材料运到什么地方，用多则一天，少则半天的时间，就能搭成一座漂亮的舞台。山西长治、辽宁朝阳、江苏里河、福建莆田等地有搭台演戏的传统。

长治彩台：山西长治搭的临时戏台称彩台，木杆做架，蓝白红黄各色布匹缠搭，字画、明镜、刘海、鸡毛掸子等装饰。夜间在灯光照耀下，檐角高挑，绚丽多彩，巧夺天工。长治地区每年元宵节、七月初一大会等传统节日，都要在街头搭彩台演戏。长治市高河村有30多名搭彩台的艺人，他们能搭出“上党楼”“玉皇楼”“长腰独盘楼”等样式。上党楼为两层彩台，高17.5米，宽13米，深15米，台基高1.5米，需用2—10米的长杆210根，2米的短杆70根，各种布匹600米。玉皇楼为三层彩台，第一层供演员演出，第二层陈列草扎戏曲人物（穿戏曲服装，与真人相似），第三层仅放一面大鼓。长腰独盘楼仅一层，为单檐歇山宫殿式样，是常用的一种。

鳌鱼形临时戏台：江苏阜宁县东沟镇，曾在清光绪年间聘能工巧匠，建成一座鳌鱼形的临时戏台。此戏台用木料制成鳌鱼形架子，用五色彩布缠绕鱼身，用数百把芭蕉扇涂上颜色插进鱼身作鱼鳞，用五彩丝线作鱼须，鱼须上还挂了上百副银手镯，在阳光下闪闪发光。鳌鱼张着的大嘴是舞台，能容数十名演员在台上演出，台下能容纳观众数万人。戏台建成后，曾从杭州邀来京班演出，轰动一时。后因看戏的观众拥挤不堪，怕生出事故而将此戏台拆除。

三、古代戏楼的形制及观演关系

古代戏楼在建筑形制上，保持和发扬了中国古代建筑艺术的民族形式，有单檐歇山式、重檐歇山式、硬山式、悬山式、卷棚式、歇山卷棚结合式、硬山卷棚结合式等。从建筑材料看，有木结构、砖木结构、石木结构、土木结构等。从观演关系看，有伸出式三面观舞台，有封闭式一面观舞台；有露天室外剧场，有罩棚室内剧场。因地势和舞台高度之别，又有站观式和坐观式之别。各种形态的戏台戏楼均以建造者的财力、地形、当地的气候条件等因素而定。一般商业发达、经济实力较强的地区所建戏楼多为重檐歇山式砖木结构，两旁有钟鼓楼陪衬，左右两侧建有看楼，雕梁画栋，琉璃瓦覆顶，色彩绚丽，金碧辉煌。商品经济不甚发达、经济实力较弱的地区所建戏台，多为硬山式或单檐歇山式，灰瓦盖顶，有简单的油漆彩绘，没有看楼等附属建筑。江南的戏台戏楼以木结构为主，台面铺设木地板，台下为出入会馆的通道，舞台精巧玲珑。北方的戏楼以砖木结构或石木结构为主，台基用青砖或条石砌成，台面铺以方砖，建筑规模比较宏伟，舞台宽敞亮堂。戏楼的方位以坐南朝北者居多，有少量坐东朝西者，极少有坐北朝南或坐东朝西者。

与宋元时期的舞台建筑相比，明清戏台戏楼的舞台面积扩大了。宋元杂剧体制一人主唱，且以生旦爱情生活、家庭伦理、公案神话等题材的剧目为多，剧情较简单，上场人物较少，故舞台较小。昆曲也以演出生旦为主角的才子佳人婚姻故事的折子戏为主，多在厅堂宴会上演出，所需场地也较小。明末清初梆子等地方戏兴起后，历史题材、疆场征战、宫廷斗争的剧目越来越多。这些剧目情节复杂，人物众多，场面宏大，故明清戏台戏楼虽然继承了宋元舞台的基本形制，但舞台面积却扩大了不少。由原来的一间，扩大为三间，甚至五间。台面由原来的正方形变为长方形或凸字形，并增添了两侧的副台区。前后台有了明显的界线，一般以木制隔扇或砖墙相隔，两旁留有上下场门。前台面积在50平方米左右，大者达70—80平方米。一些早期建成的戏台戏楼为适应演出大型剧目的需要，在原戏楼前加盖卷棚，原来的舞台成为后台，扩建部分为前台。亦有在原戏楼后面加盖数间硬山式或卷棚式房屋，原戏楼作前台，扩建部分成为后台及化妆室。

因不少明清戏楼为商人集资所建，财力充足，故与宋元时期的舞台建筑相比，更注重装饰，讲究华丽的风格。屋顶有不少为琉璃瓦覆盖，有宝瓶、鸱吻、鸟兽、人物、花卉等装饰；楣枋、斗栱、雀替、藻井、隔扇或彩绘或木雕，图案有花卉鸟兽、历史人物、戏曲故事等，色彩斑斓，富丽堂皇。

明清戏楼的舞台设施亦较宋元时期的舞台有所改进。后台两侧一般均建有副台，供戏班存放衣箱、化妆或演员休息候场。因明清时期看戏已成为民间主要的娱乐，戏台戏楼往往是当地主要的娱乐场所，观众特多，故在建造时非常注意视听效果。许多明清戏楼在台基下埋有数口大瓷缸，舞台顶部建有圆形或八角形藻井，前台两侧建有八字形音墙以获得扩音效果。因此能容纳数千人的剧场内，在没有电器扩音设备的情况下，仍能在剧场的各个方位清晰地听到演员唱念的声音，甚至唱夜戏，其声能传至五华里之外。

会馆戏楼和庙台大部分建在会馆和庙宇的山门之上或山门之内的中轴在线，与正殿相对应，两侧建有看楼。演出时一般观众自带椅凳在庭院观看或在大殿的台阶席地而坐观看，主人和眷属及来宾在看楼上观戏。戏台和戏楼前的庭院往往铺有方砖和青石板，并栽植树木，以避免戏场内风起尘土飞扬之害和夏日太阳晒烤之苦。

清中叶，在北京、上海、天津等大都市，出现了营业性的戏曲演出场所茶园。茶园的建筑结构与会馆戏楼相似，戏楼对面和两侧有看楼，中间为池座，罩棚覆顶。观众席摆放着方桌和条凳，观众在茶园边喝茶边看戏。现茶园式戏院已不存，但可以从清人《月明楼茶园演戏图》、清光绪年间北京《茶园演戏图》看到当时茶园的建筑形制和演出情况。

清末民初，上海、北京、天津等大都市在传入外来话剧的同时，亦传入西方剧场建筑艺术。清光绪三十四年（1908），上海南市十六铺建成了我国第一个具有现代设备的新式剧场——新舞台。此后，上海、北京、天津等大中城市都陆续建起了类似新式剧场，旧的茶园式戏院逐步被淘汰。早期的新式剧场现已不复存在，现保存较好、具有代表性民国年间修建的剧场有上海的大舞台和共舞台、天津的中国大戏院、西安易俗社剧场、延安大礼堂、黑龙江鸡东县平阳镇八角戏楼等。中华人民共和国成立后，全国各地为满足人民群众看戏的需要，修缮、扩建了旧有的剧场，如北京的吉祥戏院、大众剧场、长安大戏院等；新建了许多具有民族风格和现代化设备的剧场，如北京人民剧场、内蒙古乌兰恰特剧场、山东剧院、西安人民剧院、四川锦江剧场、乌鲁木齐人民剧场等；一些综合性的礼堂、俱乐部也成为大型戏曲会演、调演的场所，如北京人民大会堂、广州中山堂、云南大理州人民礼堂、哈尔滨工人文化宫剧场等。这些新式剧场设备齐全，观演条件舒适，可以演出各种题材和体裁、各种艺术风格的剧目。舞台多数采用镜框式台口，有各种灯光、音响设备，带有化妆室、卫生间，有的还附设演员宿舍、食堂等。观众席设软、硬座椅，对号入座，有的还设有观众休息室、小卖部等。民国以前，一些大型的演出场所，还设有各种规格的包间，供达官贵人看戏时享用。多数现代剧场有冷暖空调，彻底改变了在露天剧场观剧冬冷夏热之苦。

乡村演戏，还保留有节日庆典、庙会、集会的特点，乡民集资演戏，观众随便出入剧场。新建的舞台有钢筋水泥镜框式结构，如山西临县佛堂峪村剧场；有砖木仿古式结构，如山西省长子县下霍村人民舞台等。这些剧场虽然还是露天的，但都比旧式戏台戏楼宽敞明亮，剧团自备音响和灯光设备，观众自带凳椅，观演条件虽比城市剧场差，但保持了浓郁的节日民俗气氛。

（2000年9月在“中日传统剧场学术讨论会”上发表，原载刘文峰《中国传统戏曲传承保护研究》（上），学苑出版社2012年版，第103—134页）

戏曲与商人研究

山陕商贾与梆子戏的关系

山陕商贾是我国近代最大的商人势力之一，梆子戏亦为我国近代最大的声腔剧种之一。山陕商贾发迹于明、兴盛于清、衰落于民国，梆子戏亦形成于明、盛行于清、衰落于民国。这是一种历史的巧合吗？它们二者之间是一种什么关系？弄清这一问题，有助于我们了解梆子声腔剧种发展的外部条件，为梆子声腔剧种的改革提供历史借鉴。

一、山陕商贾和梆子戏的历史关系

（一）山陕商贾的崛起

山陕人民经商的历史记载很早，但作为一种影响全国经济的强大势力却是在明代形成的。明人沈思孝《晋录》称："平阳、泽潞豪商大贾甲天下，非数十万不称富。"平阳为山西的主要粮棉产区，泽州、潞州的盐、丝闻名于世，这一带的商人活动在全国各大城市，他们主要经营盐、丝、茶叶，"白银动以数万计，多或数十万两。"① 王世贞《弇州史料后集》卷三十六记有严嵩的儿子严世藩论天下富商的一段史料："严世藩……尝与所厚，屈指天下富豪居首等者，凡十七家，……山西三姓……"这三姓是平阳的亢家、汾城师庄尉家、南高刘家。徐珂《清稗类钞》称："山西富室多经商起家，亢氏号称数千万两，实为最巨。"陕西比较出名的商人有王一鹤、师从政、孙枝蔚等。傅衣凌在《明代陕西商人》中称他们"输粟于边塞，治盐于淮阳、河东，贩布于吴越，运茶于川蜀。"

① 叶梦珠：《阅世编》。

到了清初，陕西商人落后，而晋商则继续发展。康熙皇帝南巡江南后惊叹道："夙闻东南巨商大贾，号称辐辏。今朕行历吴越州郡，察其市肆、贸迁，多系晋省之人，而土著者盖寡。"① 到清中叶后，晋南及晋东南的商人势力亦有所衰落，代之而起的是晋中的商人势力。《东华录》记载光绪四年五月乙丑日："晋省各项贸易，惟平遥、祁县、太谷三县汇兑各庄较为殷实。……该票商，各省均有字号。"票号是银行出现之前的一种金融机构和信用组织，最初是由一些拥有雄厚资金，各地都有其分号的大商号、当铺经营税汇业务而发展起来的。从道光到光绪年间，山西的票号有以下各家：志成信、协成乾、会通远、世义信、锦生润、恒隆光、徐成德、大德玉、大德川（以上为太谷帮）、大德通、大德恒、大盛川、存义公、三晋源、大德源、中兴和、巨兴隆、元丰玖、合盛元、兴泰魁、长盛川、聚兴隆、松盛长、长盛涌、公升庆、公合金、恒义隆、天德隆、福成德（以上为祁县帮），日升昌、蔚泰厚、蔚盛长、蔚丰厚、新泰厚、天成亨、蔚长厚、协同庆、协和信、百川通、汇源涌、永泰庆、宝丰隆、乾盛亨、其德昌、谦吉昌、广泰兴、日新中、庆聚兴、三和源（以上为平遥帮）。这些票号设有分号，分布在北京、天津、上海、汉口、安东、广州、济南、沈阳、苏州、长沙、重庆、开封、清化、怀庆、孟县、禹州、鲁山、周口、周村、烟台、西安、兰州、三原、承德、张家口、包头、清江、杭州、锦州、吉林、宽城、凉州、保定、宗艾、扬州、彰德、拉萨、库伦等城镇及俄国、印度、日本等国，形成了一个强大的金融商业网。晋中的豪商除平遥、祁县、太谷三大集团外，尚有介休的范氏，初以经营蒙古贸易起家，后依仗官府势力经营洋铜贸易而成为山西最大的财阀。

我国古代封建社会的经济基本是自给自足、封闭式的，不仅与国外很少贸易往来，即使在国内，州与州之间、县与县之间商品流通也不甚发达。但到了明中叶以后，随着城市人口的增加，商品生产的发展，商业贸易也日益繁盛起来，封闭式的封建经济开始动摇，这是秦晋商贾势力崛起的社会根源。

---

① 清·蒋良骐：《东华录》，中华书局1980年版。

（二）梆子戏的兴起

在秦晋商贾崛起的同时，梆子戏也在山、陕、豫交界的三角地带破土而出。这一地区是北杂剧的发祥地。在元末明初，北杂剧逐渐成为文人士大夫阶层的专利品，逐步脱离了时代，脱离了哺育它成长的人民群众。昆山腔兴起以后，文人士大夫阶层的爱好随之转向昆曲。就在北杂剧衰落，昆曲盛行全国的时候，山、陕、豫交界地区的民间艺人将这一带的民歌小曲演唱故事的形式逐步搬上戏曲舞台。因为它与北杂剧、昆曲相比，显得粗俗，所以在晋南的一些碑记中称它为“土戏”；且因它早期是将各种曲调糅合在一起，演出一个故事，所以有人称之为“乱弹”；还因它在演唱时用梆子这样一种打击乐伴奏，所以又有“梆子腔”这样的称谓；因演唱这种曲调的艺人多来自山西、陕西，所以东南一带的人称它为“西调”或“西曲”；又因为西北为古秦地，所以一些江南名士按南方的习惯称谓给它起了一个雅号叫“秦腔”。这种简单而粗糙的戏剧形式在剧目上、表演上继承了北杂剧的遗产，吸取了昆曲和弋阳腔的营养，经过民间艺人和下层文人的不断加工改进，在康熙年间已有相当的水平。著名戏曲作家孔尚任在平阳观看了这种民间戏剧之后，写下了“秦声秦态最迷离”的诗句。

这种乱弹体的梆子戏到乾隆末年逐渐发展成为比较成熟的板腔体形式的梆子声腔剧种，占领了大戏舞台。乾隆年间临汾剧作家徐昆著有《柳崖外编》一书，记载有乾隆二十一年（1756）在山西省城太原及临汾农村演戏的史料：“丙子己卯之间，余与同学友张君受一，白君时塘及昌如仰山辈俱少年，方驰逐科场，作太原之游。……至太原省试毕。八月十七日，太原诸名士邀乡试诸君子作曲子之会，好事而集者，平、蒲、汾、代几五百人。顾昌如执前所得板唱《长生殿·闻铃》一套，李仰山亦执所得板唱《红梨花·窥醉》一套，众人赞服。”其中所演唱的剧目大部分是昆曲。30年以后，即在乾隆五十一年（1786），徐昆回忆往事，感慨这些所谓高调，“成《广陵散》矣”！可见这时昆曲已在山西城乡很少演出了。另乾隆五十八年至乾隆六十年（1793—1795），河间有个名为李燧的文人曾作为仆戈仙舟的幕僚视学山右，他有《晋游日记》一书流传于世，记载了他在山西的所见所闻。其中有在泽州、太原、解州、曲沃等地观剧的记载，所唱剧目有《狮吼记》《打樱桃》等，均为昆曲，这种演出为请客性质，不用当地的梆子戏而用昆曲，以示主人的雅兴和对客人的尊重。李燧在他的日记中记载有一位叫宝儿的演员，不仅擅唱昆曲，还在“红罗外偷试新腔”。这种新腔虽然不敢肯定是新兴的梆子腔，但可以肯定不是昆弋诸南曲，而是作者在别处没有听过的，已在山西流行的一种声腔。最近山西省戏研所的韩树伟同志在北京中国书店购得《河汾旅话》一书，其中记载：“村社演戏剧曰梆子，词极鄙俚，事多诬捏，盛行于山陕，俗传东坡所倡，亦称秦腔。”此书的作者为朱维鱼，字牧人，浙江海盐人。他在乾隆四十二年(1777) 夏天与田方千（汾阳人）、王宜之（福山人）结伴由西安入晋南到汾阳后将一路上的所见所闻考证后编撰成此书。朱维鱼认为山陕梆子是由山陕一带流传得一种名为“鸡鸣歌”的民歌发展而成，这种鸡鸣歌源于汉代宫仪，山陕的民间艺人将其“节以丝木，使稍谐音调相演唱”，这种民歌流传在湖北、湖南，曰楚歌，流传在江苏一带称“吴歌”，“亦可被之管弦，然与山陕梆予腔戏唱又终有别，要仿于鸡唱耳。”这一记载证实了梆子戏源于山陕一带民歌的论点。

与《柳崖外编》《晋游日记》《河汾旅话》同时期，清人李绿园在乾隆四十二年（1777）所著的长篇小说《歧路灯》中提到当时梆子戏在河南开封演出，乾隆五十三年（1788）重修《杞县志》中记载当时演出的戏曲剧种中亦有梆子戏。另山西现存有不少明清时期的戏台，里面有许多戏班演出时的题壁，乾隆之前梆子班演出的题壁极少，但乾隆之后，嘉庆道光年间梆子班演出的记载很多，亦可印证梆子戏的兴盛不会早于乾隆之前。乾隆末年到嘉庆年间，梆子戏占领山、陕、豫的戏曲舞台后借助山陕商人势力的支持迅速向大江南北、长城内外发展。

（三）山陕商贾是梆子戏向外发展的桥梁

过去曾有这样一句谚语，谓“商路即戏路”，这句话扼要地说明了戏曲和商业贸易的密切关系。形成于山、陕、豫交界地带的梆子戏在占领这三省城乡的戏曲舞台后并没有满足。因为虽然这三省有像西安、太原、平阳、开封、洛阳这样一些人口密集商业发达的城市，但广大乡村却随着封建统治阶级的残酷剥削越来越贫困。贫瘠的土地只能养活一半的人口，另有一半多的人口只得另谋生路，其出路无非是两条：家有积蓄者携资出外经商，家中赤贫如洗者送子弟入科班唱戏。因此在清乾隆以后，山陕各地的戏班如雨后春笋般涌现出来，但当地群众经济有限，娱乐亦有限制。僧多粥少，迫使一些戏班向外地流动，开辟新的观众区。

一种声腔剧种向外发展，需要一定的条件，诸如自身有较高的艺术水平，足以超过所去地区的戏曲剧种或其他的艺术形式；有一定经济势力观众的支持。梆子戏在乾隆晚期已具备了这样的条件。特别是后者，有得天独厚的优势。《五台新志》曰：山西商人“皆服贾于京畿、三江、两湖、岭表、东西北三口，致富皆在千里或万余里外，不资地力。”他们离乡背井，远离亲人，虽然在物质生活上比较富裕，但精神生活却非常贫乏。为了解除思想上的空虚与寂寞，他们常常不惜重金邀聘家乡的戏班来演出家乡戏。这样邀班唱戏，逐渐在山陕商人中形成风气，并影响到当地的其他观众，梆子戏就在外地站住了脚，有的甚至扎下了根，长出了新枝，开出了新花。梆子戏班在外地有利可图，有些名角并由此而发了财，更刺激了梆子戏向外流动。为了更好地欣赏家乡戏，在山陕商人聚集的一些商业重镇的山陕会馆都建有规模宏伟的戏台（又称乐楼），如现存于河南社旗的山陕会馆戏台、山东聊城的山陕会馆戏台等。“逢年过节或每月之朔，同乡欢聚一堂，祭神祀祖，聚餐演戏。”① 一些虽有山陕商人聚集，但距离山陕比较远的小城镇，一般无固定的梆子戏班长期演出，而一些商业中心城市如北京、天津、上海、张家口等则有梆子戏班长期演出。这些城市，山西商人势力非常大，如北京在清代共有55个商人行会，山西商人会馆就有15个。徐珂在《清稗类钞》中指出：“京师大贾多晋人”，“他们不仅垄断着票号、钱庄、当铺、颜料、染坊、粮食、干果、杂货等一些重要行业，而且无孔不入地渗透到北京经济的各个部门。”②

北京山西商人多，且紧邻晋地，所以山西梆子戏班和名伶源源不断地进入北京。据《北京梨园金石文字录》记载：早在雍正五年（1727）就有山西伶人在北京演出，并有“□□桂系山西太原府阳曲县人”，成为梨园公会的会首之一。乾隆初年，北京将来自山陕的梆子戏看作与雅部昆曲相对称的西部戏曲，它“似昆曲而音宏亮，介乎京腔之间”，可见还是集曲体的梆子乱弹戏，而还未过渡到板腔体的梆子戏，有人将此称“勾腔”，

①② 李华：《明清以来北京的工商业行会》，南京大学历史系明清史研究室，《明清资本主义萌芽研究论文集》上海人民出版社，1981年版。

其著名演员为“薛四儿名良官者”。[①] 乾隆晚期至道光年间，号称“山陕双和、顺立”两个戏班在北京长期演出，双和班的名旦李小喜以扮相俊雅、声情并茂而享盛誉。《燕都梨园史料》载《听春新咏》曰：“小喜姓李字香蕖，年二十，山西人，双和部。丰神温雅，眉目清妍，颇有楚楚可伶之致。曾见其香山一剧，双弯纤藕，百转新莺，与徽部张梦香各极其妙，去岁归家，不登场者数月，今春重返歌楼，演剧更妙。”到了同、光年间，因“北京银号皆山西帮，喜听秦腔（山陕梆子戏的雅称），故梆子班亦极一时之盛，而以义顺和、宝胜和两班为最著名。”[②] 义顺和、宝胜和均为固定在北京演出的梆子戏班，两班的主要演员大部分是来自山西的名伶，如郭宝臣、侯俊山、天明亮、水上漂、云遮月、盖天红、小旋风、五月仙、一阵风等等。三晋凡有点名气的演员无一不被吸引在京都演出。

天津在清末民国初年是我国北方最大的商业城市，且紧靠京都，亦是山西商人聚汇的地方，如山西祁县帮大票号恒义隆、天德隆、福成德均设在天津，其他山西票号亦多在天津设有分号。山西梆子班社及名伶来京必到津。天津的山西商人若听说北京有某某山西梆子班或某某山西梆子名伶演出，必派人将他们请来演个三月五月而不肯罢休。据名票友王庾生先生介绍：“山西梆子初来京、津时，是先在会馆唱，由老乡们（大部分是山西商人）看看能否叫座？能叫座然后才正式在园子里演唱，否则唱一天就回去。后来山西梆子在京津能站住脚，再来新角，就不经在会馆先试演几天的阶段了。”[③] 久而久之，山西梆子在京津扎下了根，北京出现了具有北京特色的京梆子，其代表人物是梁达子、田际云；天津出现了具有天津特色的卫梆子，其代表人物是魏联升。辛亥革命之后，天津涌现了一大批梆子女演员，她们将卫梆子带到北京，大受北京观众的欢迎，从而取代了山西梆子和京梆子老艺人的地位。后来的河北梆子基本上继承的是卫梆子的艺术。但是无论京梆子还是卫梆子，它们均是山西梆子流传到京津之后受当地戏剧艺术和群众的审美趣味影响而发展的结果，在这其间，在京津的山西商人起到了“搭桥铺路”的重要作用。

在江南，山西商人最多的地方是上海。“上海山西的票号在光绪二年

---

① 《燕兰小谱》，张次溪编：《清代燕都梨园史料》，中国戏剧出版社 1988 年版。

② 《旧剧丛谈》。

③ 《河北梆子史料·访问集》。

时有二十四家，赁宝善街庆兴楼后院，于光绪五年集资（每家五百两）购买北河南路口七蒲路一八八号为行会地址，名为‘汇业公所’，前为关帝庙，后为集会楼。”为迎合山西商人欣赏家乡戏的需要，宝善街曾开设“丹桂茶园”，有梆子班常年在此演出，供山西客商娱乐。另外，群仙茶园、大观园等戏院也经常演出梆子戏。十三旦侯俊山曾五次来上海献艺，其他名伶如水上漂、人参娃、自来红、一阵风、草上飞等也多次到上海演出。由于山西客商的爱好和欢迎，“秦奉票号的非山西人，跟着趋之若鹜，这么一跟进，梆子顿时立刻红得发紫，北平有专门梆子科班，上海二簧班非有梆子中场带演压轴大轴，不成其为一台戏。”① 这种梆子戏雄踞京沪戏曲舞台的局面，一直持续到民国初年山西票号衰落之时。

张家口为北方重镇，清中叶成为中俄、蒙汉通商的交通枢纽，和物资集散地。拥有雄厚财力的山西“骆驼帮”商旅，纷纷来张家口开办钱庄和银号，建立作坊和商店，大批的山西人移居张家口，带来了已经盛行在晋中的山西中路梆子。因为中路梆子比较柔和婉转，且有晋中商人的支持，很快就风靡张家口各地，成为张家口一带的主要剧种，一些原来演唱蒲州梆子、北路梆子的演员也因此而纷纷改唱中路梆子。在石太铁路通车之前，张家口是山西到北京的主要通道。由于张家口的戏曲观众见多识广，欣赏水平高，山西梆子演员到京津沪演出，必先到张家口唱红，才能成为挂头牌的名角。张家口不仅是山西商人云集的地方，也成了山西梆子名伶荟萃的地方。清代的张家口不仅市内有大兴园、小兴园等高水平的梆子戏班，在它周围各县亦成立过不少山西梆子戏班。山西梆子戏班曾沿着商路远达多伦、库伦（旧名，在今蒙古人民共和国境内）演出，这些地方亦是山西商人的贸易点。

除京、津、沪、张（家口）之外，成都亦是山西商人汇聚的地方。《东华录》载光绪十一年（1885）丁宝桢《复开源节源疏》云：“查川省仅天成亨、……日升昌、蔚泰厚等九家均由山西平遥、介休等县承领东本，来川开设店号。”梆子腔所以能由秦晋入蜀，成为川剧的声腔之一“弹腔”，无疑与秦晋商人在川的贸易活动有关。贵州、云南有梆子戏的遗响，也与山陕商人在这些地方的贸易活动分不开。清代诗人郑珍有“蜀盐

① 《梆子检讨》，《半月剧刊》一卷二期，1936年8月1日。

走贵州，秦商聚茅台”的诗句。所谓秦商亦包括晋商在内，“当时运销食盐的商人和票号，大都是山西人和陕西人。这些商人腰缠巨万，生活奢靡，终日饮宴，为了提高酒的质量，就从山西雇了酿制杏花村汾酒的工人来茅台村和本地酿酒工人共同研究制造”① 出茅台酒。山西商人将家乡的酿酒技术引进贵州，同样，为了娱乐的需要，也会把梆子戏引进贵州的，这恐怕是云贵有梆子戏的原因之一吧。

甘肃、宁夏、青海、新疆既为梆子戏的流传地，亦为秦晋商人活动的势力范围。银川、西宁、兰州、敦煌、张掖、乌鲁木齐都曾有山陕商人建的会馆和戏楼。总之，凡梆子戏盛行地方，必定是秦晋商贾云集的地方；只要有秦晋商贾的踪迹，常常能找到梆子戏的遗响。

二、山陕商贾和梆子戏的经济关系

一种声腔剧种的向外发展，需要有一定的经济基础，特别是在旧中国，地方戏班均属民间组织，如果没有一定的经济势力做靠山，梆子戏班和伶人在交通非常不便的情况下远离故乡，在千里之外演出是不可能的。旧中国戏曲剧种外流有两个途径，一是靠官僚势力，二是靠商人势力。昆曲的传播多依附于前者，官僚士大夫阶层喜好昆曲，到外地做官，许多人带有自己的家班，这样促进了昆腔在全国各地的流行。而像梆子、皮簧这些地方戏，在它们刚刚出现的时候是被官僚士大夫们看作土戏俚曲的，不仅不屑一顾，而且常常加以禁演。而出身下层的商人却非常喜好，许多商人为了消除远离故乡和亲人的寂寞情怀，常不惜重金约聘家乡戏班和伶人到他们经商的地方去演出。梆子戏正是借助于山陕商人势力得以在全国流行，并与各地的民间艺术相融合而繁衍出众多的剧种的。山陕商人和梆子戏在经济上的联系，不仅表现在梆子戏艺术向外发展要借助商业贸易这一桥梁，而且更为直接的是表现在经济上要依靠商人的支持。

---

① 《茅台酒的诞生》，参见《工商史料》第1集。

（一）山陕商人是梆子戏班的经济支柱

辛亥革命以前，梆子戏班的演出，不采取卖票制，而采取包场制。观众进戏场不花钱买票，而由当地的官府或行会筹资。农村按台口计算，一个台口一般演三天，按戏班水平的高低付给一定的酬金。在城市，演出的地点先曰茶园，后曰戏园，虽然靠观众付的茶资中有一部分演出收入，但亦主要靠商号们资助。“当时商号讲究四季表，……三月底为一季表，六月底为二季表，九月底为三季表，腊月底为四季表。这四季表对商号很重要，每到这时候，商号要盘点货物，回收赊欠，清理业务上的瓜葛。每个商号总是有些生意上的为难之事，在这个时候不可能完全解决，而是需缓办。一季表可以推到二季表，二季表可以推到三季表，最难应付的则是腊月表，年关将近，买卖家要算总账，一些财物上的纠葛往往难以往次年推拖，这就需要请客唱戏，借此联络感情，解决问题。腊月表唱戏是很隆重的，对戏班来讲，这也是一宗收入。”①

张家口一带的山西商人有先付款后看戏的习惯。吴闰青在《塞上戏剧异闻》中写道：张家口的戏班“照例入十二月时，由班主率领旦角（以花旦为主，青衣次之，彼时均系男伶，并无坤角）即至山西人之大商号中去‘写桌子’，所谓写桌子者系戏班先使钱，商号后看戏的办法，班中旦角晋人为多，多半为各票庄老板之干儿子，故班主之‘写桌子’，得力则全仗花旦。且因商号新正照例请客观剧，如在算大账年份，其举动更大，此项照例在张家口任何商号无不如此，不过戏班写桌子之多寡，则视商号之大小而定。如张家口之大德通票庄则为最大生意，当班主入门后，对于老板（此系商号老板）则异常献媚，而此干儿子之花旦，即须大显身手，立逼‘写桌子’，要价为数很大，最后如大德通亦须写以百数十桌，写毕即付现款，由班主收讫。几张垣大小商号，无不如此办法，集腋成裘，年终各角色包银，即以此款发付。”这种“写桌子”的习惯反映了戏班与商号之间的经济依附关系。当山西梆子进入张家口之初，不仅在经济上完全由山西商人“承包”，而且在政治上需依赖山西商人势力的保护。后来随着山西梆子戏班的增多和当地伶人的加入，戏班与商号之间的这种政治和经济上

① 铃子：《梨园世家》（二），《长城文艺》1981年第5期。

的联系有所松懈，但并没有解除。“写桌子”“收干儿子”反映了早期梆子戏班依附于山陕商人势力的历史遗迹。这种依附关系不仅表现在戏班与商号之间，而且也反映在演员与班主之间。山西梆子承班的班主与入班的演员签有合同，期限至少一年，在这一年里演员未经许可不准离班，班主付给演员的工资包银，不是以日或月计算，而是按年算。挂头牌的演员一年最多的工资为一千吊铜钱。如艺名为“一千红”的须生演员，每年的包银为一千吊铜钱，“八百黑”为净角演员，他的包银为八百吊铜钱。山陕商人在经济上对梆子戏班的支持，除了上述形式外，还自做班主，出钱举办梆子戏科班。

山陕商人除了平时看戏娱乐之外，每年都要组织几次商会戏，用以联络同乡感情，解除纠纷，增进友谊，即所谓“联络感情，涵养德性”。这种商会戏一般在关帝庙或财神庙举行。大一些的山陕会馆均建有关帝庙，正北为神殿，正南为戏台，因关羽为山西解州人，且以忠义著称，遂成为封建社会人们心中的偶像。山陕商人也籍此而兴建关帝庙作为集会之所，每到关羽诞辰或其他一些喜庆节日，必演戏而酬神，一以宣扬关羽的义气，巩固山陕商人内部的团结；二以祈祷关羽的神灵保佑生意兴隆，发财添福，当然更为直接的是他们借这样的机会观赏家乡戏。财神庙的会戏也是同样的性质。这种酬神会戏是商会出面组织的，非常隆重热烈，所请的戏班必为当地的梆子名班。如果在本地没有好的梆子戏班，他们常常不惜重金，千里迢迢将家乡的名班或名伶邀来演唱。这种会戏各商号都舍得出钱，戏班除了照例得到一笔数目可观的酬金外，演员们还能额外得到许多赏钱和物品。在张家口等一些商业比较发达的地区，每一个城镇均有这种商会组织，他们除了在关帝庙和财神庙酬神唱戏之外，还借其他庙会邀班演戏。

（二）梆子戏演出促进了贸易的繁荣，是山陕商人开辟市场的手段

山陕商贾势力的兴盛为梆子戏的发展提供了经济基础，同时，梆子戏的兴盛也促进了市场的繁荣，增加了山陕商贾的经济收入。山陕商人不仅把梆子戏作为一种可供自己娱乐和欣赏的艺术，而且作为一种开辟市场、繁荣贸易的手段，所以在山、陕、豫、冀、绥、鲁、湘等广大城乡，酬神唱戏常常和商品交易会同时举行。如清代太原西南部的晋祠，有各种宗教

节日55个，其中13个节日要演戏，每个节日要演三到五天，每当酬神演戏的时候，四方商贾纷纷来此摆摊售货：

（五月）十八日士人致祭关圣帝君于晋河北门之关帝庙，演剧赛会凡三日，售增货物农具为最。

（九月）初六日演剧祭叔虞神赛会之日，百货辐辏，商贾云集，岁之末一会也，且为晋祠之第一大会，遂为之盛。

有些庙会就是商人出资组织的：

（元月）初八日，晋祠商民致祭忠义神武灵佑仁勇威显护国保民精诚绥靖翊赞宣德关圣帝君于昊天神祠，演剧凡三日，开市贸易。是日五鼓，烛炬辉煌，鼓乐喧晓，跪殿拜祝者纷至，钧天乐台唱戏一出。

重五日为端午节，晋祠商民醵资致祭玉皇上帝暨关圣帝君于昊天神祠，演剧凡三日，远近士庶携壶觞结伙伴相会祠下，诸亭邀羔酒，呼号之声不辍，丝竹管弦之音纷作，殊称雅趣。①

张家口地区为山西商人云集之地，亦为山西梆子繁盛之乡，各个城镇每年都要举行这种以酬神演戏为号召力的商品交易会：

（商都）县城马王庙七月二十七日至八月一日唱会戏六天，籍以买卖牲畜。附近乡民咸来赶会，会场之中锣鼓喧天，人声嘈杂，异常热闹，闻又续戏四天云。②

（赤城）县南门外大桥，每逢旧历七月初一为骡马会期，各地商贩咸来贸易。兹值会期将届，日前县商会、地方税务局会同呈请财政厅援照旧例，自会日起演剧六日，一以繁荣市面推销商货，一以趁机充裕税收。业蒙照准，闻将假北门外三观庙，演剧五日，现已将下花

---

① 《晋祠志》。

② 《察省民国日报》，1932年8月9日。

园戏班写妥，届时定有一番热闹。①

（龙关）本县城南泰山庙，向例旧历四月十八日准期演剧，热闹非常。惟近三四年来，以地方不靖，无形停止。兹以地方安谧，县城一般民众，拟援例演唱晋剧，籍资繁荣市面。顷悉日前已向赤城县某戏班写妥晋剧一班，准期演唱五日。一般商民闻讯，俱各准备应时物品，派人赶平津各地方购办货物，以备出售，届时商摊林立，游人拥挤，必有一番热闹。②

河南地处中原，是南北商品贸易、戏剧文化交流的中心地带。山陕商人在河南有相当大的势力，开封、洛阳等大中城市都建有山陕会馆。现存社旗镇的山陕会馆建有气势宏伟的双叠重檐式戏台，可窥视清代山陕商人势力和演剧活动一斑。形成于山陕豫三角地带的梆子戏早在乾隆末年就进入开封市，道光年间发展到全省各地，受到了山陕商民和本地群众的喜爱和欢迎。《宜阳县志》卷六《风俗》记载城隍庙会的情况说："商贩如云，街民农器山集，逞斗繁华，占年丰啬，同日演戏不止七八处。"沁阳知县倪进明观看了关帝庙会后即兴赋诗道："千间广厦接回廊，百货喧陈大会场。自昔祠基传水府，于今庙貌壮西商。摊钱估客居成肆，入市游人桨列行。最是城西逢九月，开棚几日醉壶觞。"③

西商为山西陕西商人的合称。因关羽重信义且为山西解州人，所以成为山陕商人心中的偶像，各地的山陕会馆里都建有关帝庙及酬神演戏的舞台。一年春秋二度的关帝庙会便成为集市贸易和戏剧演出的重大节日。这种将演戏和贸易相结合的形式一直延续到新中国成立以后，直到现在山西等地都要在春秋举办这样的集会。每当会期来临，本地的和外来的商人均在戏场附近设棚摆摊售货，四面八方的群众穿着节日盛装前来赶会，一方面欣赏自己喜爱的戏曲节目，另一方面选购自己所需的生产资料和生活用品，官方也乘机征收赋税。正如《汤阴县志》所称："有会必有戏，非戏则会不闹，不闹则趋之者寡，而贸易亦因之而少甚矣。戏固不可少也，然戏之费何出乎？尔知县唱四日，赁地者唱三日，各色铺户（商人）唱三

① 《察省国民新报》，1936年8月14日。

② 《察省国民新报》，1937年5月15日。

③ 《沁阳县志·艺文》。

日。县则有牛马税可出，地则有赁地钱可供，铺户则有买卖钱可敛，均不累而乐从也。”可见集会演戏于民、于官、于伶、于商均为乐事。特别是对商贾来说，在这种场合的销售额和成交额要高于平时的许多倍，所以每遇这样的盛会，他们总要预先准备充足的货源，从百里之外赶来贸易。这是山陕商人为什么喜好梆子戏，为什么能在经济上支持梆子戏演出的原因之一。

三、山陕商贾对梆子戏发展的影响

以商品贸易为经济基础而兴盛起来的梆子戏，在它的发展过程中必然要受到山陕商人思想情操、美学趣味、欣赏习惯等因素的影响。

（一）在剧目内容上的影响

山陕商贾作为我国封建社会晚期特有的一个阶层，他们是我国资本主义萌芽时期新生产关系的代表者。他们虽然在经济上有雄厚的财力，足以和没落的封建地主阶级抗衡，但在政治上却受到封建统治阶级的歧视和压迫。他们在经济上有剥削广大贫苦群众的一面，但在思想意识形态领域同广大人民群众一样，要求砸碎封建主义束缚。特别是他们常年身在异乡，对故乡，对故乡的历史和文化艺术有一种特殊的感情，对家乡戏有一种特别的喜好。这除了他们熟悉梆子戏的音乐旋律和语言外，还有一个重要原因就是梆子戏有不少剧目反映了商人的生活，寄托了他们的思想感情。

在《珍珠衫》中，商人蒋兴哥外出经商，他的妻子王三巧被人谋占；在《春秋配》中，粮商姜韵外出买米被伙计徐黑虎砸死井内，其女秋莲遭后母虐待，逃出家门后险遭毒手；在《贩马记》中，陕西褒城马贩李奇外出经商，其后妻杨三春与地保勾结，虐待并逼走其前妻所生子女保重和桂枝，又将李奇诬陷入狱；在《三滴血》中，山西商人周仁瑞父子被昏官晋信书害得有家难归，骨肉分离。类似剧目还有《游神头》《闹馆》等，这些剧目反映了商人生活的不幸，揭露了封建官僚统治阶级对商人的迫害和黑暗社会对他们的欺压。

除此之外，还有反映商人之间的友谊及取信于顾客、忠诚不欺品德的《管鲍分金》《好商人》；反映恶劣商人损人利己行径的《一磅肉》；反映商人之间善恶斗争的《复成桥》；反映富商子弟受坏人引诱，吃喝嫖赌、丧财败家的《纨绔镜》。上述剧目塑造了各种性格的商人形象，从不同的角度描写了商人的生活，表现了他们的喜、怒、哀、乐。

山陕商人给予梆子剧目上的影响除了积极的、健康的一面之外，还有消极的、不健康的一面，如《遗翠花》《蹬楼》《割青菜》充满色情描写。在一些具有一定社会内容的戏，如《珍珠衫》《卖胭脂》《游神头》中，也掺杂不少色情表演。这些戏产生的原因是复杂的，它与整个封建社会的没落、统治阶级生活的日趋腐朽直接相关，不能完全归罪于商人，但与某些商人的怂恿和喜好也有一定的关系。在这样的社会环境下，“对色情戏演者、观者均视为当然，官家亦不加禁止，唯多伦诺尔（喇嘛庙）商会每年所演之戏，共计为三个月，定例甚严。第一，在99天中，不准重戏；第二，不准唱淫戏。故张家口戏班，敢应此项商会戏者，仅有十七生之大兴园一班。”① 可见不是所有的山陕商人看色情戏，有些地方的山陕商人是禁上演色情戏的。

（二）对梆子戏剧种发展的影响

梆子戏由早期的山陕梆子衍变为若干个剧种有许多原因，其中有一个重要原因就是与山陕各帮派商人的爱好分不开。特别是某些梆子剧种的兴衰与商人势力的兴衰有非常直接的关系。明末清初梆子戏在山陕交界的蒲州、同州一带发展起来，那时这一带的商人势力最大。清中叶以后晋中的商人势力崛起，山西中路梆子便在各地流行。辛亥革命以后，晋中的商人势力在帝国主义和官僚买办阶级的压迫下迅速衰败下来，中路梆子的发展亦受挫折，除晋中至绥远一带还盛行之外，很少到别处演出。可见梆子艺术的中心是随着经济基础的变化而变化的。

晋剧（山西中路梆子）的形成和发展，受晋中商人的影响最为明显。乾隆时期，在山西境内演唱的梆子戏并无剧种之分，约在嘉庆年间有了南、北之分。道光年间，晋中商人势力突起，他们非常喜好家乡的地方戏，但觉着梆子戏过于高亢，秧歌戏虽然委婉但演不了整本大戏，欲得到一种介于二者之间的新腔。这时恰有一些不适合高调的艺人和文人知识分

① 铃子：《梨园世家》（八），《长城文艺》1982年9月号。

子研发新腔，他们将原有的梆子腔糅合进了晋中秧歌，并对原有的伴奏乐器进行了大胆的改革，演出后立刻得到晋中豪商大贾们的支持和广大群众的喜爱。同光年间，晋中商人纷纷出资成立“字号班”，其影响较大、延续时间较久的，有祁县渠姓号称金财主为东家的“双聚梨园”，有太谷县杨诚斋为东家的“锦梨园”和“二锦梨园”，有太谷县胡万义成立的“万福园”与“小万福园”，有平遥县田永富为后台老板的“自诚园”，冀牛斋为老板的“锦艺园”等。在张家口一带经商的山西商人亦有成班的，如“山镇有家最大的货栈，字号叫‘德和栈’……掌柜的叫王肃歧，是祁县人，是个票友。他出钱资助，聘请名伶‘狼山红’和‘狼山黑’，办了一个戏班带科班，名曰‘狼山班’，常年在康庄、延庆、怀来、赤城、龙关、涿鹿、矾山一带活动。”①

晋中商人不仅是中路梆子戏的忠实观众和强有力的支持者，而且有不少人吹拉弹唱、粉墨登场，是中路梆子艺术的实践者。如清末张家口四大票友都是商人出身，其中“第三位是吴志远，山西忻县人，‘裕园永’的伙计，为人伶俐，板胡、二弦、大锣、板鼓、饶、梆子样样能拿，生、旦、净、末、丑行行能拿，且能博得彩声！第四位是杨柱，山西太谷人，‘大德庆’的伙计，文场能拉二弦，武场能打大锣，擅串红、黑两行，行家看了都能点头赞许！”② 晋中商人从掌柜、账房先生到伙计，许多人都会唱中路梆子。各柜上都备有全套伴奏乐器，晚上关了门板，没事干，大家就在铺子里吹拉弹唱，自我欣赏。有的甚至成立起业余性的剧团叫自乐班，如库伦（今呼和浩特市）山西会馆的社头、“大盛魁”商号的掌柜罗粥臣，“物色了二十几个出色的票友，在会馆里成立了‘自乐班’，一切开支皆由‘大盛魁’供给。每逢初一十五、逢年过节，他总要在会馆大客厅里打坐场。遇到哪家商号办坐场，他也带上‘自乐班’去凑热闹。”③

由于晋中商人的喜好和支持，中路梆子得以在同光年间迅速发展，成为观众最多、势力最大的梆子声腔剧种。

（原载《中华戏曲》第3辑）

---

① 吴闰青：《塞上戏剧异闻》。

② 铃子：《梨园世家》（四），《长城文艺》1982年第1期。

③ 铃子：《梨园世家》（十），《长城文艺》1983年第1期。

论梆子戏中的商人形象及其情感世界

山陕梆子和山陕商人是我国明清时期商品经济繁荣和戏曲文化发展所产生的一对孪生兄弟。在同一自然地理条件和历史文化背景下，他们相互影响相互依存。山陕商人势力的发展为梆子戏的繁荣提供了可靠的经济基础，同时梆子戏的繁荣不仅为山陕商人提供了精神食粮和娱乐形式，而且通过演戏开拓了商路，活跃了市场。山陕商人热爱家乡戏，除了梆子戏是他们熟悉的艺术形式外，还在于梆子戏真实地反映了他们的生活和思想感情，塑造了形形色色的商人形象。本文拟通过对梆子剧目的具体剖析，来论述梆子戏中所反映的商人形象及其情感世界的特点，以便深入地探求山陕商人与梆子戏的内在联系。

一、梆子戏所反映的商人疾苦及家庭矛盾

在火车、汽车、飞机、轮船等现代化交通工具出现之前，山陕商人外出经商，常常要经受跋山涉水之险、风餐露宿之苦、赔钱亏本之累、谋财害命之祸等常人不易遇到的磨难。梆子戏的编演者与山陕商人常相随共处，对他们的生活比较熟悉，故有关反映商人疾苦的梆子传统剧目为数不少。如《黄文学找父》中，黄滚外出经商，误入黑店，被店主李士元所害。其子黄文学数年不见父归，出外寻父，亦住进此店。李士元又谋害文学，幸被钟情于文学的李女银姐得知，救文学逃离魔掌。《双官诰》中，薛子岳去镇江经商，与其同行的伙计侵吞银两，假设棺木，伪称岳客死异乡。《九件衣》中，卖油郎钱玉林买卖亏本，未婚妻蒋巧云手头无钱，拿九件衣服让其到当铺典衣作本钱。乔武举家被盗，恰失去九件衣。知县李志荣不作调查，严刑逼供，玉林含冤撞死堂下。巧云闻讯，亦自刎而死。

《双刁传》中，陕西客商杜德在外做生意数年后回乡，不幸与无赖李横同行。李见民女水莲貌美，欲逼奸被杜劝阻。李怒，将杜打死。《秋江恨》中，杨作舟带重金外出贩茶，被骗子王狡保父子探知，设计将杨骗至船上，推入江中，将杨的金银包裹抢去。《新金玉缘》中，客商廉洁由川经商归陕，途中被土匪抢劫一空。《贫女泪》中，富商富有余和亲翁贾玉春赴上海讨账，在船上遇水盗，财物被抢去，还被打落水中。《春秋配》中，富商姜韶做生意归家途中，被伙计徐黑虎打死后抛尸井中，抢去了姜的财物，掳去了被姜搭救的女子秋鸾。这些剧目所展现的这一幅幅触目惊心的场景，反映了山陕商人生活的疾苦。

在明清时代交通困难的情况下，山陕商人经商于千里之外，经常过着旅居生活，家中的父母得不到其照顾，儿女得不到其教育，妻子得不到其关怀，加之社会上恶势力的侵害，容易产生家庭矛盾和纠纷，造成家庭不幸。因此，在梆子传统剧目中，反映商人家庭矛盾的剧目为数不少。如《贩马记》（又名《奇双会》）中，陕西褒城县商人李奇去四川贩马之后，继室姚三春不甘寂寞，与地保田旺私通，并虐待前妻之子保童、女桂枝。姐弟二人不堪忍受继母毒打，逃离家门。李奇归来，不见儿女，拷问丫鬟春花，春花不敢说出实情，悬梁自尽。姚氏与田旺贿通知县，诬陷李奇逼奸春花致死，李奇被屈打成招，判处死刑。在《串珠记》中，山西太谷商人蔡鸣凤去奉天经商，其妻祝玉兰与邻居屠夫宋标勾搭成奸。蔡鸣凤回家后被淫妇奸夫杀害，埋入炕底。《春秋配》中，粮商姜韶外出贩米，继室贾氏虐待前室之女秋莲，逼秋莲与乳娘到野外拾柴，后又诬秋莲与书生李华有私情，将秋莲与乳娘逼离家门。结果乳娘被盗贼侯尚官所杀，秋莲虽免遭毒害，但有家难回，只得遁入佛门。《三世修》中，黄天龙外出经商，继室马氏虐待前妻之女桂香，逼其交出金箱钥匙，在磨坊磨面。马氏与前夫所生之子侯七来磨坊调戏桂香，马氏得知后反诬桂香引诱其子，将桂香毒打。桂香不堪虐待，到生母坟前自缢，幸被归家的父亲看见救下。黄天龙回家责备马氏，侯七怀恨，欲刺继父，误杀亲母，反诬天龙行凶，告至公堂。县令酷刑逼供，桂香为免其父受刑，供认马氏系其所杀。桂香被判死罪，临刑时，其父至刑场诉冤，县令不理，黄天龙碰死刑场。《家庭痛史》中，富商郑祥善外出经商，家务交儿媳秀英主管。其妻不悦，与弟白时通合谋陷害秀英，秀英被迫入庵为尼。白时通要进一步加害郑全家时，郑及时赶至，击毙凶手。《龙凤杯》中，商人罗奎中年丧妻，娶继室马翠花后外出贩马。马氏与李三勾搭成奸，常逼前妻所生之女兰英到田间采桑。兰英采桑时与赴京应试的书生贾思敬邂逅，贾钟情于兰英，赠龙凤杯而别。李三欲谋娶兰英，兰英闻讯逃离家门，中途龙凤杯及包裹被盗贼胡为所抢去。罗奎贩马归来不见女儿，上县衙告状。李三勾结胡为欲害罗奎，幸被考中授巡察之职的贾思敬所救。《活变驴》中，商人杨素之妻香莲，在丈夫外出经商时虐待婆婆，杨知而责之，香莲发誓再虐待婆婆，死后变驴。杨又外出经商，香莲依旧如故虐待婆婆。《三滴血》中，山西商人周仁瑞在陕西经商时娶妻生子。后因妻子病故，生意亏本，携子归里。其弟仁祥疑兄收养外姓之子，谋占家产，讼之于官。县官晋信书昏愚，以滴血验亲之法拆散了父子。

在以农业为本的封建社会，商业不受重视，商人的社会地位较低，商人家庭常常成为社会上的流氓、盗贼侵害的目标。这些流氓、盗贼或勾引商家的妻女，或盗窃商家的钱财，所以在封建社会，商人家庭发生的奸杀案、盗窃案比较突出。一旦有商家牵涉在案，贪官污吏千方百计敲诈案件的当事人，无论是原告，还是被告，均以贿通官府的银子多少论输赢，最后倾家荡产者常常是商人。所以在梆子传统剧目中，商人往往是悲剧形象，如《贩马记》中的李奇、《串珠记》中的蔡鸣凤、《春秋配》中的姜韶、《三世修》中的黄天龙等，他们的亲生子女遭继室和奸夫的虐待迫害，因赃官受贿，有冤不能伸，有仇不能报，最后落得家破人亡的悲惨下场。在个别剧目中，冤案得以昭雪，但并非通过他们自身的努力或官府的公正判决，而是靠作了高官的儿子或女婿对案件的重新审理，或靠神的力量对恶人加以惩罚，对受害者的灵魂加以超度。如《贩马记》中的李奇，其冤得以昭雪，就是得力于其做了县令的女婿赵宠和做了巡抚的儿子保童。如果李奇的儿子是一个寻常百姓，其女嫁给一个平民子弟，其冤案只能是石沉大海，无人再理，他难免要作屠刀下的冤魂的。《龙凤杯》中的罗奎，没有被李三和胡为害死，最终与女儿兰英团聚，亦得益于已做巡察的未婚女婿贾思敬的救护。《三世修》中的黄天龙及其女桂香没有上述社会关系，其冤不能伸，其仇不能报。此剧的编演者可能觉着让受害者这样屈死，于心不忍，亦得不到看惯大团圆结局观众的肯定和通过，于是编排了黄天龙父女死后受封神仙，马氏、侯七的灵魂打入奈河受罪的虚幻情节。《活变驴》的作者亦编造了一个阎王派小鬼将驴皮披在恶妇身上，使她变成一头黑驴的情节，以惩罚她对婆婆的虐待。

在明清时代，山陕商人为了保护自己的利益和提高自己的社会地位，他们千方百计交结权贵，同时全力供自己的子弟读书，通过科举考试步入仕途。如扬州、天津的山陕盐商都曾兴办过学府书院，有不少山陕商人的后代考中举人和进士，做了高官。此外，明清政府为解决财政困难，都曾实行过纳银捐官制度，许多山陕富商纳巨款捐官，如前面我们曾提到张四维的叔父张遐令、弟张四教均以大盐商的身份通过捐纳，得到了官衔。清代山陕商人纳银捐官者更多，许多豪商大贾，不仅为自己捐官，还为死去的父辈纳捐谥号。由此可见，梆子戏中反映商人的子弟和亲属做官后为其平冤昭雪是有事实根据的，是真实地反映了山陕商人与封建官僚阶层的关系的。

二、梆子戏中商人形象

在梆子传统剧目中不仅反映了商人外出经商，家庭矛盾没有得到及时解决而造成的纠纷和受黑暗势力侵害导致的家庭悲剧，而且也反映了商人中的少数败类寻花问柳、吃喝嫖赌的腐化现象，塑造了形形色色的商人形象。这方面的剧目以《珍珠衫》最具有代表性。梆子传统剧目中写商人生活，名为《珍珠衫》的剧目有两个。一个源于明人冯梦龙《喻世明言》中的《蒋兴哥重会珍珠衫》白话短篇小说，写商人蒋兴哥与妻子王三巧悲欢离合的故事。另一个《珍珠衫》又名《汗衫记》，写咸阳商人余宽出门经商，客商陈士武见余妻周兰英貌美，但难以接近，遂贿通阎婆，阎以饮酒闲聊为名，将周兰英灌醉，窃去余家祖传宝物珍珠衫予陈。陈士武归途中与余宽在客店相遇，闲谈中拿出珍珠衫以显示他与兰英的私情。余未察详情，回家将兰英休弃。后陈士武病故，其妻唐氏改嫁余宽，对余讲出盗衫详情，余痛悔不及。此时兰英已许配千岁李芳文为妾，余宽赴兰州寻妻认错，误伤门卫，兰英为之求情。李千岁问知详情，令其夫妻团圆。这两个《珍珠衫》情节大致相仿，但后者中，周兰英只是被阎婆盗去珍珠衫，而并未失身，疑后者为前者的翻版。可能《蒋兴哥重会珍珠衫》被改编成梆子剧目演出后，引起观众、特别是山陕商人们的强烈反响，大家不满把王三巧这样一个起初本贤惠漂亮、热爱和忠实自己丈夫的商人妻子编演成淫妇，亦同情蒋兴哥君子受辱，企图通过改变部分细节，还王三巧以清白。但前者有小说、说唱艺术作基础，还有北曲杂剧、南戏传奇演出本的影响，故在人物性格的刻画、反映商人生活的宽度和深度上远远超过了后者。

在前本《珍珠衫》中，梆子戏编演者们生动塑造了蒋兴哥和王三巧这一对年轻商人夫妻形象，真实细腻地表现了他们之间的感情纠合。如蒋兴哥决定与伙计蒋安到广东收取欠账，顺便再贩卖一些货物，但不忍心将此事过早告诉爱妻，以免她难过。准备工作就绪后，他特备一桌酒席，才将出外经商的决定告诉妻子。王三巧听后含泪说："官人要收账，以继先人之业，岂不是好！只是你我夫妻，两载情恩，寸步不离，如何割舍得下？"当她听说船只行囊都已齐备，马上就要开船时，抱着蒋兴哥哭诉道：

既要行就该当早知收信，
却缘何临上船方才透音？
却叫我肝肠断你心何忍？
到底是男儿汉做事毒情。

蒋兴哥亦含泪解释道：

非是我不早言有意瞒隐，
因为你恩和爱我好伤心。
我只得将外事私自办定，
临行时方才敢向你云云。

王三巧见丈夫去意已定，不可挽留，于是问丈夫此去几时回来？蒋兴哥安慰妻子说："尽多不过一年。"王三巧说："明年阶前这椿树发芽，奴便盼望官人回也。只是少年风霜，他乡寂寞，若遇花柳，莫忘糟糠。账目到手，须早回家为是。"蒋兴哥对妻子安慰一番，并嘱咐："此处轻薄子弟不少，切莫门前站立，楼头盼望，恐惹是非。"王三巧言道："官人放心，奴当紧记，但愿你早去早回，莫叫奴家盼望。”此段戏，表现了夫妻分别时的深情厚爱。此时的王三巧不仅深深地爱着蒋兴哥，而且是一个豁达开明的女子。她一方面对即将外出的丈夫难舍难分，另一方面觉着丈夫出外经商，是继承先人事业，不可强行阻止，不能以儿女之情耽搁了丈夫的事业。蒋兴哥走后，王三巧谨记丈夫走时的嘱咐，每日在楼上绣凤描鸾，默默盼望丈夫早日归来。但到第二年椿树发芽的季节仍没有蒋兴哥的消息，自此埋藏在她心底的火焰再也按捺不住了。对远在千里之外丈夫的担心、孤眠的寂寞、性爱的渴求，使她坐立不安。剧中对她此时的刻画是真实的，也是符合人之常情的。不幸的是，一个偶然的机会，她的身影被淫徒陈商窥视。如果没有这种遭遇，如果不是薛婆定毒计，百般引诱和挑逗，如果不是酒醉，王三巧是不会失身于陈商的。当她中了陈商和薛婆的圈套，失身于陈商之后，心中非常悔恨：

悔不尽一时错有口难讲，
恨薛婆这阴毒丧尽天良。
奴一个清白身一旦断丧，
把何面见奴夫惭愧凄凉。

当她听说丈夫回来的消息后，悲喜交加惊慌失态：

听此言悲又喜红生脸上，
快起身来迎接心内又慌。
我只得站楼门举目盼望，
羞怯怯意悬悬面却无光。

面对蒋兴哥的一纸休书，她悔恨万分。她求蒋兴哥宽恕，在得不到原谅后，她曾以自缢解脱痛恨。后被解救，无奈听从父母安排，含泪嫁给过路客官吴杰为妾。她“虽然是身荣衣锦，总难忘以前的结发恩情”。当她偶然看到蒋兴哥来此地经商，被牵连人命案的卷宗后大惊失色，先以嫡亲兄妹之由求吴杰查清案情。蒋兴哥得救后，她又求与蒋兴哥相见。见蒋兴哥后，她情不自禁，与蒋兴哥抱头痛哭。她的真情不仅消除了蒋兴哥心中的怨恨，而且感动了吴杰。吴悉详情后同情他们的不幸遭遇，令二人破镜重圆。

剧中的蒋兴哥是一个正直、本分、善良的商人形象。他在外经商时刻惦记着家中的妻子，只因生意不顺利，耽误了回家的日期。在客店他见陈商所穿珍珠衫大吃一惊，听了陈商所叙珍珠衫的来历后又气又怒，但没有采取暴力手段对待陈商，回家后也没有责骂王三巧，而是忍着心灵的创伤，以一封休书割断了与王三巧的恩爱。剧中对他回到家里时的心态刻画得非常细腻：

> 未入门我已经无限惆怅，
> 进内室不由我更觉彷徨。
> 假意儿带笑脸忙将楼上，

见到王三巧后，他先是一怔，后与王三巧抱头痛哭：

> 仇恨中不觉得两泪汪汪。

当王三巧唱道："从今后我和你妇随夫唱"时，他唱道：

> 我满腹言和语到此难讲，
> 好一似那乱箭穿断肝肠。
> 妻呀，
> 我自己悔不该外出远乡，
> 我自己悔不该为利奔忙，
> 抛下你衾和枕无人偎傍，
> 抛下你受孤栖昼短夜长。
> 这苦情我心知你也明亮，
> 却只好不言语各自凄惶。

他不忍心将休妻的原因当面说破，假称回来之时，从岳父门首经过，进去看望，得知二位老人同时得病，叫三巧先去探望父母。同时将写好的休书令家人蒋安送交三巧的父母。三巧的父母见到休书，来质问蒋兴哥休妻的详情，蒋仍不忍说出，以免给三巧和她的父母难堪，他只是坚持：只要珍珠汗衫有，从前事儿一笔勾。

三巧嫁过路客官吴杰后，蒋兴哥娶平氏为妻，为平氏故于客店的前夫陈商妥善办了丧事。在广东合浦做珠宝生意时，与当地商人宋重元发生争执，宋偷珠心虚，年老跌地而死。县令判蒋兴哥披麻戴孝，发送安葬，蒋兴哥一一依从。可见蒋兴哥为人处事还是宽宏大度的。正因为他有如此的性格特点，加之有从前的感情作基础，才有了后来和王三巧的破镜重圆。

剧中的绸布商陈商则是一个花花公子。他家中有年轻貌美的妻子，离家时亦情义缠绵，但到襄阳后不久，就忍耐不了旅居他乡的寂寞。偶见蒋兴哥的妻子王三巧，就色迷心窍，将妻子和家人的嘱咐丢在脑后。他用一双金镯买通了薛婆，用计将王三巧诱奸，并和薛婆的儿媳丑女通奸，在王三巧身上花费了千两纹银。他家的伙计陈旺好容易把他劝说回家，但他依然不思改悔，结果在又去诱拐王三巧时，病死在襄阳的客店里。

陈商的妻子平氏是个温柔、贤惠、漂亮的妇女。她嫁给陈商后，与丈夫情投意合，形影不离。丈夫外出经商前，她一再叮嘱丈夫，不要在外拈花惹柳，忘记了家中的结发妻子。陈商走后，她每日闭门不出，等待丈夫的归来。一日丫鬟去洗衣，未锁好院门，流氓荀环溜进来欲逼奸，被平氏撵了出去。此时陈商恰好回家，疑平氏不贞，陈商身穿的珍珠衫亦被平氏发现，二人发生争吵。陈商一怒之下，离家又往襄阳去找王三巧。平氏放心不下，雇船追赶丈夫。结果，待平氏赶至襄阳，陈商病死客店。平氏在走投无路的情况下，为埋葬陈商，嫁给了蒋兴哥。在平氏身上，既体现了中国传统道德对妇女“贤惠”的要求，又反映了商人阶层讲求实际、不图虚名的人生观和价值观。在人物性格刻画上，平氏较王三巧显得简单了一些，但仍有较深刻的认识价值。

围绕剧中主人公蒋兴哥和王三巧夫妻、陈商和平氏夫妻，编演者还塑造了商人家庭的丫鬟、伙计及货栈老板吕公道，经济行头鲍应，珠宝商宋重元、窦成，皮货商人、苏货商人等不同身份、不同性格的商人群像及贪官污吏、暗娼、市井无赖等形形色色的人物形象，犹如明清市民社会的一幅风情画。

在反映商人家庭生活的梆子剧目中，亦有少数以喜剧形式出现的。如

《不解缘》，写张保童去南京经商，三年后归里，宿岳父开的客店中。其妻田翠平在娘家，保童为试妻，特许纹银十两、铜钱两串要店家找一姑娘陪宿。翠平父母被金钱所惑，逼女陪客。保童怒，一夜未眠。翠平认出其夫，但未敢开言相认。翌日保童归里，翠平羞愧自缢。是夜盗贼张好胜盗墓，揭棺盖，翠平突然坐起，张被吓死。翠平复活后认成人美为义父。保童义父傅大官寿诞，成人美来贺寿，傅请成为保童择妇，成荐翠平。二人入洞房大惊，各述原委，夫妻和好如初。此剧以保童的狡黠、田翠平的软弱、田翠平父母的贪婪构成喜剧冲突，在讽刺和批判商人缺点的同时，亦肯定了保童对纯洁爱情的追求。

《丰乐园》中，同州书生李尔德弃学经商，数年后得家书回乡与未婚妻冯荇采成亲，中途遇陕西巡抚追捕贩毒团伙，李助阵立功受封。婚期即至，冯荇采不见婿归，随母至铁尾庙烧香问讯，途中巧遇李尔德归来。冯员外喜出望外，为女儿女婿新婚大摆宴席。此剧反映了明清时代山陕商人的官商理想。与此剧同一主题的还有《张连卖布》。此剧写富家子张连嗜赌，将家产输光，其妻四姐织布令其卖后买米，张又将卖布钱输掉。四姐一气之下悬梁自缢，幸被邻居王妈妈救下。张连发誓戒赌，重新做人。剧中，张连有一大段抒发他经商发家理想的唱腔：

先把那渭南县当铺坐下，
西安府开盐店咱的东家。
兰州城京货铺招牌悬挂，
西口外金钢钻发上几车。
穿皮袄套褐衫骑骡压马，
烧黄酒猪羊肉美味可加。
娶妻小赛过那南京俏画，
买丫头和小子装烟倒茶。
清早起人参汤先把口下，
到午间把燕窝拌成疙瘩。
张口兽琉璃瓦高楼大厦，
制几顷水浇地百不直吓。
寻几名好伙计四路访查，

幸喜得四路里粮食长价。
百十名走粟行银赚万八，
仿巡抚坐总督布政按察。

在明清时代，没有官僚背景的商人发不了大财，成不了巨贾。所以，山陕商人在有了一定的资本积累之后，总要在官僚统治阶层寻找自己的靠山，用金钱捐官是他们步入上层社会的捷径，做一个有钱有势的官商是他们梦寐以求的愿望。此外，有钱有势之后，还有一个追求就是豢养家庭戏班，满足他们的声色享受。因此在张连为自己设计的未来蓝图中亦少不了这方面的内容：

当殿上令圣旨中堂高挂，
写几台名角戏戗杆放花。
严驼家十王庙降仙好娃，
唐明王游地狱刘全进瓜。
宝鸡班背张婆秋千玩耍，
青白蛇战法海状元祭塔。
潘邑家火焰驹曾把路打，
元元子淮河营萧恩杀家。
寺前家当啷锤辕门杀娃，
徐德子崔子臣杀齐君鞭打芦花。
步雪家水罗张门儿杀娃，
春秋笔混元镜五彩宝帕。
提唐家刚钱府令人惊讶，
身儿的□婆媳支的如法。
见人家道儿的梨花杀娃，
胡子生指李白好长指甲。
南庄班三上轿再打鸾驾，
五福堂满床笏先看摆扎。
董升家好小旦南唐救驾，
小赵儿桃木板支的哑吧。

西安府长泰班声名甚大，
用几万白银子将他买下。

三、梆子戏反映了商人的离情别绪

山陕商人经常行商于千里之外，长期远离家乡，远离亲人。梆子传统剧目直接和间接反映了他们思念故乡、思念亲人的离情别绪，和他们的父母、妻子儿女对异地他乡亲人的思念。如《北天门》中，身在异国他乡的杨延辉对母亲、对南朝的思念：

杨延辉坐宫院自思自叹，
思想起当年事好不伤惨。
天庆王设下那双龙大宴，
我弟兄八只虎来到沙滩。
金沙滩与番邦一场鏖战，
恨只恨本宫被绑赴北番。
谁料想萧太后不肯问斩，
招东床与公主结为姻缘。
在北国流落十五载，
母子们远隔在天边。
我好比蛟龙离大海，
我好比猛虎离深山。
我好比离群一孤雁，
我好比舟船困浅滩。
虽说是离宋营路程不远，
在本宫却似隔万重高山。
望天朝想起那朝王金殿，
不由人泪珠儿洒湿衣衫。
高堂母年迈人难得相见，
举家人何一日才能团圆？

再如《祭塔》中许士林对母亲白娘子的思念：

许士林跪塔前泪流满面，
猛抬头雷峰塔遮盖半天。
白日里想母亲肝肠哭断，
到夜晚想母亲泪湿衣衫。

山陕商人虽然身世和所处的具体环境与剧中人物杨延辉、许士林不同，但在思亲这一点上却是共同的。对于那些刚刚走出家门、步入商途的山陕商号中的学徒和青年伙计来讲，在异地他乡听到这样深沉悠扬的唱腔，不能不引发和加深他们对家乡父母的思念。再看《刘玉郎思家》中，刘玉郎对爹娘和结发妻子的相思：

昨夜晚谯楼上三更时候，
魂灵儿晃悠悠转回故州。
在前庭二爹娘言语出口，
我的妻在一旁两泪交流。
一双的儿和女身在年幼，
他当我在外边忘了故州。
站在了我面前纷纷开口，
又是悲又是喜满面含羞。
我只说举家饮团圆之酒，
却原是梦南柯还在绣楼。
……
郭小姐她待我多情多爱，
岂能忘糟糠妻女中裙钗。
盼家乡将我的双眼哭坏，
想起来父和母常挂心怀。
念姣儿思幼女何人看待，
况家贫又没有至亲往来。
我如今魁名中乌纱头戴，

相府中拜花烛自谴自责。
倒不如辞王表告别太宰，
回故州行孝道方趁心怀。
郭大人哪！
你父女舍千金难把我买，
实实的你难买我的心怀。
刘玉郎在书房越哭越恸……

刘玉郎虽不是商人，但在身处异地他乡，思念故土，思念父母、妻子、儿女这一点上却是相通的，故能引起山陕商人强烈的共鸣。

如果以上剧目是间接抒发山陕商人思乡思亲之情的话，《汗衫记》（又名《珍珠衫》）中周兰英对丈夫于宽的思念，则直接反映了商人妻子对远离家门的丈夫的思念：

周兰英坐驮轿珠泪悲啼，
哭了声于郎夫你在哪里？
年年有个七月七，
天上牛郎会织女。
他夫妻犯了什么罪，
为什么相隔天河两分离？
咱夫妻犯了什么罪，
为什么东的东来西的西！
他夫妻若要重相见，
单等来年七月七。
咱夫妻若要重相见，
除非是南柯到梦里。

在此剧的编演者看来，牛郎织女远隔天河，但还可一年一见，而商家夫妻，常常是数年不得团聚，有的商家还受到社会上黑暗势力的侵害。所以山陕商人的思乡思亲之情较之官宦和文人举子更深沉悲切。因此，梆子传统剧目中有关思乡和思亲的剧目非常流行，常演不衰。

四、梆子戏中反映的商人道德

明清时代的山陕商人在事业上成功的一个重要原因是讲求信义，以勤劳取利，以节俭致富，不欺不骗。康海的《扶风耆宾樊翁墓志铭》一文中记述了陕西风翔府扶风县商人樊现告诫后代的一段话："吾南至江淮，北尽边塞，冠弱之患，独不一与者，天鉴吾不欺。贸易之际，人以欺为计，予以不欺为计，故吾日益而彼日损，谁谓天道难信哉！"李宏龄在《同舟忠告》中谈及山西票商成功的原因时亦称："自庚子之变，各行息业者多……独我西号自二十七年回京后，声价大增，不独京中各行推重，即如官场大员无不敬服，甚至深宫之中，亦知西号之诚信相符，不欺不昧。此诚商务之大局，最为同乡极得手之时也。"

在梆子传统剧目中，有不少直接反映山陕商人良好品行和职业道德的剧目。如《管鲍分金》，写战国时齐国人鲍叔牙与管仲为友，二人一起经商。年终按股分红，鲍应得两千，管应得四百。鲍见管家境贫困，欲两人均分，各得一千两百。管不从，只取四百。后经鲍极力劝说，管始接受均分之银。编演者借这个历史故事，歌颂了商人之间的义气。《新金玉缘》中，青年商人廉洁经商回家途中被抢劫，至傅员外家作佣工。傅家丫鬟白彩凤出门倒水，见之钟情，赠廉玉环，廉坚辞不受。彩凤回去后，廉发现地上有一只金镯，认为是彩凤所遗，等其来取。员外夫人失金镯，怒责彩凤，彩凤出门欲投水，被廉劝阻，将金镯交彩凤。员外夫妇知悉原委，收彩凤为义女，招廉洁为婿。此剧歌颂了商人拾金不昧的品德。《杨英买母》中，黄氏夫兄、夫嫂为独占家产，将黄夫害死，将黄卖给客商杨英为妾。杨知黄苦情，赠银放黄氏回家。黄恐回去再遭陷害，杨挺身而出，代黄告状。为避嫌疑，认黄氏为母。此剧歌颂了商人的侠义行为。《好商人》中，商店伙计林肯，公买公卖，童叟无欺。一日一老妇前来购物，事后林肯算账，发现多收了老妇的六角钱，当即送去，受到顾客和老板的夸奖。

与善商良贾形象形成鲜明对比的是，在梆子戏中还揭露和批判了一些恶贾劣商的行为。如前面在《珍珠衫》中提到的陈商、《汗衫记》中的陈士武、《柳志春嫖院》中的柳志春等，仗着自己腰包中有几个臭钱，勾引和调戏别人的妻女。《一磅肉》借莎士比亚《威尼斯商人》中的故事，讽刺恶商损人利己的行径。《复成桥》谴责了南京某商号伙计偷盗商号银钱，诬陷别人的恶劣品质。

在揭露商人阴暗面的梆子传统剧目中，尤以《朱告柳》一剧称著。此剧写清道光年间，大荔富商柳成为其子化龙向其钱庄掌柜朱仁家求婚。朱女玉环已许表兄吴瑛，故拒柳家。柳怒，以银贿通县官杨财，诬陷朱仁及弟朱义盗窃柳家银钱，将二人害死狱中。县令差捕头马恒泰去朱家提人，又踢死玉环之母王氏。玉环为父母申冤，逐级告状，各府衙均被柳家买通，不准玉环之状。玉环无奈，变卖首饰，奔兰州制台衙门告状，途中遇学台王松年，王同情玉环，收为义女，助其鸣冤。制台常麟，受理此案，处死马恒泰，并判柳成及其帮凶柳能绞刑。柳府管家以纹银万两，买通监斩官，刑场作弊，使柳家兄弟逃脱法网。花子将此事透漏玉环，玉环又上告抚院。新任巡抚王松年见状，将凶犯抓获斩首，并将赃官革职发配。此剧通过柳朱两家因儿女婚事引发的人命官司，淋漓尽致地揭示了某些豪商巨贾依仗财势，欺压群众，横行霸道，无恶不作，贿赂官府，有恃无恐的丑恶面貌，并揭露了清末政治的黑暗与腐败，歌颂了商家女子朱玉环不畏强暴，与黑暗势力顽强斗争，不屈不挠的精神。剧中不仅主要人物如柳成、朱仁、朱玉环、王松年性格鲜明，形象生动，一些次要人物亦刻画得活灵活现。如大荔知县杨财本富家子弟，“与皇上爷家捐了万两纹银，买了个七品县印。”这样的人作一县之长，岂能不害民。他一出场念道：

坐官原为把钱赚，
不为银钱谁做官？
谁肯送钱便有理，
管甚屈冤不屈冤！

编演者通过这四句引子就入木三分地揭示了这一赃官丑恶的灵魂，贪婪的嘴脸。审案中他听了朱仁有关柳家抢亲的申诉后不以为然地说：“柳员外家财豪富，我大老爷要有闺女，也愿与他结亲，岂有抢娶你家女儿的道理！”接着大发淫威，以酷刑逼朱仁招认盗窃柳家银钱的罪名。剧中真实地反映了明清两代实行捐官制度所带来的恶果。在山陕商人中出现一些像柳成这样的恶商，是与当时政治腐败分不开的。梆子戏虽以山陕商人作经济靠山，但并没有一味对山陕商人歌功颂德，该赞扬的赞扬，该揭露的揭露。艺术家们这种源于生活，真实反映生活的态度，在今天仍值得学习和提倡。

在我国封建社会，儒家以忠、孝、节、义规范人与人之间的关系，三国西蜀名将关羽被历代统治阶级奉为忠、义的典范和化身。山陕商人作为明清封建社会的一个特殊阶层，他们的经济利益与整个封建地主阶级的利益从根本上是一致的，在道德观念上也是相同的。外出经商，他们需要用“忠”和“义”规范买卖双方及老板与伙计之间的行为，以求生意的顺利进行；在家庭内部要以“孝”和“节”约束各自的行为，以求家庭的和睦稳固。因关羽祖籍山西解州，故山陕商人既把他作为忠义的化身，又把他作为商家的保护神来供奉。在山陕商人修建的山陕会馆中，都有供奉和祭祀关羽的神殿，并将其作为会馆中的主体建筑。每年祭祀关羽，除隆重的仪式外，演出歌颂关羽忠义事迹的戏曲亦是不可缺少的，故在山陕会馆供奉关羽的正殿对面，必须建有一座装饰考究的戏楼或戏台。在梆子传统剧目中，以关羽事迹为题材的剧目有《斩熊虎》《三结义》《秉烛待旦》（又名《观春秋》）、《赠赤兔》《斩颜良》《关公挑袍》《过五关》《古城会》《华容道》《取长沙》《讨荆州》《单刀会》《月下盘貂》《水淹七军》《刮骨疗毒》等。在山陕会馆中，以关羽戏曲故事为素材的木雕、石雕、砖雕、泥塑、油漆水彩画随处可见。由此可知，梆子戏所表达的忠孝节义和山陕商人所信奉和提倡的道德伦理观念是一致的。除关羽戏外，以表现义夫、节妇、忠臣、孝子为内容的梆子剧目亦是山陕会馆舞台和商人堂会上常演的剧目，如歌颂孝子的《芦花计》，歌颂节妇的《三娘教子》，歌颂义夫的《忠义侠》《一捧雪》，歌颂忠臣的《忠孝节》《岳母刺字》等。山陕商人的道德观和梆子传统剧目所表现的忠孝节义思想，在今天看来有维护封建统治的一面，但在当时确实起到了维系家庭和社会安定的积极作用。

（原载《蒲剧艺术》1999 年第 1 期）

徽商与西商之比较及对戏曲的贡献

在中国历史上，有两股商人势力特别瞩目，一是徽州商人，简称徽商；一是山西、陕西商人，俗称山陕商人，简称西商。从明中叶至清末，这两股商人势力遍布全国，控制中国经济命脉达三百多年，对各地的经济、文化产生过很大的影响。西商产生于黄河流域，徽商产生于长江流域，两地的商人既有各自的特点，又有许多相近的地方。近年来有不少学者对徽商、西商进行过比较深入、细致的研究，但将二者比较研究还不多见。本文试将徽商与西商的异同作一些比较，并就徽商和西商对戏曲的贡献谈一点看法。

一、徽商与西商的共同之处

（一）生存条件相似

徽州在长江以南，山西和陕西在黄河东西，两地相隔千里，气候、地理有很大的差异，但有一个共同点，这就是人多地少，物产匮乏。《天下郡国利病书·江南二十》称："徽郡保界山谷，土田依原麓，田瘠瘦，所产至薄，……不宜稻粱。壮夫健牛……视他郡农力过倍，而所入不当其半。又田皆仰高水，故丰年甚少，大都计一岁所入，不能支什之一。小民多执技艺，或贩负就食他郡者，常什九。……田少而值昂，又生齿日益，庐舍坟墓不毛之地日多。山峭水激，滨河被冲啮者，即废为沙碛，不复成田。以故中家而下，皆无田可业。徽人多商贾，盖其势然也。"山高水激，不利于农业生产，粮食奇缺，劳动力过剩，成为徽商产生的自然根源。南宋淳熙《新安志》记载，唐宪宗元和三年（808），卢坦出任宣歙观察使，正值旱灾，"既而米斗二百，商旅辐辏，民赖以生。"由此可见，最早的徽商是靠贩运粮食起家的。

山西和陕西在历史上也是人多地少，特别是黄土高原、秦岭、太行山区，生态环境差，非常不利于农业生产。明张瀚《松窗梦语》卷四谓："河以北为山西，古冀都邑地，故禹贡不言贡。自昔饶林竹旄玉石，今有鱼盐枣柿之利。所辖四郡，以太原为省会，而平阳为富饶，大同、潞安倚边寒薄，地狭人稠，俗尚勤俭，然多玩好事末，独蒲坂一州富庶尤甚，商贾争趋。"山西东部为太行山脉，西部为吕梁山脉，耕地少，气候干燥，不利于农业生产，但有丰富的矿藏资源，煤、铁、盐等均居各省前列，有利于发展工商业。加之"明季以来，漳水上流时虞泛滥，而御河亦不便递运。如是行旅之往来，多取道于山西平定州。其由西南来者，率自河入汾，由西北来者，或由河入汾，或由西北部自永宁州通平定州。"山西成为我国明清之际"西南西北交通枢纽"①。在"田利本薄，农民终岁收入，纳赋应差，牛力籽种外，实无所余，甚为赔累"的情况下，"民无恒业，多半携资出外贸易营生"，"其系种地为业，仅十之二三"②。在人多地少，气候干燥的自然条件下，逐渐形成了重商轻农的社会习尚。如《太谷县志》卷三"风俗"中称："阳邑民多而田少，竭丰年之谷，不足供两月。故耕读之外，咸善谋生，跋涉数千里，率以为常，土俗殷富，实由于此。"《五台新志》卷二"生计"亦称："晋俗以商贾为重，非弃本而逐末，土狭人满，田不足于耕也。太原汾州所称饶沃之数大县，及关北之忻州，皆服贾于京畿、三江、两湖、岭表、东西北三口，致富皆在数千里或万里外，不资地力。"

陕西自然气候与山西近似，亦为我国西北交通要道所在。"西安为会城，地多骡马牛羊旄裘筋骨，自昔多贾，西入陇蜀，东走齐鲁，往来交易，莫不得其所欲。至今西北贾多秦人，然皆聚于沂雍以东至河华沃野千里间，而三原为最。若汉中西川巩凤犹为九道，至凉庆甘宁之垆，丰草平野，沙苇莱条，昔为边商利途，今称边戍之绝塞矣。关中之地当九州三分之一，而人众不过什一，量其富厚，什居其二，闾阎贫窭，至于他省，而生理殷繁，则贾人所聚也。"③《陕西通志》卷四十五"风俗"引《三原县志》称："三原士勤学问，民多商贾。……至今士能敬业，城邑乡井类多

① 谷霁光：《明清时代之山西与山西票号》，《厦门大学学报》二集，1943年7月。

② 《东华录》。

③ 张瀚：《松窗梦语》卷四。

弦诵，科目甲于诸邑，农勤力作，工不事淫巧，唯商贾远出，每数年不归。劝令买地耕种，多以为累。思欲转移，令务本轻末，其道良难。”陕西除三原重商轻农外，同州一带亦是商风很盛的地方。《同州府志》卷二十一“风俗”中亦称：“同州府南北阻山，东滨河，西涉坂，中亘沙苑，树而不田。故各属之地，高者碍于耕锄，低者祸于冲崩，穷民苦衣食之不给，富者皆弃本逐末，各以服贾起家，蜀阜宛孔之流，甲于通者。”

山陕人民经商的历史记载很早。汉初，山陕人民与匈奴民众在长城脚下的边境关市上有了贸易往来。《汉书》载：“匈奴自单于以下，皆亲汉，往来长城下。汉使马邑（今山西朔县城之西北隅）人聂翁壹，间阑出物，与匈奴交易。”这是有史记载的第一个山西官商。盛唐时期，政治稳定，经济繁荣，商路四通八达，山西商人在国内外交易中大显身手。武则天执政时闻喜人裴仙先“以财自雄，养客数百人，多詷候朝事，……累进工部尚书。”他利用职务之便，与边境邻国和部族进行互市贸易，“货殖五年，致资财数千万。”北宋雍熙至端拱年间（984—987），宋王朝先后在山西境内的岚州（今岚县）、丰（今武乡）、火山军（今河曲）、唐隆镇（今偏关）、保德军（今保德）等地设立榷场（交易所），鼓励宋辽两地的商人进行商品交易。《宋史》卷二五五载：“张永德，并州阳曲人，家世饶财。永德在太原，尝令亲吏贩茶规利，阑出徼外市羊。”元统一全国后，结束了南北对峙的局面，为国内外贸易的繁荣扫除了障碍。当时的太原、大同是黄河流域著名的商业都会。意大利人马可波罗由西北陆路来华，路经山西的平阳府、太原府。他在《马可波罗行记》中追叙太原、平阳的情况时说：“其中商业及数种工业颇见繁盛，有大商数人自此发足，前往印度等地经商谋利。”这是山西商人走出国门的最早记载。

从上述记述中可以看出，山西人善经商是有悠久历史的。但在明代以前，山西商人尚未形成能影响全国经济的势力。这是因为，在宋之前，山陕一带的生态环境还不像后来那样恶化，植被和森林覆盖率较高，人口亦不太多。其次，当时的商品生产还比较落后，商品贸易还不甚发达。宋辽、宋金、宋元和宋与西夏的许多争战均是在山陕和河北一带进行，战火不仅使这一带的人民蒙受了巨大的生命财产损失，而且烧毁了这一带的许多林木。辽、金、元建都北京，明王朝后来迁都北京，京城屡建屡毁，要消耗大量的木材，这些木材大部分开采于太行山中的原始森林。元代之后山西人口急骤增加，明王朝建立后，为巩固北疆边防，采取的军屯政策，使山陕一带的许多牧场被开垦为耕地。森林和植被的减少，使土壤流失和沙化进一步加剧，气候干燥，降雨量下降，农业生态环境不断恶化。在农业生产收不敷出的情况下，致使更多的人从事手工业生产和商业活动。

（二）兴盛的契机相同

徽州和山陕一代的人民经商的历史虽然很早，但形成影响全国经济的商人势力是在明代。明中叶，政府为筹集边防军饷而实行的“开中法”，为山陕商人和徽商的迅速发展提供了机遇。明王朝是朱元璋领导的农民起义推翻了蒙古族的统治后建立的政权。蒙古族失去中原后退居漠北，又过上了游牧生活，很快又恢复了昔日的生机。明王朝虽多次远征，企图彻底消灭蒙古势力，但总是事与愿违，蒙古铁骑不仅没有被消灭，反而越来越强悍，经常骚扰明朝的北方边境，并在正统十四年（1449）进攻明北部重镇大同，明英宗率军亲征，结果在土木堡被蒙军大败，做了俘虏。明王朝为了抵御蒙古军队的南犯，从辽东至嘉峪关沿长城一线，驻守了数十万军队。为了解决边防部队的粮饷，明政府一方面让驻军屯田开荒，生产粮食，另一方面，以出让食盐的销售权为代价，鼓励商人将内地的粮食、草料、衣物、油棉等物资运往辽东、蓟州、宣府、大同、偏关、延绥、宁夏、固原、甘州等边寨驻军重地。历史学家称这项政策为“开中法”。

按照《正德会典》卷三六《盐法·事例》和《万历会典》卷三四《盐法通例》等文献记载：所谓开中法，就是商人把粮草、棉布等军需物资交送到指定的边仓后，边仓发给商人收到货物的证明即仓钞，商人持仓钞到指定的都转运盐使司（盐运司）或盐课提举司换取盐引，即贩盐许可证，再持盐引到盐场领盐，然后把盐运到指定的地方销售。商人将粮草运到边关到领到盐引，将盐在引地销售这一复杂过程需要一年至数年的时间，并要花费许多人力、物力，克服重重困难。山陕商人占有地理上的优势，且有丰富的经商经验和吃苦耐劳精神，故在开中法实施后蜂涌而至。他们从内地以较低的价格购得粮草、棉布和其他日用品，运到边关，领取盐引后又到两淮、长芦、自流井、河东等产盐地购得食盐，然后又到各地销售，从中赢利颇大。

“开中法”的实施，为山陕商人的崛起创造了机遇，也为徽商施展商才提供了广阔的舞台。徽商原本是以贩粮起家，从江浙贩运稻米到徽州，然后将徽州出产的木材、茶叶等贩运到外地。“开中法”实施以后，山陕商人发了大财，这刺激了徽州商人。在经济利益的驱动下，一部分徽州商人挟资北上，开赴九边，与山陕商人争夺商权。如歙县商人汪玄仪，曾“聚三月粮，客燕、代，遂起盐策。”[①] 休宁县盐商王全也曾“蒙故业，客燕、赵、齐、楚间。”[②] 徽商将内地生产的粮食等贩运到燕、代等北方边境，进一步扩大了他们的经营范围和活动地区，成为“其货无所不居，其地无所不至，其时无所不鹜，其算无所不精，其利无所不专，其权无所不握”[③]，“诡而海岛，梁而沙漠，足迹几半宇内”[④] 的一支商界劲旅。

（三）民风相似，勤俭致富

山陕和徽州的生活条件都比较艰苦，人民有吃苦耐劳、勤俭节约的优良传统。万历《歙志·序五》称徽州在“成弘以前，民间惟少文、甘恬退、重土著、勤穑事、敦愿让、崇节俭。”民国《歙县志》卷一《风土》称当地“习尚俭朴，类能力农服贾以裕其生。……民质重厚，耐劳苦，善积聚，妇女尤勤逸节啬，不事修饰。”《歙事闲谭》卷十八《歙风俗礼教考》中亦称当地群众“家居务为俭约，大富之家，日食不过一脔，贫者盂饭盘蔬而已。”勤俭节约为外出经商积累了必要的资金，同时也是徽商由小到大、由弱到强的一个重要因素。

山陕一带的人民勤俭节约的优良传统亦是此地商业能发达的一个重要原因。如《明一统志》引《旧志》称太原府的人民“善治生，多藏富”；《明一统志》引《绛州志》称平阳一带的人民“勤稼穑，好蓄积”；《清一统志》引《旧蒲州志》称蒲州一带“民性质朴，好节俭，力田绩纺，尤事商贾”；《清一统志》引《图书编》称潞安府“民俭务农”。勤奋节俭，不仅是本地山西人民的一种美德，而且成为旅居外地的山西人特别是山西商人战胜困难、成就事业的法宝。《宋文鉴》一三九《穆修徐文质墓志铭》中在提及居住在京师的外地人时说：“凡并人，其俗刚厚而勤啬，能节省

① 汪道昆：《太函集》卷四十三。

② 汪道昆：《太函集》卷四十五。

③ 万历《歙志·货殖》。

④ 万历《休宁县志》卷一。

以立衣食。诸来徒之户，初虽贫极者，居久而皆为富室。”这里需要说明的是，无论是山陕商人，还是徽州商人，在他们原始积累阶段，生活起居都是比较节俭的，特别是创业者，即使发达以后，生活也比较俭朴。但是当他们中的一些人成为巨富以后，特别是那些世袭豪商大贾的后代子孙，生活越来越奢侈腐化，这成为徽商和西商衰落的一个重要原因。

（四）均以儒家所提倡的诚信为商业道德，以义取利

孔子在《论语·学而第一》中要求他的弟子“事父母，能竭其力；事君，能致其身；与朋友交，言而有信。”成功的徽商和西商都十分重视商业道德，把诚信作为做人和经商的信条。如徽商张洲，号东瀛，“俭约起家，挟资游禹航，以忠诚立质，长厚摄心，以礼接人，以义应事，故人乐与之游，而业日隆隆起也。”① 明嘉靖年间徽商李大皓“贾于云间、白下，又醢贾于皖城，又质贾于姑熟。传教于受承者曰：‘财至道生，利缘义取……’闻者洒服。”② 徽商休宁人黄梅原“言信情忠，游江湖间，人莫不以为诚而任之。其规时合变，损盈益虚，巧而不贼，虽不矜于利，而贾大进，家用益富。”③ 商业欺诈是与诚信对立的奸商行为，为一切诚信商人所不齿。如道光年间徽商舒遵刚“精确算，善权衡，年未三十即能创业。然与市阛狡诈之习不类。尝语人曰：‘圣人言，生财有大道，以义为利，不以利为利。’……君之言又曰：‘钱，泉也，如流泉然。有源斯有流，今之以狡诈求生财者，自塞其源也。今之吝惜而不肯用财者，与夫奢侈而滥用财者，皆自竭其源也。人但知奢侈者之过，而不知吝惜者之为过，皆比明于源流之说也。圣人言，以义为利，又言见义不为无勇。则因义而用财，岂图不竭其流而已，抑且有裕其源，即所谓大道也。”④ 在徽商舒遵刚看来，以狡诈取财与吝惜、奢侈一样，是商人最容易沾染的恶习。狡诈只能侥幸于一时，从长远看，只能是自断其财源。所以，徽商吴南坡深有体会地说：“人宁贸诈，吾宁贸信，终不以五尺童子而饰价为欺。”⑤ 徽商之所

① 《新安休宁名族志》卷一。

② 婺源：《处士起凤公传》，《三田李氏统宗谱》卷六。

③ 《黄梅原传》，《遵岩先生文集》卷三十二。

④ 《舒君遵刚传》，《黟县三志》卷十五。

⑤ 《古歙岩镇镇东磡头吴氏族谱·吴男坡公行状》。

以能成为明清时期的一支商界劲旅，是与他们长期遵循了以诚待客、取信于民、不欺不诈、以义取利的商业道德分不开的。

明清时代的山陕商人在事业上成功的一个重要原因也是讲求信义，以勤劳取利，以节俭致富，不欺不骗。康海的《扶风耆宾樊翁墓志铭》一文中记述了陕西凤翔府扶风县商人樊现告诫后代的一段话："吾南至江淮，北尽边塞，冠弱之患，独不一与者，天鉴吾不欺。贸易之际，人以欺为计，予以不欺为计，故吾日益而彼日损，谁谓天道难信哉！"作为清中叶以后的商界新贵晋中票商，对待顾客更是以诚信为本，即是在太平天国起义、八国联军入侵北京那种政局不稳、社会动荡的情况下，情愿自己承担金融风险，也要取信于民。如李宏龄在《同舟忠告》中谈及晋中票商成功的原因时称："自庚子之变，各行息业者多……独我西号自二十七年回京后，声价大增，不独京中各行推重，即如官场大员无不敬服，甚至深宫之中，亦知西号之诚信相符，不欺不昧。此诚商务之大局，最为同乡极得手之时也。"

（五）经营方式相同，均以同族同乡作为经营实体，带有宗法性质

徽州既是一个山川秀美的地方，又是一个交通闭塞的地方。从春秋战国时代开始，就有不少中原贵族大姓为避战乱，定居这里。经过世代繁衍，形成聚族而居、注重宗法、讲究门第的传统，所谓"奉先有千年之墓，会祭有万丁之祠，宗祐有百世之谱"[①] 是也。山西四面环山，相对比较封闭，亦有聚族而居的传统，直至近代在晋南、晋中还可以看到一村一姓的大城堡。所以徽商和西商在经营方式上都带有浓厚的宗法色彩。如《金太史集》卷四《与歙令君书》中称："歙休两邑民皆无田，而业贾遍于天下。……夫两邑人以业贾故，挈其亲戚知交而与共事，以故一家得业，不独一家食焉而已。其大者能活千家百家，下亦至数十家数家，且其人亦皆终岁客居于外，而家居者亦无几焉。今不幸而一家破则遂连及多家与俱破。"经营方式的宗法色彩，造成一富俱富、一损俱损的连环效应，这是徽商在清中叶迅速衰落的一个重要原因。

西商的经营方式也带有浓厚的宗法色彩。如山西票号的老板用人有一套不成文的章程，雇员均为本族或本乡之人，外籍人员一律不聘，以便通

① 乾隆《绩溪县志序》。

过监视其家属而达到控制职员的目的。山西票号的这一用人之道，很早就引起国外经济学家的注意。如1906年美国佑尼干著《中国政俗考略》称："凡开银号（票庄）者皆为山西人，其号中所用之经手人等，皆乐得山西本省人而用之。苟能于其本乡本村中，得一诚实可恃之人，则最为合适矣。比如派一同村人，为其某某分号之执事，则必以其家眷为担保，保其不亏空，不误事，不犯规。但其所谓担保者，并非拘禁，不过严密防守，虑其移徙远扬而已。"山西票庄老板还规定：除遇父母丧葬大事外，不得轻易告假；每月准寄平安家信，但不得私寄银钱及物品；不准接眷出外；不准在外娶妻纳妾；不准宿娼赌博；不准在外私自开设商店；不准捐纳实职官衔；不准携带亲故在外谋事等。由于有约在先，违犯了这些章程，不仅雇员要受到严惩，他的家人也要受牵累。这就不仅违背了做人的诚信原则，而且还等于违背了作为人子的孝道，为家庭和社会所不容。山陕商人非常巧妙地把儒家所提倡的孝道融入对商号的管理中，他们的分号虽然遍布全国各地，有的甚至在海外，但做到了行之有效的控制。山西票号老板虽然不聘外地人做自己票庄的职员，但也不搞任人唯亲。山西各票号的经理很少是股东的子弟和直系亲属，一般都是本族和邻村知根底人家的子弟，从小学徒，经过多年磨炼，有经营头脑，精明干练之人。山西票号的这些选拔人才和管理职员的办法，据说是明末清初著名学者顾炎武和傅山应商界好友所托，在详细了解和总结了前人经商的经验基础上所制定的，①直至20世纪30年代山西仅存的几家票庄还一直沿用。西商的这种带有宗法色彩的经营方式，既保障了其组织的严密性，但又禁锢了雇员的思想，阻碍了经营方式的变革，这无疑为清末晋中票商惨败种下了祸根。

二、徽商与西商的不同点

徽商与西商虽然有许多共同点，但毕竟是两个不同地域的商帮，不同的地域文化的影响，形成了他们不同的特点。

① 陈其田：《山西票庄考略》，商务印书馆1936年版。

（一）活动的地域中心不同

最初的徽商是为解决徽州地少人多的矛盾而出现的，活动范围一般在江西和浙江两省。如康熙《歙州府志》卷八《蠲赈·汪伟等奏疏》中称："天下之民寄命于农，徽民寄命于商。而商之通于徽者，取道有二，一从饶州鄱、浮，一从浙省杭、严。皆壤地相邻，溪流一线，小舟如叶，鱼贯尾衔，昼夜不息。一日米船不至，民有饥色；三日不到，有饿莩；五日不至，有昼夺。"贩运粮食是徽州商人最早经营的商品。明中叶，实行"开中法"以后，徽商开始北上，将内地的粮食等商品贩运到边塞重镇，然后换取盐引，再到两淮把盐销售到引地。由此扩大了徽商的活动范围，出现了"走吴、越、楚、蜀、粤、燕、齐之郊，甚则逖而边陲，险而海岛，足迹几遍禹内"的景象。但由于山西和陕西靠近北方边塞，这两地的商人有地域上的优势，故徽商在"开中法"实行初期，竞争不过西商。明成化以后，盐法改革，实行纳银开中的办法，商人不用到边塞，在内地纳银也可以换取盐引。于是，商人中出现了以贩运粮草、棉布等日用品到边塞的边商和在内地以经销食盐为主的内商。这时，徽商完全退出了边商的行列，而西商则除了垄断供应边塞军民的商品外，还从边商中分化出一部分内商，到两淮、长芦、自贡与徽商争夺食盐市场。这时，西商的经营范围和经济实力大于徽商。据明沈思孝在《晋录》中记载："平阳、泽、潞，豪商大贾甲天下，非数十万不称富。"明谢肇淛在《五杂俎》中也说："富室之称雄者，江南则推新安，江北则推山右。新安大贾，鱼盐为业，藏镪有至百万者，其他二三十万，则中耳。山右，或盐，或丝，或转贩，或窖粟，其富甚于新安。"西商的经营品种和活动范围明显超过徽商。万历年间，徽商凭借徽州地理上靠近淮盐集散地扬州的优势，迅速发展起来，在扬州的势力逐步超过了西商。但他们经营的品种较少，而且主要活动在长江流域。而西商的经营的商品种类很多，活动的范围很广。特别是晋中票商兴起后，其商业网络遍布全国各地，远及俄国、印度、日本、朝鲜等国。

（二）经营的商品各有侧重

徽州和山陕，虽然都有经商的传统，但在早期都是为满足当地群众的生活需要而经营的，虽然经销的商品比较广泛，但都没有形成规模。如早期的徽商，将本地出产的木材、茶叶、文房四宝贩运到江浙一带，再把江浙一带生产的粮食、棉布等商品贩运到徽州。早期的西商，也是将本地生产的铁木家具、农具、瓷器、丝绸等生产和生活用品贩运到外地，换回粮食等当地缺乏的商品。徽商和西商形成两个强大的商人势力都是在明中叶实行开中法以后，以经营粮食和食盐起家的。徽商后来以经营食盐为主，兼营典当和木材；西商除经营食盐外，还一直作为边商，向边关贩运粮食、棉布、茶叶等大宗商品，并将蒙古和西域的皮毛、马匹贩运到内地。清中叶以后，盐业政策有了变化，世袭的盐商地位动摇，西商利用在全国建立起来的商业网络，经营金融信贷业，晋中票商的资本迅速增长，经济实力超过了盐商。所以从经营品种上讲，西商除了在食盐上略逊色于徽商外，在粮食、棉布、茶叶等领域的经营规模都超过了徽商。这是因为明清时期，长期关闭海上贸易的通道，对外贸易的主要渠道是陆路，西商在对外贸易方面占有地域的优势，而粮食、棉布、丝绸、茶叶、瓷器等均属于出口的大宗商品。

（三）地域文化的特点不同

徽商重儒，西商重义；徽商以程朱理学大师为旗帜，西商则以武圣关羽为旗帜。重农抑商是儒家的一贯思想，也是中国封建社会的正统观念。但在徽州和山西等地，由于自然条件不适应农业生产，而形成了重商轻农的思想，甚至重商轻儒的习俗。如《徽州府志》曰：“天下之民寄命于农，徽民寄命于商”，于是形成了“却是徽州风俗，以商贾为第一等生业，科第反在次着”[①] 的民俗。《豆棚闲话》称：“徽州俗例，人到十六就要出门做生意。”徽州人将科举放在仅次于经商的地位，并非轻视。而山西则形成了重商轻儒的习俗。如《雍正朱批谕旨》四十七册“刘于义，雍正二年九月九日条”，刘于义上奏称：“山右积习，重利之念，甚于重名。子弟俊秀者，多入贸易一途。至中材以下，方使之读书应试。”对此雍正皇帝的朱批是：“山右大约商贾居首，其次者犹肯力农，再次者入营伍，最下者方令读书。朕所悉知。”

在徽州和山陕本土重商轻农，但在外地经商的商人却生活在一个重农

---

① 凌濛初：《叠居奇程客得助，三救厄海神显灵》，《二刻拍案惊奇》卷三十七。

轻商、保守性和排外性很强的封建社会环境中。而且就徽商和西商的思想意识、道德观念而言，并没有超脱中国封建社会居统治地位的儒家文化。徽商和西商要开拓市场，最大限度地获得利润，并保护自己的既得权益，不仅要和官府保持密切的联系，而且要以儒家的文化规范自己，以调节商人之间、他们的家庭以及和外部各界的矛盾，并取得社会的认同。故此，明清时期的徽商和西商与儒家文化产生了一种难以割舍的关系。

徽州独特的地理环境和文化传统，形成了有利于儒家文化发展的环境。婺源是儒家文化集大成者朱熹的故乡，程朱理学对徽州社会的影响很大。《歙事闲谈》称徽州“山水甲天下，理学第一，文章次之，人知节俭，有唐魏之风。”光绪《婺源县志》卷三《风俗》中说：“至朱子得河洛之心传，以居敬穷理启迪乡人，由是学士争自濯墨以冀闻道，风之所渐，田野小民亦皆知耻畏义。”因此形成了“重宗义，讲世好，婚配论门第”[①]“上下六亲之施，无不秩然有序”[②] 的社会风尚。儒学在徽州文化中占有独一无二的地位，《歙事闲谭》卷十八《歙风俗礼教考》中，称“徽州独无教门，亦缘族居之故，非惟乡村中难以错处，即城中诸大姓，以各分段落。所谓天主之堂、礼拜之寺，无从建矣。故教门人间有贸易来徽者，无萃聚之所，遂难久停焉。”徽州不仅西方的宗教难以立足，而且“不尚佛老之教，僧人道士，惟用之以事斋醮耳，无敬信崇奉者。”说明徽州人除信服儒学外，很少迷信宗教。因此，徽州人外出经商发家致富以后，将相当的财力和精力用于文化消费，或研读诗书，提高自身的文化修养；或开办学堂书院，培养自己的子弟进入仕途。故而被历代王朝推崇的儒家理学大师朱熹成为徽商的旗帜，程朱理学成为徽商的精神支柱。如雍正茗州《吴氏家典·序》中称：“我新安为朱子桑梓之邦，则宜读朱子之书，取朱子之教，秉朱子之礼，以邹鲁之风传之子孙也。”在安徽会馆中，文昌阁是主要的建筑之一，朱熹成为徽商崇拜的偶像。贾而好儒，贾而兼儒成为徽州独特的文化现象。

黄河流域的山陕，既是中华民族的发祥地，又是中原汉族和北方少数民族融汇之地。在山陕北部地区，除回族、蒙古族居民外，至今还遗存有

---

① 康熙《黟县志》卷一《风俗》。
② 嘉靖《徽州府志·风俗》。

一些其他少数民族村寨的地名。这一带的文化，除了传统的儒家文化外，道教、佛教都很盛行。如山西的五台山是佛教的圣地，陕西的终南山、白云山是道教的发祥地。清末至民国年间，天主教、伊斯兰教插足其间。当地的文化呈现出多元性的特点，在人们的观念中，既有儒家的传统伦理道德，又有佛、道的轮回出世思想。西商是一个地域广泛的商人势力，为了维护其共同的利益，他们把儒家所提倡、佛道所接受、广大群众所认可的忠孝节义作为自己的精神依托，而且建立了宣传和强化这种精神的组织形式和崇拜偶像。其组织形式就是具有行会性质和泛宗教性质的山陕会馆，其崇拜偶像就是被民间称为武圣人的关羽。

在我国封建社会，历代统治者都以忠、孝、节、义规范人与人之间的关系，三国西蜀名将关羽被树立为忠义、勇武的典范和化身。西商作为明清封建社会的一个特殊阶层，他们外出经商，需要用“诚信”取信于顾客，要用“忠”和“义”规范买卖双方及老板与伙计之间的行为，以求生意的顺利进行；在家庭内部要以“孝”和“节”约束各自的行为，以求家庭的和睦稳固。因关羽祖籍山西解州，故山陕商人既把他作为忠义的化身，又把他作为商家的保护神来供奉。在山陕商人修建的山陕会馆中，都有供奉和祭祀关羽的神殿，并将其作为会馆中的主体建筑。这种建筑从内容到形式都以宣扬儒家的道德观念、歌颂关羽的忠义之举为宗旨。每年农历五月十三传说为关羽的磨刀日，六月二十四为关羽的诞辰，各地的山陕会馆，都要祭祀关羽，除隆重的仪式外，演出歌颂关羽忠义事迹的戏曲亦是不可缺少的，故在山陕会馆供奉关羽的正殿对面，必须建有一座装饰考究的戏楼或戏台。在山陕会馆中，以关羽戏曲故事为素材的木雕、石雕、砖雕、泥塑、彩绘随处可见。由此可知，儒家所提倡的忠孝节义和山陕商人所信奉和提倡的道德伦理观念是一致的。

三、徽商和西商对戏曲的贡献

在农业为本的中国封建社会，农业不发达地区有一个普遍现象，即有积蓄者常携资外出经商，贫困者往往卖身学艺。这两种行业都被看作“贱业”“末流”，因此，商人和戏曲艺人有一种天然联系。这种联系突出表现在戏曲艺人在经济上要靠商人势力的支持，戏曲艺人为商人提供娱乐和精神产品。在巨额财富高度集中于豪商大贾之手后，势必会对他们的生活内容乃至精神面貌带来深刻的变化。如王慎中《王遵岩文集》卷三十二《黄梅原传》中记述：那些发了大财的徽商“美服食，舆马仆妾，营食田好宅，或盛燕邀，广结附，以鸣得意，相矜为贤”，过着奢侈的生活。归有光《震川先生全集》卷十三《白庵程翁八十寿序》中，也称徽商和西商聚居的扬州为“天下都会所在，莲屋列肆，乘坚策肥，被绮縠，拥赵女，鸣琴跕屣，多新安之人也。”在19世纪之前，戏曲是一种最普遍、最受人欢迎的娱乐形式。豪商大贾无疑是仅次于皇家最有钱的观众群。一个剧种，一个戏班，能否赢得豪商大贾们的喜爱和支持，对其生存和发展影响甚大。山陕的梆子戏，徽州的徽调之所以能在各地流行发展，与西商和徽商的支持密不可分。

（一）徽商对戏曲的贡献

徽商对戏曲的贡献，首先表现在通过办家班的形式，在满足自身娱乐的同时，给予戏曲经济上的支持。傅岩《歙纪》卷八“纪条示”中指出：“徽俗最喜搭台观戏。”为了满足声色娱乐需要，许多豪商大贾都养有家乐，即家庭戏班。如明万历年间徽州富商潘侃就经常以“鞠蹴、技击、倡优杂戏”来招待宾客。[①] 明末，由吴地发展起来的昆曲盛行全国，徽州商人蓄养家班成风，许多著名的戏曲艺人都出自他们的家班，故有了吴徽班之称。如万历年间著名文人冯梦祯《快雪堂集》卷五十九记载：“赴吴文倩之席，邀文仲作主，文江陪。吴徽州班演《义侠记》，旦张三者，新自粤中回，绝技也。”由于徽商有雄厚的经济实力投入戏曲创作，有较高的文化艺术修养指导戏曲演出，对提高戏曲的艺术品位起到了积极的促进作用。明末徽商家班最著名的有汪季玄家班、吴越石家班等。明代著名戏曲理论家潘之恒为徽商潘侃之孙，他在介绍汪季玄家班时说：“社友汪季玄招曲师，教吴儿十几辈，自为按拍协调，举步发音，一钗横，一带扬，无不曲尽其致。”[②] 从潘之恒的记载来看，汪季玄精通戏曲音律，有很高的艺术修养。他喜爱昆曲，为了使家班能演唱纯正的吴音，不仅请来曲师教

---

① 汤显祖：《有明处士潘仲公暨配吴孺人合葬志铭》，参见《汤显祖集》诗文集卷四十。

② 潘之恒：《鸾箫小品·情痴》，转引自汪效倚《潘之恒曲话》，中国戏剧出版社1988年版。

唱，而且从江苏招来十几个女孩子学戏，可谓费尽心思。吴越石家班以搬演汤显祖的《牡丹亭》称著。潘之恒称该班演出《牡丹亭》“能飘飘忽忽，另番一局于飘渺之余，以凄怆声调之外，一字不遗，无微不极。”潘之恒赞赏徽商吴越石“博雅高流”，说其排演《牡丹亭》，“先以名士训其义，继以词士合调，复以通士标其式。”① 这里所说的“名士”“词士”“通士”相当于现在的编剧、音乐设计、导演，名士讲解剧情、人物，词士设计唱腔，通士指导排演。由此可见，徽商家班的演出是非常讲究的。

徽商对戏曲的第二个贡献是，在明中叶通过商路，将海盐腔、弋阳腔、昆腔传到徽州，促进了本地戏曲的繁荣发展。万历二十七年（1599），“休宁迎春，共台戏一百零九座。台戏用童子扮故事，饰以金珠缯彩，竞斗靡丽美观也。”② 台戏是以儿童装扮成戏中的场面，立于成人的肩上游行，或立于桌子上由成人抬着游行的一种民间表演艺术，虽然不能等同于戏曲演出，但是在戏曲的影响下产生的，从中也可以看出休宁戏曲活动繁盛的一个侧面。时过一年，也就是万历二十八年（1600），歙县也举行了一次以戏曲演出为特征的盛大迎春活动。这次在徽州府邑城东举行的迎春赛会，“设戏台三十六座，由来自吴越名优及徽商之家班伶人献艺竞技，演出各种传奇。潘之恒《亘史》叹曰：‘从来迎春之盛，海内无匹，即新安亦仅见也。’”③

徽商对戏曲的第三个贡献是顺应历史潮流，对新兴的花部戏曲予以热情支持。清乾隆年间，以梆子腔、皮簧腔为代表的花部戏曲在各地盛行，对雅部昆曲造成了极大的冲击。乾隆五十年（1785）北京禁演花部戏曲，秦腔著名演员应徽商江鹤亭邀请南下扬州演出。江鹤亭对魏长生非常敬重，演戏一出，赠白银千两，极大地刺激了扬州花部戏曲的发展。乾隆皇帝六次南巡，都在扬州停留，为了满足皇帝的娱乐需要，时为两淮盐商总商的江鹤亭，征集四方名旦，先后组成了德音班，合京、秦两腔的春台班。除江鹤亭外，扬州的徽商，拥有家班的还有徐尚志的老徐班，黄元德、汪启源、程谦德的昆班等。因有雄厚的经济实力，这些徽商的家班，争奇斗艳，演员均有二三百人之多，戏箱价值二三十万两白银，每年开销数万两。如“老徐班全本《琵琶记》，‘请郎花烛’，则用全红堂；‘风木

① 潘之恒：《鸾箫小品·情痴》，转引自汪效倚《潘之恒曲话》，中国戏剧出版社1988年版。
② 《寄园寄所寄》卷十一。
③ 《中国戏曲志·安徽卷》，中国ISBN中心1993年版，第42页。

余恨’则用全白堂，备极其盛。”“小张班十二月花神衣，价至万余金。百福班一出《北饯》，十一条通天犀玉带。小洪班灯戏，点三层牌楼。二十四灯，戏箱各极其盛。若今之大洪、春台两班，则俱众美而大备矣。”① 乾隆五十五年（1790），清高宗弘历八十大寿，在徽商的大力支持下，三庆、四喜、春台、和春等四大徽班先后进京演出，此外，到京的还有嵩祝、金钰、重庆、四庆、五庆等徽班。徽班进京，大大加强了花部的势力，促进了首都戏曲的繁荣，为京剧的形成创造了有利条件。徽班之所以能进京并占据北京戏曲舞台，是与徽商提供经济上的大力支持分不开的。从上述我们可以清楚地看出，徽商对中国近代戏曲的发展所做出的重要贡献。

（二）西商对戏曲的贡献

与徽商对戏曲贡献不同的是，西商对戏曲发展的贡献，主要是将山陕一带形成的梆子戏，推向了全国各地，并支持家乡戏的改革与发展。

梆子戏是明末清初在山陕豫民歌和民间说唱艺术的基础上吸取北杂剧和昆曲的剧目和表演艺术而形成的剧种，清乾隆中叶发展成为板腔体的戏剧形式。乾隆末年到嘉庆年间，梆子戏占领山陕豫的戏曲舞台后借助山陕商人势力的支持迅速向大江南北、长城内外发展。

一种声腔剧种向外发展，需要一定的条件，诸如自身有较高的艺术水平，足以超过所去地区的戏曲剧种或其他的艺术形式；有一定经济势力观众的支持。梆子戏在乾隆晚期已具备了这样的条件。特别是后者，有得天独厚的优势。《五台新志》曰：山西商人“皆服贾于京畿、三江、两湖、岭表、东西北三口，致富皆在千里或万余里外，不资地力”。他们离乡背井，远离亲人，虽然在物质生活上比较富裕，但精神生活却非常贫乏。为了解除思想上的空虚与寂寞，他们常常不惜重金邀聘家乡的戏班来演出家乡戏。这样，邀班唱戏，逐渐在山陕商人中形成风气，并影响到当地的其他观众，梆子戏就在外地站住了脚，有的甚至扎下了根，长出了新枝，开出了新花。梆子戏班在外地有利可图，有些名角并由此而发了财，更刺激了梆子戏向外流动。为了更好地欣赏家乡戏，在山陕商人聚集的一些商业重镇的山陕会馆都建有规模宏伟的戏台（又称乐楼），“逢年过节或每月之

① 李斗：《扬州画舫录》卷五。

朔，同乡欢聚一堂，祭神祀祖，聚餐演戏。”① 一些虽有山陕商人聚集，但距离山陕比较远的小城镇，一般无固定的梆子戏班长期演出，而一些商业中心城市如北京、天津、上海、张家口等则有梆子戏班长期演出。

北京山西商人多，且紧邻晋地，所以山西梆子戏班和名伶源源不断地进入北京。据《北京梨园金石文字录》记载：早在雍正五年就有山西伶人在北京演出，并有“□□桂系山西太原府阳曲县人”成为梨园公会的会首之一。乾隆初年，北京将来自山陕的梆子戏看作与雅部昆曲相对称的西部西曲，它“似昆曲而音宏亮，介乎京腔之间”，可见还是集曲体的梆子乱弹戏，而还未过渡到板腔体的梆子戏，有人将此称“勾腔”，其著名演员为“薛四儿名良官者”。② 乾隆晚期至道光年间，号称“山陕双和、顺立”两个戏班在北京长期演出，双和班的名旦李小喜以扮相俊雅、声情并茂而享盛誉。《燕都梨园史料》载《听春新咏》曰：“小喜姓李字香蕖，年二十，山西人，双和部。丰神温雅，眉目清妍，颇有楚楚可怜之致，曾见其香山一剧，双弯纤藕，百转新莺，与徽部张梦香各极其妙，去岁归家，不登场者数月，今春重返歌楼，演剧更妙。”到了同、光年间，因“北京银号皆山西帮，喜听秦腔（山陕梆子戏的雅称），故梆子班亦极一时之盛，而以义顺和、宝胜和两班为最著名。”③ 义顺和、宝胜和均为固定在北京演出的梆子戏班，两班的主要演员大部分是来自山西的名伶，如郭宝臣、侯俊山、天明亮、水上漂、云遮月、盖天红、小旋风、五月仙、一阵风等等。三晋凡有点名气的演员无一不被吸引在京都演出。

天津在清末民国初年是我国北方最大的商业城市，且紧靠京都，亦是山西商人聚汇的地方，如山西祁县帮大票号恒义隆、天德隆、福成德均设在天津，其他山西票号亦多在天津设有分号。山西梆子班社及名伶来京必到津。天津的山西商人若听说北京有某某山西梆子班或某某山西梆子名伶演出，必派人将他们请来演个三月五月而不肯罢休。据名票友王庾生先生介绍：“山西梆子初来京、津时，是先在会馆唱，由老乡们（大部分是山西商人）看看能否叫座，能叫座然后才正式在园子里演唱，否则唱一天就回去。后来山西梆子在京津能站住脚，再来新角，就不经在会馆先试演几

① 李华：《明清以来北京的工商业行会》。

② 吴长元：《燕兰小谱》。

③ 陈彦衡：《旧剧丛谈》。

天的阶段了"。[1] 久而久之，山西梆子在京津扎下了根，北京出现了具有北京特色的京梆子，其代表人物是梁达子、田际云；天津出现了具有天津特色的卫梆子，其代表人物是魏联升。辛亥革命之后，天津涌现了一大批梆子女演员，她们将卫梆子带到北京，大受北京观众的欢迎，从而取代了山西梆子和京梆子老艺人的地位。后来的河北梆子基本上继承的是卫梆子的艺术。但是无论京梆子也好，还是卫梆子，它们均是山西梆子流传到京津之后受当地戏剧艺术和群众的审美趣味影响而发展的结果，在这其间，在京津的山西商人起到了搭桥铺路的重要作用。

清中叶以后，在江南山西商人最多的地方是上海。"上海山西的票号在光绪二年时有二十四家，赁宝善街庆兴楼后院，于光绪五年集资（每家五百两）购买北河南路口七蒲路一八八号为行会地址，名为'汇业公所'，前为关帝庙，后为集会楼。"为迎合山西商人欣赏家乡戏的需要，宝善街曾开设"丹桂茶园"，有梆子班常年在此演出，供山西客商娱乐。另外，群仙茶园、大观园等戏院也经常演出梆子戏。十三旦侯俊山曾五次来上海献艺，其他名伶如水上漂、人参娃、自来红、一阵风、草上飞等也多次到上海演出。由于山西客商的爱好和欢迎，"秦奉票号的非山西人，跟着趋之若鹜，这么一跟进，梆子顿时立刻红得发紫，北平有专门梆子科班，上海二簧班非有梆子中场带演压轴大轴，不成其为一台戏。"[2] 这种梆子戏雄踞京沪戏曲舞台的局面，一直持续到民国初年山西票号衰落之时。

张家口为北方重镇，清中叶成为中俄、蒙汉通商的交通枢纽，和物资集散地。拥有雄厚财力的山西"骆驼帮"商旅，纷纷来张家口开办钱庄和银号，建立作坊和商店，大批的山西人移居张家口，带来了已经盛行在晋中的山西中路梆子。因为中路梆子比较柔和婉转，且有晋中商人的支持，很快就风靡张家口各地，成为张家口一带的主要剧种，一些原来演唱蒲州梆子、北路梆子的演员也因此而纷纷改唱中路梆子。在石太铁路通车之前，张家口是山西到北京的主要通道。由于张家口的戏曲观众见多识广，欣赏水平高，山西梆子演员到京津沪演出，必先到张家口唱红，才能成为挂头牌的名角。张家口不仅是山西商人云集的地方，也成了山西梆子名伶荟萃的地方。

---

① 河北省文化局戏剧工作室编：《河北梆子史料·访问集》。

② 《梆子检讨》，参见《半月剧刊》一卷二期，1936 年 8 月 1 日。

清代的张家口不仅市内有大兴园、小兴园等高水平的梆子戏班，在它周围各县亦成立过不少山西梆子戏班。山西梆子戏班曾沿着商路远达多伦、库伦（今蒙古人民共和国境内）演出，这些地方亦是山西商人的贸易点。

除京、津、沪、张（家口）之外，成都亦是山西商人汇聚的地方。《东华录》载光绪十一年（1885）丁宝桢《复开源节源疏》云："查川省仅天成亨、……日升昌、蔚泰厚等九家均由山西平遥、介休等县承领东本，来川开设店号。"梆子腔所以能由秦晋入蜀，成为川剧的声腔之一"弹腔"，无疑与秦晋商人在川的贸易活动有关。贵州、云南有梆子戏的遗响，也与山陕商人在这些地方的贸易活动分不开。清代诗人郑珍有"蜀盐走贵州，秦商聚茅台"的诗句。所谓秦商亦包括晋商在内，"当时运销食盐的商人和票号，大都是山西人和陕西人。这些商人腰缠巨万，生活奢糜，终日饮宴，为了提高酒的质量，就从山西雇了酿制杏花村汾酒的工人来茅台村和本地酿酒工人共同研究制造"[①] 出茅台酒。山西商人将家乡的酿酒技术引进贵州，同样，为了娱乐的需要，也会把梆子戏引进贵州的，这恐怕是云贵有梆子戏的原因之一吧。

甘肃、宁夏、青海、新疆既为梆子戏的流传地，亦是西商活动的势力范围。银川、西宁、兰州、敦煌、张掖、乌鲁木齐都曾有山陕商人建的会馆和戏楼。总之，凡梆子戏盛行地方，必定是西商云集的地方；只要有西商的踪迹，常常能找到梆子戏的遗响。

西商对戏曲的贡献，最为显著的是对山西梆子戏的改革和发展。乾隆时期，在山西境内演唱的梆子戏并无剧种之分，约在嘉庆年间有了南、北之分。道光年间，晋中商人势力崛起，他们非常喜好家乡的地方戏，但觉着梆子戏过于高亢，秧歌戏虽然委婉但演不了整本大戏，欲得到一种介于二者之间的新腔。这时恰有一些不适合高调的艺人和文人知识分子研制新腔，他们将原有的梆子腔糅合进了晋中秧歌，并对原有的伴奏乐器进行了大胆的改革，演出后立刻得到晋中豪商大贾们的支持和广大群众的喜爱。同光年间，晋中商人纷纷出资成立"字号班"，其影响较大、延续时间较久的，有祁县渠姓号称金财主为东家的"双聚梨园"，有太谷县杨诚斋为东家的"锦梨园"和"二锦梨园"，有太谷县胡万义成立的"万福园"与"小万

① 《茅台酒的诞生》，参见《工商史料》第1集。

福园”，有平遥县田永富为后台老板的“自诚园”，冀牛斋为老板的“锦艺园”等。在张家口经商的山西商人亦有成班的，如“山镇有家最大的货栈，字号叫‘德和栈’……掌柜的叫王肃歧，是祁县人，是个票友。他出钱资助，聘请名伶‘狼山红’和‘狼山黑’，办了一个戏班带科班，名曰‘狼山班’，常年在康庄、延庆、怀来、赤城、龙关、涿鹿、矾山一带活动。”①

晋中商人不仅是中路梆子戏的忠实观众和强有力的支持者，而且有不少人吹拉弹唱、粉墨登场，是中路梆子艺术的实践者。如清末张家口四大票友都是商人出身，其中“第三位是吴志远，山西忻县人，‘裕园永’的伙计，为人伶俐，板胡、二弦、大锣、板鼓、铙、梆子样样能拿，生、旦、净、末、丑行行能演，且能博得彩声！第四位是杨柱，山西太谷人，‘大德庆’的伙计，文场能拉二弦，武场能打大锣，擅串红、黑两行，行家看了都能点头赞许！”② 晋中商人从掌柜、帐房先生到伙计，许多人都会唱中路梆子。各柜上都备有全套伴奏乐器，晚上关了门板，没事干，大家就在铺子里吹拉弹唱，自我欣赏。有的甚至成立起业余性的剧团叫自乐班，如库伦山西会馆的社头、“大盛魁”商号的掌柜罗粥臣，“物色了二十几个出色的票友，在会馆里成立了‘自乐班’，一切开支皆由‘大盛魁’供给。每逢初一十五、逢年过节，他总要在会馆大客厅里打坐场。遇到哪家商号办坐场，他也带上‘自乐班’去凑热闹。”③

由于晋中商人的喜好和支持，中路梆子得以在同光年间迅速发展，成为观众最多、势力最大的梆子声腔剧种。

徽商和西商对我国戏曲的发展产生过积极的作用，但戏曲艺人在经济上依附于豪商大贾，亦对戏曲产生过负面的影响。如一些女演员依附于豪商大贾以后，失去了人身自由，过早地脱离舞台；一些演员为了金钱，取媚于豪商大贾，在舞台上演出内容庸俗、品格低下的剧目等等。尽管如此，徽商和西商对戏曲发展所做出的贡献是不可低估的。

（原载《中华艺术论丛》第3辑）

---

① 铃子：《梨园世家》（八），《长城文艺》1982年第3期。
② 铃子：《梨园世家》（四），《长城文艺》1982年第1期。
③ 铃子：《梨园世家》（十），《长城文艺》1983年第1期。

从梆簧的兴衰看商品经济条件下戏曲的生存和发展

社会主义商品经济的建立，使我国上层建筑及意识形态领域已经发生或正在发生着深刻变化。作为我国优秀民族文化艺术集大成的戏曲，如何适应社会主义商品经济的需要而继续发展，成为戏曲工作者及广大观众关注的问题。本文拟从梆子和皮簧两大声腔剧种与商品经济的依存关系出发，阐述一点看法。

一

明末清初，伴随商品经济的发展，我国戏曲艺术亦得到空前的繁荣。当时中国的商品市场，一是集中在江南和南北大运河沿岸各城镇，二是集中在东起山海关、西至嘉峪关沿长城一线的边塞重镇。山陕商人和徽商利用明中叶实行的“开中法”，逐渐垄断了全国的食盐及粮棉等商品市场，成为我国明清时期最大的商人势力。明清时期形成发展起来的梆子戏和皮簧戏正是在山陕商人和徽商支持下发展起来的两大声腔剧种。梆子戏产生于山陕豫交界地带的蒲州、同州、陕州黄河三角地带。那一带既是中国传统文化和民间艺术沉淀最深，又是人多地少，土地贫瘠，而交通又比较便利的地方。这里的人民自古就有热爱艺术、善于经商的传统。有限的土地难以养活众多的人口，于是，稍有积蓄者，携资外出经商；家贫穷者，送子弟入科班学艺。梆子戏形成后受到包括商人在内的广大群众的喜好，它不仅很快占领了山陕豫戏曲舞台，而且借助山陕商人势力在经济上的支持，迅速发展到京、津、沪及全国各大城市。凡是有山陕商人聚集的地方，几乎都可以找到梆子戏艺人的踪迹和梆子戏的遗响。

梆子戏在发展过程中受商人和商品经济的影响很大。首先，梆子戏为了吸引商人，在思想上与商人产生共鸣，编演了一大批反映商人生活的剧目，如《贩马记》《串珠记》《三世修》《家庭痛史》《龙凤杯》《珍珠衫》《汗衫记》《三滴血》等表现了商人家庭的矛盾和不幸；《黄文学找父》《双官诰》《九件衣》《双刁传》《秋江恨》《贫女泪》《春秋配》等反映了商人的疾苦与艰辛；《不解缘》《丰乐园》《张连卖布》《新金玉缘》《杨英买母》《好商人》《柳志春嫖院》《朱告柳》等反映了商人的理想、品行。由于梆子戏艺人熟悉商人的生活，故这些剧目中的商人形象均生动细腻、真实传神。自然，山陕商人对梆子戏的影响，除了积极的、健康的一面外，也有不健康的一面。如清乾嘉年间，魏长生、陈银官等在北京、扬州等地演出的《滚楼》《潘金莲葡萄架》《送枕头》《狐狸思春》等戏；清同光年间十三旦侯俊山、十里麻张元礼等演出的《遗翠花》《烤火》等剧目，显然是为了迎台商人和市民阶层低级庸俗趣味。不过，并不是所有的商人都看色情戏，不少地方的商人和商会是禁演色情戏的。

山陕商人不仅对梆子戏的上演剧目产生了重要的影响，而且还对梆子声腔剧种的发展产生过重要影响。梆子戏由早期的山陕梆子衍生出若干个剧种，有许多原因，其中有一个重要原因就是与山陕各商帮势力的爱好分不开，特别是某些梆子剧种的兴衰与商人势力的兴衰有直接的关系。明末清初，梆子戏在山陕豫交界的蒲州、同州、陕州一带发展起来，当时晋南、晋东南、关中一带的商人势力最大。清中叶以后，晋中的茶商、票商势力崛起，山西中路梆子便在各地盛行。辛亥革命以后，晋中的商人势力在帝国主义和官僚买办势力的压迫下迅速衰败，中路梆子的发展亦受挫折，除晋中至绥远一带还流行外，很少到别处演出。可见梆子戏艺术的中心是随着商业中心和经济基础的变化而变化的。

梆子戏是山陕商人喜爱的剧种，所以他们在经济上大力支持梆子戏的发展，如清代山西中路梆子名班云生班，是由祁县张庄南村富商岳彩光创建的；四喜班是榆次聂店大富商王钺创办的；聚利园是由祁县大票商渠源金创办的；全胜和是由太谷东场村富商虎财主（姓王，名不详）创办的；活动于张家口一带的梆子名班狼山班，是由在张家口经商的祁县富商王肃岐创办的；陕西同州梆子名班德盛班是由蒲城富商陈福儿创办的；西府秦腔四大名班之一的永顺班是由陕西岐山富商高玢创办的。还有一些山陕商人虽未出面组织戏班，但却出资支持承班人创办戏班，如驰名晋中达三四十年之久的梆子名班锦霓园，就是由太谷城内富商孙家资助，杨成斋创办的；清光绪二十年（1894）创办的梆子科班乾梨园，是在榆次大票商常家的资助下成立的；平遥尹光禄承办的大祝丰园（戏班）、小祝丰园（科班），得力于其外祖父家日升昌票商李家的资助。辛亥革命以前，梆子戏班演出，一般不采取卖票制，而采取包场制。观众进戏场看戏，不花钱买票，由当地的官府或行会筹集。农村接台口计算，一个台口一般演三天，按戏班艺术水平的高低付给一定的酬金。在城市，演出的场所先曰茶园，后曰戏园，虽然靠观众付的茶资中的一部分作演出收入，但亦主要靠商号们资助。如张家口的山西商人有先付款后看戏的习惯。他们除了平时的娱乐外，每到季末年终结账时，照例请客观剧，借此联络感情，清理账目，解决纠纷。故名戏班在年底由班主率领旦角到各商号“写桌子”，商号老板付款给戏班，预订包桌。小者几桌，大者几百桌，班主以此定金付各角色包银。这种“写桌子”的习俗，反映了戏班和商人在经济上的依附关系。

山陕商人不仅是梆子戏热心的观众、强有力的支持者，而且在他们之中有不少人擅长吹拉弹唱，并粉墨登场，投身于艺术实践。如晋剧著名琴师任印子，名鼓师高锡禹，名须生“煤山红”贾鸿业、“灌肠红”李景云，名旦“小玉石娃娃”刘玉富等均为商人出身。他们酷爱艺术，不恋富贵，不惜钱财，一生献给戏曲事业，为丰富和发展梆子戏的音乐和表演艺术做出重要贡献，成为人民群众爱戴的艺术家。

二

皮簧戏的形成发展亦与商品经济与商人势力有密切的关系。皮簧包括西皮和二簧两种声腔。西皮是梆子腔流传到汉水流域后与当地民间艺术结合后形成的，其媒体是南下的山陕商人。二簧腔形成于湖北、安徽、江西交界地带。这一地区与山陕豫交界地带有许多共同之处：一、山多地少，人口较多；二、文化传统深厚，民间艺术发达；三、商品意识较强，商人辈出。这一带的民间艺人在民间曲调吹腔、高拨子的基础上吸取昆弋等戏曲声腔，形成二簧这一新的戏曲声腔。二簧腔形成后受到当地广大群众包括商人的喜好，成为徽商支持下的徽班演唱的主要声腔。清乾隆年间，徽班随徽商沿江而下，聚集扬州，成为极受当地市民和客商、官僚、士绅欢迎的戏班。操纵两淮盐务的安徽大盐商蓄养被称为花部乱弹的徽班，把二簧作为供皇帝南巡时娱乐观赏的戏曲声腔之一。乾隆皇帝对二簧等花部乱弹戏很感兴趣，徽商投其所好，在乾隆皇帝八十大寿时组成以名伶江鹤亭为首，以徽调二簧为主，“合京秦二腔”的三庆班，晋京祝贺演出。由于皇上的喜好，二簧在京得以流传。继三庆之后，四喜、春台、和春等徽班也在徽商支持下纷纷入京。此外，从湖北而来的汉调艺人亦加入徽班，壮大了花部的声势，不断丰富和完善了皮簧的声腔与表演艺术，使之逐步取代了其他戏曲剧种在北京戏剧舞台上的地位。

长江流域各省皮簧得以流传，亦与徽商、湖广商人等商人势力对皮簧艺术的喜好和支持分不开，如苏北的里下河地区和江浙的杭嘉湖地区既是徽商的活动地，又是徽班的活动地。这两个地区的城镇到处是徽商开的店铺商行，而活动在这一地带的徽班最多时达一百多个。需要指出的是，徽商对戏曲的爱好，初热衷于昆曲。在明末清初，蓄养家班，演唱昆曲是徽商中的一种时尚。如明人潘之恒在《弯啸小品》中介绍他的好友徽州富商汪季立的家班时说：“社友汪季立招曲师，教吴儿十数辈，自为按拍协调，举步发音，一钗横，一带扬，无不曲尽其妙。”徽州另一富商吴越石亦蓄有唱昆曲的家班，为排演汤显祖的名剧《牡丹亭》，他精心策划：“先以名士训其意，继以词士合其调，复以通士标其式”，分别就剧本的内容、唱腔、表演请名家指导，做到了“一字不遗，无微不极”。潘之恒曾五次观看了吴越石家班演出的《牡丹亭》，对扮演杜丽娘的演员江孺，扮演柳梦梅的演员昌孺出色的表演赞赏备至。清乾隆年间，客居扬州的大盐商徐尚志蓄有老徐班、张大安蓄有老张班、洪充实蓄有大洪班、江鹤亮蓄有德音班，这些家班都是唱昆曲的。江鹤亭不仅财大气粗，而且爱好广泛，在艺术欣赏方面不保守。花部兴起后，他又创办了兼唱二簧、梆子、罗罗等声腔的春台班，班内拥有名旦杨八官、郝天秀，名丑刘八，二面刘歪色等一大批名伶。著名秦腔演员魏长生亦曾加入此班献艺，轰动扬州。从此以后，徽商把欣赏戏曲的重心转移到以二簧为主的花部乱弹上来。由于徽商的爱好和支持，推动了皮簧戏向各地的流播。由于徽商较之西商衰落的较早，皮簧入京后受北京语音的影响而形成了京剧，京剧在皇族和官僚士大夫阶层的大力支持下迅速发展，徽调相形见绌，迅速衰落。故有关徽商创办徽班，投身徽戏艺术的史料较少。

三

皮簧进入北京，正是清王朝处于强盛阶段，商品经济处于繁荣时期。皮簧在京都舞台流传过程中吸取各种戏曲声腔和表演艺术之长以及北京语音，形成具有京都特色的京剧艺术。京剧在经济上主要依靠宫廷和王公大臣、官僚士大夫、豪商大贾们的支持。清王朝在宫内设有承办戏曲演出的专门机构——南府（后改为升平署），南府始以太监演出昆弋戏。京剧兴起后，帝后、嫔妃、王公大臣们不满足于太监们的演出，经常调集民间戏班和艺人入宫献艺。被调入宫廷演戏的艺人被称为内廷供奉。一旦成为内廷供奉，除每月固定的钱粮外，还有赏银。一次演出给名角的赏银通常在五两至二十两。由于嘉庆以后的几代皇帝，特别是慈禧太后十分嗜好戏曲，因此宫廷演戏非常频繁。一个内廷供奉每年所得赏银往往超过在戏园演出的好几倍，故当时的戏曲演员无不以成为内廷供奉为荣。而要想成为内廷供奉就必须苦练技艺，在艺术上有较高的造诣，唱、念、做、打独树一帜。升平署为挑选出色的艺人入宫演戏，将阜成门外的戏园阜成园整修一新。著名京剧演员程长庚、张二奎、卢胜奎、徐小香、杨月楼、梅巧玲、刘赶三、谭鑫培以及梆子演员侯俊山、郭宝臣、孙培亭等均曾在阜成园演出后被挑入宫廷演出，成为内廷供奉。清廷在民间艺人中挑选人才，给予他们优厚的报酬，同时又不限制他们在宫外的营业演出，故内廷供奉是和以前的宫廷艺人有区别的。这种具有竞争性的挑选艺术人才的制度，极大刺激了京剧艺术的发展。同、光年间，优秀戏曲演员层出不穷，戏曲舞台上名角云聚，各种艺术流派争奇斗艳，是与宫廷的喜好和提倡以及升平署选拔艺术人才的制度密不可分的。

帝王后妃的喜好，影响到整个封建统治阶级；同样，宫廷的喜好亦影响到民间。京剧在光绪年间，已发展成流传全国的大剧种。王公贵族消遣要听皮簧，老百姓娱乐要看皮簧；逢年过节演皮簧，喜庆堂会唱皮簧——皮簧之声响彻中国大地。那些曾入宫为帝后献艺的名伶更是宫内宫外，京津沪上，应接不暇，高歌一曲，身价百倍。由于宫廷演出和民间堂会演出此起彼伏，戏曲名伶在宫廷演出和堂会演出的收入大大超过一般营业演出的收入。而且名角演出的戏份，从光绪初年到抗日战争前夕，一直处于上升阶段。如谭鑫培的戏份，光绪初至光绪中叶，在戏园演出的戏份是制线 24 吊至 40 吊，堂会演出的戏份是纹银 10 两；光绪中叶至宣统年间在戏园演出的戏份上升到 70 吊至 200 吊，堂会演出的戏份上升到 20 两至 300 两；民国初年戏园演出的戏份上升到银元 300 元至 400 元，堂会演出的戏份上升至 1500 两至 2000 两。民国初年，梅兰芳、杨小楼、余叔岩被誉为戏界三杰，达官富商举办堂会无此三人即觉着不够排场。1920 年前后，这三位名角在北京演堂会戏，大戏每出 800 元，小戏每出 600 元。如赴津、沪演堂会戏，照此戏价再增加三分之一，还要管吃、管住、管接、管送，所带配角戏价另开。清末和民国初年，举办一次堂会戏有千元足矣，而到民国二十年（1931）前后，堂会戏兴盛时期，筹划一较具规模的堂会戏，非万金不可。1931 年 3 月 5 日，天津富商孟洛泉 80 寿辰，其侄是日为花甲之庆，又订孙儿完婚，双寿一喜，并于一日，遂于 3 月 3—6 日大办堂会以娱宾客。京剧名角杨小楼、梅兰芳、尚小云、程砚秋、荀慧生等均露演拿手戏。据说这次堂会戏耗资 20 万元，一说 30 万元。最大的一次堂会是上海名流杜月笙 1931 年 6 月 9 日至 11 日举办的一次堂会，南北京剧名角几乎全部登台献艺，这次堂会耗资亦在数十万元。

从上述事实可以看出，鼎盛时期的京剧，其经济支柱亦不是单纯的票房收入。在戏园看戏的观众大部分是中下层市民，他们的娱乐消费有限，戏园的票价不可能太高。像谭鑫培、梅兰芳等名家要维持他和他的家庭、他的艺术合作者的生活费用、艺术生产费用，仅靠戏园的票房收入显然是不够的。这一点梅兰芳在《舞台生活四十年》中亦指出："旧中国戏班在戏园经常唱戏的收入只够平常开销，剩钱指着演堂会戏和出外的包银。"由此可见，清末至抗日战争之前京剧的繁荣，是建立在封建统治和官僚资本的经济基础上的。

四

新中国成立后，建立起社会主义的经济体制。全国的戏曲剧团亦通过改革由私有制变为全民所有制或集体所有制。演员的收入由戏份、包银变为固定的工资。剧团及演员演戏不再是为了自身的生存，而是为了完成上级交给的宣传任务。剧团的经济来源主要靠政府拨款。在这样一种体制下，戏曲演员的社会地位有了很大的提高，但显然失去了过去那种为生存而苦学苦练的竞争意识。演员技艺的高低，剧团经营的好坏，与经济效益关系不大，而全凭个人的觉悟和领导的重视与否。这样一种机制，显然对求新求异的戏曲艺术的发展是不利的。社会主义商品经济的建立，把戏曲又重新推向商品经济的大潮中。在商品经济的条件下，国家不可能把所有的戏曲剧团、所有的戏曲从业人员都包下来，管吃、管住、管养老送终。但目前又不具备将所有的演出团体都推向社会的条件。旧中国在经济落后的情况下，戏曲能够繁荣，众多的戏曲班社能够生存发展，戏曲舞台上能吸引那么多艺术人才，首先是当时人们娱乐的形式较少，缺少与戏曲竞争的娱乐形式。其次，有钱、有闲的消费者大都喜欢戏曲，他们舍得花钱看戏。今日的情况与50年前大不相同了。首先，随着科学技术的发展，生产力的提高，人们的业余文化生活越来越丰富，戏曲已不是人们娱乐的唯一选择或最佳选择。其次，由于“文化大革命”的后患和我们自己对民族文化遗产重视、宣传不够等原因，以致戏曲观众出现断层或后继无人的情况非常严重。现在中上层消费者、经济富裕的人喜欢戏曲的人很少，很少观众掏钱购票看戏，把剧团推向商品经济大潮，只能是加速戏曲的衰落。

笔者以为，目前的形势下，对戏曲剧团不能一概的将他们推向商品市场。为了保存中华民族具有几千年历史的、具有深厚文化内涵和独特艺术品格的戏曲文化遗产，对全国现存的剧种和剧团要分类加以调查研究。对于那些具有深厚传统、独特艺术风格而不易被青年观众接受的古老剧种要加以保护，但剧团和从业人员要少而精，剧团的重点要放在发掘和展示优秀艺术遗产上；对于那些形式生动活泼、群众喜闻乐见、擅长表现现代生活的剧种要加以扶持和鼓励，使其在商品经济的大潮中发展壮大；对于那些形式老化、内容腐朽、无保存价值的剧种，可保存其有关文字和形象资料，作为一种文化现象加以研究。

为了永久地继承和发展我国优秀的戏曲文化遗产，培养新的观众，要鼓励大中型企业和戏曲团体联姻。企业在经济上支持剧团的艺术生产，剧团要深入生活，创作和排演反映企业职工生活的优秀剧目，为企业的职工文化娱乐和宣传广告服务。现在已经有不少地方的企业和剧团这样做了，我们文化领导部门和艺术研究单位要研究和总结这方面的经验，加以推广。培养戏曲观众，要从少年儿童抓起，有关戏曲的知识不仅要通过报刊、广播电视宣传，还要落实到大、中、小学的教材中。现存的戏曲剧团要不断提高自己的艺术质量和反映现实生活的能力，开拓在商品经济条件下的生存发展道路。只有自身适应外部变化的能力提高了，客观环境改善了，戏曲才能在商品经济条件下健康发展。

（原载《中国戏剧》1996 年第 8 期）

戏曲传承保护研究

论地方戏的形成规律与传承机制

戏曲艺术曾是我国城乡人民主要的娱乐形式，但在20世纪80年代中叶以后出现了前所未有的衰落景象。其主要标志是城市中的剧场因观众越来越少，票房收入难以维系而关闭或改作他用；与此相应，有相当多的国营和集体所有制剧团因没有戏演或因演出赔钱而面临解体的危机。近年来尽管各地政府和文化主管部门采取了各种措施，如中宣部举办到“五个一工程”评奖，中国剧协进行的一年一度的“梅花奖”演员评奖，文化部举办的“文华奖”评奖、文化部舞台艺术精品工程评选，以及各种戏剧节、艺术节等来激励戏剧的繁荣，但并没有扭转戏曲在城市中的衰落。中国戏曲果真像有人断言的那样走到了尽头，不可挽救？笔者曾在1983年至1999年承担国家重大科研项目《中国戏曲志》的编纂出版工作，2002年至2004年承担了国家艺术学科重点项目全国剧种剧团现状调查，多次到各地调查，现就地方戏的形成规律和特点与保护、传承谈一点看法。

一、地方戏的形成规律

（一）由说唱艺术或民间歌舞到两小戏，发展为三小戏，最后形成地方大戏

中国的戏曲艺术产生于民间，是一种活在舞台上、艺术形式不断新陈代谢的艺术。一种新的戏曲形态在民间形成后，流入城市，受到都市文化和市民审美意识的影响后走向成熟，由小旦、小丑的“两小戏”发展为小旦、小丑、小生的“三小戏”，然后发展为生、旦、净、末、丑行当齐全的大戏，并由俗向雅发展。步入上层社会的艺术殿堂后在形式上逐步凝固

以至僵化，最后走向衰落。在我国戏曲发展历史上，北曲杂剧、南戏传奇、近现代地方戏都经历过这样的道路。北曲杂剧是由宋金时期流行于黄河流域的说唱诸宫调发展而成的，南戏传奇是在宋元时期流行于长江流域的民歌俗曲发展而成的，前人已经有定论，我们不再论述。我这里主要阐述一下地方戏的形成。

地方戏是指以梆子、皮簧为代表的剧种形成以后，弋阳腔、昆腔发展为各种地方声腔剧种以后，以及在它们的影响下，由说唱、民间歌舞发展而成的各种地方戏。如梆子戏是由山、陕、豫交界地带的民歌、说唱发展为“两小戏”“三小戏”形式的“土戏”，约在乾隆末年嘉庆初年发展为地方大戏的。这一点不仅有乾隆年间编印的戏曲剧本集《缀白裘》为证，而且我们还可以从梆子戏的发源地山、陕、豫乾隆年间城乡戏曲活动的史料中得到证实。乾隆五十八年至乾隆六十年（1793—1795），直隶河间府有个名叫李燧的文人，作为仆戈仙舟的幕僚视学山右，他有《晋游日记》[①]一书流传于世，其中有他在绛州、太原、解州、曲沃等地观剧的记载，所唱剧目有《狮吼记》《打樱桃》等，均为昆曲。另从山西现存舞台上的题壁看，乾隆以前的大多是昆曲剧目。从清人李绿园的长篇小说《岐路灯》中提供的数据看，河南戏曲舞台亦呈现出诸腔杂调并存的局面。这时在山、陕、豫舞台上有古朴的锣鼓杂戏、队戏、赛戏，高雅的昆曲、弦腔，新兴的梆子腔，由说唱发展成戏曲的道情，由民间歌舞搬上舞台的秧歌，以及外来的清戏、二簧，还有罗罗腔、卷戏等。这一时期的剧本创作，剧作家们的兴趣仍在杂剧和传奇上，如清初傅山的杂剧《红罗镜》《齐人乞食》《八仙庆寿》，乾隆时徐昆的传奇《雨花台》《碧天霞》等。完整的板式变化体的梆子戏剧本还未出现。

板式变化体的梆子戏形式，是什么时候成熟和从诸腔杂调中独立出来，作为一个独立的剧种而统治了山、陕、豫舞台的呢？徐昆在乾隆五十一年（1786）所写的《柳崖外编》中回顾了他30年前与顾昌如、李仲山等人创作并演出昆曲的情景后，感慨这些所谓高调，“成广陵散了”。《晋游日记》中，李燧记载了一位名叫宝儿的演员，在为他演唱昆曲之余，还在“红罗外偷试新腔”。乾隆四十二年（1777）成书的《河汾旅话》，记

① 北京图书馆藏道光癸巳（1833）河南府署刊本。

载浙江海盐人朱维鱼，由西安经晋南至汾阳一路所见所闻，其中有“村社演戏剧曰梆子，词极鄙俚，事多诬捏，盛行于山陕，俗传东坡所倡，亦称秦腔”的记述，并提到他们看过用山陕梆子演唱《洪恩寺》。《洪恩寺》又名《红门寺》，除梆子戏外，京剧等皮簧剧种亦有此剧目，系根据清初顺治年间涿州恶僧法炳诱奸妇女被查获伏法的实事编剧。另从山西古戏台题壁看，清嘉庆年间出现了《水晶宫》《宝红裙》《狮子洞》《乾坤带》《雁门关》《天波楼》《彩仙桥》等大量的梆子剧目以及晋南襄陵（今属襄汾）的永盛班，汾城的得胜班，蒲州的永乐班、杜盛班，晋东南凤台县（今晋城市）的鸣凤班，晋北忻州的吉庆班，五台的自成班等梆子戏班。这时，为了适应舞台演出的需要，粗通文墨的艺人及下层文人创作和改编了大量的梆子剧本。据已故的蒲剧史家墨遗萍先生调查研究，蒲州梆子南路二十四本大戏，其中包括目前还经常上演的《意中缘》《梵王宫》《春秋配》《红梅阁》《麟骨床》《忠义侠》《日月图》《富贵图》《火焰驹》《宁武关》《黄鹤楼》等，均出自平阳剧作家徐昆等人之手，编写的时间约在乾隆末年至嘉庆初年。陕西渭南剧作家李芳桂（因籍贯李十三村，故号李十三），生于乾隆十三年（1748）前后，逝世于嘉庆十五年（1810）前后，他在乾隆末年至嘉庆年间创作了《香莲佩》《十王庙》《紫霞宫》《玉燕钗》《万福莲》《蝴蝶杯》等剧，人称“十大本”。此外，这一时期豫西新安县吕公溥将《梦中缘》传奇改编为板腔体的《弥勒笑》。另现存有乾隆三十八年（1773）的梆子抄本《回府刺字》。以上材料充分证实，板式变化体的梆子戏的成熟，当在乾隆四十年（1776）前后。

再如越剧、沪剧、锡剧，是由江浙一带的民歌小调发展为花鼓滩簧小戏，最后发展为地方大戏的。当时花鼓戏的演出形式是“男敲锣，女打两头鼓，和以胡琴、笛、板，宾白亦用土语，村愚悉能通晓。”[①] 道光年间，花鼓滩簧得到了发展，演员由二人增加为三人，由一生一旦的“对子戏”发展为小生、小旦、小丑的“三小戏”。演出剧目也进一步丰富，出现了《卖花带》《卖花球》《卖桃子》《卖冬菜》《卖馄饨》《卖瓜子》《卖红菱》《十打谱》《小分理》《女看灯》《捉牙虫》《拔兰花》《绣荷包》等一大批反映民间生活的剧目。同治年间，花鼓滩簧戏更加繁荣，出现了流动演出

① 杨光辅：《淞南乐府》，清嘉庆元年版。

于酒楼茶馆的职业性、半职业性班社。逢节日庙会，他们在村镇中搭台演出，称“放高台”。光绪初年，花鼓滩簧进入上海租界演出，他们或走街串巷卖艺，或在广场空地圈唱，称“敲白地”，也有一些艺人进入茶楼以坐唱的形式演出。由于流传地域的不同，所受艺术的影响不同，演员的籍贯不同，发展的道路不同，形成了不同的剧种。

黄梅戏是由湖北黄梅一带的采茶戏流传到安徽后发展而成的。早期的采茶戏和花鼓戏一样，只有一丑一旦，演出的剧目亦为反映茶农生活、载歌载舞的小戏如《姐妹摘茶》《唐二试妻》《打猪草》《瞄妹子》《瞄表哥》等。嘉庆年间，采茶戏的表演艺术得到了提高，剧目反映的题材有所丰富，由“两小戏”发展到有小生、小旦、小丑为脚色的“三小戏”，如《姑嫂花鼓》《走四川》《卖花线》《瞎子裁衣》等。采茶戏在各地迅速发展，流布地区进一步扩大，演出剧目进一步增加。黄梅采茶戏有了进一步的发展，出现了取材于当地真人真事或民间传说的剧目，如《张德和辞店》《徐公正闹公堂》《于老四拜年》《毛子才滚烛》等，另外流传至今的优秀爱情神话戏《董永卖身》《山伯访友》等也出现于这一时期。黄梅戏发展为大剧种，是在中华人民共和国成立以后，一大批新文艺工作者充实了黄梅戏的创作队伍，使黄梅戏在音乐、剧目上有较大的提升，出现了《天仙配》《打猪草》等在全国有影响的剧目。

评剧也是近现代史上影响较大的剧种。它是由冀东的说唱莲花落吸收秧歌而形成的，最初的形式称“蹦蹦”，经历了以两小戏为主的“对口莲花落”阶段和三小戏为主的“拆出莲花落”阶段。成兆才在“蹦蹦戏”的基础上，吸取了梆子、皮簧的表演艺术，创造出能演出整本大戏的评剧艺术。

（二）由曲牌体到板腔体

由曲牌体到板腔体，中国戏曲在音乐上完成了由古典到现代的变革。梆子戏是最早出现的板腔体戏曲形式，它是直接由诗赞体的民歌和说唱艺术发展起来的。弋阳腔流传到各地以后经过“滚唱”“滚白”等通俗化的改造，发展成为各种高腔。高腔既保留了曲牌体音乐的基础，由发展出了板腔体音乐的成份。由曲牌体向板腔体发展是戏曲音乐发展的趋势，除高腔剧种外，一些道情戏、秧歌戏也由曲牌体向板腔体发展，如晋北道情、临县道情、蔚州秧歌等。

（三）由单一的声腔到多声腔

明清时期，我国的经济、文化中心南移，长江流域成为戏曲诸腔杂调会聚的地区。清末至民国初年，戏曲改良运动在全国各地兴起，为编演新戏，争取戏曲观众，不同声腔的戏班联合，组成新的演出团体，为多声腔剧种的形成创造了条件。如川剧是由昆腔、高腔、胡琴、弹腔、灯戏五种声腔组成，在辛亥革命之前，这五种声腔原以不同的剧种分别在四川各地演出，后逐渐合流，形成高、昆兼唱的班子或胡弹兼唱的班子，以及昆、高、胡兼唱的班子。约在辛亥革命前后，随着城市工商业的发展，各个剧种的戏班涌入城市演出。为了适应各个层次观众欣赏的需要，出现了融五种声腔为一体的演出团体，如“三庆会”。三庆会成立于清宣统三年（1911），它是由唱高腔的戏班宴乐、长乐、宾乐、翠华，唱昆腔、弹戏、胡琴为主的太洪、舒颐、彩华等班经过协商，自愿成立的。三庆会的出现，标志着川剧的成熟。湘剧、祁剧、赣剧、婺剧等多声腔剧种，都经历了与川剧类似的过程。在多种声腔并存的戏班里，声腔虽然不同，但无论何种声腔，唱、白的语言是统一的，用相同的打击乐统一表演的节奏，故逐步形成了表演风格统一和谐的剧种。

二、地方戏的文化特点

我国的地方戏有三百多种，它们的文化特点主要有以下三个方面：

（一）地域性

梆子、秧歌、道情一般流传于黄河流域，昆腔、高腔、花鼓、采茶和花灯多流行于长江流域；黄河流域多单声腔剧种，多声腔剧种一般流传于长江流域。同一声腔不同剧种，主要的区别是语音。如梆子腔，有秦腔（西安梆子）、同州梆子、蒲州梆子、中路梆子、北路梆子、上党梆子、豫剧、宛梆（南阳梆子）、河北梆子、西调、山东梆子、莱芜梆子、枣梆等。早期的梆子腔并无大的区别。早期的梆子戏是没有剧种之间的区别的，当地人统称为乱弹。江浙和东南沿海一带的文人墨客按照他们的习惯和地理概念，给梆子戏起了一个雅号，叫秦腔。因梆子班中的演员大部分来自山西和陕西，北京的观众称梆子戏为山陕梆子。清同治、光绪以前，各地的梆子戏演员无论在北京，还是在上海，都可以互相搭班，同台演出。陕西的同州、山西的蒲州、河南的陕州，三地的戏班、艺人之间的交流更是频繁。如清乾、嘉年间，就有河南祥符人张喜儿搭秦腔“永庆部”的记载，同、光年间以演《忠孝宴》享有盛名的蒲州梆子演员“白菜心”郧三吉为河南卢氏县人；以演《葵花峪》《明公断》享有盛誉的蒲州梆子名旦杨雨春出自河南怀庆府，以演《牧虎关》声震晋南的蒲州梆子名净刘福奎亦为河南人。蒲州梆子名旦王存才更为典型。他学艺在河南灵宝，后在晋南搭班演出，抗日战争至建国前与王秀兰、阎逢春等在西安献艺。他的《杀狗》《挂画》等剧，在山、陕、豫都留下深远影响。至于同州、蒲州两地的班社、艺人的交往更是举不胜举。山西蒲州的梆子戏演员和陕西同州的梆子戏演员无论在黄河东岸，还是在黄河西岸都可以互相搭班；上党梆子演员也可以和豫剧演员相互搭班演出。

清嘉庆年间，晋北出现了本地人开办的梆子科班。虽然晋北的梆子科班也崇尚“蒲白”，但终因语言的差异，有了上路和下路之分。清光绪年间，晋中商人出资开办了许多“字号班”。他们嫌梆子腔过于火爆，就支持艺人改革，吸收了晋中秧歌的唱腔和伴奏乐器，使上路梆子戏有了中路和北路之分。由于演员的本地化，语言和所受民间艺术的影响不同，中路梆子和北路梆子的差异在进一步扩大。抗日战争时期，蒲州梆子的名伶都避难到西安等地演出，受西安秦腔的影响很大。现在，蒲州梆子的唱腔与中路梆子（晋剧）和北路梆子的差别较大，而和秦腔比较接近。但蒲州梆子的演员无论是与中路梆子的演员和北路梆子演员也好，还是与秦腔演员也好，都难以互相搭班，同台演出。河南梆子（豫剧）和上党梆子在中华人民共和国成立以后，在音乐上发展很快，差异也越来越大，两个剧种的演员也已经很难同台演出了。河北梆子是山陕梆子流传到河北和京津地区以后逐步衍变而成的。由于地域的接近，河北梆子与北路梆子在唱腔上比较接近。清末至民国初年，河北梆子和北路梆子的演员很容易互相搭班，同台献艺。天津的河北梆子女演员兴起后，河北梆子的唱腔调门变高，现在两个剧种的演员很难同台演出了。

（二）民族性

中国戏曲在宋金时期形成后，经历了北曲杂剧、南戏传奇、板腔体地方戏这样几次在音乐结构和剧本体制上的变化，先后产生过390多个剧种，目前有专业剧团或业余剧团还在舞台上演出的剧种仍然有260多种。在这些剧种中除为数众多的汉族戏曲剧种外，还有藏戏、蒙古戏、壮剧、维吾尔剧、白剧、傣剧、侗剧、彝剧、布依戏、苗剧等少数民族戏曲。在少数民族中，也有某一民族因居住的区域不同，语言和风俗习惯的不同，而形成若干个剧种。如藏族，在西藏自治区就有白面具戏、蓝面具戏、昌都戏、德格戏、门巴戏，在四川、甘肃、青海的藏区有安多藏戏、康巴藏戏、甘南藏戏、黄南藏戏等。再如白族戏曲有吹吹腔、大本曲之分，壮剧亦有师公戏、土戏、沙剧之分。这些戏曲剧种尽管唱腔不同，表演风格不同，所走的艺术道路不同，艺术成份的含量亦有很大的差异，但它们有一个共同的特征，就是王国维先生概括的“以歌舞演故事”。戏曲艺术的这种多样性，反映了我国地域辽阔，民族众多，语言丰富，民间艺术多姿多彩，戏曲文化发展的不平衡性；戏曲艺术“以歌舞演故事”的这种共同特征，反映了我国各地各民族戏曲文化在共同的历史背景下，经过长期的相互影响、相互交融而形成的内在联系。

中国各地各民族的戏曲除了“歌舞演故事”这一不同于西方戏曲的基本特征外，均具有各自的民族特征。中国戏曲的民族特征，首先表现在各个民族的戏曲剧种都采用了本民族的语言，唱腔曲调是在本民族的民间音乐基础上根据抒发感情、塑造人物、渲染环境的戏曲化要求而整合创造出来的。如藏戏的唱腔称“朗达”，它是在藏族鼓舞音乐、道歌和“谐钦”歌舞音乐的基础上形成的，具有雪域佛国浓郁的民族风格。蒙古戏是在蒙古族的民歌、说唱曲艺和宗教音乐的基础上形成的，有的早期剧目的名称甚至和民歌完全一样，如《达那巴拉》全剧采用了科尔沁民歌〔达那巴拉〕，《诺丽格尔玛》也是采用了科尔沁叙事民歌〔诺丽格尔玛〕的曲调，后来的一些剧目采用了“民歌联曲体”的手法，根据剧情和人物需要，采用多首民歌，如《赛乌素沟畔》一剧是由〔巴音杭盖〕〔查干宝力格〕〔丹钦扎布〕〔脑门达莱〕〔那仁高勒〕〔白音都民〕六首民歌的曲调组成。蒙古戏的音乐唱腔具有高原游牧民族悠扬、豪迈的风格。维吾尔剧的唱腔是以维吾尔族的民歌、说唱音乐和古典套曲“十二木卡姆”发展而成的，具有嘹亮、欢快的特点。彝剧唱腔是以彝族的民歌〔梅葛调〕〔过山调〕〔玛嫫若调〕〔嫁调〕〔阿噻调〕〔左脚调〕等民歌为素材创作的；白剧唱腔吸收了白族的说唱音乐“大本曲”；傣剧的唱腔中，用了大量的民歌，如用〔琴调〕表现哀怨、悲伤或思念之情，用〔婚宴调〕表现人物的庸俗、轻浮，用〔孔雀歌〕表达热烈和欢快的情绪，用〔鹦鹉调〕作为剧中的序曲和剧终时的合唱，用芒市〔城子山歌〕和〔坝子山歌〕作为表达男女主人公感情的对唱。南方少数民族戏曲的唱腔，都具有感情细腻、缠绵、热忱、奔放的风格。

戏曲的民族特征，在表演上也非常鲜明。如藏戏中的骑马、放牧、剪羊毛、纺织、挤奶、炼制酥油等表演动作，是从藏族人民的生活动作中提炼出来；彝剧的欢快步、愁烦步、迎客步、送客步、登山步、催马走场等表演动作，是在本民族的生活动作和彝族舞蹈的各种跌脚步法基础上，借鉴兄弟民族戏曲表演技巧创造出来的。云南的西双版纳和德宏是大象和孔雀的故乡，傣剧的表演就吸收了许多傣族舞蹈中表现大象和孔雀形象的动作。如“见面礼手”，就是模仿大象形态提炼出来的一种身段。“演员右手垂直向下，握掌，下弯的腰部和微低下的头相配合，造成下垂‘象鼻’的感觉。左手配合膝部弯曲的双腿，身体作大幅度的起落动作，形象地刻画出庞大而笨重的象体行进的形态。”① 傣剧《海罕》中王子骑象出征时就用了这个身段。傣剧的“孔雀身段”是模仿静静屹立的孔雀形体而来的。“身法是右腿微弯，左脚尖着地，右手向上成三道弯，掌心向上，大指成垂直状，左手自然向后，掌心向外，与大指成垂直状。动作完成时，要眼神平视，收腹提气，多用于霎间亮相或舞蹈的旋转。”②傣剧《朗推罕》中的七位公主就经常使用这个身段。“孔雀碎步”也是傣剧常用的身段步法，这是从傣族民间舞蹈孔雀舞中直接引用的一种表现孔雀快速行进的步法。在傣剧中，常常用这种步法表现少女欢快、愉悦的心情。傣剧正是运用了大量本民族的舞蹈语汇，使它的民族特色非常突出。

戏曲的民族特征还表现在类似和相近的剧种或类似和相近的表演身段由于民族不同，形成了多样性的表演特点。如同样是花灯，四川和贵州的

---

①② 《中国戏曲志·云南卷》，中国 ISBN 中心 1984 年版，第 352 页。

花灯保留了汉族民间花鼓小戏载歌载舞、生动活泼的特点，演员的舞蹈动作突出了一个“扭”字，主要是靠腰腿的功夫，做出各种舞蹈动作和身段。而云南彝族等少数民族的花灯则吸收了彝族等少数民族的舞蹈动作，突出一个“崴”字。“崴”有正崴、反崴、小崴、等点步、扭步、颠步、大屯步、白云步、鸭子踩水步、双十字步等步法，靠胯部的扭动，形成婀娜多姿、热烈奔放的表演动作，民族特点非常鲜明。再如，汉族戏曲旦脚的手势，多数是用兰花指，掌心向内，表现出一种文静的、优美的风度；而云南的傣剧、白剧、彝剧等旦脚的手势，则较多地吸取了孔雀舞的动作，手心向上，表现出一种热情高雅的姿态。再比如，同样是骑马，汉族戏曲中的趟马就和蒙古剧等少数民族戏曲中的“马舞”有明显的区别。为了突出戏曲的民族特色，许多剧种都按剧情和场面气氛的需要，直接插入各种各样的民族、民间舞蹈。如汉族戏曲中的花轿舞、扇舞、鼓舞、灯舞、手绢舞、挑担舞、绸舞、长袖舞等；藏戏中的拟兽舞、拟禽舞、面具舞和宗教舞蹈羌姆，民间舞蹈谐钦、果谐、踢踏、热芭等；傣剧中的孔雀舞、象脚鼓舞、刀舞；侗剧、苗剧中的芦笙舞、振铃舞；彝剧中的跌脚舞；唱剧中的长鼓舞等等。

（三）多样性

戏曲的多样性，除了体现在不同民族有不同戏曲剧种，同一民族有多种戏曲剧种外，还表现在同一地区存在多个剧种，一个剧种存着不同的戏曲声腔。如戏曲大省山西、陕西、河南、河北、安徽、江西、山东、湖北、湖南、江苏、浙江、福建、广东等，戏曲剧种都在20种以上，其中山西一个省就有45种。有的省剧种不多，但在一个剧种内存在着几个不同的戏曲声腔。如四川的川剧，就有昆腔、高腔、胡琴、弹戏、灯戏五种声腔。湖南的湘剧、祁剧，江西的赣剧，浙江的婺剧，广西的桂剧，广东的粤剧等也都是多种声腔并存。另外，有的剧种形成后，迅速流传到它周围的地区，与当地民间艺术相结合，产生出新的剧种，形成一个声腔剧种体系。形成戏曲这种百花齐放局面的社会原因很多，但主要有以下几点：

第一，同一地区不同观众群体不同的艺术欣赏取向，为同一地区不同剧种的生存和发展创造了条件。这种情况多出现在经济比较发达、交通比较便利的大中城市和多种文化背景交汇的三角地带。大的都市，如宋代的开封、临安，元代的大都、平阳、真定，明清的北京、扬州，近代的北京、上海、汉口等，密集的人口、繁荣的商品经济、便利的交通为各种戏曲的生存和发展提供了优越的条件，不同风格的剧种可以吸引不同层次的观众。文化交汇点如山西、陕西、河南交界地带，湖北、安徽、江西交界地带，这些地区是中国戏曲文化的摇篮和发祥地，中国近代的两大戏曲声腔剧种——梆子腔产生于山陕豫交界地带，皮簧腔产生于鄂皖赣交界地带。由于这些地区水陆四通八达，新的剧种形成后很容易向四周扩散。

第二，移民为剧种向外传播提供了观众土壤。中国历史上的移民有几种情况，一是内地的军队到边疆戍边和军垦，二是战争中的难民，三是战乱后的大迁移，四是自然灾害后的大逃离，五是国家因经济建设的需要而采取的移民政策。海南省的琼剧就是明初大陆军队带去的杂剧发展而成的。贵州、云南的花灯、傩戏也是明朝戍边的将士将内地的戏曲带去后与当地的民间艺术相结合而形成的。西北地区有蒲剧、晋剧、豫剧、评剧是抗日战争中东北、华北被日军占领后，大批包括演员在内到难民涌入西北的结果。1938年到1940年之间，有新声、明星、德育、新民、春月等二十多个评剧班社在陕西境内演出，在西安演出班社达五六个之多。一时评剧班社云集，明星荟萃，并以西安为轴心，向四周扩展，演遍关中城乡，巡回陕南陕北。西藏、青海、新疆有秦腔、豫剧、京剧、越剧等，也是解放大西南和大西北时解放军文工团带去的，或是中华人民共和国成立初期，为支持西北建设，内地的工厂迁移到西北后，为满足这部分群众看戏的需要，将内地的有关剧团调去的。

中国历史上每一次改朝换代都要经历战乱。战争使家园毁灭，人口锐减，土地荒芜。战争过后，为重整山河，新的统治者都要实行大规模的移民。移民将故乡的文明包括戏曲文化带到新的居住地。明初，朱元璋曾将山西的居民大量迁移到河南、山东、湖北、安徽等受战乱严重的地区，于是有了洪洞大槐树的后裔这一传说。后来山陕地区的梆子戏，能流传全国，在各地扎根，繁衍出新的剧种，是与这些地方的山西移民有很大关系的。朱元璋还将江西、江苏一带的居民迁移到云南、贵州一带，弋阳腔、昆腔在云贵川一带的流传，与这一带的移民有密切关系。

逃荒的灾民把演戏作为一种谋生的手段，而将家乡戏传到外地的情况，在中国历史上也是很多的。如光绪初年，山西大旱，泽州的灾民将上党梆子带到河北永年和山东菏泽地区，形成了现在流行于永年的西调和山东的枣梆。陕西商洛地区的花鼓戏也是光绪年间，由湖北郧县的灾民从家乡带来后发展而成的；安徽的黄梅戏是湖北黄梅县的灾民把家乡的花鼓小戏带到安徽后发展起来的；山西雁北流行的罗罗腔和阳泉一带流行的弦腔，是由河北的灾民传入的。移民是不同地区之间戏曲文化交流的重要载体。

第三，商品贸易为戏曲的传播架起了桥梁。过去江湖上有一个说法，叫“商路即戏路”，这是很有道理的。前面我们讲到梆子戏能在各地生根开花结果，与它的观众基础——明初的山西移民有关。但梆子戏能迅速传遍全国各地，是与山陕商人的支持分不开的。山陕商人是明中叶由边贸发展起来的，从粮商发展成盐商、茶商，又由盐商和茶商发展成票商，清中叶在全国形成了一个巨大的商品贸易和金融网。山陕商人一方面为了满足自己的娱乐，另一方面把梆子戏作为联络感情、扩大贸易的手段，经常邀请家乡的戏班到他们经商的地方来演出，极大地刺激了梆子戏的向外发展。凡是山陕商人聚集的地方，必定有山陕会馆；有山陕会馆，就必定有戏楼；同样，凡是山陕商人聚集的地区，也必定流传过梆子戏。辛亥革命以后，山陕商人势力迅速败落，梆子戏也随之衰落。东南、西南已经没有纯粹的梆子剧种了，但作为一种声腔，却存在于各地的多声腔剧种中。除梆子戏外，皮簧戏在各地盛行也与商人势力有直接关系。清乾隆之前，北京并没有皮簧戏，皮簧戏仅是流行于湖北安徽一带的地方剧种。乾隆五十五年（1790），安徽大盐商江鹤亭等为给乾隆皇帝祝寿，将唱二簧为主的四大徽班先后带到北京演出，后逐步发展成京剧。在徽商和湖广商人的支持下，皮簧戏盛行于南北各地。

第四，文人墨客的喜好和统治者的提倡，是一些剧种兴衰的重要原因。在戏曲的发展历史上，有三个剧种特别受到文人墨客的喜好和统治者的提倡，成为全国性的剧种：一是北杂剧，二是昆腔，三是京剧。前期的北杂剧反映了被压迫人民和被压迫民族的呼声，但到了元末明初，就成为维护封建统治的传声筒了。朱元璋分封他的子孙，“凡亲王之国，必以词曲千七百本赐之”，杂剧戏文不可缺少。昆山腔原本是一个地方小戏，经文人墨客革新提倡，成为大剧种。蓄养家班、填词作曲成为明清文人墨客的一大雅兴。昆腔的剧本大部分出自文人墨客之手，其中有不少是大官僚，如《鸣凤记》的作者王世贞，《狮吼记》的作者汪廷讷，《灵宝刀》

的作者陈与郊，《燕子笺》《春灯谜》的作者阮大铖等等。许多文人墨客到外地做官或游历，都要带着家班。一时，家宴堂会、迎送宾客，演出昆曲成为上流社会的风气。在统治阶级的倡导下，万历年间，昆腔已经遍布全国的大中城市。四大徽班入京以后，皮簧戏受到乾隆皇帝的喜爱，王公大臣们自然也附和叫好。在最高统治者的提倡和支持下，皮簧戏迅速发展，在清末民国初年流传全国，成为第一大剧种。

当然，一个剧种的兴盛和向外发展，主要得力于它艺术上的优势，但离不开外在的环境和条件。以上我们所谈的，主要是自然和人文环境对戏曲文化的影响。

戏曲的多样性，不仅是中国戏曲文化的特点，也是中国戏曲文化的优势。文化的品类和自然界的物种一样，其生存发展，不仅要有一定的质量，也要有一定的数量。中国戏曲文化之所以源源流长，延绵不断，有旺盛的生命力，就是因为她家族兴旺，品类繁多。人类创造了丰富的物质文明，也创造了多彩的精神文明。然而随着世界经济的一体化、信息化的发展，不同民族、不同地域之间的文化特色越来越淡化，甚至在消失。物质世界的发展需要生态平衡，需要将一些濒临灭绝的动物和生物加以特殊保护；精神世界的发展也需要生态平衡，也需要将一些濒临灭绝的文化品种加以特殊保护。戏曲作为中华民族的优秀传统文化要发扬光大，需要保持群体的优势。联合国教科文组织已经将昆曲列入世界首批非物质文化遗产名录，加以保护。在中国戏曲百花园中，具有艺术品味和文化价值，而濒临灭绝的何止昆曲？现在许多外国的艺术家和学者重视学习和研究中国的戏曲文化，而我们自己却对本民族、本地区日益衰落甚至消失的戏曲熟视无睹。中华民族要自立于世界民族之林，不仅要创造更加丰富的物质文明，而且要保持和创造更加辉煌的精神文明。保护和发展我国各地各民族的戏曲文化，应该引起大家充分的重视。

三、地方戏的文化艺术价值

地方戏的文化艺术价值是多方面的，其主要有以下几个方面：

（一）创立了板腔体的戏曲形式，为加强戏剧性开辟了新的途径

在梆子腔出现之前，我国各地流传的北曲杂剧和昆腔、弋阳腔等戏曲声腔均是以曲牌联套或曲牌连缀为其音乐结构形态的。每一支曲牌虽然是由若干乐句组成，但曲牌中任何一个乐句或一个片断都不能抽出来单独构成一段唱腔。同时，曲牌与曲牌的组合，是按一定的调式、调性分别列入相应的宫调里去的，一组套曲里只能用同一宫调的曲牌。因此，一场戏不管情节需要与否，场上的角色必须唱完一套或一支完整的曲子。剧本作者为了适合这种音乐结构形式，往往不顾情节和人物需要，按宫调组曲，依曲牌填词。这就无形之中就限制了剧中人物内心世界的自然抒发和角色之间的矛盾冲突，削弱了作品的戏剧性。梆子腔采用的则是以各种不同板式的变化为特征的结构方法。每一种板式的基本结构单位均为一个对称的上下句，两句唱词就可构成一个独立的唱腔。剧作者可以不受曲牌音乐的限制，完全按剧情和剧中角色情感的需要编写唱词，当长则长，当短则短，长者可达几十句、上百句，短者则只有两句。演员演唱时也可以根据自己对剧情的理解和对角色的体验、自己的嗓音条件等，在一支曲调的基础上，选用不同的板式、不同的润腔方法，以声传情，塑造形象，刻画性格。因此，梆子戏板腔体的出现，是对曲牌体戏曲音乐的一次重大变革。这一变革，不仅解除了曲牌联套的音乐结构形式对戏曲剧本创作的桎梏，而且也为戏曲音乐的发展和演员演唱技巧的发挥开辟了自由的天地。

（二）创立了分场结构的剧本形式，解放了艺术生产力

地方戏的剧本体制与板式变化体的音乐结构相适应，采取分回或分场结构形式，有戏则长，无戏则短，场次的安排完全根据剧情发展的需要来设置，克服了杂剧四折一楔子的局限和传奇剧本冗长、松散的痼疾，提高了戏曲剧本的戏剧性。此外，地方戏的唱词，采用的是以七言或十言为主的诗赞体句式，与说书等说唱文学相近似，不仅具有生动明快、节奏感强的特点，而且易于被艺人们掌握和运用。板腔体的地方戏成熟后，新剧目源源不断地搬上舞台，至清末和民国初年，达到上千种，说明地方戏在音乐形式和剧本体制上的变革，解放了艺术的生产力。

（三）用农民和市民的眼光审视历史，产生了一大批反映阶级矛盾和民族矛盾，歌颂反叛者形象的剧目

地方戏形成和发展的年代，正是我国封建社会日薄西山，阶级矛盾和民族矛盾日益尖锐，农民起义连绵不断，封建制度和封建礼教土崩瓦解的时期。明末席卷全国的农民大起义和清初汉族人民反抗异族统治的斗争，虽然被清王朝残酷镇压下去了，但革命的影响却深深留在广大人民群众的脑海里。地方戏的作者多是民间艺人和下层知识分子，他们虽然不敢直接搬演明末的农民起义和汉族人民反抗清王朝统治的斗争，但从三弦书、鼓书、评书等民间说唱文学中选取素材，创作了《反五关》《李刚打朝》《刺中山》《薛刚反朝》《花打朝》《斩黄袍》《夜打登州》《打渔杀家》《串龙珠》等一大批反映忠奸斗争、歌颂反抗精神，把批判矛头直指皇权和封建制度的剧目。

（四）塑造了一批巾帼英雄形象

地方戏在表现人民群众反抗封建黑暗统治和抵御外来侵略势力的斗争中塑造了一批巾帼英雄形象，如薛家将故事戏中的樊梨花，杨家将的故事戏中的畲赛花（畲太君）、穆桂英等。这些巾帼形象，不仅具有美丽的相貌，而且深通韬略，武艺高强，在战场上驰骋冲杀，胜过须眉，表现出胸怀大志、英姿飒爽、朝气蓬勃的精神风貌。在剧中，她们无论是在反抗强权暴政和封建压迫的政治斗争中，还是在保卫国土、抵御外来侵略的战场上都起着举足轻重的作用，反映了清中叶以后觉悟中的中国妇女要求解除封建压迫，投身于反帝反封建的革命洪流和民族解放斗争的强烈愿望。

这些巾帼形象，还有一个共同特点，就是她们的爱情婚姻都具有反封建礼教的传奇色彩，如樊梨花与薛丁山，畲赛花与杨继业，穆桂英与杨宗保，刘金定与高俊保，陈金定与罗成，红娘子与李岩等。她们的爱情不是产生在花前月下，也未遵循“父母之命，媒妁之言”的古训。她们与她们所钟情的男子，几乎都是由刀枪相拼的劲敌而成为恋人，进而结为夫妻的。她们的爱情产生于两军对阵的战场上，双方的厮杀之中。吸引男女双方的，除俊美的相貌外，主要的是高超的武艺及战斗中所表现出来的精神气质。保家卫国，建功立业的志向将她（他）们的命运联结在一起。在这种传奇式的恋爱和婚姻中，这些巾帼英雄始终处于主动和积极的一面，其表达爱情之直率、大胆，即使今天的青年男女们亦望尘莫及。然而又不使人感到唐突，因为她们这种表达爱情的方式是符合她们的身份和特定环境的。这些巾帼人物，大都出身于绿林豪杰家庭，没有受到封建礼教的腐蚀，且又处于占山为王，官府、王法管不着的地方，她们的武艺又高于对方一筹，所以才会有如此的爱情表达方式。自然，在她们身上，亦表达了梆子戏编演者及广大观众的爱情理想和情趣。这样的爱情，这样的婚姻无疑是对封建婚姻制度的挑战和否定。这是地方戏中的爱情剧目在思想上超越杂剧和传奇爱情戏的地方。

（五）推动了舞台表演艺术的发展

地方戏为适应表现复杂的宫廷斗争、波澜壮阔的农民起义和千军万马厮杀的战争场面，不仅继承了北杂剧和昆剧、弋阳诸腔的舞台艺术，还广泛吸收了武术、杂技、社火、宗教仪式等民间表演，把戏曲的表演艺术推向高峰。

在梆子戏之前，北杂剧和昆剧在艺术上均是以唱为主的，所演出的剧目亦多是才子佳人悲欢离合的爱情故事，正面表现宫廷政治斗争和战争场面的戏较少。梆子戏则不然，在其传统剧目中，多数是表现宫廷斗争和战争故事的，从远古时期舜帝征三苗到清末的辛亥革命，中国五千年历史中发生的重大政治事件几乎都曾被编成戏，在梆子舞台上演出过。为把这些丰富复杂的历史故事搬上戏曲舞台，梆子戏艺人对凡是有用的、适合舞台表演的艺术技巧都加以吸收，如早期武戏中的真刀真枪开打及武打技巧就是取自民间的武术表演，耍手绢、耍扇子、耍茶盅、耍草帽圈等特技取自民间的杂技表演，髯口功、翎子功、捎子功、帽翅功、跷功、椅子功、吹火等特技取自民间社火表演。梆子戏的艺人将这些特技表演与戏剧的情景融合在一起，为刻画人物服务，成为梆子戏表演艺术的重要组成部分和一大特色。

梆子戏表演艺术的丰富和发展，做工戏和武打戏的不断增多，使演员脚色行当的分工亦进一步详细：生行中出现了武生、武小生，旦行中出现了武旦，净行中出现了二花脸，丑行中出现了武丑。这些行当均以做工和武打见长。与此同时，须生、小旦、小丑等的做工亦进一步加强，出现了许多以做工见长的剧目。

四、地方戏的传承机制

地方戏是我国非物质文化遗产的重要组成部分，是民族民间艺术的瑰宝。在世界三大古典戏剧中，古希腊戏剧和古印度梵剧早已在舞台上消失，唯有中国戏曲还活跃在祖国各地城乡的戏剧舞台上。中国戏曲不仅历史悠久，具有顽强的生命力，而且品种丰富，家族兴旺。20 世纪末 21 世纪初，中国由一个农业国发展为一个工业化的国家。随着生产方式和生活方式的变化以及外来文化艺术的冲击，中国戏曲赖以生存的社会条件发生了深刻的变化，戏曲统领城乡舞台的局面一去不复返了，戏曲不仅退出了城市舞台，而且在乡村的演出市场也日益萎缩。

中国传统戏剧的衰落，引起了国内外文化界的关注和我国政府的重视。在各界关怀和支持下，由中国艺术研究院申报，号称百戏之祖的昆曲被联合国列入首批世界人类口头和非物质文化遗产代表作。国家除通过文华奖、艺术精品工程等促进戏曲创作外，还逐步建立起国家、省、市、县四级非物质文化遗产保护制度。在国务院公布的两批 1082 项国家非物质文化遗产名录中，传统戏剧有 126 项，保护的剧种有 210 个。戏曲遗产的保护，关键是艺术的传承。

（一）地方戏的传承特点

戏曲是融文学、音乐、舞蹈、美术等为一体的高度综合的表演艺术。它的创作和演出，除了演员之外，还有编剧、导演、音乐设计、舞美设计、乐师等，就演员而言，亦有生、旦、净、丑不同脚色行当的分工，因此必须要有一个由这些人员组成的团体。其艺术的传承，除了各个艺术行当的个体传承外，还需要集体的传承，这样才能保持艺术的完整性，才能形成剧种和流派风格。

（二）传承人的标准

戏曲是以演员为中心的表演艺术，艺术的传承主要靠艺人的口传心授。许多名艺人，既是优秀的表演艺术家，又是杰出的教育家。他们掌握并承载着戏曲文化遗产的丰富知识和精湛的表演技艺，既是非物质文化遗产活的源泉，又是其代代相传的代表性人物。如元杂剧演员朱帘秀，《青楼集》说她“杂剧为当今独步，驾头、花旦、软末泥等，悉造其妙”，她培养出赛帘秀、燕山秀等著名演员，被后人尊为“朱娘娘”。昆曲的奠基人魏良辅，清代秦腔演员魏长生，近代京剧演员谭鑫培、王瑶卿、梅兰芳等，他们承前启后，创造了丰富多彩的艺术流派，为戏曲的传承、发展与繁荣做出了巨大的贡献。

传承人在传统戏剧保护中的重要性，得到了政府的高度重视。在国务院公布的两批 777 名国家非物质文化遗产代表性传承人中，传统戏剧的代表性传承人就有 304 名。其中既有昆曲、京剧、秦腔、豫剧、评剧、越剧这样影响广泛的大剧种的传承人，也有花鼓、花灯、秧歌、道情这样一些地域性的民间小戏的传承人，还有藏戏、白剧、傣剧、侗剧等少数民族戏曲剧种的传承人。按照原来的规定，每一种国家级的非物质文化遗产保护项目，只能有两位代表性传承人。小剧种选定一两位代表性传承人还比较容易，大剧种就作难了。大戏剧种的表演行当有生、旦、净、末、丑，行当之中又分不同流派，评定两个传承人显然不符合戏曲艺术传承的实际需要。评审委员会的领导听取了戏曲专家们的意见，在修改后的评审标准中对大剧种的代表性传承人名额做了适当增加。这样，光是京剧最终就确定了包括梅葆玖、谭元寿、尚长荣、李世济等在内的 24 位代表性传承人，越剧也有上海的袁雪芬和浙江的茅威涛等 8 人入选。

戏曲是综合性的表演艺术，其传承的方式，既有师傅带徒弟的个体传承方式，又有父传子、母带女等家庭传承方式，还有科班和学校集体传承的方式。根据戏曲传承的多样性，修订的传承人评审标准，既有“溯源三代以上师承关系”的条款，同时又增加了“具有 30 年以上从艺经历”的条件限定。尽管如此，从通过评审产生的传统戏剧代表性传承人来看，代表性还是很有限的。这些传承人，绝大部分是演员，从事音乐设计的有两人，编剧、导演、舞台美术一个都没有；在演员中又以生脚和旦脚演员为主，净脚、丑脚演员很少。这也反映了我国戏曲从艺队伍的实际，演员中缺乏净脚和丑脚人才，创作队伍中缺乏编剧、导演、音乐设计、舞台美术设计。一个剧目要搬上戏曲舞台并将其传承下去，需要一个演出表演团体，需要各方面的创作人才；一个剧种的传承更离不开集体的传承。人才的缺失，是制约戏曲传承和发展的重要原因。

（三）传承人的责任和义务

文化部对国家级非物质文化遗产项目代表性传承人提出了应承担的六项责任和义务：一是在不违反保密制度和知识产权的前提下，向省级文化行政部门提供项目操作程序、技术规范、原材料要求、技术要领等非物质文化遗产资料；二是制定项目传承计划和目标任务，报文化行政部门备案；三是努力从事非物质文化遗产的生产、创作，提供高质量的非物质文化遗产作品及成果；四是认真开展传承工作，无保留地传授技艺，培养后继人才；五是积极参与展览、演示、教育、研讨、交流等活动；六是向省级文化行政部门提交项目传承情况报告。戏曲是高度综合的艺术形式，一个剧种的传承需要一个表演团体各方面的艺术人才，如编剧、演员、导演、音乐、舞美等。就演员而言，还有生、旦、净、丑等各个行当，在行当中还有各个不同的艺术流派。因此，就戏曲的代表性传承人而言，第三项、第四项尤为重要，首先要把自己所掌握的技艺传授给年青一代，要后继有人。

（四）传承人的权益

传统戏剧的保护，传承人是关键。尊重和保护国家赋予传承人的合法权益，应得到全社会的高度重视。首先要赋予传承人个人荣誉，使他们能够受到社会和世人的尊重，增强传承人对所做工作的自信心和自豪感，使传承人能够更加积极主动地投入到非物质文化遗产保护工作中；同时又赋予他们传承历史文化的重任和保护非物质文化遗产的责任。国家和各级政府要关心他们的工作和生活，为他们的生活和工作提供良好的条件。现在一些地方、一些剧种的传承人的基本工资、医保等基本生活条件还没有解决，更谈不上传承艺术所应有的条件，特别是在经济落后地区，这一问题尤为突出。因此，国家对包括传统戏剧在内的非物质文化遗产传承人，制定统一的政策是非常必要的。

结束语

中国的戏曲不仅是中华民族优秀传统文化的重要组成部分，而且在世界戏剧文化中也占有独特的、非常重要的地位。当世界经济进入一体化的新时期，作为中华文明中独特的戏曲文化，不仅不应该削弱，而且应该大力扶植。中国能不能成为世界强国，除了经济的发展外，最终要看我们能不能保持中华民族独特的文化传统。戏曲是中华传统文化的集大成者，民族精神的集中体现者，她综合熔铸了中华民族的歌舞、文学、音乐、历史，凝聚着中华民族独特的生活情感、道德情操、喜怒哀乐以及不同于西方的价值观；千百年来，她犹如一种血脉，融化和流淌在我们民族的肌体里，渗透在我们民族的灵魂中，反映在我们的生活中。建设有中国特色的先进文化，必须建立在中国优秀传统文化基础之上。古老的中国戏曲文化在信息时代的今天出现生存危机，这并不可怕，可怕的是我们无动于衷，无所作为，甚至以外来的所谓先进文化取代包括戏曲在内的我国传统文化。在全球经济一体化过程中如何保存和发展包括戏曲在内的我国优秀传统文化，已成为摆在我国政府和人民面前的重要课题。特别是昆曲列为联合国教科文组织通过的首批人类口头和非物质遗产代表作后，如何保护各地各民族的戏曲文化，已成为文化界、新闻界议论的热点。能够将地方戏列入联合国和我国各级政府文化遗产保护名录自然是幸事，但更重要的是把工作的重点放在发展上，不断创作出优秀剧目，满足广大群众的精神文化需求，这才是保护发展地方戏的根本。

（为2009年“中国戏曲理论国际学术讨论会”提交，并收入会议论文集《中国戏曲理论的本体与回归》，文化艺术出版社2010年版）

民间戏曲现状与非物质文化遗产保护

戏曲艺术曾是我国城乡人民主要的娱乐形式，但在20世纪80年代中叶以后出现了前所未有的衰落景象。其主要标志是城市中的剧场因观众越来越少，票房收入难以维系而关闭或改作他用；与此相应，有相当多的国营和集体所有制剧团因没有戏演或因演出赔钱而面临解体的危机。近年来尽管各地政府和文化主管部门采取了各种措施，如中宣部举办的“五个一工程”评奖，中国剧协进行的一年一度的“梅花奖”演员评奖，文化部举办的“文华奖”评奖、文化部舞台艺术精品工程评选，以及各种戏剧节、艺术节等来激励戏剧的繁荣，但并没有扭转戏曲在城市中的衰落。中国戏曲果真像有人断言的那样走到了尽头，不可挽救，必然灭亡？中国艺术研究院戏曲研究所在2002年至2004年承担了国家艺术学科重点项目全国剧种剧团现状调查，笔者作为课题负责人之一，到福建、山西、河南、陕西、青海等地作过实地调查，并作为文化部国家非物质文化遗产工作专家委员会委员，利用出差的机会，到全国的其他一些城乡作过考查，现就民间戏曲现状与非物质文化遗产保护问题谈一点看法。

一、戏曲文化的根在民间

中国的戏曲艺术产生于民间，是一种活在舞台上、艺术形式不断新陈代谢的艺术。一种新的戏曲形态在民间形成后，流入城市，受到都市文化和市民审美意识的影响后向雅的方向发展，步入上层社会的艺术殿堂后在形式上逐步凝固以至僵化，最后走向衰落。在我国戏曲发展历史上，宋元杂剧、明清传奇都经历过这样的道路。以梆子、皮簧为代表的地方戏在明末清初形成后，经过三百多年的发展历史，虽然在城市出现了衰落的景象，但在广阔的农村并没有出现能取代旧的戏曲形式的新戏曲，农民对传统的地方戏依然一往情深。笔者在海南省儋州一个农村观看过民间剧团演出的儋州山歌剧《睡错床》，这是一出反映民国年间婚姻问题的悲喜剧。能容纳三四千观众的露天剧场水泄不通。戏演到悲伤处，全场观众唏嘘叹惜；演到滑稽处，男女老少开怀大笑。笔者询问坐在周围的农民观众，发现他们对剧团的演员、演出的剧目、所唱的曲调如数家珍。原来这个村每年都要请此剧团来演出。

我们到山西、陕西考察民间戏曲，所到山西的长治、长子、晋城、临汾、离石、临县，陕西的宜川、延安等地，无论是地市级剧团，还是县剧团，都在农村演出，而且无一不是在露天剧场演出。在长子县常村，我们看了山西上党梆子剧院二团演出的《秦香莲》《雁门关》《狸猫换太子》，见常村四周的农民赶来看戏，有骑自行车的，有骑摩托车的，还有赶着毛驴车来的，另有集体坐拖拉机或农用大卡车来的。观众中有年过花甲的小脚老太太，也有少年儿童，更多的是中年人。在临汾市西北郊的乔李村，我们看了临汾蒲剧院演出的《薛刚反唐》，又在宜川看了宜川县蒲剧团演出的同一剧目，在临县佛堂峪村看了临县晋剧团演出的《小宴》《八珍汤》，在临县雷家碛乡看了临县道情剧团演出的《卖菜》等，来看演出的农民观众无不携老带幼、比肩继踵而至，戏场里人山人海，热闹非凡。据佛堂峪村的观众介绍，该村在过去每年要唱四台戏，因这两年经济状况不好，每年只唱两台。临县有一千多个自然村，即使有500个自然村每村每年唱两台戏，每台以4天唱7场计算，全县至少要演出1000台、7000场戏。山西有118个县（市），498个镇，1412个乡，32298个村。全国有多少个乡镇，多少个村？每年需要演多少台戏？这是一个多么巨大的演出市场。还以临县为例，该县有县晋剧团和县道情剧团还远远不能满足农民观众的看戏需要，还又出现了18个私营职业剧团。走进农村露天剧场，你绝对感受不到戏曲危机。所以，有人断言中国戏曲要灭亡，肯定是不了解中国戏曲发展历史和它赖以生存的条件及当前农村演出市场的实际。

二、民间戏曲演出的特点

中国戏曲是在民间产生的，同时又是在民俗活动的氛围中逐步成熟和发展的，农村始终是它的主要市场，农民始终是它的主要观众群体。在自然地理、经济文化、观众审美意识诸因素的制约下，各地农村形成了相对稳定的演出习俗。这些演出习俗又影响到演出市场的形成和发展，形成了不同于城市戏曲演出的特点和规律。

一、季节性。农村的文化娱乐生活要受农时的制约，演戏一般集中在春耕之前农历的正月、二月，麦收之后的六月、七月，秋收之后的九月、十月。北方农村由于冬天寒冷，十一月、十二月很少有戏曲演出。南方天气炎热，七、八月份也很少有戏曲演出。

二、与传统节日有密切的关系。春节到元宵节，是我国各地戏曲演出的旺季。其他节日如清明节、端午节、中元节、中秋节等，许多地方亦有演戏的习俗。藏族的雪顿节，是藏戏演出最集中的节日。

三、与宗教信仰有密切的关系。酬神赛会、春祈秋报、红白喜事，各地农村都有演戏的习惯。农民信奉的神灵有山神、土地、财神、灶君、龙王、观音等。农民的宗教信仰，佛、道、儒的观念都兼而有之，但没有像西方的天主教、基督教、中东的伊斯兰教那样强烈，既无完整的思想体系，又无严密的组织，更无政治目的，只是一种祈求一年风调雨顺、五谷丰登、人畜平安的精神寄托。农村中的庙会戏，最初是出于“酬神”的愿望，但随着科学的发展、社会的进步，宗教迷信的色彩越来越淡化，而成为以“娱人”为主的演出。20 世纪 80 年代中叶以来，农村的庙会戏普遍得到了恢复。我们在临县佛堂峪村看的演出，就有村民“酬神”的意思在内。在戏场的后面，即舞台的对面，我们看到了一个用红布临时搭起来的神棚，里面有龙王、关圣、二郎神、观音菩萨、达摩、天地神、风神、虫蛾神、文昌、魁星、河神、财神、土地神、山神共 14 个牌位。牌位前供有果品、香烛。有一个记账先生经管捐戏资的账目。半天见有一老者走来，在神棚供桌前磕了一个头，但并未捐钱物。听记账人说，村民不用现交钱，记一个数，年终结算。我们就此问村里干部的看法，村干部无奈地说，不搞这个形式，村里一旦有个天灾人祸不好交代。再问看戏的村民信不信神圣？大家笑笑，没有一个人肯回答。由此看来，酬神演戏只是农村数千年延续下来的一种习俗，不能简单地看作迷信活动。如果像“文革”中那样，把它作为“四旧”破除，就等于剥夺了农民看戏娱乐的权利。故我们在研究民间戏曲的时候，要尊重农村延续了几千年的民风民俗，不可再犯文化大革命的错误。

此外，在山西农村，还有给逝世的老人送殡和为儿女成亲时请民间鼓乐班作场奏乐的习俗。有请一班的，也有请两班或数班的，根据家庭的经济实力而定。鼓乐班除吹奏民间曲调外，还吹奏戏曲唱腔，有时还有离退的戏曲演员参加清唱，这也是戏曲延续下来的一个重要原因。考察时我们虽然没有机会看到这种演唱形式，但据当地戏剧界同行介绍，这种形式是普遍存在的。上党地区称之为“扮代嚎”“钻丧棚”，晋西吕梁地区称之为“赶事宴”，参加清唱的人一天可有20—30元的收入。笔者的老家也在吕梁地区，近年回老家探亲，曾看到过这种演唱形式。参加演唱的一般都是剧团有演唱功底的主要演员，一生一旦，在有胡琴、唢呐、鼓板、电子琴等混合乐队的伴奏下清唱戏曲传统剧目，如《打金枝》等。这些演员，既能唱戏曲，又能唱流行歌曲，而且演唱水平很高。笔者所见临县晋剧团的两个演员参加“赶事宴”清唱，一个晚上四五个小时，时而唱戏曲，时而唱流行歌曲；时而独唱，时而对唱。声音洪亮，吸引来周围数村的观众。无论是办丧事请鼓乐，还是办喜事请鼓乐，主家都图得个吉利热闹。年龄大的人死了，当地人认为是一件符合自然规律的事，故又称之为“喜丧”。儿女请鼓乐一方面是为死去的老人送行，让其快快乐乐地升入天堂；另一方面也是代死去的亲人向亲朋、好友、邻居表示酬谢，为大家提供一次观赏民间艺术的机会，这也是长期形成的民间习俗。这几年，民间的演戏习俗有了新的发展，商店开张，在门前搭一个戏台，歌舞庆贺，常常请当地的戏曲名演员唱一段。我们在晋城市就看到了这种场面。

四、与集市贸易的关系。我国各地的农村乡镇都有在固定的时间举办商品贸易活动的习俗，农民到市场上买自己需要的生活和生产物资，或卖出自己生产的农副产品，北方称“赶集”，南方称“赶墟”。在赶集的日子，是民间戏班和各种民间艺人行艺的好时机，商家亦常常组织演戏来吸引顾客，繁荣市场。中华人民共和国成立前，集市贸易中的戏曲演出，一般由当地的商会出面组织，常常将集市贸易与当地大的庙会结合起来，如关帝庙会、财神庙会、城隍庙会、奶奶庙会等。农民既来烧香许愿或还愿，又来做买卖，还来看戏，一举多得。故这种庙会演戏的规模都比较大，常常是几个班社同时演出，唱对台戏。中华人民共和国成立以后，这些庙会因带有迷信色彩大部分被取缔了。20世纪80年代中叶以后，随着农村经济发展，又有所恢复。各地政府为了活跃市场经济，促进商品贸易，增加财政收入，每年都要举办一到两次商品交易会，组织各种民间艺术演出，地方戏是其中的主要节目。我们到山陕考查民间戏曲，在陕西的宜川，正赶上当地举办这样的商品交易会。在县体育场，既有戏曲，又有电影，既有歌舞，又有魔术杂技，还有各种游戏，四周还有许多卖小吃的商贩，商摊货铺集中在体育场前的一条大街上，游客和观众有数万人，热闹非凡。我们在每个演出点上看了看，还是戏场上的观众最多。当晚演出的是蒲剧《薛刚反朝》，由该县蒲剧团演出。尽管天气已经冷了，但台下的观众还是被唱了几百年的薛家将不畏权奸、赤胆报国的悲壮故事所吸引。而在歌舞场，尽管有高音喇叭做宣传，还有三个穿着“三点式”泳装的女演员在迪斯科的音乐伴奏下扭捏作态，观众还是在门外裹足不前。由此可见，古老的戏曲艺术在农村还有很大的魅力。

为演戏，各地农村都建起了钢筋水泥新式舞台或仿古式舞台。我们在长子县下霍村参观了该村建的三座戏台。有一座建在村民委员会大楼前的广场上，有两座建在村外白云山庙前的广场上。平时演戏在村里的戏台上，白云山庙会时，要请两个剧团唱对台戏。由此可见，此地演戏之兴盛，农民好戏之强烈。

三、民间戏曲演出存在的问题

综上所述，民间戏曲演出是不是没有问题可谈了呢？非也。

第一，农村戏曲演出市场虽然很大，但管理不善。演出市场放开后，农村出现了许多私人办的职业剧团。这些私人剧团人员少，负担轻，同时采取高价挖角、底价演出或给村干部回扣的办法与国营和集体所有制剧团竞争。而国营和集体所有制剧团人员多，负担重，演出的开销大，在竞争中处于不利的地位，许多台口被私人剧团占去。为了争夺演出市场，只有压低戏价。戏价低了，演出收入下降，不仅没有财力投入艺术的再生产（如购置更新戏装、道具），而且因工资低，导致主要演员外流，演出质量下降。如此恶性循环，使国营和集体所有制剧团的生存越来越艰难，不少县级剧团因此而解体。以山西吕梁地区为例，全区 15 个县市，大部分县级剧团或解体，或让私人承包，目前还能坚持演出的只有交城、文水、孝义等几个少数剧团。据开封市豫剧团、山西忻州市北路梆子剧团、山西临县晋剧团负责人介绍，因这些地区戏价低，剧团一年要演出 10 个月，近 400 场，但仍然不能全额发放演员的档案工资，更无力补充和更换演出服装道具和音响设备，戏装破旧，无竞争力。在这种局面下，有的主演调到省级剧团，有的主要演员亦有被私人剧团挖走的危险，剧团的处境岌岌可危。我们看了临县晋剧团的演出，演员阵容可观，唱念做打上乘，但服装确实破旧不堪，蟒、靠有破损后拿针线相连的，褶子、袄裙有打补丁的。

第二，演出剧目少，排演新戏难。从这次我们调查的几个剧团看，不仅演出剧目少，而且大部分是你演、我演、他演，大家都在演，演了几百年的十几出传统剧目，仅在宜川县蒲剧团的演出剧目单上发现有《继母情》《农家新事》《合同夫妻》《感谢信》四出现代戏。

谈到演出剧目少，排演新戏难的原因，剧团的同志反映：首先是经费缺乏。地、县级剧团经费的主要来源靠演出收入。因城市剧场卖不出票，主要在农村演出。农村经济比较好的地方，如晋城市所属农村，山西上党梆子剧院所属剧团一个台口 4 天演 7 场戏（下同）的戏价在 21000 元左右，县级剧团在 7000 元左右；农村经济较差的地区，如吕梁地区和忻州地区，地区剧团一个台口 7000 元左右，县级剧团仅 3000 元左右。地市级剧团演职员在 70 人左右，县剧团在 50 人左右。扣除演出费用，地市级剧团每月的平均工资在 500 元左右，县级剧团只有 300 元左右。为了维持这个水平，剧团就必须多演出。就我们所调查的剧团看，演出最少的 300 多场，多的在 400 场以上。演出旺季，4 天换一个台口，两三个月不休息。剧团在平时没有排演新戏的时间，演员没有练功的时间。即使在农历十一月、十二月休整时间，因排演新戏要添置新的服装道具，剧团拿不出这笔钱，无法排。加之现在演员流动性大，每年都有调出或调入的，需要大家一起对戏，为下一年演出做准备。

其二是很少有适合在农村露天剧场演出，符合农民观众欣赏要求的剧本。他们称农民观众的文化修养有限，人物性格复杂、思想内容深奥的戏看不懂。农民喜欢故事生动、有头有尾，人物性格鲜明、大悲大喜的传统戏和反映农村现实和农民疾苦的现代戏，而这两方面的剧本很少。这不禁使我想到这些年调演、会演和为评奖入京演出的一些剧目。我们的剧作家和导演似乎忘记了农民观众，排演的剧目不仅不是为广大的农民观众看的，而且连我们研究戏剧的都有时看不明白。剧团不在戏曲表演上下功夫，而是在舞台灯光和布景上要花样。花大钱、大制作的戏，只能在大剧场演，演出成本高，得奖后就收场。这样的得奖剧目如何能保留下来，又如何在农村演出市场推广？这不能不说是戏曲危机、衰落的一个重要原因。脱离生活，脱离8亿农民观众，戏曲不可能真正振兴。这是我们考查民间戏曲后的最大感受。

四、戏曲衰落的原因

谈戏曲的振兴必须先弄清戏曲衰落的原因。戏曲的衰落固然有外部的原因，如生产方式和生活方式的变化、影视的发展和传播媒体的多样化，但也有我们指导思想上的失误。如在相当长的一段时间里，过多地强调了戏曲的高台教化作用，忽视了它的娱乐功能，造成演出剧目越来越少。对农村演出市场的特点认识不足，把与戏曲演出有关的民间习俗不加分析，一概当作封建迷信加以取缔和限制，致使农村的演出市场越来越小，不能满足农民的看戏要求；对戏曲来源于民间，需要民间艺术的不断滋养，才能生存发展的规律认识不足，把戏曲工作的重点放在了城市，创作思想脱离广大农民观众，使戏曲艺术生产与观众消费脱节；演出市场放开后，对地区以下的国营和集体所有制剧团缺少必要的经费投入和业务指导，对私营剧团的发展缺乏统一规划，造成演出市场的无序竞争。

找准戏曲衰落的根源后，笔者认为振兴戏曲首先要解决两个认识问题：

首先，要在指导思想上把戏曲工作的重点放在农村，以繁荣农村戏曲演出市场作为振兴戏曲的目标，以推动城市戏曲的发展。脱离农村演出市场谈戏曲振兴，如无源之水，无本之木。要把财力、人力、精力主要用于培养艺术人才、剧目创作、改善剧团的演出条件上，减少过多过滥的调演、会演、评奖，不能将评奖作为振兴戏曲、促进戏曲繁荣的主要手段。目前，由于各种各样的评奖给各地造成了很大的压力。有的地方把能否评上奖作为衡量干部政绩的主要依据，拿到“梅花奖”“文华奖”“五个一工程奖”就能升官提职，评不上就有丢官免职的危险。一些剧团为了晋京拿奖，不仅中断正常的营业演出，而且要赔进公共积累，有的甚至卖掉了家当。地方政府为了支持剧团角逐得奖名额，不得不拨出巨款。如经济贫困的山西忻州地区为评三个梅花奖演员，每一次拨专款少者十几万元，多者数十万元。笔者在调查民间戏曲时，走访了山西吕梁行署文化局的副局长梁镇川同志。当时他正在灯下修改剧本，据称是为剧团晋京夺取“梅花奖”做准备。谈到评奖，他感到压力很大。吕梁地区是目前山西唯一没有“梅花奖”演员的地区。本来吕梁是一个出艺术人才的地方，许多著名的晋剧演员都出自这里，如老一辈的郭兰英，中年一代的田桂兰，年轻一代的宋转转等。但因该地区贫困，无经济实力送演员入京角逐“梅花奖”，致使优秀演员流失严重。作为主管地区文化工作的副局长，他觉着再不争取得奖，难以见“江东父老”，但要筹集几十万的活动经费，在吕梁这样一个许多单位连工资都不能按时发放的贫困地区谈何容易！

除了经济负担外，地方文化部门和剧团还要千方百计打通各种关节，了解获奖剧目评奖的内幕，按评委们的胃口选择剧目，高价请得过奖的编剧和导演加工剧目。然而，用重金包装出来的剧目除给领导和专家、评委们审查演两三场外，一般观众难得一看。一旦得奖，便束之高阁。因为这样的戏，不是观众不爱看，就是普通观众看不懂，根本无法普及。剧团不演便罢，一演总赔钱。由此形成了专家评委们看好的戏观众不喜欢、剧场不买座的怪现象，并引发出评奖中的不正之风和行贿受贿的丑闻。

过去，我们常讲“观众是上帝”，而现在似乎观众不是“上帝”了。在一些地方文化部门和剧团及演员心目中，“上帝”是带着各种光环的专家和评委，他们的一票决定着演员、剧团及地方文化主管领导的命运。如果得奖，演员立刻就成为“著名的表演艺术家”，工资、职称、房子等有关个人的名利问题迎刃而解；剧团也因此而提高身价，无论是写台口定戏价，还是向上级申请经费，都理直气壮；地方文化部门的主管领导更会因此“政绩”而得到提拔重用。文化部门忙于组织举办各种各样的“节”，少数专家评委们忙于各种评奖，不是被邀请到各地看戏，就是参加各种座谈会，的确感到了戏剧的“繁荣”；而真正的“上帝”——观众却被遗忘了、架空了，他们无戏可看，也感受不到戏剧的繁荣。由此造成了“振兴戏曲”的口号喊了十几年，国家也为振兴戏曲花了不少钱，但是却出现了戏曲的演出剧目越来越少，戏曲的观众也越来越少的尴尬局面。

调演与评奖有如此弊端，是不是以后不要搞调演和评奖了呢？非也。其一，调演和评奖要在数量和周期上加以限制，不能年年搞、月月搞，你搞、他搞、我搞。四五年搞一次足矣，而且要宣传、文化、剧协联合搞，专家评委与观众共同参与。其二，调演与评奖的剧目一定是经过广大观众（专家和评委只是观众的一部分）和演出市场的检验，思想性和艺术性都得到多数人认可的剧目。这样的得奖剧目才有权威性，才能在各地推广和普及。文化主管部门要在推广和普及优秀剧目上下功夫，要制定相应的法规和政策，形成剧团演新戏、演好戏的氛围。国营剧团要真正起到试验、示范、推广优秀剧目的作用。

其次，要加强农村演出市场的规范管理，限制私人职业剧团的盲目发展，禁止不正当的竞争。作为戏曲演出团体，要把自己的立足点放在农村，创作和排演适合农民欣赏口味的戏曲剧目，掌握农村戏曲演出市场的特点，尊重农民看戏的风俗习惯，发挥戏曲擅长营造节日气氛、形式多样、适应性强的特点，扩大自己的演出市场。如果我们的戏曲艺术家真正创作出既反映时代的精神，又有深厚艺术底蕴的戏曲精品，不仅会繁荣农村的演出市场，而且会带动城市戏曲演出市场的振兴。

五、戏曲文化遗产的保护

对非物质文化遗产的保护最先是由发达国家提出的。随着现代科技的发展，人们的生活方式有了很大的改变，传统文化受到很大的冲击，韩、日等国家在20世纪70年代就曾呼吁要保护民族民间文化。我国是有着丰富民族民间文化遗产的国家，20世纪60年代之前，是我国民族民间文化的活跃期。那时，戏曲是群众最普遍的娱乐形式，是文艺舞台上的盟主。但随着电视、电脑的逐渐普及，人们再也不愿跑到剧院去看戏了，剧院的上座率急剧下降，有时甚至是赔本演出。剧团经济的不景气直接影响到我国戏剧艺术的发展。据国家重点科研项目《中国戏曲志》的统计，在我国历史上曾存在过394个剧种。到1959年国庆十周年时，中国戏剧报的统计，当时共有360个剧种，其中有50个剧种是在中华人民共和国成立以后产生的。1982 年编撰《中国大百科全书·戏曲曲艺》卷时的统计是 317 种。经过 20 年的改革开放，现在不到 270 种。山西是我国的戏剧大省，其戏曲剧种最丰富，历史最悠久，1982 年山西共有 54 个剧种，到 2003 年却只剩 28 种（其中相当一部分没有剧团），几乎每年消失一种。照此速度，再过 20 年恐怕就仅剩几种了。由此可见，我国非物质文化遗产消失之快。

我国政府非常重视非物质文化遗产的保护工作。就戏曲而言，中华人民共和国成立以后有过三次全国性的大规模的调查和遗产发掘工作。一次是 20 世纪 50 年代传统剧目的发掘工作，全国共发掘传统剧目超过 20 万个，仅福建一省就有 5000 多种，还有大量的曲谱和采访老艺人、老观众的调查报告。当时出版的直接成果就是《中国地方戏曲集成》，每省一卷。第二次是 20 世纪 80 年代编撰出版《中国戏曲志》和编撰出版《中国戏曲音乐集成》，收集到的文字数据 3 亿多字，图片 3 万多张，音像资料 2000 多小时，公开出版的近 1 亿字。第三次，就是现在进行的全国非物质文化遗产普查。

探索适合我国国情的非物质文化遗产保护方略，不仅是一个理论问题，也是一个实践问题。保护非物质文化遗产，首先要加强对民族民间文化自信、自觉的认识。既不要妄自菲薄，也不要认为我们民族、民间的文化完美无缺。第二要处理好保护、传承和发展的关系。对具体的保护对象要根据具体的情况采取不同的保护措施，不能一概要求“原生态”。对“非物质文化遗产”“原生态”这些外来词要正确理解。“非物质文化遗产”“无形文化遗产”这些外来语汇，很难用它来科学地概括和区分我国的民族民间文化遗产。就我国三百多个戏曲剧种而言，很难用这样的概念来判断。戏曲是一门综合性很强的艺术，其艺术元素既有“非物质”的成份，又有物质的成份。如戏曲的表演、歌唱技巧、绘制脸谱技法、乐器演奏技巧等都是“非物质”的，而服饰、布景、道经、演出的剧本、伴奏的乐器等都是物质的。在一定的条件下，“物质”可以转化为“非物质”，“非物质”也可以转化为“物质”的。如剧本，地方戏的许多剧目原来都是艺人创作的“提纲戏”，没有文字记载，全凭老艺人口传心授，在这个意义上讲，这个剧目是“非物质”的，但是如果有人将它记录下来，成为文字本，无疑就成了“物质”的了。就“有形”和“无形”而言，也是如此，演员演唱出来的声腔是无形的，但是将它记录成乐谱就变成有形的了。戏曲表演一招一式都是有形的。我个人认为，如果硬要用“非物质文化遗产”这个概念，可看这种文化形态是为了满足人民的精神生活需要，还是物质生活的需要，如果是为了满足精神生活需要的，不妨将其纳入“非物质文化遗产”的范畴。

戏曲文化的保护，要注意只重视古典大剧种，忽视民间小剧种；只重视汉族戏曲剧种，忽视少数民族戏曲剧种的倾向。戏曲文化是中国各地、各民族人民共同创造的。戏曲文化的多样性，不仅是中国戏曲文化的特点，也是中国戏曲文化的优势。文化的品类和自然界的物种一样，其生存发展，不仅要有一定的质量，也要有一定的数量。中国戏曲文化之所以源远流长，延绵不断，有旺盛的生命力，就是因为她家族兴旺，品类繁多。

戏曲文化遗产的保护工作要贯彻以政府主导为主、社会积极参与的方针，为民间戏曲的生存和发展营造一个良好的生存环境。国务院公布的两批国家非物质文化遗产保护名录中，传统戏剧有 171 项，保护的剧种有 200 多个。列入省级、市级、县级保护的剧种就更多了。要进一步完善中央、省、市、县四级非物质文化遗产保护网，把所有的民族民间戏曲纳入各级政府保护的范围，明确责任，加大对珍稀剧种保护投入的力度。理论工作者要加强对民间戏曲的研究，在剧种的发展上要多元化，切忌一个模式，要保持戏曲的民族特点和地域特色。中国戏曲的根在民间，要把民间戏曲的演出和民俗活动紧密结合起来，努力发掘和创作适合民族民间戏曲剧种上演的剧目。要加大对民间戏曲的宣传力度，电视、广播要多开辟民族民间戏曲的栏目。中、小学要把民族民间戏曲作为乡土教材，从小培养青少年对民族民间小戏的观赏兴趣，把戏曲文化作为全民的素质教育。只要我们全社会都关心民族民间戏曲的保护发展工作，戏曲文化就一定能够发扬光大。

（为 2011 年“两岸四地中国戏曲艺术传承与发展·北京论坛”提交的论文，原载刘文峰《中国传统戏曲传承保护研究》（上），学苑出版社 2012 年版，第 247—267 页）

保住民族文化的根，地方戏才不会消亡

——与人民网记者赵蓓蓓的对话

记者：近些年来，曾经统领中国城乡文化娱乐阵地的戏曲艺术正逐步退出城市甚至部分乡村舞台，地方戏的衰落已成不争的事实。据我所知，中国艺术研究院戏曲研究所前几年曾承担了艺术学科国家重点科研项目《全国戏曲剧种剧团现状调查》，您主持了这一调查。地方戏究竟衰落到什么程度，您能否简要地描述一下？

刘文峰：我们调查了11个省、200多个剧种。全国剧种50年代有317个，80年代初有360多个，现在保存下来的、有剧团的和专业及业余演出的大概有200多个，也就是说，近二十多年有一百多个剧种已经消亡，戏剧大省山西的剧种由49个减少到28个，等于每年有一个剧种消亡。

记者：调查给您留下的最深印象是什么？

刘文峰：地方戏衰落的程度难以想象！主要表现在几个方面：一是剧团特别是国营剧团、集体所有制的剧团生存困难，80%以上的剧团工资达不到国家标准，演员的工资非常低，仅能维持温饱，有的连温饱都难以维持；演出市场越来越小，演一场戏的收入还不够支出的费用。二是人才流失非常严重，学戏曲的人越来越少，有的戏校招不到学生，毕业生改行的多。三是剧团缺少起码的艺术生产条件，大部分剧团没有自己的排练场，有排练场的好多都是50—60年代建的，透风漏雨，多数已经不能使用。县级以下剧团的戏装破旧不堪，灯光、音响设施也非常陈旧。

记者：许多人认为，在市场经济和全球化的背景下，在文化生活、表演艺术日益多元化的今天，地方戏的衰落是必然的。对此，您怎么看？

刘文峰：有必然的一面。因为我国的传统戏曲形成、发展于封建时代，它的审美、理念、表现内容、艺术手段都是根据农耕时代的生产、生活方式产生和发展的。到了近代以后，无论从内容还是形式，都与现实社会距离较大。早在“五四运动”前后就提出了戏曲改良问题。30 年代左联时期，老一代的戏曲家张庚先生提出了戏曲的现代化问题。延安时期、新中国成立以后，党和政府、戏曲工作者力图通过戏曲改革，使封建时代产生的戏曲适应现实生活，反映时代精神。这种努力取得了比较大的成果。改革开放前，虽然我国的社会制度与封建时代不同了，但人们的生产方式、生活方式基本上还是处于农耕时代，所以，以戏曲的形式表现现代生活，虽然有些距离，但还能勉强承担，但改革开放后就不一样了。随着外来文化的进入，戏曲形式受到很大冲击，但关键还是人们的生产方式、生活方式起了相当深刻的变化。比如战争，过去是用刀枪，现代战争都是导弹、鱼雷；过去的交通工具是坐轿、骑马，现在是汽车、火车、飞机。传统的戏剧手段反映现代生活有些力不从心。还有就是人们审美的变化相当大，年轻人不太喜欢节奏缓慢的艺术形式。另外就是现代科学技术的发展，电视、计算机网络的发展，对戏曲的冲击也非常大。过去，相当一部分人是到剧场里娱乐的，现在人们大都不进剧场了，使戏曲、话剧等舞台艺术包括电影艺术受到冲击，戏曲尤重。剧团的演出市场越来越小，从城市到农村，许多县级剧团已经名存实亡。

但也要看到另一面。中国传统戏曲有三大功能：一是娱乐，这是首要功能；二是教育，中国历来强调戏曲的高台教化的作用。以前老百姓的传统道德观念、历史知识甚至好多常识，都是通过看戏来的，因为他们没有文化，看不懂书；三是传承文化。中国戏曲从孕育至今已有两千多年的历史。戏曲是中国的历史、文学、艺术等所有艺术门类的集大成者，代表了中国的传统文化。随着时代的发展，戏曲的娱乐、教化功能越来越边缘化，但其传承文化的功能并没有消失。现在广大城乡，包括一些经济发达地区，如东南沿海地区，戏曲还有人看，有的地方还挺活跃，还有回归的现象。如厦门，前些年城里已经没有演出了，但这几年又慢慢恢复了。当经济发展到一定程度后，需要文化的时候，还是有一部分人要看戏的。艺术欣赏有个规律，不同年龄段少年时代、青壮年时代、老年时代是有变化的。人到中年以后，喜欢看一些高雅的、文雅的、抒情的艺术形式，戏曲能适应这种需要。另外，随着改革开放，中国一些传统民俗在回归。现在的庙会，人们过生日、给老人做寿，一些重要活动，过年过节，还需要戏曲这种艺术形式，因唱大戏更能体现节日气氛。虽然戏曲不可能像过去那样成为一种娱乐的主流艺术形式，但它还是能传承下去。只要中国文化在世界上能保持独立地位，我觉得戏曲就不会灭亡。

中国戏曲与西方戏剧不同，它经历了几次大的变革，每次变革都是继承了前面的传统而发展下来，而不是像古希腊戏剧、印度梵剧那样传统一下就中断了。中华民族的文化代代相传，戏曲会吸取新的艺术养料，会有新的形式出现，会传承下去，但不会恢复到以前那种统领娱乐的盟主地位。

记者：在市场经济条件下，文化产品的生命力与其市场需求是密切相关的。目前，地方戏的市场需求究竟有多大？

刘文峰：地方戏从娱乐、教化功能看是大大萎缩了，但从其传承文化的角度看相对还有较大市场。特别是农村，包括东南沿海经济发达地区，由于中国传统的民俗活动较多，一年四季每个月都有节，还有各种庙会。中国是多种信仰的国家，虽以佛教为主，但各地的民间信仰很多，如东南沿海的妈祖信仰，内地的关公信仰。还有奶奶庙、东岳庙等，庙会非常多。庙会都有演戏的习惯。还有商贸活动，为制造气氛，吸引商家，也搭台演戏。另外百姓有钱了，儿女结婚、老人做寿、孩子过满月等，都会请戏班演戏。从这个角度看，农村演出市场相当可观。问题是，因成本高，国营大剧团很难走下去，老百姓更多的是请民间剧团，因其戏价低，演出也较灵活。结果形成这样一种现象：国营剧团生存困难，民间剧团却非常红火。民间剧团基本上把民俗活动的演出市场占领了。但国营剧团也逐渐在转变，如山西、河南的省级、市级剧团，也经常下到矿区、农村演出。

近几年在城市兴起一种现象：正规剧场的戏曲演出很少，但茶社清唱、折子戏非常盛行。像陕西、河南的这种演出，非常红火，大部分都是专业演员演出，观众也比较固定。戏曲不同于外来的话剧，它的民间根基很深，所以还是有一定市场的。

记者：在快餐文化盛行的今天，地方戏曲显然已经不太符合大多数人的欣赏趣味，人们对其生存窘境的态度也不一样。有人认为要扶持拯救，有人认为应该任其自生自灭。您以为呢？

刘文峰：从总体上看，中国的戏曲是中华民族非常珍贵的文化遗产，地方戏反映了一个地区的文化发展历史，反映了当地群众的审美，每种地方戏都有一定的当地文化特点。从这个角度讲，应该让我们的民族文化传承下去。对于具体剧种，还是应依其具体情况而定。最近文化部公布了非物质文化遗产国家名录，共五百多种，其中戏曲有近百种。列入国家名录的剧种都是比较重要的，它们的历史比较悠久，历史遗产比较丰富，艺术特色、地域特色比较鲜明。这类的剧种毫无疑问地应该保护下去。有一些剧种形成时间较短，群众基础较差，也没有多少演出剧目，没太大文化价值，消失也正常。

从艺术规律讲，中国戏曲的发展是个新陈代谢的过程。对剧种价值的衡量主要还是要看其文化价值、艺术价值和群众基础（接受程度）这三个方面。

记者：与地方戏的整体颓势相比，作为民间艺术形式之一的二人转的火爆似乎是个特例，但舆论对这种火爆却褒贬不一。目前还有哪些地方戏比较火？

刘文峰：二人转是一种特殊的艺术形式，介于戏曲和曲艺之间。它火爆的重要原因是，这种艺术形式包容性比较大，演出比较灵活，受条件的限制小，演员少，有些节目属于曲艺性质，如小品，表演唱。东北一直没有自己的大剧种，二人转在东北民间有非常深厚的群众基础。另一重要原因是出了一批名演员，如赵本山等。

现在全国比较出色的剧种、演出市场比较好、比较火的还有：河南的豫剧，西北的秦腔，山西的晋剧，福建的高甲戏、莆仙戏。莆田一个县的民间职业剧团就有一百多个，闽南高甲戏的民间职业剧团有上千个。还有黄梅戏、越剧，群众基础较好，但这几年在衰落，剧团数量在减少，主要原因是现在的好演员、好剧目少。

记者：去年我国昆曲艺术被联合国教科文组织宣布为首批“人类口头遗产和非物质遗产代表作”，并在19个入选项中名列榜首。昆曲入选的意义何在？

刘文峰：昆曲是我国古典戏曲的一个代表剧种，它的历史比较悠久，文化遗产比较丰富。当时是全票通过。昆曲入选是我国文化史上的一个非常重要的事件，它对于推动我国的民间文化的保护工作有很大作用。在入选前，全国6个昆曲剧团已经奄奄一息，几近淘汰。申报成功后，国家采取了保护措施，给演员全额工资，投入资金保护老艺术家、排新戏，扩大演出市场，在大学生中进行宣传。其他剧种纳入国家名录后，国家对剧团、演员、演出市场、艺术生产也会有一些保护措施。

我国的戏曲危机、民间文化的丢失已不是一年两年的事了，从80年代末就开始呼吁，但没引起足够的重视。昆曲申报世界非物质文化遗产成功后，戏曲界、文化界、新闻界比较重视，媒体也作了一些报导，但比起日本还差得多。日本的能乐也入选了，全国上下欢欣鼓舞，举行了隆重的庆祝活动。

这些年，一些从事国情研究、世界发展战略研究的学者已取得共识：一个国家、一个民族能否在世界上站得住脚，关键是文化。因为经济发展相对容易，文化发展要有一个很长的积累过程。一个国家、民族若没有自己的文化特色，就很容易被外来文化同化，国家、民族就会失去独立性。

记者：今年新年，中国一些地方戏迈进了最神圣的艺术殿堂——在维也纳的金色大厅上演，它传递出什么信息？

刘文峰：一方面是我们有意识地把中国文化推向世界，另一方面国外也逐步了解中国文化，想看一些新鲜的东西，而不仅是京剧。这几年，藏戏、秦腔、豫剧、川剧等被国外邀请演出的较多。外国人觉得这些地方戏艺术，民族特色、地域特色非常浓郁。另外他们特别佩服中国戏曲的艺术理念和表现手段，认为中国戏曲用最经济的手段表达了最丰富的艺术内涵，非常高明。中国戏曲有两个重要特征：一是多样性。外国就是歌剧、话剧、舞剧，中国每个民族、每个地方都有自己独特的地方戏，而且是一个民族、一个地方有多个剧种。二是艺术手段的丰富性。

记者：就是将诗歌、音乐、舞蹈、美术等诸多艺术元素融于一体，还包含仪式、杂技、魔术、武术等成份？

刘文峰：就像你说的。国外很少有如此高度综合的戏剧艺术，话剧就是话剧，歌剧就是歌剧，舞剧就是舞剧。三是令外国剧作家、演员非常佩服的戏剧理念。如时空转换的灵活性，国外是一幕一幕的，情节只能发生在一个固定场合，中国戏剧在舞台上可表现千军万马，可通过演员的舞蹈、歌唱表现动态的、时空灵动的情节，这在外国人看来是不可能的。中国戏曲的这种演剧理念，不仅演员在舞台上运用得得心应手，而且老百姓也认可，能理解，台上台下能产生互动和共鸣，这是因为观众从小就看戏，培养出这种审美习惯。现在很多年轻人为什么不愿看戏，因为他们从小没这种培养，看不懂。

记者：方言是地方戏存在的基础。推广普通话与发展地方戏会不会有矛盾冲突?

刘文峰：确实存在矛盾。戏曲要发展，要保持它的特色，离不开方言。区分剧种最重要的一个条件就是语言。若把语言特色取消了，地方戏也就失去它存在的意义。我认为，在公共社交场合，可以推广普通话，但对于民间艺术，绝对不能用普通话去规范，否则就会加速地方戏的消亡。

记者：中国戏曲学院教授傅谨提出了保护基层民间文化权益。他认为，过去的文化经营路线是打造代表性精品，忽视了对民间文化的保护与培植，造成民间文化创造力的萎缩，使农村文化缺乏自创的生机，只能靠上面下发。其实许多中国的传统艺术都来自民间，农村文化也主要靠这些文化的自娱自乐。现在应该通过保护与培育来刺激民间文化的内生，回归民间文化的本体。您认同这种观点吗?

刘文峰：他的观点有一定道理。我们国家把人力、物力、财力主要放在国家剧团、专业剧团，对民间剧团缺乏专业指导，经济投入更别说。从大的方面讲这是正确的。因为一种艺术要提高，并要将其传承下去，主体应该是专业剧团。因为你就是干这个的，专业的和业余的水平就是不一样。但是这里有一个文化基础问题。若没有群众基础，专业剧团就失去了根。这方面我们过去的工作有片面性。现在，特别是县一级的剧团，应该把主要精力或投入一定精力，辅导、培养民间剧团，使它们的艺术活动纳入一个比较正常的轨道上来，而不是自生自灭。要对它演出的剧目给予一定的引导，因为现在业余剧团经营的目的就是赚钱。有的剧团比较好，但有相当多的剧团为了赚钱、吸引观众而不择手段，有一些不良的东西。这个文化部门不能不管，不能让它自由泛滥。但管起来确有一定难度。因为许多基层文化部门没有经费，想管管不了。对民间剧团来说，如何能够生存下去，又要有健康的剧目，这个很难。民间剧团没有经济实力，比如一些精品剧目就演不了。还有自己的创作力量根本不可能排新戏、演新戏。

记者：你们的调查报告还提到一个问题，就是国家扶持的剧目、有些艺术家创作的好剧目、频频获奖的剧目，束之高阁，普及不下去，是个很大的浪费。

刘文峰：这个问题存在的责任主要在政府部门。从 80 年代后期到现在，一直在搞戏曲的评奖、汇演，它有促进艺术生产的作用，但搞得多了、滥了，戏曲剧团把汇演、获奖当作目标了，这就错了，而且也滋生了腐败。演员演新戏、剧团排新戏不是为了满足群众的娱乐、文化需求，而是为了满足评奖、获奖，文化主管部门的工作也不是为了满足群众的文化需求，而是为了得奖。得完奖，目的达到了，就不再演了，不再推广了，形成了恶性循环。

记者：就是说，本来评奖是手段，现在成了目的。

刘文峰：是。20 世纪 50—60 年代也曾有一些重要的戏曲调演、会演。比如 50 年代初第一届全国戏曲观摩演出，那是一个戏曲的盛会，把全国主要剧种调到北京演出，演员互相观摩、交流、学习。现在变味了，变成完全是评奖，互相争斗，各地演员之间的互相交流也没了。现在搞汇演、调演，剧团不可能都集中来，没那么多的钱，演员演完就走，根本没法看戏。看戏的大都是评委和文化官员，像我们这种搞戏曲研究的，因不是评委，剧团也不请我们，很多演出的新戏我们都没看过。这种以评奖为目的的现象对戏曲的发展非常有害。

记者：上个月，中办、国办发出《关于进一步加强农村文化建设的意见》，本月中共中央、国务院又发出《关于深化文化体制改革的若干意见》。您认为地方戏的振兴对文化建设特别是农村文化建设有着什么样的意义和作用?

刘文峰：文化体制改革是个比较复杂的问题，包括剧团的体制改革 20 世纪从 80 年代到现在一直在搞，但很少有大家认可的成功范例。关键是改革的目的是什么。如果是为了甩掉经济包袱，肯定会失败。本来剧团、艺术家已经处于非常困难的地步了，你再作为一个包袱甩出去，那无疑是雪上加霜。如果从文化发展的角度改革，改革的目的不是为了甩包袱，而是为了让它健康地发展下去，就不应只算经济账。剧团体制改革该投入的时候就要投入，该扶持的时候就要扶持。但这里面确实存在一个问题：我们国家的剧团大部分是在计划经济下成立的，体制、布局不适应现在社会的发展，要做些调整。如北京市，有中国京剧院，中国京剧院有好几个团；有北京京剧院，也有好几个团；过去还有风雷京剧团、部队的战友京剧团。一个城市里有这么多京剧团，有没有必要？包括省里有省一级剧团，市里有市一级剧团。布局上需要做些调整，精简队伍是必要的，但调整涉及很多具体人的利益，要处理好，特别是一些老艺术家，不能作为包袱一甩了之。我们去长治调研时了解到，一些老艺术家，说起来挺可怜的，从抗日战争、解放战争时期就参加共产党领导的剧团，因为原来属于集体所有制的剧团，退下来后，不能按退休、离休算，工资都没了，非常不合理，有的就到外面卖菜去。现在的演出市场本身就不完善，没有建立起来，你让剧团市场化，只靠演出收入来维持，不可能。在市场未完善的情况下，把剧团推向市场，只能加速剧种、剧团的灭亡。应该有个逐渐走向市场的过程。另外要区别对待。有些市场比较好、适应反映现代生活、群众基础也比较好的剧种，可市场化程度高些；有些是我国戏剧文化中比较重要的品种，但市场比较小的，就不能把它完全推向市场。这要做调查研究，做很细的工作。我觉得，现在我们的一些文化政策的出台，没有经过深入的调查研究，仅开一两次座谈会是不行的。

记者：如果让您给地方戏的振兴开个药方，您会下哪几味药？

刘文峰：最关键的是国家要立法保护民族民间文化。现正在进入立法程序，有的地方已出台相关法规，总之要纳入国家法律体系，而不是变成这样一种状态：领导人喜欢这个工作就好一些，领导人不喜欢这个工作就没人管。此外，戏剧界要认识戏曲发展规律，加强艺术研究、艺术创造，还是要有好作品扩大影响，使它成为老百姓喜欢的艺术。如果“老演老戏，老戏老演”，总是那么几出戏，老是老调子，就是喜欢你的老观众也不会看。但戏曲的创作不像写一篇小说或拍一个电视剧那么容易，不仅这种艺术形式的难度大，而且制约的因素很多，特别是审查的“婆婆”多，新剧目的产生非常不容易。还有就是要从教育入手，实实在在地把我国的民族文化纳入基础教育范畴，从小培养人们对民族文化的认同感。这个非常重要，它直接关系到民族文化是否后继有人，能不能传承下去。还要注重解决艺术人才的培养、文化设施的建设等一系列问题。

（原载《人民日报》2006 年 1 月 27 日第 16 版）